타오르는 강

완결판

타오르는 강 4

초판 1쇄 발행_ 2012년 2월 25일
초판 2쇄 발행_ 2014년 9월 15일
초판 3쇄 발행_ 2024년 1월 1일

지은이_ 문순태
펴낸이_ 박성모
펴낸곳_ 소명출판
출판등록_ 제1998-000017호
주소_ 서울시 서초구 사임당로14길 15 서광빌딩 2층
전화_ 02-585-7840
팩스_ 02-585-7848
전자우편_ somyungbooks@daum.net
홈페이지_ www.somyong.co.kr

값 24,000원
ⓒ 2012, 문순태
ISBN 978-89-5626-668-8 04810
ISBN 978-89-5626-664-0 (전9권)

문·순·태·장·편·소·설
완결판

타오르는 강

4

30년 만에 완간된 恨의 민중사

　강은 저절로 길을 찾아 흐른다. 높은 곳에서 세상의 가장 낮은 곳으로, 인간의 삶과 역사와 함께 흐른다. 사람의 간섭을 거부하며 저절로 흐르는 강은 건강하게 살아있다. 생명과 역사와 문화가 공존하는 강의 세상. 강은 물속과 물 밖의 존재들과 조화롭게 어울리며 흐른다. 강과 사람, 강과 땅, 강과 생명 있는 존재들과 끊임없이 교섭하고 어울리면서 건강한 공생관계를 유지한다. 강은 본디 모습 그대로 인간이 살아가는 터전이 되고 또 다른 생명과 교섭하면서 힘의 원천이 된다.

　전라도 사람들 마음속에는 영산강이 흐른다. 전라도 사람들의 핏줄과도 같은 영산강은 한과 희망을 안고 흐른다. 슬픔과 기쁨, 절망과 희망, 빛과 그림자를 안고 흘렀고 지금도 그렇게 흐른다. 그래서 영산강은 꺾일 줄 모르는 전라도의 힘이 되었다. 영산강과 함께 흘러온 전라도 사람들의 한은 좌절과 체념의 한숨이나 패자의 넋두리가 아닌, 삶의 의지력이고 생명력이며 빛나는 희망인 것이다.

　영산강은 이 강을 끼고 살아온 사람들에게 소중한 삶의 터전이 되었다. 그러나 영산강을 삶의 터전으로 가꾸고 지켜온 사람들은 오랫동안 지배세력의 핍탈에 시달려왔다. 특히 일제 강점기에 영산강은 개화의 통로이자 수탈의 통로가 되었다. 1897년 목포 개항 이후 모든 개화문물이 영산강을 통해 들어왔다. 그런가 하면 일제는 호남평야에서 생산된 쌀, 면화 등 농산물을 영산강을 통해 대량으로 본토로 실어갔다. 이 과정에서 목포항에서는 부두근로자들의 쟁의가 그치지 않았다. 뿐만 아니라 일제는 영산강 유역의 기름진 농토를 무제한으로 차지하였고 농민들은 일본인들의 소작인으로 전락하였다. 일제 강점기에 일어난 궁삼면(宮三面) 농민운동 사건은 소작인으로 전락한 농민들이 자기 땅을 찾기 위해 투쟁한 대표적인 농민운동이다.

1886년부터 3년 동안에 걸친 큰 가뭄에 폐농을 한 3개면 농민들은 굶어죽지 않으려고 대처로 흘러 다니며 유랑걸식을 했다. 고향에 돌아와 보니 3년치 세금을 내지 않았다는 이유로 그들의 농토가 모두 엄상궁의 궁토가 되어버린 사실을 알게 되었다.

1886년 노비세습제가 폐지되자 종문서를 받아들고 형식상 자유의 몸이 된 수많은 노비들은 살 길이 막막했다. 이들은 홍수 때문에 버려진 땅을 찾아 영산강으로 몰려들었다. 그들은 영산강변에 집단으로 모여 살면서 물과 싸우며 삶의 터전을 일구려고 했다. 그러나 그들은 생활의 바탕이 마련되지 않은 데다가, 지방 관속들과 힘 있는 양반들의 핍탈이 그치지 않아, 실질적으로 노비의 상태는 계속된 것이나 마찬가지였다. 이들이 수마와 싸우며 일군 강변의 토지는 과거 상전들한테 다시 빼앗기거나 일제에 의해 수탈당하고 말았다.

굶주리면서도 제방을 쌓고 홍수로 버려진 땅을 일구어 비로소 삶의 터전을 만들었으나 이 땅이 궁토에서 다시 동양척식회사 소유가 되자, 이들은 일제에 항거하여 투쟁을 계속했다.

피와 땀과 눈물로 일구어, 난생 처음 가져 본 생명과도 같은 땅을 지키기 위해 죽음을 두려워하지 않고 싸웠다. 이들은 하나하나 떼어 놓으면 무지렁이 종들에 지나지 않지만, 여럿이 모여 한덩어리가 되었을 때 큰 힘을 발휘했다. 민중의 한은 역사를 바꾸었다. 영산강 유역의 농민들이 식민지 수탈에 항거해온 민족정신은 의병전쟁과 광주학생독립운동의 씨앗이 되었다.

나는 이 소설에서 강의 흐름을 통해 한의 민중사를 추적해보고 싶었다. 노비출신인 이들은 하나하나 떼어놓으면 무력한 무지렁이에 지나지 않지만 하나로 뭉뚱그려질 때 큰 힘을 발휘했다. 이 소설은 노비세습제가 풀린 1886년부터 동학농민전쟁, 개항, 1905년 을사늑약, 1910년 치욕적인 강제 한일병합조약, 3.1만세운동을 거쳐 1929년 광주학생독립운동까지의 우리민족의 수난사를 중심으로 펼쳐지고 있다. 그러면서도 역사 속에 드러난 인물을 주인공으로 내세우지 않았다. 모든 민초가 주인공인 셈이다. 또한 나는 이 소설에서 사장되어버린 순수 우리말을 최대한으로 살려보려고 했다. 작가는 언어의 채굴자이고 특히 죽어있는 언어의 활용도를 높여 다시 살려내는 작업을 해야 한다고 생각한다. 특히 전라도 토박이말을 원형대로 살려보려고 노력했다. 그리고 가급적 당시 서민들의 삶의 풍속을 그대로 되살리려고 했다. 영산강변을 터전으로 살아온 민초들의 본디 생활사를 민속적 관점에서 보여주고 싶었다.

『타오르는 강』은 1981년 『월간중앙』에 연재를 시작하였고 1987년 '창작과비평사'에서 7권으로 발간되었었다. 7권까지는 노비세습제가 풀린 1886년부터 1911년까지의 이야기이다. 나는 당초에 1929년에 일어난 광주학생독립운동까지를 포함하여 10권 분량으로 완간하려고 했었다. 그러나 그때까지만 해도 광주학생운동의 객관적 서술이 자유롭지가 못했다. 장재성 등 광주학생독립운동 주동자가 사회주의자라는 이유로 6.25직전에 처형되어, 오랜 세월 역사의 그늘 속에 가려져 있었다. 일제 강점기 독립운동을 주도했던 대부분 사람들이 그랬던 것처럼, 광주학생독립운동 중심인물 역시 민족주의·사회주의 노선이었다. 다행히 참여정부로부터 이들의 역사적 공적을 인정받게 되어 활발한 연구가 이루어지기 시작했으며 객관적 서술이 가능해졌다.

87년 '창작과비평사'에서 7권이 발간된 지 25년, 1981년 『월간중앙』에 연재를 시작한 후 31년 만에, 『타오르는 강』이 비로소 광주학생독립운동을 포함하여 9권으로 다시 묶어져 나오게 되었다. 내 오랜 문학적 숙원이었던 『타오르는 강』이 9권으로 완간을 한 것이다. 나는 2권으로 추가된 8, 9권에서 광주학생독립운동은 한일 간 학생들 사이에 우발적으로 일어난 단순사건이 아니라는 것을 밝히고자 했다. 1920년대 초 동경유학생들에 의해 광주지역에 사회주의가 유입되면서, '광주 흥학관'의 광주청년학원과 광주고보를 비롯한 학생들이 '성진회', '독서회' 등을 조직하여 사회과학교육을 통해 오랫동안 치밀하고 조직적으로 준비해온 사건임을 밝히고 싶었다.

이번 완간하는 과정에서, 1권에서 7권까지의 소설적 흐름은 손을 대지 않았으나 잘못 표현된 부분이나 역사적 오류나 모순된 내용을 부분적으로 바로잡았다. 시대적 사건을 자연스럽게 연결시켰고 개정된 우리말 바로쓰기에 맞췄으며 새로 찾아낸 전라도 토박이말들을 추가했다. 특히 광주학생독립운동 부분에서는 자료조사에서 밝혀낸 실명을 그대로 사용했다.

30년 만에 완간이 되고 보니 참으로 오랫동안 버겁게 지고 있던 큰 짐을 땅에 내려놓은 것처럼 홀가분한 심정이다. 돌이켜보니 나는 1974년 작가가 된 후 지금까지 40년 가까이 오로지 『타오르는 강』을 붙들고 씨름하듯 낑낑대온 것 같은 기분이다. 『타오르는 강』의 완간을 계기로 영산강을 중심으로 살아왔던 우리나라 노비들의 삶에 대해 관심을 가져주었으면 싶다. 그리고 일제강점기 빼앗긴 땅을 되찾기 위해 얼마나 많은 민초들이 죽어갔는가를 상기해주었으면 한다. 역사 속에서 영산강이 되살아나기를 바란다. 진정으로 강의 세상이 오기를 기다린다. 강은 자생력이 있기 때문에 내버려두어도 스스로 살아나지만, 강과 함께 만든 삶의 역사는 누구인가 붙잡아 건져주지 않으면 그대로 흘러가버린다.

이 책을 내주신 소명출판 박성모 사장님과 책이 나올 수 있도록 애써주신 국민대 정선태 교수께 가슴 깊이 고마움을 간직한다.

2012년 정초에
문순태

타오르는 강 4

開港

1

 개항지 제물포(濟物浦)의 모습이 수시로 색깔이 변하는 봄날 산천처럼 하루하루가 달라지고 있었다. 개명이라는 거센 바람이 불어 닥친 것이다. 호화스러운 양관(洋館)들이 즐비하게 들어서고 낯선 외국인들이 활개를 치고 다녔다. 개항된 지 십여 년 만에 딴 세상이 된 듯싶었다.

 제물포 응봉산 밑 해안 쪽으로는 두부모처럼 반듯반듯한 주택가가 들어섰고 선창거리 어물전 앞길이 뿔자보다 더 곧게 트였다. 선창거리와 응봉산 쪽은 반듯한 새 집들이 들어서고 길도 널찍하게 뚫렸는데도 산의 동쪽은 예나 다름없는 움막들이 오래된 무덤처럼 음습하게 다닥다닥 엎뎌 있었다. 해가 지는 쪽은 개화바람이 불었고 해가 뜨는 동쪽은 아직도 옛날 그대로 꾀죄죄한 모습이었다. 그도 그럴 것이 선창 서쪽은 일본과 청국의 조계(租界)였고, 동쪽은 조선촌이었던 것이다.

 송학동(松鶴洞) 조계 들머리에도 새로 지은 한옥들이 즐비했다. 모두 개항이 되면서 들어선 집들이었다. 이 들머리에 제물포 안에서는 제일 크다는 순신창(順信昌)이라는 한옥의 객줏집이 있고, 다음에 담손집이라고 부르는 타운센드 상사가 자리를 잡았다. 타운센드 상사는 제물포가 개항 되자마자 발을 붙인 독일인 칼 발터의 세창양행(世昌洋行)과 쌍벽을 이루는 미국인 상점이다. 담손집의 주인 타운센드는 제물포가 개항되던 이듬해에 이곳에 왔다. 그가 제물포에 오게 된 것은 일본에서 김옥균(金玉均)에게 거액을 빌려주었는데, 조선에 돈을 받으러 왔다가 제물포가 개항된 것을 알고 아주 눌러앉았다고 하였다. 그는 원래 광산기술자였다고 하며, 제물포에 처음 왔을 때는 화약을 팔았다. 화약장사로 재미를 보자 담손집에서 얼마 떨어지지 않은 곳에 증기동력의 정미소까지 차리게 되었다.

제물포에 사는 사람이라면 세 살 난 아이들도 익히 안다는 담손집에서 새로 뚫린 큰길을 따라 서쪽으로 백여 보쯤 떨어져 있는 감리서(監理署)를 지나, 선창의 등짐꾼들이 합숙을 하고 있는 응신청(應信廳)으로 올라가는 조붓한 고샅의 삼거리 모퉁이에 싸전과 주막이 어깨를 맞대고 나란히 붙어 있다. 일본조계 안에 든 집치고는 너무 낡은 초가다. 이 집 주인은 싸전을 낸 권만길(權萬吉)이고, 옆에서 그의 형 권대길(權大吉)이 주막을 열고 있다. 권대길은 경인철도 부지로 전답을 잃고 나서 아우의 집에 빌붙어 살고 있다.

권만길의 싸전 앞에는 아침부터 곡식을 실은 마바리며 소달구지가 줄을 섰으나, 그의 형 권대길네 주막의 술청은 술손님 하나 없이 쓸렁하기만 했다. 권대길의 말마따나, 개명바람이 불어 거리마다 하이칼라 양복쟁이들이 활개를 치고, 얼굴이 반반한 은근짜며 논다니 패들이 득실거리는 제물포 바닥에서, 술을 쳐주는 색시 하나 없이 휘주근하게 찌그러진 두 내외가 나란히 턱을 받치고 앉아 있으니, 술을 마시러 들어왔다가도 정나미가 구만 리나 떨어져 도망을 칠 판세였던 것이다.

그날도 늦은 봄날의 하루해가 찌그러져 가는 용마루를 진득이 핥아댈 때까지 술손님 한 사람 받지 못한 권대길네 부부는 좌판에 퍼질러 앉아서 자울자울 졸고 있었다. 그들은 선창 쪽에서 뚜우 뱃고동 소리가 들리자 얼핏 눈을 떴다. 권대길은 좌판에 앉은 채, 자오록이 트인 제물포 앞바다를 바라보았다. 제물포에서 한강을 따라 마포(麻浦) 나루까지 가는 여객선 제강호가 출항을 하고 있었다.

"순영이 아버지, 우리도 차라리 한양으루 갈 것을 그랬시요."

권대길의 처가 마포로 떠나는 여객선을 바라보며 말을 하고 나서 쩝쩝 하품을 삼켰다. 궐녀는 이제 겨우 마흔다섯 살의 아직 포실한 나이인데도 환갑 줄에 앉은 노인네처럼 쭈그렁이가 다 되어 있었다. 되작거려가며 짯짯이 뜯어보면 야리야리한 몸피에 키가 작달막하고, 둥글납작한 얼굴에 잘 어울리게 크지도 작지도 않은 눈이며 꼼친 입매며가 여자답게 생겼는데도, 요 몇 년 사이에 몰라보게 곰삭아버린 것이었다.

"만길이 그놈 때문이었구만. 그놈이 개항지에 나오면 무신 떼돈을 번다고 지랄해 싸서 제물포로 나오지 않았는가."

"허갸, 순영이 작은아비야 떼돈을 벌었지요."

"내는 그런 식으로 돈을 모은 것 담배씨만큼도 부럽지가 않으이. 왜넘덜 앞잽이 해가면서 번 돈 욕심 안 난단 말여. 개같이 벌어서 정승같이 쓰는 것보담은 정승같이 벌어서 정승같이 써야 허는 겨."

그러면서 권대길은 좌판에서 벌떡 일어섰다. 그는 작달만한 아내와 어울리지 않게 엄장 키가 컸다. 키가 큰 것만이 아니고 부리부리한 수리부엉이 눈이며 멍석코에 주먹이 들어갈 만큼 입이 커서 힘꼴깨나 써 보임직하였다.

"에이, 더러운 놈에 세상!"

권대길은 억지로 가래침을 울거내어 술청 바닥에 카악 뱉고 나서는 오기스러운 낚시눈으로 선창 아래쪽 일본조계를 꼬나보았다. 요즈막 권대길의 심사가 곰살갑지가 않았다. 경인선 철도부지로 농토를 옴씰하게 빼앗기다시피 하여, 동생 만길이를 따라 제물포에 나와서 주막이랍시고 동생네 집 점포를 그냥 얼어 문을 열기는 하였으나, 세 식구 입에 풀칠하기도 힘들었다. 게다가 지금 살고 있는 집도 일본조계로 들어가, 조선인들에게는 퇴한령(退韓令)까지 내렸으니 이제 어디로 가야할지 막막한 것이었다. 동생 만길이는 기차 정거장이 생긴다는 쇠뿔고개 근방에 점포가 셋이나 딸린 기와집을 지어놓고 내일모레 이사를 간다고 하였다. 만길이 말로는 방이 딸린 점포 한 간을 그냥 내어주겠으니, 함께 쇠뿔고개 새 집으로 이사를 가자고 하였으나, 늙마에 동생한테 엎혀살기가 싫은 권대길은 그냥 고향으로 다시 돌아가고 싶은 생각만 간절했다.

"이제라도 한성으로 옮겨갈까? 아니면 고향으로 되돌아갈까?"

권대길은 넘실거리는 술독에 바가지를 집어넣어 휘저은 뒤 탁배기를 떠올려 단숨에 쿨럭쿨럭 마시고 나서 손으로 입언저리를 훔치며 말했다.

"순영이는 어쩌고요? 어렵게 시공서(市共暑)에 들어갔는데요."

먼저 한성으로 옮겨가자던 권대길의 부인은 남편이 제물포를 뜨자고 하자 시공서에 들어가 있는 외동딸 순영이 걱정부터 하였다.

"소만한 딸년이 코쟁이 밑에서 알랑거려쌓는 꼴 보기 싫구만. 제년이 죽네 사네 쌍불 켜고 지랄해 싸서 그냥 두었지만 내 언젠가는 그년의 다리모갱이를 분질러서라도 집에 들어앉히고야 말 거여. 조선사람이 조선말을 해야재. 코쟁이 말을 흉내 내서 어쩔 겐가."

요즈막 권대길의 아내 말마따나 조선사람으로는 바늘귀 뚫기보다 더 어렵다는 시공서 사환자리에 조카를 앉힌 권만길은 자기가 아니었으면 감히 엄두도 낼 수 없다며 생색을 내는 것이었는데, 권대길로서는 동생의 그런 넉살조차도 싫은 것이었다.

"순영이 일은 순영이한테 맽깁시다. 우리가 순영이한테 뭣을 잘해준 것 있다고 그 아이 앞길을 막어요?"

권대길 아내는 순영이가 아침마다 신바람 나게 집을 나가는 모습이 보기에 좋은 것이었다. 시공서에라도 나가지 않는다면 온종일 주막에서 두 내외 옆에 턱을 받치고 앉아 있어야 할 터인데 그 꼴을 어찌 보랴 싶었다.

"에이, 이 놈에 옘병할 세상!"

권대길은 다시 술청 바닥에 침을 뱉고 나서 휭하게 찬바람을 일으키며 주막에서 나갔다. 권대길은 날마다 이때쯤이면 탁배기 한 사발을 마시고 주막을 나가 선창거리를 한 바퀴 휘돌고 돌아오곤 하였다. 그의 아내는 그런 남편을 탓하지 않았다. 괼녀 자신도 술청에 턱을 받치고 앉아 있으려면 가슴이 벌떡거리면서 뿌질뿌질 울화가 뻗질러 올랐기 때문이다. 경인선 철도부지로 들어간 전답만 생각하면 염통에 불이 붙은 듯 가슴이 벌떡거렸다.

해가 상투머리 위에서 서쪽으로 서너 뼘이나 기울었을 때 주막을 나간 권대길은 설핏하게 석양이 깔리기 시작해서야 어깨를 무겁게 늘어뜨리고 돌아왔다. 그는 언제나 탁배기 술기운이 떨어지면 어슬렁어슬렁 굶주린 새벽호랑이처럼 석훈(夕熏)을 무겁게 지고 돌아오곤 하였다. 권대길의 뒤를 따라 권만길이가 검은 양복에 운두가 높은 중절모자를 삐딱하게 눌러쓰고 주막 안으로 들어섰다. 좌판에 힘없이 앉아 있던 권대길은 동생이 들어오는 것을 보고 고개를 돌려버렸다. 그들 형제는 한 지붕 밑에 살면서도 얼굴을 마주 대하는 일이 드물었다. 권만길 쪽에서 피했다. 그것을 알고 형인 권대길도 싸전이나 안채에는 얼씬도 하지 않았다.

"작은아버지께서 어쩐 일이셔요?"

순영이 어머니는 권만길을 보자 초라한 옷매무새를 추스르며 좌판에서 일어섰다.

"모레 이사를 허는구만요."

권만길이가 벽을 향해 돌아앉은 형님을 향해 말했다. 그때 권대길이가 고개를 돌려 동생을 힐끔 쳐다보더니, 일본사람 차림을 하고 있는 권만길의 모습에 얼굴을 찡그렸다. 그는 마치 징그러운 벌레를 보는 듯한 눈빛으로 동생을 쳐다보았다. 권만길의 외모는 제물포 안에서도 일류 가는 멋쟁이임이 분명했다. 검정색 양복에 중절모자를 쓰고, 끝이 보습처럼 생긴 검정구두까지 신은 그는 영락없는 일본사람이었다. 마흔다섯 살의 권대길과는 다섯 살 터울이었지만 열 살 차이도 더 되어 보일만큼 권만길이 젊어 보였다.

"형님네도 함께 쇠뿔고개로 가십시다."

권대길이 쪽에서 대꾸가 없자 그가 다시 말했다.

"나는 안 간다."

권대길은 다시 고개를 돌려버렸다.

"형님도 참. 이 집은 일본조계로 들어가서 앞으로 열흘 안으로 철거가 된다니께요."

권만길은 답답한 듯 불만 섞인 목소리로 퉁겨댔다.

"이 집이 뜯기게 된다는 것은 나도 아는 바다."

"아시면서 그러시우?"

"그래도 나는 아무데도 안 간다."

"꼭 주안(住安)에서 제물포로 나오실 때 모양으루 고집을 부리시누만 그려."

"고집이라니?"

"고집이 아니고 뭡네까?"

"내가 주안에서 네 말만 듣고 제물포로 홀랑 따라 나온 것을 얼마나 후회를 하고 있는지 아누? 이제 다시는 네 말 듣지 않기루 작심했다."

"여기는 이제 일본 땅이라요. 그러니 떠나야 합네다."

"뭐이? 여기가 어찌해서 왜놈들 땅이라는 게야? 여기는 엄연히 조선 땅인 게여."

"거 형님은 말끝마다 왜놈 왜놈 그러지 마십시오. 그래두 이 권만길이 일본 양반들 덕택에 이만큼이래두 제물포에 나와 힘을 잡았지 않습네까?"

"뭐이? 일본 양반님들? 흥! 그래 너한테는 왜놈들이 상전이나 다를 바가 없겠구나."

권대길은 술청 바닥에 가래침을 뱉고 나서 도끼눈을 하고 동생을 쳐다보았다. 그는 동생의 얼굴에 침을 뱉어주고 싶은 심정이었다. 권대길은 대장간의 벌건 시우쇠가 목구멍을 휘저어대는 것 같은 울화 때문에 탁배기 대신 냉수 한 바가지를 퍼마셨다.

"왜놈들이 철돈가 뭔가 놓는다고 대대로 물려받은 금싸래기 같은 논 없어진 것을 생각하면 천불이 날 것 같다. 지난번에는 너 때문에 왜놈들 말을 들어주었지만 이번에는 어림도 없어."

"형님도 원! 일본사람들이 우리 논을 거저 가져간 것은 아니지 않습네까. 형님은 보상금을 받아놓구선 왜 딴소리를 하십네까?"

"뭐이 어쩌? 그까짓 종이쪽지가 돈이여?"

권대길은 당장 동생의 뺨이라도 후려칠 것처럼 노려보았다. 그는 뜨거운 한숨을 뿜어대고 나서 몇 번이고 일어섰다가 앉았다.

"암턴 이 집은 곧 뜯기게 됩네다요. 그러니 저희하고 함께 쇠뿔고개 새 집으로 갑시다요. 방이 딸린 점포 한간을 형님께 드리겠다니께요."

"나는 안 간다. 이 집에서 한 발짝도 움직이지 않겠으니 그리 알어. 이번에는 절대 왜놈들 하자는 대로 수걱수걱 집을 비우지 않을게다."

"우리 힘으루는 어쩔 수가 없습네다. 조선사람들한테는 힘이 없어요. 형님도 그걸 잘 아시지 않아요. 나라님도 일본한테 맞서지 못하는 판국인데 항차 우리들이 어쩌겠습네까?"

"내는 왜놈들을 무서워하지 않어. 그러니 내 걱정은 말고 어서 가봐."

갑자기 권대길의 목소리가 힘이 빠졌다. 막상 동생한테는 큰소리를 쳤으나 그의 생각도 막막했던 것이다. 그는 어쩔 수 없이 주막이 뜯기게 될 것이라는 것을 알고 있었다. 그리고 자신의 힘으로는 왜놈들과 맞설 수 없다는 것도 잘 알고 있는 터였다. 그러면서도 그는 동생한테 큰소릴 치고 있는 것이었다. 그것은 어쩌면 왜놈들이 이 땅에 발을 들여놓도록 보고만 있는 나라님에게 항의를 하고 있는 것인지도 몰랐다.

권대길은 더 이상 동생과 얼굴 맞대고 울화를 돋우고 싶지가 않아 방으로 들어가 버렸다. 그가 방으로 들어와 버리자 권만길도 그의 형수에게 형님을 설득하여 함께 쇠뿔고개로 이사를 하자는 말을 남기고 주막을 나갔다.

권대길은 동생이 나가는 기척을 들으며 곰방대에 불을 붙여 삐억삐억 빨아댔다. 그는 성질이 났다 하면 애꿏은 곰방대만 성급하게 빨아대는 것이었다. 요즈막의 그의 심사는 걸레 씹은 것 같은 역겨움 때문에 심신 가누기조차 힘들었다. 그는 세상을 거꾸로 살고 있는 느낌이었던 것이다. 권대길은 옛날이 그리웠다. 요즈막에는 주안에서 농사짓고 사는 꿈을 자주 꾸곤 했다. 꿈속에서 그는 언제나 쟁기질을 하거나 모를 내고 있었다. 쟁기질을 할 때마다 새콤한 흙냄새가 좋아서 잠시 소를 멈추게 하고 손으로 촉촉한 흙덩이를 집어 부스러기를 만들어 바람에 날려보곤 하였다.

돌이켜보면 주안에서 농사를 짓고 살던 때가 좋았었다. 그는 주안에서 흙을 파먹고 살아오면서 단 한 번도 고향을 떠날 생각을 해보지 않았었다. 주안에서 평생을 살다가 죽으면 주안의 흙이 되리라 생각하였다. 그는 부자가 되고 싶은 욕심도 없었다. 어차피 주안 땅 흙이 될 육신인데 부자가 되면 무엇하랴 싶은 생각 때문이었는지도 몰랐다. 기실 주안에서 사십 평생을 살아오는 동안 가까운 한성 한 번 다녀온 적이 없었다. 그의 동생 권만길이가 역마살이 끼었는지 장가를 들기 전부터 대처로 떠돌아다니기를 좋아하여 늘 집을 비운 대신, 권대길은 일 년이면 삼백예순다섯 날 옴씰하게 고향 땅만 밟으며 살아온 것이었다. 그가 식솔을 이끌고 난생 처음 대처바람을 쐬게 된 것은 순전히 철도 때문이었다.

권대길은 주안에서 농사를 짓고 살 때까지만 해도 바늘귀로 하늘 쳐다보듯 큰 욕심 없이 세상을 살아왔는데, 그의 육신과도 같은 땅을 옴씰하게 잃고 개항장 제물포에 나와서 환장할 개화바람 쐬기 시작하면서부터 겉욕심이 생기면서 매사에 창자가 뒤틀리고 보는 것마다 역겹기만 한 것이었다. 선창거리에 나가보면 남의 나라에 와서 떵떵거리고 활개 치는 코쟁이며 왜놈들 보기가 눈꼴사나웠고, 그런 남의 나라 사람들의 간과 쓸개에 진드기처럼 빌붙어 살면서 비위를 맞추고 잇속을 챙기는 조선사람을 볼 때마다 목구멍에 불이 붙는 듯하였다.

그의 동생 권만길이만 해도 그렇다. 주안에서 살 때도 그는 진득하게 일 년을 집에 눌러 있지 않고 뺄때추니처럼 여기저기 떠돌음 하기를 좋아하다가, 어느 사이에 일본말을 배워가지고 왜놈들에게 빌붙어 다니더니, 철도부지로 땅이 들어가게 되자 자기 몫의 땅값을 챙겨서는 부랴부랴 제물포로 옮겨갔다. 그는 처음에 이름이 쇼가라는 왜놈의 전당포에 들어가서 조선인들을 상대로 하는 고리대금을 알선해주는 일을 하다, 얼마 후에는 싸전을 내어 왜놈들의 미곡 수집을 도와주며 쏠쏠한 재미를 보았다. 만길이가 싸전을 낸 것은 왜놈 쇼가의 미곡 수집을 도와주기 위한 것이었다. 쇼가는 권만길이를 통해 이미 고리대금으로 저당을 잡은 농토를 수만 평이나 자기 소유로 만들었다. 그런가 하면 쇼가는 지금도 만길이를 앞세워 춘궁기에 제물포 근방의 농촌에 장리쌀을 놓았다가 추수기에 거두어들였다. 권대길로서는 그런 동생이 마음에 들지가 않는 것이었다. 처음엔 권대길이도 깊은 내막을 모르고 동생의 부탁을 받아들여 고리대금과 장릿벼를 놓는 일을 도와주기까지 했었다. 그는 동생을 따라 제물포로 나온 것을 발등을 찧고 싶도록 후회하였으나 이제는 옴치지도 뛰지도 못할 판이었다. 그가 할 일은 지금의 주막이라도 끝까지 지키는 것뿐이라고 생각했다.

그런데 권대길은 동생한테 얹혀사는 것도 심사가 망뚱망뚱하여 있는 판에 딸 순영이까지 오장육부를 휘저어놓고 있는 것이었다. 순영이는 제 숙부의 주선으로 시공서 양코배기 서장실 사환으로 들어간 후부터는 집에 와서까지 뇌꼴스럽게도 꼬부랑말을 뚜벅뚜벅 퉁겨대는 바람에 그의 심사가 호비칼처럼 날카롭게 휘어지게 되었다. 그는 순영이에게 처음부터 시공서에 나가지 말라고 타일렀다. 그러나 딸은 아버지의 말을 듣지 않았다. 순영이의 말로는 개명시대에는 개명바람을 타야만 세상을 헤쳐 나갈 수 있다고 하던 것이었다. 그때마다 권대길은 그의 딸에게 이것은 개명바람이 아니라 망국바람이라고 하였다. 그랬더니 순영이는 개명바람이건 망국바람이건 세상이 크게 변하고 있는 이 시기를 잘 이용하여 자신의 뜻을 펼쳐보겠다고 하던 것이었다. 그러나 권대길로서는 자신의 뜻을 펼쳐보겠다는 말부터가 가당찮다고 생각했다. 제 어미 말마따나 사주팔자에 괴강(魁罡)과 홍염(紅艶)을 타고나서 남자 무서운 줄 모르고 촐랑대는 것이 아닌가 하여 여간 초조한 것이 아니었다.

"순영이 작은아버지 따라서 쇠뿔고개로 갑시다."

권대길 아내가 방문을 지그시 열고 방안을 기웃해 보며 조심스럽게 입을 열었다.

"내 염통에 칼이 들어와도 나는 이 집에서 한 발짝도 물러서지 않을 테여."

권대길이 곰방대를 더 바쁘게 빨아대며 쏘아붙였다.

"이 집은 우리 집도 아니잖우?"

"만길이네 집인 줄 알아. 그렇지만 내가 사는 집이여."

"순영이도 이 집을 비워주어야 한다고 하지 않습디까요."

"그년 데리고 이 집에서 나가버려. 나 혼자 남을 테니깐."

권대길이 벌컥 화를 냈다.

"이녁이 이 집을 비우지 않으면 시공서장 집으로 들어가 버리겠다고 안 합디까?"

"알아서 하라고 그려. 양코배기 놈 첩이 되든지 왜놈 첩이 되든지 알아서 하라고 그러라니께. 그년이 중정 없이 날뛰고 있는 것도 모두가 만길이 때문이구만."

그러면서 권대길은 재떨이로 사용하고 있는 헌 됫박에 곰방대를 두드리고 나서 문 쪽에 등을 돌리고 벌렁 몸을 뉘었다.

권대길이가 보기에 일본사람들이 남의 나라 땅을 조계네 뭣네 하여 경계를 긋고 그 안에 사는 조선사람을 쫓아낸다는 것은 마치 벌초 자리는 좁아지고 백호(白虎) 자리만 넓어지는 이치와 같은 듯싶었다. 눈 번연히 뜨고 사는 집에 낯선 사람이 비집고 들어와서 이 집은 내 집이니 나가라고 억지를 부리는 이치나 진배없는 일이라고 생각했다. 권대길이 눈으로 보는 바, 낯선 외국인들은 제물포가 개항된 지 십오 년이 넘지 않는데도 선창거리를 위시하여 개항지의 반반한 땅을 거지반 차지하고 만 것이었다. 그의 생각에는 이대로 내버려두었다가는 언젠가는 그들이 제물포뿐만 아니라 조선팔도를 쥐 소금 먹듯 야금야금 먹어치우게 될 것만 같았다. 그는 지금 살고 있는 집이 비록 동생 소유이긴 해도 끝까지 버티는 것이 바로 그들을 이겨내는 길이라고 생각하고 있는 터였다.

권대길은 선창거리에 나가서 일본사람만 봐도 염통이 덜컹거리면서 목구멍에 불이 붙는 듯하였다. 주안에 있는 땅만 없어지지 않았더라도 그 사람들을 보는 그의 눈이 그렇게까지 송곳 끝처럼 날카롭게 곤두서진 않았을 것이었다. 그는 제물포 바닥에 득실거리는 그 많은 일본사람들을 볼 때마다, 마음속으로 저것들이 내 땅을 빼앗아갔거니 하는 생각과 함께 눈 꼬리가 빳빳하게 일어서는 것이었다.

그 무렵 제물포에는 일본사람들이 떼 지어 살고 있었다.

강화조약 이후 청일전쟁이 끝난 1895년까지 이십 년 동안에 우리나라에 들어와 살고 있는 일본인 수는 자그마치 일만 이천삼백 명이나 되었고, 이 중에서 이 할이 넘는 이천육백 명이 제물포에 살았다. 그들은 개항이 되자마자 개항지에 조계라는 것을 설정하고 토지와 가옥을 임차 소유하기에 이르렀다. 개항지에서의 거류지 설정과 토지 소유는 거의 무상에 가까운 값에 임차하였는데, 그것이 종당에는 그대로 소유권이 인정되고 만 것이었다.

제물포에서의 일본거류지는 1883년 8월 30일에 조인된 제물포항 일본조계 차입약서(借入約書)에 의해 설정되었는데, 이 약서의 중요한 조항은 다음과 같다.

제1조

조선은 제물포항의 외국인 거류지에 있어서 별지 도면 주획(朱劃)의 부분은 특별히 일본 상민(商民)의 주처(住處)에 충당하며, 일본 상민 선착(先着)의 보수(報酬)로 한다. 만약 후래자(後來者)의 거류지가 충색(充塞)되면 조선정부는 다시 거류지를 확개(擴開)한다. 모든 외국인 거류지 내에서는 어느 장소를 막론하고 일본 상민은 수의(隨意)로 거주할 수 있다.

제4조

택지세(宅地稅)는 일 년 2미터 사방에 대하여 상등지(上等地) 즉 해안에 가까운 제1조 가도의 땅을 조선동전 40문, 중등지 즉 제2조 가도의 땅을 30문, 하등지 즉 제3조 가도의 땅을 20문으로 정하고 매년 12월 15일에 선금으로 납부한다. 단 그 지세금액의 3분의 1은 조선정부에 납부하고 3분의 2를 거류지 적금으로 하여 조선의 감리관소(監理官所)에 확실한 방법으로 이를 예치하고, 도로, 구거(溝渠), 교량, 가도 등의 수리, 기타 거류지에 관한 사업비용에 충당한다. 단 이 예치금을 사용할 때에는 일본영사관과 상의하기로 한다.

이렇게 하여 개항 당시 일본에 제공된 제물포의 조계는 7천 평이나 되었다. 보통 5백 평을 1지계로 정하였는데, 일본인이 1지계의 지소를 차입하는 데는 50전의 인지(印紙)를 첨부한 지소배차원(地所拜借願)을 일본영사관에 제출하고 허가를 얻으면, 시한이 정해져 있지 않은 차지권(借地權)을 얻게 되었으니, 말하자면 불과 50전의 돈으로 5백 평의 땅을 차지하게 되었던 것이었다. 또한 일본은 처음에 해안 쪽 7천 평에 만족하였으나, 삼 년 만에 다시 조계를 넓혀 조선촌인 내동(內道), 답동(沓洞), 전동(錢洞)으로 확장하더니, 이제는 다시 항동(港洞), 해안동(海岸洞), 만석동(萬石洞)까지 욕심을 내어, 그 안에 사는 조선인들에게 퇴한령을 내리게 된 것이었다.

지금 권대길이가 살고 있는 집도 일본조계의 확장지로 들어가게 되어, 조계로 설정된 지 두 달 안에 퇴거하라고 하였으며, 그 두 달이 다 지나 이제 퇴한령의 기한이 열흘밖에 남지 않은 것이었다.

일본은 개항지 조계 안에서뿐만 아니라 조계 밖의 땅도 마음대로 소유하였다.

거류지 밖에서의 외국인 거주 및 토지 소유는 1883년에 체결한 한영조약 제4조에 영국인조계 이외에서 토지와 가옥을 임차 또는 구매하는 것은 조계로부터 조선 이정 10리를 넘을 수 없다는 규정을 근거로 하였다. 그러나 외국인은 조계 밖의 지역에서 마음대로 땅을 구입하여 차지하였다. 외국인들은 이미 한영조약이 체결되기 훨씬 이전에 조계 밖에 상당한 토지를 소유하고 가택까지 건축하였던 것이나, 법률적으로 그 소유권이 확인되지 않고 매매증서로서 토지 구매자와 방매자 사이에 피차 그 행위를 인지하고 있었다. 그러던 것이 한영조약이 체결된 이후부터는 오히려 그러한 매매행위가 합법성을 갖게 되어, 조계의 10리 밖에서의 토지소유권이 인정을 받은 것이나 다를 바가 없었다.

한영조약 제4조에 따른 지계지 밖에서의 토지소유 확인방법은 토지를 구입한 자가 그 지역의 조선 감리에 지계(地契, 地券狀)를 청구하여야 하는데, 지계 1매에 대하여(토지 2, 3단보가 1매가 되는 경우도 있고 5, 6단보를 1매로 치는 경우도 있어 일정치 않음) 2원의 수수료를 내면 완전히 소유권 이전이 가능했다.

이렇듯 일본은 개항지의 거류지뿐만 아니라 조선인들의 상가에까지 손을 뻗쳐 상권을 확장해나갔으며, 종당에는 개항지에만 머물지 않고 내륙지방의 군읍까지도 진출하여 토지를 사들였던 것이다.

이에 대하여는 황성신문의 보도가 있다.

외국인의 한성(漢城) 개시(開市)는 이유조약(已有條約)이거니와, 내지(內地) 각 군에 개시치 못함은 통상조약이 재재(載在)하거늘 근일 외국인이 내지 각 군 요지에 개시한즉 대한인민의 상권이 외국인에게 전귀(全歸)하니 기불개탄(豈不慨嘆)하리오. 우선 양회(兩會)에서 총대위원 각 3인씩 파송하여 통상조약에 의하여 내지 각 군에 소재한 외국인 상점을 일일이 조사하여 일체 철거케 하여 인민의 상업이 흥왕케 하는 것이 역시 총상회(總商會) 목적이라 하여 동의대로 총대위원 6인을 외부에 파송하였다 하더라.

일본인들은 이와 같이 내륙의 각 도읍에까지 진출하여 택지와 건물 그리고 전답과 임야를 임차 소유하고 있었는데, 이러한 곳에서의 토지 소유는 토지권 이전이 허용된 것이 아니고, 다만 매매계약서를 갖고 있음으로써 족하였다. 소유권 이전이 관부에 의해 확인되지 않더라도 아무 불편 없이 소유할 수 있었기 때문이었다. 일본인들이 조선사람으로부터 토지를 매수하면 그것으로 소유의 이전이 끝난 것과 다를 바가 없었으며, 조선 농민들은 일단 팔아버린 토지에 대해서는 어떤 경우에도 불평을 말하는 일이 없었다.

이것은 분명히 조약에 위배되는 것이었다. 그러나 조정에서는 조약의 조문을 들어 일본인들로부터 그들이 소유하고 있는 토지를 몰수할 만한 힘을 가지고 있지 못하였다.

이와 같은 사정은 일본인들 사이에서도 널리 알려졌다.

조약상으로는 거류지로부터 10리 밖의 토지는 일본인을 비롯한 모든 외국인의 수중에 매수가 금지되어 있으나, 이것은 약소국의 비애라고나 할까. 이 금령이 전혀 실행되지 못하고 1백 리 밖 먼 곳이나, 아니 천리 밖이라도 투자할 생각만 있다면 언제라도 싼값으로 자유로이 매수할 수가 있었다.

나라사정이 이런 지경인데도 조정에서는 염통에 쉬 슨 것은 모르고 손톱 밑에 가시 든 것만 생각한다는 푼수로, 일본인들이 조선팔도의 땅을 야금야금 먹어 들어가는 것은 모르는 척하였다. 사촌이 땅을 사면 배가 아프다는 말은 잘도 되뇌면서도 일본인들이 조선의 땅을 사는 데는 누구 하나 가슴아파하는 사람이 없었다. 다만 남의 땅을 부쳐 먹고 사는 소작인들만이 그나마 도지 땅이 넘어가지나 않을까 하고 걱정들을 하는 것이었다.

큰 벽시계가 무거운 추를 흔들며 다섯 시를 알리자 순영은 딱딱한 나무의자에서 천천히 일어나 시공서장의 널찍한 책상 뒤쪽 벽에 붙은 거울 앞으로 다가갔다. 순영은 거울을 들여다보며 푸수수하게 일어선 머리털을 손바닥으로 다독거렸다. 순영은 시공서장이 사무실에 있을 때는 되도록이면 키가 커 보이게 하려고 머리털을 푸수수하게 위로 부풀어 보이게 하였다가도 로드 서장이 없으면 다시 얌전하게 다독거리곤 하였다. 순영은 자신이 서양여자에 비해 너무 키가 작은 것이 늘 마음에 걸렸다. 로드 서장이 자기를 어린아이 취급을 할까 걱정인 것이었다.

거울에 비쳐 보인 순영이는 어머니를 닮아 야리야리한 몸매에 동그란 얼굴이 탐스러웠다. 적당하게 솟은 코며 오목한 입, 발그레한 두 볼, 토련의 넓고 반들반들한 잎에 또그르르 구르는 아침 이슬처럼 영롱한 눈이 잘 가꾸어놓은 사월 화단에 분홍빛으로 피어나는 명자나무꽃처럼 아름답게 보였다.

순영이 어머니는 딸의 얼굴이 표 나게 고운 것 때문에 늘 걱정이었다. 꽃이 고우면 함부로 꺾으려 드는 사람이 많은 이치로, 여자가 너무 미색이면 뭇 남정네들이 집적거리기가 일쑤인지라 자칫 잘못하면 신세 족치고 만다고 믿었다. 그러면서 그녀의 어머니는 순영이의 눈에 고단(孤單)함이 엿보인다고 늘 걱정이었다. 그 눈 때문에 어머니는 순영이의 혼인을 서두르지 않았다. 맑은 하늘에 한 가닥 구름이 떠 있는 것과 같이 순영이의 초롱초롱한 눈에 한 줄기 우수의 검은 그림자가 머물러 있기 때문이라는 것이었다. 그러면서 그녀의 어머니는 순영이가 느지막하게 나이가 많은 남자한테 시집을 가야 상부살(喪夫煞)을 때워나갈 수가 있다고 하였다.

순영은 퇴근을 서두르느라 옷매무새를 추스르고 있었다. 미국인 로드 서장이 한성에 출장을 가고 없기 때문에 며칠 동안 순영은 한가로웠다.

아이 러브 유.

순영은 거울을 들여다보고 입모양을 예쁘게 해가면서 혼자 중얼거렸다. 로드 시공서장한테 처음 배운 미국말이다. 처음 그 말뜻을 알았을 때까지만 해도 그녀는 화끈하게 얼굴이 달아올랐었는데, 지금은 얼마든지 지껄여대도 부끄러움을 느끼지 못하였다.

순영이는 시공서에 들어온 지가 반년도 미처 안 되었으나 날마다 로드 서장한테 미국말을 배웠기 때문에 이제는 간단한 말은 할 수가 있다. 머릿속에서는 자나 깨나 로드 서장한테서 배운 미국말들이 봉숭아씨가 익어서 깍지를 깨뜨리고 터져 나오듯이 부스럭거리면서 쭈뼛쭈뼛 입 밖으로 새어나오려고 하였다. 순영은 로드 서장한테 아이 러브 유라는 말의 뜻이 나는 너를 사랑한다라는 것을 들어 알고, 미워한다라는 말은 무엇이라고 하느냐고 물어보았으나, 로드 서장은 그의 독특한 버릇대로 두 눈을 지그시 감고 소리 없이 푸시시 웃어 보이며, 당분간은 그런 말은 몰라도 된다면서 가르쳐주지 않았다. 그녀는 시공서에 들어온 후, 미국말로 나는 당신이 미워요, 싫어 죽겠어요라는 말을 수없이 뱉어 주고 싶은 사람이 있었다. 시공서 일본인 순사 하야시였다.

시공서는 제물포에 조계를 설정한 외국인들이 그들의 치안을 유지하기 위해 만든 외국인 경찰서였다. 벽돌로 지은 이층 건물이 두 채나 되었으며 직원으로는 미국인 로드 서장 외에 청국인 순사 한 명과 일본인 순사 두 명이 있을 뿐이었다.

순영이가 죽도록 싫어한 일본인 순사 하야시는 키는 작달막하지만 마치 곡식을 사래질하는 키를 거꾸로 세워놓은 것처럼 두 어깨가 떡 벌어진 스물다섯 살의 젊은이다. 하야시는 순영이가 시공서에 다니기 시작한 날부터 도깨비바늘처럼 지겹도록 그녀를 따라다니면서 집적거렸다. 순영이가 하야시를 싫어한 것은 그가 일본사람이기 때문이 아니었다. 그녀는 아버지처럼 외국인들에 대해 쌍지팡이를 휘두르면서 비난하거나 적대감을 갖고 싶지가 않았다. 그런데도 하야시를 굳이 싫어하게 된 이유는 행동거지가 남자답지 못하고 느물스러워, 그와 함께 있으면 마치 송충이가 몸에 기어 다니는 것 같은 징그러움을 느끼게 하기 때문이었다. 며칠 전 하야시는 순영이한테 그의 음충스러움을 노골적으로 드러내 보였다. 닷새 전의 일이었다. 순영이가 시공서의 변소에 쪼그리고 앉아 엉덩이를 까고 일을 보고 있는데 하야시가 벌컥 변소 문을 열어젖힌 것이었다. 벽돌로 새로 지은 이층 시공서는 제물포 안에서도 몇째 안 가는 큰 건물로 아래층에 유치장과 순사 사무실이, 이층에 시공서장의 방과 순사 합숙소가 있었고, 변소는 합숙소 옆에 붙어 있었다. 순영이는 출근을 하자마자 그녀의 집 안방보다 더 널찍하고 깨끗한 이층 변소에 들어가 문도 걸어 잠그지 않은 채 마음 놓고 일을 보고 있었다. 그날도 로드 서장은 한성에 출장을 가고 출근을 하지 않은데다가, 아래층에 있는 순사들이 이층에까지 올라올 리가 없을 것이라고 생각했던 것이었다. 그리고 설사 아래층 순사들이 이층 변소를 사용하기 위해 올라온다 해도 판자로 만든 층계의 삐걱거리는 소리가 들리기 때문에 마음을 놓고 느긋

하게 일을 보고 있었다. 하야시가 발짝 소리도 없이 이층으로 올라와 변소 문을 벌컥 열어젖혔을 때, 순영은 창졸간에 고쟁이를 끌어올릴 겨를도 없이 비명을 지르고 말았다. 그러나 하야시는 변소 문을 열고 서서 순영이가 쪼그리고 앉아 있는 모양을 허리까지 구부리고 들여 다보며 히히거리며 웃고 있었다. 순영은 고쟁이를 끌어올리는 대신 에 두 손바닥으로 얼굴을 가린 채 거듭 비명을 질러댔다. 그러나 아래 층에 다른 순사들이 모두 자리를 비운 듯 아무도 올라와서 하야시를 끌고 내려가지 않았다.

그런 일이 있은 후부터 순영은 하야시의 얼굴만 보면 온몸의 땀구 멍들이 벌름거리면서 소름이 돋았다. 그녀는 하야시의 흉물스러운 모습을 볼 때마다 다리가 마흔두 개나 달린 노랑머리 왕지네가 스멀 스멀 그녀의 등짝에 기어 다니는 것 같은 징그러움 때문에 온 몸이 근 질거리고 속까지 느글거렸다.

순영이는 하야시가 변소 문을 열어젖힌 일이 있은 후 시공서를 그 만둘까 하고 생각해보기도 했다. 그러나 로드 서장이 그녀에게 잘해 주고 있었고, 또 날마다 로드 서장한테서 미국말 배우는 것이 즐거워 차마 그만두지 못했다. 순영이는 로드 서장한테 하야시가 그녀를 귀 찮게 한다고 일러바칠까 하였으나 그만두었다. 자신의 일은 자신이 해결해야 한다고 생각했기 때문이다. 그녀는 그만한 일도 자신의 힘 으로 해결하지 못한다면 미국말을 배울 필요조차 없다고 생각했다. 순영이는 그만큼 여자답지 않게 당차고 대담한 데가 있었다. 그런 그 녀를 보고 어머니는 말끝마다 사내로 생겨날 것이 여자로 잘못 태어

낳다고 하였다.

　순영이는 조용히 사무실 문을 열고 이층 복도로 나가 아래층을 내려다보았다. 아래층의 널찍한 순사 사무실에는 청국인 순사와 하야시가 칼을 옆구리에 찬 채 긴 의자에 앉아서 유성기 소리를 듣고 있었다. 순영이는 하야시가 있는 것을 보고 이층 시공서장 사무실로 다시 들어와 버렸다. 하야시가 아래층에서 순영이가 내려오기를 솔개가 병아리 엿보듯 기다리고 있을 것이 분명했기 때문이다. 어제도 하야시는 순영이가 퇴근하기를 기다렸다가 진득찰처럼 찰싹 달라붙어서 집 근처까지 따라오지 않았던가.

　순영이는 다시 벽시계를 보았다. 여섯 시가 가까워지고 있었다. 서둘러야 했다. 어둡기를 기다렸다가 화도고개에 가는 것은 더욱 위험했기 때문이다. 어쩌면 하야시는 어두워지기를 기다리고 있는 것인지도 몰랐다. 그날 순영은 집으로 돌아가는 길에 화도고개에서 장대불이와 만나기로 약조를 하였다. 순영은 일 년 전에 이종오빠 짝귀의 소개로 장대불을 알게 되었다. 장대불은 제물포 해관(海關)의 등짐꾼이었다. 순영이는 장대불이의 고향이 전라도 영산강변 어디라는 것과, 서른이 가깝도록 장가를 들지 않아 딸린 식솔이 없다는 것, 그리고 그녀의 이종오빠와 함께 동학군이 되어 갑오년 난리를 겪은 후 제물포까지 피신해왔다는 것 정도를 알고 있을 뿐이었다. 순영은 이상하게도 장대불에게 마음이 끌리고 있음을 알았다. 따지고 보면 장대불은 내세울 것이 없는 남자였다. 그런데도 그녀는 말이 없이 과묵한 편인 그에게 마음이 쏠린 것이었다. 순영이가 보기에 장대불이는 마음속에 무서운 화약을 품고 있는 것만 같았다. 그리고 언젠가는 그 화약이 터져 세상을 깜짝 놀라게 할 것만 같은 예감이 들었다. 그러나 순영이 아버지와는 달리 세상일에 대해서 함부로 불평을 말하지 않았다. 그가 순영이한테 하는 말이란 언제나 영산강과 고향 이야기뿐이었다.

순영이는 대불이와 만날 시간이 지난 것을 알고 서둘러 아래층으로 내려갔다. 화도고개까지 따라오고 싶으면 따라오라는 배짱이었다.

"오이 순영 씨. 이제야 내려오시므니까. 오늘 저녁에는 이 하야시가 순영 씨한테노 맛이나 있는 청요리를 사주고나 싶어서 눈이 빠지게노 이렇게 기다리고 있었으므니다."

순영이가 턱 끝에 힘을 주고 아래층으로 내려가자, 하야시가 잽싸게 나무의자에서 일어나며 음흉을 떨었다.

순영이는 하야시를 거들떠보지도 않고 여전히 턱 끝에 힘을 모아 눈심지를 빳빳하게 치뜨며 시공서의 큰 문을 열고 밖으로 나갔다. 여섯 시 반이 지났는데도 아직 하루의 쇠잔한 햇살이 시공서의 양철지붕 위에 비스듬히 꽂혀 내리고 있었다. 그녀는 엿가락처럼 찐득하게 느껴지는 지붕 위의 햇살을 보면서 이제 봄이 무르익고 있음을 감지하였다. 햇살이 약해지면서 바람이 제법 삽삽해졌다. 그러나 순영은 적당히 차가운 바닷바람이 좋았다.

순영은 선창 쪽으로 걸음을 옮겼다. 석양 무렵의 바닷바람을 흠뻑 맛보고 싶었기 때문이다. 그녀에게 바닷바람은 우울증과 가난의 슬픔을 씻어주는 신비한 약이기도 하였다. 아무리 슬프고 답답한 일이 있더라도 바닷바람만 쐬고 나면 머릿속이 이내 개운해지는 것이었다. 겨울바람은 날카롭지만 냉엄한 데가 있어서 좋았고, 봄의 바닷바람은 부드러우면서도 신선해서 좋았으며, 여름의 눅눅한 갯바람은 넉넉하면서도 어머니의 땀 냄새처럼 향기로워서 좋았고, 가을의 메마른 바람은 파도의 뒤척이는 소리처럼 듣기 좋았다.

순영은 하야시가 분명 그녀를 뒤따라오는 것을 알고 그를 따돌릴 궁리를 하였다. 그녀는 걸음을 빨리 걸으려고 하였으나 검정고무신이 발보다 커서 헐렁거렸다. 순영은 로드 서장이 선물로 사다준 짙은 갈색의 가죽지갑을 옆구리에 꼭 끼고 검정고무신에 짧은 통치마를 입고 거리를 걸어 다닐 때마다 기분이 우쭐해졌다. 제물포 안에서 외국여자들을 제외하고 순영이 자신처럼 개화된 차림을 한 여자는 별로 눈에 띄지 않았기 때문이다. 더구나 그녀는 비록 하야시한테 창피를 당하기는 하였으나, 안방보다 더 깨끗한 변소를 사용할 수가 있고 향내 나는 거품이 부걱부걱 일어나는 비누로 목욕도 하지 않는가. 그러나 무엇보다 순영이가 우쭐대고 싶은 것은 자신은 미국말을 할 줄 안다는 사실이었다. 그녀 생각에 제물포 바닥 안에서 조선여자치고 순영이 자신만큼 미국말을 잘하는 여자는 아무도 없을 것 같았다. 순영이의 미국말 실력이 부쩍부쩍 늘자 로드 서장은 장차 그녀를 미국여자가 경성에 세웠다는 여학당에 보내주겠다는 약속까지 하지 않았던가.

순영이는 선창거리 어물전 앞을 지나면서 힐끗 뒤를 돌아다보았다. 하야시가 몇 걸음 뒤에 칼을 차고 비식비식 웃는 얼굴을 하고 따라오고 있었다. 순영은 어물전 앞에서 곧장 큰길로 걸어가는 척 하다가 조붓한 골목으로 몸을 숨겼다가 오던 길로 돌아서 걸었다. 그리고 잠시 후에는 상수리나무며 소나무, 팽나무들이 듬성듬성 서 있는 화도고개를 추어 오르고 있었다. 어느덧 사위가 어둠에 묻혀가기 시작했다. 고갯마루에 장대불이가 먼저 나와서 기다리고 있었다.

"왜 이리 늦었어?"

언제나처럼 장대불의 목소리는 마치 오뉴월 장마에 돌담 무너지는 소리처럼 왁살스러웠다.

"하야시놈을 따돌리느라 혼났어요."

순영은 어둠에 묻혀가는 장대불의 거뭇거뭇한 턱수염과 안광이 빛나는 눈을 바라보며 말했다. 순영은 장대불의 그 빛나는 눈이 마음에 들었다.

"하야시가 순영이를 오지게 좋아허는갑구만 그랴."

"그런 소리 마시구 그 자식 좀 어떻게 혼내줄 수가 없수?"

"내가 무신 힘이 있간듸?"

"하야시 때문에 죽겠시요."

"왜놈들 땜시 죽겠다고 하는 사람 많당께. 순영이 아부님도 밤낮 왜놈덜 뵈기 싫어 죽겠다고 안 허시든감."

"그놈은 찐드기 같다구요."

"신여성이 될라면 그만한 고초쯤은 이겨내야재 잉."

대불이가 순영이를 비아냥거렸다. 그는 할 수만 있다면 순영이의 그 검질긴 성깔을 되알지게 한바탕 헤집어놓고 싶었다.

대불이가 보기에 순영이의 허파에는 개명시대의 허황한 바람이 가득 들어차 있는 것 같았다. 그리고 그녀는 그 허황한 바람 때문에 끝내는 신세를 족치고 말 것이라는 예감이 들기도 했다. 대불이는 그런 허튼 여자와 가까이 사귀고 싶은 생각이 별로 없었다. 그동안 짝귀 형의 성화 때문에 서너 차례 만나서 순영이의 됨됨이를 얼추 헤아려 본 바로는 결코 순탄하게 살아갈 여자 같지가 않게 느껴진 것이었다. 그리고 대불이로서는 그런 순영이를 감당하기 어렵다는 것을 알고 되도록이면 냉정하게 대해오던 터였다. 그런데도 순영이 쪽에서 한사코 보쟁이려고 하는 것이었다. 그날 저녁에도 먼저 만나자고 한 것은 순영이였다. 그녀가 짝귀 형을 통해 만나자는 기별을 전해 왔기에 어정쩡한 마음으로 화도고개에 나온 것이었다. 순영이의 기별을 받고도 그는 떨떠름한 마음이 되어 짝귀 형한테 자기는 나가기 싫으니 그녀에게 그렇게 전해달라고 하였으나, 짝귀 형이 날 저물 때 처녀 혼자 외딴 산 고개에서 서성거리게 할 수가 없지 않겠느냐면서 등을 떠밀기에 마지못하여 모습을 나타낸 것이었다. 갑오년 때 생사고락을 함께했던 짝귀 형은 대불이가 여자를 만나 제물포에 정착하기를 바라는 마음에서 두 사람을 짝지어주려고 무던히 마음을 쓰고 있었던 것이었다. 짝귀는 늘 대불이에게 "순영이 그 아이는 보짱이 커서 자네 같은 사내가 잡도리를 해야 허네. 이제는 말바우 어미 생각은 잊어뿔고 순영이한테로 마음을 돌려보게. 순영이가 내 이종동생이라고 해서 하는 말이 아니네만, 그만 하면 인물도 반반허고 속도 슬거워서 자네한테는 잘 어울릴 것일세" 하고 말하던 것이었다.

"누가 하야시 놈 좀 혼내줬으면 좋겠는데……."

대불이 쪽에서 아무 말도 없자 순영이가 다시 입을 열었다.

"시공서를 그만두면 될 것이 아닌감!"

"시공서를 그만두다니오?"

"왜 그만둘 수가 없는 게여?"

"미국말은 어디서 배우라고요?"

"미국말은 배워서 어쩔려구?"

"개명시대에는 일본말이나 미국말을 배워둬야 잘 살 수가 있답니다요."

대불이는 순영이의 그 말에 코웃음을 치며 "개명시대 너무 좋아허지 마씨요. 개명바람에 멍들게 될 테니깐" 하고 말했다.

"우리 숙부님은 그래도 하루빨리 개명시대가 와야 살기 좋은 세상이 된다던데요."

"숙부님한테는 살기 좋은 세상이 될지는 모르재만 조선사람들한테는 개똥같은 세상이 될 게유. 나는 개명이 싫소. 이것은 개명이 아니라 개악이오."

대불이는 순영이 앞에서 처음으로 세상일에 불평을 말하였다. 그는 갑자기 울화가 뻗질러 올라 큰 소리로 속에 감추어진 생각을 토해내려다가 애써 참았다. 그는 말없이 바다를 내려다보았다. 바다에 어둠이 덮이고 있었다. 그의 마음속 깊숙이 또아리진 생각처럼 짙고 무거운 어둠이었다. 바다가 땅속 깊이 가라앉고 있는 듯싶었다. 땅속 깊이 가라앉은 바다에서 어둠의 끈끈한 점액질들이 연기처럼 피어올랐다.

"밤이 깊었는디 그만 내려갑시다."

대불이는 어둠에 묻힌 바다를 보며 나지막하게 말했다.

"조금만 더 있다가 가요."

그러면서 순영이는 풀섶 위에 손수건을 깔고 앉았다. 대불이는 그대로 어둠속에 박힌 말뚝처럼 서 있었다. 그는 고향사람들을 생각했다. 대불이가 고향 새끼내를 떠나온 지도 벌써 삼 년이 훌쩍 지나갔다. 그는 갑오년 때 나주성 싸움에서 패한 후, 새끼내를 떠나와서 짝귀 형과 함께 여기저기 떠돌음 하다가 제물포까지 흘러들어오게 된 것이었다. 그는 요즈막 갑자기 새끼내 식구들이 보고 싶어졌다.

"자 어서 그만 내려갑시다. 그리고 우리들 앞으로는 만나지 맙시다."

대불이의 말에 순영이가 후드득 일어났다.

"만나지 말자니요?"

"만나야 할 건덕지가 없지 않남요? 순영이는 앞으로 꼬부랑말 배워갖고 여학당에 들어간담서요? 헌디 나는 고작 세관창의 등짐꾼이 아니오. 개명여성과 등짐꾼은 어울리지 않는구만요."

대불이는 그렇게 말하고 앞서 고개를 내려가기 시작했다. 하는 수 없이 순영이도 대불이의 뒤를 따랐다. 화도고개를 내려오면서 대불이는 앞으로는 다시 순영이를 만나지 않으리라 결심하였다. 이상하게도 그는 순영이를 만나고 나면 기분이 거무죽죽하게 젖곤 하는 것이었다.

순영이만 만나면 괜히 울화가 치밀어 올랐으며, 소식도 모르는 말바우 어미 생각이 그의 마음을 휘저었다. 그런 생각을 하고 있는 대불이의 뒤를 따라 내려오고 있는 순영이도 다시는 저런 멋대가리 없는 남자와 만나지 않아야겠다고 스스로 다짐을 하였다. 순영이는 대불이를 만날 때마다 그렇게 다짐을 하는 것이었으나, 며칠이 못 가서 그와 같은 결심이 사그라져 버리곤 하였다. 그녀는 그런 자신의 심사가 얄밉기까지 하였다. 따지고 보면 대불이는 그녀보다 나이가 아홉 살이나 많은데다가 근거도 없이 떠돌음 하는 등짐꾼에 지나지 않는 사람이었던 것이다. 그런데도 그런 남자한테 마음이 쏠리고 있는 자신이 싫었다. 단 하나 순영이의 마음에 드는 점이 있다면 그가 여느 남자들에 비해 사내답다는 것이었다. 그의 뚝뚝한 성질은 영락없이 그녀의 아버지를 닮았다고 생각했다. 그녀는 자상한 점이라고는 찾아볼 수 없고 선불 맞은 멧돼지처럼 뻣세고 뚝뚝하기만 한 아버지를 결코 좋아하지 않으면서도 이상하게 아버지의 성미를 닮은 대불이한테 마음이 끌리고 있는 얄궂은 자신의 심사를 알 길이 없었다.

만나지 않으리라. 다시는 그에게 마음의 문을 열어주지 않으리라. 순영은 고개를 내려오면서 몇 번이고 자신에게 다짐했다.

함께 화도고개를 내려오면서 아무도 먼저 입을 열지 않았다. 두 사람의 마음은 그렇듯 어둡게 닫혀 있었다. 저녁바람이 적당하게 불어와 음울하게 가라앉은 두 사람의 마음을 더욱 무겁게 만들었다. 다시는 만나지 않겠다고 서로들 마음속으로 다짐을 했으면서도 그들은 저마다 기분이 언짢은 것이었다. 언짢은 정도가 아니고 마치 오랫동안 정분을 나누다가 헤어지기라도 하는 것처럼 마음이 허전하기까지 한 것이었다. 하기야 그들이 서로 알게 된 것도 벌써 일 년이 지났다. 그동안 그들은 한솥밥을 먹으면서 기스락물에 토마루 구멍 뚫리는 푼수로, 서로의 마음에 알게 모르게 정나미가 스며들게 되었던 것이다.

대불이는 순영이를 집에까지 바래다주었다. 서로 만나지 말자고 했지만 어차피 그들은 날마다 얼굴을 마주쳐야 할 형편이었기 때문이다.

"그러면 들어가. 나는 응신청으로 돌아갈랑께."

순영이네 주막 가까이 이르렀을 때 대불이가 발걸음을 멈추며 말했다. 그가 순영에게 반말을 한 것은 오뉘처럼 대하고 살자는 뜻에서였다. 그는 지금까지도 존댓말을 하다가 더러는 말을 내리기도 했었다. 순영이는 대불이의 말에 신풍스럽다는 듯 한마디의 대꾸도 없이 고삿 모퉁이를 돌아가 버렸다.

대불이는 한동안 그 자리에 멍청하게 서 있다가 천천히 발걸음을 돌렸다. 그는 일본조계의 큰길로 내려왔다. 일본조계의 거리에는 남폿불이 휘황하였다. 그는 일본인 상점들의 불빛을 보자 오히려 마음이 어두워졌다. 그는 세관창 등짐꾼들의 합숙소인 응신청과는 반대쪽인 타운센드 상사 앞을 지나, 포목점이며 잡화점이 즐비하게 늘어선 선창거리로 나왔다. 거리에는 일본사람들이 왜나막신을 신고 지나다녔다. 왜나막신이 땅에 끌리는 소리가 그의 뒤통수에 끌질을 해대는 것처럼 섬쩍지근하게 들렸다. 조선사람들 모습은 별로 눈에 띄지 않았다. 이따금 조선 아이들이 남폿불이 휘황한 일본인 상점을 구경하느라 겁먹은 얼굴로 기웃거리는 모습이 보였다. 과자와 잡화를 파는 일본인 상점 앞에 열 살 안팎의 아이들 여남은 명이 웅성거리고 있었다. 대불이는 잡화점 앞을 그냥 지나치려다가 잠시 걸음을 멈추어 섰다.

"덴노헤이까 반자이!(천황폐하 만세)"

한 아이가 상점 안으로 얼굴을 디밀고 큰 소리로 말했다. 그러자 키가 작달막하고 몸집이 왜소한 일본인 상점 주인이 고개를 끄덕이며 방금 천황폐하 만세를 외친 아이에게 빨간 눈깔사탕 하나를 집어주었다. 그러자 또 다른 아이가 역시 조금 전의 아이처럼 상점 안으로 고개를 디밀고는 목청껏 "덴노헤이까 반자이" 하고 외치는 것이었다. 그 아이도 눈깔사탕 하나를 받아들고 신이 나서 깡총거렸다.

다음번에는 앞의 두 아이보다 키가 작고 서너 살쯤 아래로 보이는 아이가 멈칫멈칫하다가는 용기를 내어 상점 안으로 들어서더니 "덴노…… 덴노……" 하고 얼버무렸다. 그러자 안경을 코끝에 걸친 늙은 상점 주인이 인상을 일그러뜨리며 "지갓다. 소노쓰기.(틀렸다. 다음 놈)" 하고 신경질적으로 소리쳤다. 그러자 뒤통수에 버짐이 피어 외삼촌 산소 벌초해놓은 것처럼 옹긋쫑긋 볼썽사납게 머리를 깎은 아이가 무안해서 울음을 터뜨릴 것 같은 얼굴로 상점에서 나와 버렸다.

"소노쓰기!"

일본인 상점 주인이 소리쳤다. 그러자 이번에는 몸피가 겨릅대처럼 깡마르고 키가 큰 아이가 용감하게 상점 안으로 들어서더니 "덴노…… 덴노하이까…… 반……" 하고 더듬거렸다.

"빠가야로. 요꾸와까라나꾸쨔 아메다마오야란조!(나쁜 놈. 분명히 알아가지고 오지 않으면 사탕을 안 준다)" 하고 거칠게 나무람 하였다. 그러자 깡마른 아이가 놀라 뒷걸음질을 쳤다.

"소노쓰기."

일본인 상점 주인이 다시 소리쳤으나 나머지 아이들은 자신이 없어 상점 안으로 들어서지 못하고 멈칫거렸다.

그러자 일본인 상점 주인은 아이들을 향해 "요꾸와까라나꾸쨔 아메다마오야란조!"라고 큰 소리로 말하며 닭을 쫓듯 손을 휘저었다. 이 광경을 잠자코 구경하고 있던 대불이가 잡화점 안으로 들어섰다.

"사탕 열 개만 주씨요."

대불이는 돈을 내밀며 조선말로 분명하게 말했다. 그러자 일본인 상점 주인은 양철통 속에서 눈깔사탕 열 개를 집어서는 거스름돈과 함께 내주었다. 대불이는 사탕을 들고 상점 밖으로 나와서 아이들을 불러 모았다. 그는 조금 전에 일본인 상점에 들어갔다가 "덴노헤이까 반자이"를 분명하게 외지 못하고 어물어물하다가 사탕 대신에 욕만 얻어먹고 나온 아이들과 아예 상점 안으로 들어서지도 못하고 문밖에 서 있기만 하던 몇 명에게 사탕을 하나씩 나눠주었다. 그러자 유창한 일본말로 "덴노헤이까 반자이"를 외어 사탕을 얻어먹은 아이가 대불이에게 다가와서 손을 내밀었다.

"너는 조금 전에 덴노헤이까를 외친 값으로 일본사람한테서 사탕을 얻어먹지 않았더냐?"

대불이가 부드러운 목소리로 말했다. 그러자 눈이 자그맣고 아래턱이 팽이 끝처럼 날카롭게 생긴 그 아이가 일본사람한테서 얻은 사탕을 입속에 넣고 굴리면서 대불이를 쏘아보더니 "아까는 내 실력으로 얻어먹은 거라요" 하고 야무지게 말했다.

"만수는 날마다 사탕을 얻어먹어요."

머리에 버짐 핀 아이가 자랑스러운 듯 말했다.

"날마다?"

"그래요. 다나까 상점주인은 날마다 일본말을 그 앞에서 한마디씩 외면 사탕을 하나씩 던져준다구요. 어저께는 니혼 반자이를 외웠고 그저께는 오하이오 고자이마스를 외우게 했다구요. 다나까 상점 주인은 사탕을 주면서 우리한테 일본말을 배워주고 있는 거라니께요."

눈이 작은 아이가 자랑스럽게 말하였다. 대불이는 그를 탓하고 싶은 생각이 없었다. 왜냐하면 그 아이의 잘못이라고 생각하지 않았기 때문이었다. 대불이는 그에게도 눈깔사탕을 하나 주었다.

"얻어 묵는 것은 좋지가 않다. 그러니 묵고 싶어도 참아라."

대불이는 아이들에게 그 말만을 해주었을 뿐이었다. 그렇지만 아이들을 뒤로 하고 혼자 세관창 쪽으로 가고 있는 대불이의 마음은 계속 음울하게 가라앉아 있었다.

대불이는 응신청으로 돌아가지 않고 세관창 쪽으로 계속 내려갔다. 건어물전을 지나서 청국인 요리점 앞을 지나다 말고, 태화루의 엄장하고 둔팍하게 생긴 중국인으로부터 내동댕이침을 당해 길바닥에 나자빠진 비렁뱅이 남자를 부축해 일으켰다. 사십대의 사대삭신이 멀쩡한 비렁뱅이 사내는 길바닥에 팽개쳐진 나무로 된 동냥그릇을 집어 들고는 청요릿집을 향해 퉤퉤 침을 뱉어냈다.

"이거 보씨요. 아직 저녁을 먹지 못한 모양이구려."

대불이가 비렁뱅이 사내에게 말하며 조금 전에 사탕을 사면서 받은 거스름돈을 동냥그릇에 넣어주었다. 그러자 비렁뱅이 사내가 몇 번이고 허리를 굽실거리며 고마운 마음을 표시했다. 대불이는 일본인 상점에서 비치는 남포불빛에 비렁뱅이 사내의 얼굴을 얼핏 들여다보았다. 아무리 보아도 비렁뱅이 같지가 않았다.

"이거 보씨요. 사대삭신이 멀쩡해갖고 왜 비렁뱅이질이요? 그 동냥그릇 집어던져베리고, 나랑 함께 응신청으로 갑세다. 당신 같으면 등짐꾼 노릇을 헐 수가 있을 게요."

그러면서 대불이는 비렁뱅이 사내의 팔을 잡았다. 억지로라도 응신청으로 끌고 가고 싶었던 것이다. 그러나 비렁뱅이 사내가 대불이의 손을 뿌리쳤다.

"내 한 몸뚱이라면 이 짓거리를 하겠수?"

비렁뱅이 사내가 대불이의 손을 뿌리치고 나서 하는 말이었다.

"식솔이 있소?"

"식솔이라고요? 내 식솔은 비렁뱅이가 아니라우. 비록 매인 몸이긴 해두 입 걱정은 안헌다우."

비렁뱅이 사내는 알 수 없는 말을 하였다.

"그렇다면 누구 때문이요? 한 몸뚱이라면 이 짓거리를 하지 않을 것이라고 했지 않소?"

"우리 도련님 팔자 탓이지요."

"도련님이라고 했소?"

"그래요. 금지옥엽 같은 우리 도련님 때문이지요."

비렁뱅이 사내는 점점 더 아리송한 말을 하였다. 대불이는 도무지 그가 말하고 있는 내용을 가늠할 수가 없었다.

"그래, 도련님은 어디에 있소?"

"세관창 뒤 낡은 창고에 기신다우. 아매 시방 저녁거리를 비럭질 해오기만 눈이 빠지게 기다리고 기실 거유."

"그렇다면 댁은 금지옥엽 같은 도련님 때문에 밥을 빌러 다닌단 말이요?"

"그러면 내 목구멍 때문에 이 짓을 할 것 같수?"

"그렇다면 그 함지 이리 주씨요. 내가 먹을 것을 좀 사올 테니 여기 기다리고 있스씨요."

그러면서 대불이는 비렁뱅이 사내로부터 동냥그릇을 받아들고 세관창 모퉁이에 있는 조선인 주막으로 들어가 국밥 두 그릇을 사서 함지에 담아들고 나왔다.

"어서 댁의 도련님에게 가봅세다."

대불이가 뜨끈뜨끈한 국밥이 가득 담긴 함지를 비렁뱅이 사내에게 넘겨주면서 말했다. 대불이는 비렁뱅이 사내의 금지옥엽 같은 도련님을 한 번 구경하고 싶은 호기심이 생겼기 때문에 비렁뱅이 사내의 앞장을 섰다.

"우리 도련님을 만나뵈시려굽쇼?"

"그렇소. 지체 높으신 댁의 도련님이 어떤 분인지 한 번 만나보고 싶소."

"좋쒀다. 저녁거리를 사주셨으니끼니 우리 도련님을 만나 뵙게 해드리지요."

그러면서 비렁뱅이 사내는 대불이를 제치고 앞서 걷기 시작했다. 대불이는 잠자코 비렁뱅이 사내의 뒤를 따랐다. 비렁뱅이 사내는 세관청 옆의 쓰레기더미 앞을 지나서 억새가 우거진 갯가를 타고 걷다가 상엿집 같은 낡은 창고 가까이에 이르렀다. 대불이는 날마다 세관창을 드나들면서도 그곳에 그런 창고가 있는 줄은 몰랐었다.

"내가 먼저 들어가서 우리 도련님께 말씀을 드릴 테니 잠시 여기서 기다리슈."

비렁뱅이 사내가 명령하듯 대불이에게 말하고 먼저 창고 안으로 들어갔다.

비렁뱅이 사내가 창고 안으로 들어간 직후에 창고의 판자 틈새로 희미하게 불빛이 새어나왔다. 대불이는 창고에서 십여 보쯤 떨어진 자갈밭에 서서 비렁뱅이 사내가 그에게 들어오라는 말을 해올 때까지 꼼짝하지 않고 서 있었다. 그러나 그가 창고 밖에 서 있기 시작한 지가 담배 한 대참이 훨씬 지나도록 들어오라는 말이 없었다. 그렇다고 비렁뱅이 사내와의 약속을 무시하고 창고 안으로 뛰어 들어가고 싶지는 않았다. 그로부터 한참 후에야 비렁뱅이 사내가 창고의 낡은 판자문을 열고 얼굴을 밖으로 내밀더니 들어와도 좋다는 손짓을 하였다.

대불이는 기름 심짓불이 호드득거리는 창고 안으로 들어서는 순간 손으로 코를 쥐어 막지 않을 수가 없었다. 물고기 썩는 냄새가 코를 찔렀기 때문이었다.

"처음에는 냄새가 좀 고약하지요. 그렇지만 조금만 있으면 아무 냄새도 안 나지요. 여기가 원래 잡어를 말렸다가 보관하는 창고랍되다요."

비렁뱅이 사내가 코를 쥐어 막고 있는 대불이를 보며 말했다.

"냄새가 너무 지독합네다."

대불이는 코를 쥐어 막은 채 코맹맹이 소리를 내며 말했다. 그렇게 말하면서 얼핏 창고 안을 둘러보았다. 대여섯 평 남짓 되는 창고의 여기저기에 찌그러진 궤짝이며 짚 부스러기, 헌 가마니, 타다 남은 장작 등이 어질더분하게 널려 있었고, 여닫을 때 삐걱거리는 소리가 요란한 판자문 맞은편에 두 사람이 겨우 누울만한 자리에 짚과 거적을 깔아놓았으며, 그 거적 위에서 열 살 안팎의 길게 머리를 땋아 늘인 사내아이가 방금 비렁뱅이 사내가 들고 온 국밥을 게걸스럽게 퍼먹고 있었다. 얼굴이 핼쑥한 사내아이는 대불이를 쳐다보지도 않았다. 사내아이 앞에는 비렁뱅이 사내가 무릎을 꿇고 앉아서 사내아이가 국밥을 퍼먹는 모양을 들여다보고 있었다. 비렁뱅이 사내는 아직 저녁을 먹지 않았다고 했는데도 그는 음식에 손을 대지 않고 있었던 것이다.

"이제는 코를 쥐어 막지 않아도 될 거웨다."

비렁뱅이 사내가 대불이를 힐끗 쳐다보며 말했다. 아닌 게 아니라 코에서 손을 떼어보았더니 처음 창고 안으로 들어설 때보다는 냄새가 덜했다. 그러나 심짓불 타는 냄새가 너무 고약했다. 아마 썩은 고등어의 기름으로 심짓불을 켜고 있는 것이 분명한 듯싶었다. 그나마 창고의 판자문 틈새로 갯바람이 널름거리는 탓으로 기름불이 춤을 추듯 바람을 타고 출렁거렸기 때문에 냄새가 더한 듯싶었다.

"도련님 다 잡수셨습네까요?"

잠시 후에 비렁뱅이 아이가 수저를 놓고 물러앉으며 게트림을 하자, 비렁뱅이 사내가 동냥함지를 들여다보며 물었다. 비렁뱅이 아이는 대답 대신 고개를 끄덕이고 나서 힐끔 대불이를 보았다. 비렁뱅이 사내는 그제야 국밥 함지에 숟갈을 넣었다. 그러나 남은 음식은 몇 숟갈 되지 않았다. 그는 겨우 서너 숟갈을 입에 떠 넣고 나서는 함지를 쳐들고 마지막 한 방울의 국까지도 쫄쫄거리며 둘러마셨다. 그는 비렁뱅이 아이가 먹고 남긴 찌꺼기만으로 겨우 저녁을 때운 것이었다.

"네가 우리 전 서방 친구냐?"

비렁뱅이 아이가 대불이를 보며 물었다. 비렁뱅이 주제에 어른한테 해라로 하대를 하는 그 아이의 태도에 화가 나기는커녕 어이가 없어 웃음이 터져 나오려고 하였다. 그러자 비렁뱅이 사내가 동냥함지를 치우면서 대불이를 향해 한쪽 눈을 찡긋해 보이던 것이었다.

대불이는 그 눈짓의 의미를 곧 알아차리고 "그렇구만요. 쇤네는 전 서방의 친구로구만요" 하고 마치 옛날에 상전들에게 하던 대로 답하며 허리까지 굽적거렸다.

"성이 있느냐?"

비렁뱅이 아이가 건방진 얼굴을 하고 다시 물었다. 대불이는 웃음이 터져 나오려는 것을 억지로 참았다.

"장가이옵니다."

"그래 장 서방은 뉘 댁 비자냐?"

"예? 아, 예— 옛날에는 노루목 양 진사 댁의 비자였습니다만 시방은 아무에게도 매인 몸이 아니로구만요."

대불이는 천연덕스럽게 말했다.

"누가 장 서방을 놓아주었다는 겐가?"

비렁뱅이 아이가 다시 물었다. 대불이는 대답을 하지 않았다. 언제까지나 아이의 말에 고분고분 대답을 하고 싶지가 않았기 때문이다. 그러나 비렁뱅이 사내가 다시 대불이를 향해 눈을 찡긋해 보였다.

"나라에서 놓아주었습지요. 인제는 아무도 사람을 종으로 부릴 수 없답니다요. 사람을 부리면 마땅히 응분의 대가를 주게 되었습니다요. 인제는 일을 시키면 한 만큼 삯을 받게 되어 있습지요."

"누가 그러더냐?"

갑자기 비렁뱅이 아이가 소리를 꽥 내질렀다.

"종은 종이고 상전은 언제까지나 상전인 게야. 전 서방은 어찌 저런 고약한 놈을 친구로 사귀었는가, 집에 가면 내 아버님께 고해바칠 테다."

비렁뱅이 아이가 큰 소리로 꾸짖자 비렁뱅이 사내가 연신 허리를 굽적거리며 잘못을 빌었다. 그러면서 그는 대불이에게 어서 나가달라는 눈짓을 하였다. 그러나 대불이는 창고 밖으로 나갈 생각을 하지 않고 그대로 서 있었다. 대불이는 비렁뱅이 사내와 그에게 큰소리를 치고 있는 그 건방지고 무례한 아이 사이가 어떤 관계인지는 모르나 어디가 잘못되어도 크게 잘못되었다는 생각을 하면서 측은한 눈길로 그 사내를 보았다.

"나 좀 봄세다."

대불이가 비렁뱅이 사내에게 턱짓으로 말하고 창고 밖으로 나갔다. 그는 창고 밖에 서서 비렁뱅이 사내가 나오기를 기다렸다. 잠시 후에 그가 지싯거리는 걸음으로 나와 어둠속으로 대불이를 바라보았다.

"미안하웨다. 우리 도련님 성미가 저런다우."

비렁뱅이 사내가 대불이를 창고에서 조금 떨어진 곳으로 끌며 말했다.

"어찌된 게요?"

대불이가 물었다. 그는 아무래도 그들 두 사람의 관계를 이해할 수가 없었던 것이다.

"뭬가 어찌되었다는 게유?"

"아니, 뭣 땜시 저런 호로불상놈의 애새끼 시중을 들고 있는 건지 모르겠소 그려."

"이보시유, 말 조심하시구례. 우리 도련님한테 호로불상놈이라니!"

비렁뱅이 전 서방이 정색을 하고 대불이의 말에 불만을 표시했다. 대불이는 그의 말투로 보아 어둠속일지라도 전 서방의 일그러진 얼굴 표정을 헤아릴 수가 있을 것 같았다.

"저놈이 전 서방의 상전이란 말이요?"

"그렇쇄다. 우리 도련님이 뉘 댁 자제분이신지 아시우?"

"이엄진 대감의 독자시라우."

"이엄진 대감이 뉘긴듸요?"

"이 대감님을 모르는 것을 보니 조선사람이 아니로구만."

비렁뱅이 전 서방이 대불이를 무시하는 태도로 비아냥거렸다.

"그런 고관 댁의 자제가 어찌하여 비렁뱅이가 되얐단 말이요?"

대불이가 궁금하게 생각한 것이 바로 그 점이었다. 아무리 세상이 둔갑을 하듯 요변을 한다 해도 대감 댁의 자제가 비렁뱅이 노릇을 한다는 것이 이해가 가지 않는 것이었다.

"팔자때암을 하기 위해서라우."

"팔자때암이라니요?"

"우리 도련님 운세에 언젠가 한 번은 비렁뱅이가 될 팔자를 타고났답니다요. 그래서 미리서 그 팔자땜을 하기 위해 일 년 동안 비렁뱅이 노릇을 하게 된 거라우. 부모님들 잘 살 때 미리서 비렁뱅이질을 해버리고 나면 팔자땜을 하게 되어 앞으로 탈 없이 잘 사시게 될 것이 아니겠수?"

대불이는 비렁뱅이 전 서방의 이야기를 듣고 뱃속의 창자가 뒤틀리는 듯한 기분을 느꼈다. 그는 큰 소리로 웃고 싶어졌으나 애써 참았다. 집에서 호의호식할 수 있는 양반집 아들이 팔자막이를 위해서 일부러 비렁뱅이질을 하고 있다니, 도무지 이해가 가지 않았다. 더구나 양반집 아들이 비렁뱅이 노릇을 하는 동안에 하인을 데리고 다니면서 밥을 빌어 오게 하여, 전 서방까지도 팔자에 없는 비렁뱅이질을 하고 있지 않는가. 이건 분명 개명바람이 거꾸로 불고 있는 것이나 진배없는 일이 아닌가.

"그래 전 서방은 비렁뱅이를 뫼시는 하인이구료?"

대불이가 비아냥거리는 말투로 물었다.

"나는 이 대감 댁의 하인이라우. 조부님 때부터 그 댁 종이었다우."

전 서방은 조금도 부끄러워하는 기색이 없이 떳떳하게 말했다. 오히려 세도가의 하인임을 자랑으로 여기는 말투였다.

"언제까지 이 짓거리를 해야만 합네까?"

"집에서 나온 지가 이제 겨우 달포쯤 지났으니 아직도 열한 달이나 남았쉐다. 일 년은 다 채워야 한다니끼니 아직은……."

"지금이 어느 세상인데……."

대불이는 한숨을 길게 토하면서 중얼거렸다. 그는 전 서방이 불쌍하게 생각되었다. 상전의 팔자막이를 위해서 그 자신이 비렁뱅이 노릇을 하고 있는 그의 바보스러움 때문에 괜히 울화가 치밀었다. 대불이는 전 서방의 생각을 바꿔주고 싶었다. 대감 댁 아이의 운명과 전 서방의 운명이 다르다는 것을 설명해주고 싶었다. 그때문에 전 서방이 그 아이를 위해서 고생을 할 필요가 없다는 것을 말해주고 싶었다.

"앞으로 일 년 동안이나 이 짓거리를 어찌 하실라요. 엄동설한에 얼어 죽으면 어쩔라요."

"나도 그기 걱정이우. 비렁뱅이질을 해보니 그래도 구들장 위에서 잠자고 배고픈 것 모르고 살았던 하인 노릇하던 시절이 간절하웨다. 이 비렁뱅이질도 게으른 놈은 못하겠습다. 도련님과 내가 먹을 만큼 한 끼니 밥 동냥을 할라치면 못해도 스무 남은 집은 돌아 댕겨야 하는듸, 아니지요, 재수가 없는 날은 서른 집도 더 돌아댕기지요. 그것도 날마다 가는 집엘 다시 갈 수도 없구 허니께, 자꾸 멀어지거든요. 이래, 스무 남은 집을 돌아서 밥 동냥을 해개지구 와서 먹구설랑

트림 한 번 하고 나면 또 어느새 점심때가 되고, 점심 먹고 나면 금방 저녁때가 되구 그럽데다. 어찌나 바쁜지 세수할 시간도 없쉐다. 우리 도련님은 날마다 세수를 하시지만 내는 세수 못 한지가 닷새도 넘었다우."

그러면서 전 서방은 어둠 속에서 마치 세수를 하는 것처럼 손으로 얼굴을 서너 차례 문질렀다.

"집어치우고 나허고 응신청으로 갑시다. 세관청 등짐꾼이 되면 하인 노릇을 하는 것보담 나을 게요. 몇 년 돈을 여축하면 땅마지기라도 사게 될 거니께요."

대불이는 전 서방을 도와주고 싶었다. 전 서방으로 하여금 스스로의 인생을 살게 해주고 싶었다. 대불이는 전 서방에게서 지난날 자신의 모습을 발견했기 때문이었다. 그가 노루목 양 진사네 종으로 있을 때 양 진사의 부대낌에 근동의 가난한 농사꾼들한테 봇수세를 받으러 다니면서 행패를 부렸던 일을 생각하면, 그때 그는 온전히 자신의 삶을 살지 않았다는 생각과 함께 그렇게 후회스러울 수가 없었다. 그 무렵 그의 눈에는 양 진사의 들볶임에 못 이겨 사용하지도 않은 봇수세를 억지로 내야 했던 가난한 농군들의 비참한 사정은 보이지 않았던 것이다.

"시방 당장에 나를 따라갑시다. 나도 한때는 종놈이었소. 허나 시방은 아무에게도 매이지 않고 삽네다. 돈도 여축을 했소."

대불이가 마치 전 서방을 당장 응신청으로 끌고 가기라도 할 것처럼 그의 팔을 붙잡으며 다시 말했다. 그러자 전 서방은 대불이의 손을 거칠게 뿌리쳤다.

"나를 의리 없는 짐승이 되라는 게유? 가난허고 힘이 없을수록 의리를 지킬 줄 알아야 하는 법이라우. 금지옥엽 우리 도련님을 내 몰라라 팽개치고 돈벌이를 하라고유? 우리 다섯 식구 이 대감 댁 덕택으로 여태껏 굶어죽지 않고 살고 있는디 그분들 은혜를 나 몰라라 허고 돌아서베리라고? 예끼 이보슈, 차라리 나더러 개돼지가 되라고 하슈 원!"

전 서방이 대불이를 향해 퉁명스럽게 내질렀다. 십 수 년 전 대불이도 웅보 형이 억지로 봇수세를 받으러 다니던 그를 조심스럽게 탓할라치면 지금의 전 서방과 같이 의리를 내세우면서 우리들이 누구 때문에 굶어죽지 않고 사는 줄이나 아느냐고 대들었던 것이다. 그 무렵 대불이는 누구든지 그의 상전인 양 진사를 비방하는 사람이 있으면 가만 놔두지 않았었다.

그때 창고 안에서 비렁뱅이 아이가 목청껏 전 서방을 불렀다.

"냉큼 가보슈. 우린 여름까지만 제물포에서 빌어먹다가 가을이 되면 남쪽으로 내려가려우. 우리 대감마님께서 일 년 안엔 한성에 발을 들여놓지 말라고 하셨으니께요."

그렇게 말을 하고 있는 사이에 창고 안에서 다시 비렁뱅이 아이가 화난 목소리로 다급하게 전 서방을 불렀다. 전 서방은 거듭 대답을 하면서 창고 쪽으로 뛰어가 버렸다.

대불이는 전 서방이 창고 안으로 사라진 후에도 그곳에 혼자 서 있었다. 그는 미국인들이 월미도에 세운 석유저장소의 불빛을 바라보았다. 세관창고 건너편에 영국과 미국이 합작으로 세운 연초공장에서도 불빛이 어둠을 가르고 있었다. 대불이는 웅신청으로 돌아갈 생각으로 몸을 돌려세웠다. 그때 창고 안에서 단소소리가 흘러나왔다. 그것은 찬 서리 맞은 갈대밭을 맵찬 겨울 찬바람이 거칠게 쥐흔드는 듯한 가락이었다. 단소의 가락은 높은 음에서 낮은 음으로 숨을 죽이면서 긴긴 겨울밤 청상과부의 흐느낌처럼 구곡간장을 아프게 쥐어뜯는 소리로 변했다. 대불이는 발걸음을 옮기려다 말고 단소소리에 취해 그 자리에 오랫동안 서 있었다. 그리고 그는 자기도 모르게 창고 가까이 다가갔다. 대불이는 창고의 낡은 판자문 틈새로 안을 들여다보았다. 단소는 전 서방이 불고 있었다. 팔자막음을 하고 있는 비렁뱅이 아이의 하인 노릇하는 것조차도 자신의 운명으로 받아들이고 있는 그 바보스러운 전 서방이 그렇듯 아름답고 애원 처절한 단소소리를 낼 수 있다는 것이 믿어지지가 않았다. 단소를 불고 있는 전 서방의 모습이 전혀 딴사람으로 보였다. 비렁뱅이 아이를 버리라고 하느니 차라리 자기한테 개돼지가 되라고 하라면서 자기는 상전의 은혜를 저버릴 수 없다고 하던 전 서방은 그의 온갖 설움을 단소소리로 삭이고 있는 것인지도 모른다는 생각이 들었다.

"자, 이제 도련님이 한 번 불어보시어요."

전 서방은 소리를 멈추고 그가 불었던 단소의 취구(吹口)를 소매 끝으로 문지른 다음 두 손으로 받쳐 들며 말했다. 비렁뱅이 아이가 전 서방한테서 단소를 받아들고 입에 댔다.

"자 이렇게, 취구의 혀에 입김을 불어넣으십시오. 입김의 반은 밖으로, 나머지 반은 대통 속으로 집어넣으면 소리가 나옵죠. 그리고 손가락 끝으로 다섯 개의 지공을 열고 닫으면서 여러 가지 소리를 만들어보십시오. 어서 불어보셔요. 입술을 한일자로 하시고 취구를 아랫입술에 바짝 붙여서 침을 뱉드끼 퉤퉤 입김을 불어넣어보십쇼. 입김을 약하게 불어넣으면 약한 소리가 나고 입김을 세게 불어넣으면 높은 소리가 납죠. 자 어서 불어보시래두요."

전 서방이 비렁뱅이 아이에게 단소 부는 법을 가르쳐주고 있었다. 비렁뱅이 아이는 전 서방이 이른 대로 취구를 아랫입술에 붙이고 입김을 불어넣는 듯싶었으나, 훅훅 헛바람 소리만 새어나왔다. 그러자 비렁뱅이 아이가 단소를 거적 위에 동댕이쳐버렸다.

"이까짓 거 배워서 뭣하노. 이런 것은 전 서방같이 상놈들이나 부는 게지" 하고 퉁명스럽게 내질러버렸다.

"그래두 도련님, 이것을 배워두시면 세월이 바람 모양으로 휙휙 지나가 베립니다요. 도련님께서 이 단소를 배우시면 일 년이 일 년이 아니라 한 달 만큼이나 쉬 지나가게 될 거로구만요. 이놈도 종이 싫어서 열 살 때 남사당패를 따라나서 처음에는 삐리로 들어가 무동짓을 하다가 풍물잡이가 되었지 않습네까요. 그때부텀 단소를 불었는디 어찌나 세월이 빨리 가든지 이십 년이 휙 지나가고 말드라니께요. 세월 보내기는 이것보다 더 좋은 것이 없구만요. 세월 보내는 데뿐 아니라 울적하고 고달픈 마음 다독거리기는 이보다 더 좋은 약이 없습지요."

그러면서 전 서방은 단소를 집어 다시 비렁뱅이 아이한테 내밀었다. 그러나 비렁뱅이 아이는 끝내 단소를 받지 않았다. 그러자 전 서방이 단소를 불기 시작했다.

대불이는 다시 창고 안으로 들어가서 단소장이 전 서방을 만나 그와 긴 이야기를 나누고 싶었으나 애원 처절한 그의 단소소리를 들으며 응신청으로 발걸음을 옮겼다. 대불이의 머릿속에 문득 난초 아버지 줄패장이 영감이 떠올랐다. 그리고 난초 소식이 궁금했다. 그는 말바우 어미와 그런 일이 없었더라면 난초와 짝을 이루었을지도 몰랐다. 생각이 거기에 미치자 말바우 어미 생각도 간절해졌다. 문둥이가 되어 행방을 감춰버린 후 죽었는지 살았는지 소식을 모른 지가 벌써 사오 년이 넘었다.

대불이는 응신청까지 오는 동안 여러 차례 걸음을 멈추어 섰다. 문득문득 비렁뱅이 전 서방의 단소소리가 바람에 실려와 그의 귓전에 맴돌고 있는 듯한 착각에 사로잡혔다. 그저 잠깐 동안 같이 있으면서 몇 마디 주고받았을 뿐이었는데도 한 십 년쯤 사귄 사람을 만났다가 다시 헤어진 듯 아쉬움이 남았다. 전 서방이 비렁뱅이 아이 앞에 무릎을 꿇고 앉아서, 음식을 남겨주기만을 기다리고 있던 모습이며, 단소를 가르쳐주려고 한 것, 그리고 대불이에게 던진 몇 마디가 잊히지 않고 머릿속에서 부스럭거렸다.

대불이는 일본조계의 번화한 상점들 앞을 지나 응신청으로 가고 있었다. 왜나막신이 땅에 끌리는 소리가 그의 심장에 끌질을 하는 소리처럼 뼛속까지 파고들었다. 그가 제물포에 와서 가장 듣기 싫은 소리가 바로 왜나막신 소리였다. 그 소리를 들을 때마다 그는 온몸의 땀구멍이 커지면서 식은땀이 흘렀다. 그것은 마치 그가 동학군 시절에 관군들에 쫓기던 심정과 비슷하였다. 왜나막신 소리를 들을 때마다 다급하게 쫓김을 당하고 있는 듯한 기분이었다. 깊은 밤 일본조계의 거리에서 들리는 왜나막신 소리는 유난히 더 크고 날카롭게 울렸다. 대불이는 오랫동안 일본조계의 번화가 한가운데에 서 있었다. 그는 남폿불도 싫었다. 술 취한 일본인들이 노래를 부르며 지나갔다. 비틀 거리면서 꽥꽥 소리를 지르기도 하였다. 그러나 술 취한 조선사람들 의 모습은 찾아볼 수가 없었다. 조선사람들은 술 취한 일본인들이 지 나갈 때마다 몸을 움츠리고 겁에 질린 듯 슬슬 피했다. 대불이도 그들 을 피했다. 다시 전 서방의 애원 처절한 단소소리가 머릿속으로 파고 들었다. "덴노헤이까 반자이"를 외치고 사탕을 얻어먹던 아이들의 모습도 떠올랐다. 그런가하면 알 수 없는 꼬부랑말을 지껄이기를 좋 아하는 순영이의 잘난 척하는 얼굴도 그의 눈앞에 밟혀왔다. 대불이 는 일본조계 거리를 지나 응신청 골목으로 휘어들었다. 골목은 지척 을 분간할 수 없을 만큼 깜깜했다. 노래를 부르며 지나가는 사람도, 술에 취해 비틀거리는 사람도 없었다. 조선인촌은 밤만 되면 무덤처 럼 조용했다. 깜깜한 응신청 골목을 꿰고 가면서 대불이는 그날 하루 가 일 년만큼이나 길게 느껴졌다. 그리고 그만큼 아픔도 컸다. 그는 음울한 기분으로 응신청의 대문을 열었다. 고향으로 돌아가고 싶은 생각이 더욱 간절해졌다. 그리운 것은 고향뿐이었다. 전 서방의 단소 소리처럼 우는 영산강 물소리가 듣고 싶었다.

2

　밤이 깊어 인적이 끊긴 뒤에야 응신청으로 돌아온 대불이의 기분은 마치 땡감을 훔쳐 먹고 난 뒤처럼 뒷입맛이 떨떠름했다. 그가 내동 뒷거리 응신청의 솟을대문 안으로 들어섰을 때는 밤이 너무 깊은 탓인지 방마다 불이 꺼져 있었다.

　응신청은 모군청(募軍廳) 혹은 영신조(永信組)라고도 불렀다. 솟을대문을 들어서면 좌우에 낡은 행랑채가 있고, 정면에 단층 한식의 본관이, 그 좌우에 또 야트막한 기와집 두 채가 마주보아 입구자 모양으로 보였다.

　본관은 사무실이었으며 나머지 두 채의 행랑과 본관 좌우의 기와집에는 큰 객사처럼 방들이 즐비하였다.

　이곳에서는 제물포가 개항되자 막대하게 소요되던 노동력을 공급해주면서 구전을 받고 있으며, 뜨내기 일꾼들의 합숙소도 겸하고 있었다. 아무나 제물포에 와서 일자리를 얻고 싶을 때 이 응신청 사무실에 찾아와서 신입을 하게 되면 이곳에서 그때그때 일자리를 구해준 다음 첫 달 품삯이 나오면 구전을 떼어갔다.

　대불이와 짝귀도 처음부터 응신청 신세를 졌으며 지금도 이곳에서 합숙을 하고 있다.

　제물포 응신청에는 일흔 명이나 되는 뜨내기 일꾼들이 합숙을 하고 있었으며 모두들 부두에서 등짐꾼 노릇을 하며 살아갔다.

　대불이는 합숙을 하고 있는 등짐꾼들 중에서 가깝게 마음 터놓고 사귄 친구들이 몇 있었다. 장성 백암산에서부터 십 년 가까이 붙어 다니는 짝귀와는 친형제만큼이나 가까운 사이였고, 이외에도 형님, 동생, 너냐 내냐 하는 처지에 있는 친구가 네댓 되었다.

강원도 홍천(洪川)이 고향이라는 오태수(吳太洙)는 이름난 투전꾼으로 부모한테 물려받은 전답을 옴씰하게 팔아 한밑 단단히 잡겠다고 개항지 제물포에 들어온 지가 3년이 넘는다고 하였다. 그는 한밑 잡기는커녕 투전판에서 밑천을 모두 날리고, 노모와 처자가 기다리고 있는 고향에도 돌아갈 수 없어 선창 등짐꾼 노릇을 하면서도 밑천이 모아지거나 돈줄을 잡기만 하면 언젠가는 다시 투전판에 뛰어들어 잃은 돈을 되찾을 각오로 버티는 터였다.

역시 고향이 강원도 철원(鐵原) 옆 두촌이라는 박치기 천팔봉(千八峯)은 원래는 보부상 패거리들과 휩쓸려 여러 고을 장들을 떠돌아다니다가, 제물포가 개항되었다는 소문을 듣고 찾아온 지 4년 동안 하는 일 없이 객줏집과 주막을 들락거리며 왈패 노릇을 하던 중 우연히 술자리에서 대불이를 만나 함께 세관청 인부가 되었다. 천팔봉은 성질이 워낙 왁살스러운 데다가 오랜 뜨내기 생활이 몸에 깊숙이 배어 정을 주고 사람을 사귀는 사람이 아니었으나, 그 자신이 실토한 대로 대불이를 만나게 된 후부터는 사내들끼리의 정이라는 것이 무엇인가를 알았다고 말할 만큼 사람이 달라졌다.

천팔봉은 그러면서 대불이와 전생에 형제지간이었을지도 모른다는 말을 버릇처럼 퉁겨댔다.

단 하루라도 싸움질을 하지 않으면 골통이 쑤시고 손이 근질거려

미칠 것만 같다던 그는 대불이와 남다르게 친하게 된 듯싶었다.

허나, 오태수가 아직 밑천만 장만하면 투전판을 휩쓸어버리겠다고 잔뜩 여수고 있는 것과 마찬가지로 천팔봉이 역시 언제 다시 제 힘에 스스로 폭발해버릴지 모를 일이었다.

투전꾼 오태수와 박치기 천팔봉은 동갑으로 대불이를 형님이라고 불렀다.

이밖에도 대불이와 너냐 내냐 하고 허물없이 말을 트고 지내는 친구로는 제주 먹돌쟁이에서 피쟁이(쇠백정) 노릇을 하다가 왔다는 김귀돌이가 있었다.

김귀돌은 제주에서 한동안 피쟁이 노릇을 하다가 부산이 개항된 후 부산으로 옮겨왔으나 괜한 시비로 칼부림 끝에 사람을 찌르고 어쩔 수 없이 제물포까지 올라오게 되었다고 했다.

그는 제물포에서 고깃간을 벌까 하였으나 욱하는 성질에 칼자루까지 쥐고 있으면 언제 또 사람을 상하게 할지 몰라 아예 선창 등짐꾼이 되어버린 터였다.

이들 오태수, 천팔봉, 김귀돌, 장대불, 짝귀 전치보(田治寶) 등 다섯 사람은 제물포의 응신청 한방에 합숙을 하며 형제처럼 가깝게 지냈다.

이들 중 나이가 가장 많은 짝귀 전치보가 큰 형님 격이었고 그 다음이 귀돌이보다 생일이 한 달 남짓 빠른 대불이가 둘째, 귀돌이가 셋째로 통했으며, 오태수와 천팔봉이는 맨 끝으로 서로가 너냐 내냐 하는 처지였다.

이 다섯 사람은 아닌 밤중에 서울 남산 꼭대기에 올려놓아도 곰국을 먹을 수 있을 만큼 수완도 좋고 제 앞을 가릴 만큼 한가락씩 하는 사내들이다.

투전꾼 오태수가 키도 작고 몸집이 겨릅단처럼 비쩍 말라서 얼핏 보기에 만만하게 여겨질 뿐 나머지 넷은 키가 훌쩍 크고 몸집도 엄장하거니와 모두들 나무토막처럼 튼튼하여 함부로 넘볼 수 없는 사내들이다.

하기야 오태수도 보기에만 그렇지 사람이 차돌처럼 깐깐하고 야무진데다가 오랫동안 투전판에서 굴러먹은 근성이 있어 주둥아리에 맷돌을 달아놓은 듯 입 끝이 사나워 말로 하는 입겨룸에는 아무도 당할 사람이 없었다.

대불이가 응신청 솟을대문에 들어섰을 때 다른 방은 이미 불이 꺼져 있었으나 그들 다섯 사람이 합숙을 하고 있는 사무실 왼쪽 기와집 끝 방에만 불빛이 가느다랗게 출렁이고 있었다. 대불이는 자갈이 깔린 마당을 가로질러 불이 켜 있는 끝 방 쪽으로 성큼성큼 걸어갔다. 그가 방문 앞에 당도하기도 전에 벌컥 방문이 열렸다.

"대불이 형이우?"

우럭우럭한 목소리로 미루어 얼굴을 보지 않아도 천팔봉이임을 안 대불이는 "오늘밤도 마빡이 근질거려싸서 잠이 안 오는감?" 하고 말하며 열어 놓은 방문 안으로 들어섰다.

짝귀만이 새까맣게 때가 묻은 목침을 베고 벽을 향해 모로 누워 있고, 나머지 셋은 벽에 등을 기대어 두 발을 쭉 뻗대고 앉아서는 여들없게 푸시시 웃으며 들어서고 있는 대불이를 찬찬히 쳐다보았다.

그들은 또 술추렴을 하였는지, 방 가운데는 술병과 사발이 치우지 않은 채 아직 어질더분하였고 희끄무레한 불빛 속에서도 얼굴들이 불콰하게 붉어 있었다.

"대불이 너 밤마다 너무허누만."

김귀돌이가 끝이 몽글몽글한 턱을 불쑥 쳐들어 대불이를 보며 찍는 소리를 뱉어냈다.

"귀돌이 형님도 참, 대불이 형님은 오늘밤에두 오작교에서 직녀님을 만나고 오신답니다요."

오태수가 푸실푸실 웃으며 팔꿈치로 귀돌이의 옆구리를 쿡 찔렀다.

"조컸구나. 나 없는 사이에 네들만 술추렴을 허구!"

대불이는 겸연쩍은 듯 말머리를 돌렸다.

그들은 대불이가 요즈막에도 순영이를 만나고 있음을 알고 있는 터였다.

대불이는 그를 흘겨보는 세 사람의 눈길을 짐짓 딴전을 부리듯 흘려버리고, 방바닥에 퍽신하게 앉아 술병을 들어 흔들었다. 출랑거리는 소리의 술을 사발에 따랐더니 옹근 한 잔이 되었다. 그들은 술추렴을 하고 대불이 몫으로 한 잔 요량을 남겨놓았던 것이다.

대불이는 단숨에 술사발을 좌악 비우고 다시 여들없이 씩 웃었다.

"대관절 어찌 이리 늦으우? 짝귀형님께서 여태 기다리다가 심통이 나셨는지 저러시구 계신다우."

오태수가 토끼 주둥이를 하며 비쭉거렸다.

"기다리기는 뭣 땜에?"

"오늘밤에 중대사를 의논허려던 참이었다니깐요."

천팔봉이가 빈 술병과 사발을 방구석으로 밀쳐놓으며 말했다.

"중대사라니?"

대불이는 자기 없는 사이에 그들이 무슨 이야기를 했는지 궁금했다.

"우리가 언제까지나 제물포바닥 응신청에서 빈대 노릇만 허고 있을 수는 없지 않으우?"

투전꾼 오태수가 버릇처럼 들창코의 콧구멍을 후벼 파며 말했다.

"웬 말이여?"

무슨 영문인지를 모르는 대불이는 세 사람의 얼굴을 번갈아 둘러보며 물었다.

"백날 응신청 빈대 노릇이나 할 것이 아니라 한몫 크게 잡어보자는 이야기라요."

오태수의 말에 대불이는 실없이 웃었다. 물어보나마나 또 투전꾼 오태수가 피쟁이 김귀돌이와 박치기 천팔봉이를 꼬드긴 것이 분명했다. 벌써 오래전부터 오태수는 그들 다섯 사람이 모은 돈을 한데 모아 투전 밑천을 마련해주기만 한다면, 어김없이 열 곱으로 키워주겠다고 입이 닳도록 노래를 불러왔던 터였다. 그때마다, 성질은 고약해도 워낙 마음이 약하고 귓문이 열려 있어 남의 말 곧이듣기를 잘하는 천팔봉이와 김귀돌이가 솔깃한 마음을 먹고, 정말 투전 밑천만 손에 쥐면 한 번 투전판을 휩쓸 자신이 있느냐면서 은근히 마음이 움직이고 있음을 나타내곤 하였던 것이다.

그러나 오태수의 말에 시종일관 콧방귀를 뀌고 오금을 박듯 해온 것은 대불이와 짝귀였다. 그래도 짝귀는 오태수의 한이라도 한 번 풀어주자면서 여축을 해놓은 돈을 조금씩만 추렴을 해주자고도 하였으나 그때마다 대불이가 쐐기를 박곤 하였다.

하기야 대불이가 오태수의 투전솜씨를 못 믿는 것은 아니었다. 그는 한밑천 잡겠다고 가업으로 이은 전답을 팔아 제물포에 흘러들어와 두 손 탈탈 털어버리고 등짐꾼 노릇을 하면서도 대불이나 동료들 몰래 솔래솔래 객주거리의 쏘시개 투전판 출입을 하면서 더러는 잔재미를 보는 듯도 하였고, 그때마다 팔팔하게 생기가 돌아 푸닥지게 술도 사곤 하였다. 그렇다고 다섯 사람이 등골 빠지게 모은 돈을 그에게 몽땅 맡길 수는 없는 노릇이었다. 다행히 그의 말대로 재수가 좋아 돈을 갈퀴질하게 되면 몰라도 다섯 사람의 여축을 하룻밤에 날려버리게 된다면 그 뒷일을 누가 어떻게 감당할 수 있다는 말인가. 그렇게 되면 오태수는 틀림없이 잠적을 해버리고 말 것이 분명하지 않겠는가 싶었던 것이다.

잘못했다가는 괜히 돈 잃고 사람까지 잃게 되는 낭패를 면할 길이 없는 것이었다.

"한몫 잡겠다는 말이라면 듣기도 싫네."

대불이는 오태수를 향해 쏘아붙였다.

"허지만 형님, 우리가 언제까지나 이러고 살아서야 쓰겠수?"

오태수와는 비교적 손발이 잘 맞는 천팔봉이가 은근히 오태수의 편을 들어주었다.

"그렇다면 팔봉이 자네는 어뜨케 살고 싶은가."

대불이가 다그치듯 묻자 천팔봉은 큰 눈을 뒤룩거리며 잠자코 있더니 "사는 것답게 사는 거쥬" 하고 말했다.

"어뜨케 사는 것이 사는 것답게 사는 겐가?"

대불이가 팔봉이의 얼굴에서 눈을 떼지 않으며 재우쳐 물었다.

"돈도 좀 벌어서 개명시대에 사는 사내답게 기생치기도 좀 허구, 기와집 지키는 제비 같은 여편네두 거느리구…… 그렇게 저렇게 사는 것이……."

"그것이 사는 것답게 사는 겐가?"

"사내자식으루 세상에 생겨나서 돈 쓰구 싶은 대로 쓰구 호의호식 허자는 것이 나쁜 거유?"

이번에는 천팔봉이 쪽에서 찍자부리는 말투로 큰 눈을 뒤룩거리며 대불이를 향해 물었다.

"그래서, 오태수가 자네들 팔자를 고쳐주겠다고 또 장담을 허든가?"

대불이가 눈을 무섭게 치뜨며 오태수를 쏘아보며 물었다.

"자신이 있다니께요. 밑천만 있다면야 땅 짚고 헤엄치기나 진배없어요."

오태수가 대불이의 뻣뻣하게 굳은 시선을 정면으로 받으며 자신 있게 말했다.

"까짓 거 여차해서 태수가 우리 밑천을 갖구 뎀벼들었다가 두 손 탈탈 털게 된다면 별수 없는 거지. 우리가 그러니께 오태수 투전 밑천 대줘갖구 팔자를 고치자는 것도 아니고, 그냥 태수가 하두 소원이 되어갖구 저래싸니께시리, 짝귀 형님 말대로 소원 한 번 풀어준다는 셈

치고…… 나야 태수를 위해서라면 부조금 주는 셈 치고 도와줄 수도 있는 게고…… 따지고 보면 우리가 등짐꾼 노릇해서 부자 될 생각은 털끝만치도 없는 처지들이니, 몇 푼 안 되게 여축되어 있는 거라도 눈 질끈 감고 태수헌테 맡겨보는 것도……."

김귀돌이 여기까지 말하고 나서 얼핏 대불이의 눈치를 살피다, 대불이가 무섭게 찔러보자 찔금해져서는 말문을 닫아버렸다.

"우리 다섯 사람 중에서 누가 투전판이 아니라 다르게 돈을 벌겠다고 나선다면 내 있는 돈 몽땅 털어주겠네. 그러나 투전 밑천으로는 절대 안 되네. 나는 말이시, 세상을 투전허는 요량으로 살아가려고 허는 사람덜이 싫다네. 평생 호의호식 한 번 못허고 살아도 좋으니 분수껏 살기를 원하네. 이 세상 사람덜 투전판 벌이드끼 부자가 될려고 헌다 치면 누구 하나 부자 안 되는 놈 없지 않겠는가. 송충이가 갈잎을 먹으면 죽는다는 말이 있지 않은가. 그러니 태수 자네가 정히 한밑천 잡고 싶다면 당장 내일버틈이라도 투전판 기웃거릴 생각은 시처 엎고, 다른 장사를 해볼 생각을 공그려보소. 그렇다면 얼마든지 도와줌세."

"장사라면 어떤 장사 말이우?"

오태수가 풀이 죽은 목소리로 물었다.

"거야 생각을 해봐야재. 두태나 소금 장사도 괜찮을 게고……."

대불이는 하품을 씹어 삼키며 말했다.

대불이의 그 말에 잔뜩 기대에 부풀었던 오태수는 뭐라고 알아들을 수 없는 말로 입술을 달싹거려가며 혼잣말로 툴툴거려쌓더니, 잠이나 자야겠다면서 벌렁 누워 버렸다.

대불이를 비롯한 웅신청 친구들은 해가 떠오르기 전에 아침밥을 먹으러 서둘러 순영이네 집으로 갔다.

웅신청의 등짐꾼들은 짝귀의 안내로 그의 이모 집인 권대길네 주막에서 아침저녁을 사먹고 있었다.

처음에는 짝귀와 대불이 두 사람만 아침저녁으로 꼬박꼬박 출입을 하였으나, 어느덧 나머지 세 사람의 동숙자들도 아예 그리로 밥 먹는 곳을 정했고, 그 외에도 밥을 사먹는 등짐꾼이 여남은 명이나 더 늘어나게 되었다.

그래서 권대길네 주막은 어느덧 웅신청 등짐꾼들의 단골 음식점이 되어버린 듯싶었고, 술을 파는 이익보다 웅신청 식구들의 밥값 수입에 쏠쏠한 재미를 붙이고 있는 터였다.

또 권대길네도 애잔한 웅신청 식구들을 상대로 떼돈을 벌 생각도 없었으므로 다른 식당보다는 훨씬 허룩하게 받았다.

기실 권대길이가 한사코 이 집을 비우지 않겠다고 고집을 부리는 것도, 왜놈들 본새가 미워서이기도 했지만 웅신청 식구들을 상대로 하는 밥장사를 그만두게 되는 아쉬움 때문인지도 모를 일이었다.

대불이가 짝귀며 천팔봉, 김귀돌이와 함께 권대길네 주막으로 들어서자, 좁은 술청에는 웅신청의 다른 방 식구들 대여섯 명이 밥상을 받고 있었다.

투전꾼 오태수는 꼭두새벽에 웅신청을 나가더니, 어디를 갔는지 주막에도 와 있지 않았다.

"태수가 안 뵈는디, 어쩐 일이여?"

대불이가 천팔봉이와 김귀돌이를 돌아보며 걱정스럽게 물었다.

"새벽 일찌거니 댕겨올 데가 있다고 나갑디다."

천팔봉이가 평상에 앉으며 대답했다.

"설마, 새벽버틈 투전판에 간 것은 아니겄재?"

대불이도 평상 모서리에 엉덩이를 붙이고 앉으며 좁은 술청 안을 뚤레뚤레 둘러보았다. 어느 때 같으면 응신청 식구들이 아침을 먹으러 몰려들어오는 시각에는 순영이가 어머니를 도와 덤성거리곤 하였는데, 그날 아침에는 보이지 않았다.

"오늘 아침에는 순영이가 안 뵈는데 어디 갔남요?"

대불이가 순영이 모습을 찾는 것을 눈치 챈 짝귀가 그의 이모를 보고 물었다.

"아프다고 누워 있는 게로구나."

순영이 어머니는 평상 위에 밥상을 가져다 놓으며 말했다. 그녀가 밥상을 놓고 돌아설 때 힐끗 대불이를 훔쳐보았으며, 그 순간 두 사람의 시선이 쨍그렁 쇳소리를 내듯 햇살처럼 강하게 부딪쳤다.

순영이 어머니는 대불이의 얼굴에서 무슨 낌새를 찾아내려고 하는 것 같았다. 간밤 늦게 집에 들어온 딸은 왜 이리 늦었느냐는 부모의 다그침에도 대꾸 한마디 없이 누구한테 한바탕 쥐어뜯긴 몰골로 심드렁하게 제 방에 들어가버리더니 해가 처마를 핥아낼 때까지도 일어나지 않고 있던 것이었다. 순영이 어머니는 직감적으로 딸의 신변에 무슨 일이 있음을 알아차리고 윽박지르기도 하고 살살 어르기도 해보았지만 순영이는 이렇다 저렇다는 말이 없이 삶아놓은 시래기처럼 맥 빠진 몰골로 누워 있기만 하였다.

"밤에까지 시공서 일을 보는 것도 아닌데 뭘 허고 밤늦게 쏘댕기는지 모르겠구만."

순영이 어머니는 마치 대불이를 나무람 하는 말투로 배앝고 나서 다시 한 번 힐끗 대불이의 옆얼굴을 훔쳐보았다.

"자네 간밤에 순영이허고 같이 있었재?"

순영이 어머니가 멀어져간 뒤에 짝귀가 대불이 쪽으로 상반신을 바짝 꺾으며 낮은 목소리로 물었다.

대불이는 말없이 숟갈을 들었다.

"짝귀 형님두 원, 뻔히 알고 계시면서 뭘 물으시우?"

귀돌이가 비식비식 웃었다.

"이러다간 늦겠수. 빨리 먹고 갑시다" 하고 대불이가 딴전을 부렸다.

"자네는 다 좋은데, 의뭉한 게 마음에 걸린당께."

짝귀는 여전히 마땅찮은 얼굴로 대불이를 찍어보고 있었다.

"알았어요. 그 야기는 후담에 조용히 헙시다."

대불이는 부지런히 밥숟갈질만 하였다.

권대길네 주막에서 아침을 먹은 대불이와 그의 친구들은 서둘러 선창으로 나갔다. 선창은 이른 아침부터 북적거렸다.

전국 각지에서 미곡과 특산물들이 몰려들고 일본이나 미국, 청국, 독일로부터 들어온 오만 가지 신기한 물건들로 제물포항 선창은 언제나 그들먹해 있었다.

더구나 1896년 5월 5일 제물포 미두취인소(米豆取引所)가 개업을 한 뒤부터는 제물포는 전국 최대의 미곡 집산지가 되었다. 가까운 경기도 지방을 비롯하여 황해, 강원, 충청남북도에서 생산되는 쌀과 콩이 제물포를 거쳐 일본으로 실려 갔다.

제물포에 미두취인소가 생기자 거센 돈바람이 불어 닥쳤다. 거리마다 장바닥처럼 흥청거렸다. 각지에서 장사꾼들이 돈벌이를 위해 제물포로 몰려드는 바람에 하루가 다르게 인구가 불어나고 있었다.

중심지인 각국 조계에는 발을 붙일 수가 없게 되자, 각처에서 몰려든 사람들은 싸리재 부근이며 배다리 옆 송림, 송현동(松峴洞)에 오막살이를 짓고 눌러앉았다.

싸리재와 배다리 부근에는 제물포에서 가까운 연백(延白), 연안(延安), 강화(江華), 당진(唐津), 서산(瑞山)에서, 그리고 멀리는 충청, 전라도와 부산, 제주도에서까지 사람들이 몰려들어 고향사람들끼리 집단을 이루고 살았다.

낯선 타관사람들이 모여 살게 되어 변두리에서는 싸움이 그칠 날이 없었으며 더러는 지방 사람들끼리 패거리가 되어 편싸움이 벌어지기도 하였다.

북적거리는 선창에 나가보면 목청껏 질러대는 각 지방 사투리들이 뒤범벅되어 가히 들을 만했다.

화륜선을 타고 들이닥치는 온갖 개화문물은 제물포를 거쳐 한성에 들어가 전국으로 퍼져나갔다.

개명시대의 바람이 거칠게 불어 닥친 제물포는 만국시장을 방불케 하였다. 일본을 비롯한 청국, 러시아, 영국, 미국, 독일이 개항과 함께 불꽃 튀는 조계 경쟁을 하더니, 개항 십 년이 못 되어 승부가 가려지게 되었다. 먼저 미국과 독일, 영국의 거상들이 손을 들고 말았다. 그들 나라에서 생산된 잡화 등의 수요가 늘어나지 않은 것이 치명상이 되었던 것이다. 생활필수품이 먹혀들어가지 않게 되자 독일 거상 세창양행은 무역을 부차적으로 돌리고 고리대금업을 겸하기에 이르렀고, 미국 거상 타운센드 양행도 증기동력의 정미업과 광업으로 전향하였다.

청국은 조선의 종주국을 자처, 오만불손하였고 일본에 대해서도 왜노(倭奴)라고 천시 억제하였으며, 그런 관계로 일본과 청국의 무역 경쟁은 날이 갈수록 치열해져 끝내는 청일전쟁까지 유발하는 원인의 하나가 되기도 하였다.

청일전쟁이 일어나기 전까지만 해도, 1893년 제물포항에 일본과 청국에서 수입된 광목과 견직물, 일용 양잡화를 비교하면 청국이 1백 58만 9천 원어치였고 일본은 84만 5천 원어치에 머물렀다.

그러던 것이 청국이 패배하고 말자 청국의 거상들은 제물포를 떠나 귀국하기에 바빴으며, 그 결과로 제물포항의 무역은 일본의 독무대가 되다시피 하였다.

1896년 제물포에서 발간된 조선신보에 보도된 제물포항의 대외무역일람을 보면, 일본이 3백 42만 2천 3백 44원인 데 비해 청국은 2백 17만 7천 9백 64원으로 떨어졌고, 러시아가 2만 2천 8백 89원에 머물고 있었다.

제물포항에서 외국으로 실어가는 품목들은 쌀, 대맥, 소맥, 콩 외에도 건어물, 절인 어물, 해삼, 우피, 홍삼, 생면(生綿), 조면(繰綿), 철광, 흑연, 구리, 종이, 생우, 목재 등이었고, 수입품은 대맥분, 식염, 과실, 설탕, 맥주, 석유, 타면(打綿), 면사, 광목, 견직물, 석탄, 코크스, 철판, 담배, 성냥 따위였다.

제물포항에 들고 나는 온갖 물건들이 많아지자, 외국의 장사꾼들도 잔뜩 눈독을 들이고 들락거렸다. 제물포항에는 낯선 외국인들도 북적거렸으며, 이들을 위해 양식 호텔까지 들어섰다. 일본조계 들머리에 벽돌 삼층 양옥집 호리 리끼따로의 저택이 있고, 그 다음에 양식 대불호텔이 버티고 있었다. 대불호텔 주인은 일본인 호리였다.

조선을 찾아오는 외국인들이 한성엘 가자면 어쩔 수 없이 제물포에 상륙하게 마련이다. 이렇듯 하루가 다르게 외국에서 찾아오는 손님들이 불어나게 되자 대불호텔은 연일 낯선 사람들로 넘쳤다.

대불이가 시간에 맞춰 세관청에 당도하자 역관이 그를 불러 사무실로 갔더니, 코 큰 사람이 이불보퉁이만한 큰 가방을 놓고 나무의자에 앉아 있었다. 역관은 손짓으로 대불이를 불러 큰 가방을 들고 코쟁이 손님을 스튜어드 호텔까지 안내해주고 오라고 하였다. 대불이가 생각하기에 키가 크고 얼굴에 주근깨가 많은 코쟁이는 영국인 세관장인 찰스 마이즈의 친구인가 싶었다.

대불이는 큰 가죽가방을 힘겹게 들고 세관청 사무실을 나왔다. 세관청에서 스튜어드 호텔까지는 가까운 거리였다. 그가 가방을 들고 큰길에 나와 힐끗 뒤를 돌아보자 코쟁이가 바짝 뒤따라오고 있었다.

스튜어드 호텔은 일본조계 들머리 대불호텔의 맞은편에 있었다.

호리가 대불호텔을 지어 돈을 버는 것을 보고 배가 아픈 청국인이 양옥을 짓고 아래층에서 양잡화점을 하면서 이층에 호텔을 개업했다.

객실 수는 대불호텔이 11개인데 비해 스튜어드 호텔은 8개였다. 그러나 코쟁이들은 스튜어드 호텔에 들기를 좋아했다.

대불이는 세관청에 찾아오는 외국인들의 짐을 날라다 주느라 뻔질나게 호텔 출입을 해왔기 때문에 두 호텔의 객실 수와 숙박비까지도 잘 알고 있었다. 대불호텔의 숙박비가 하룻밤에 2원 50전이고, 스튜어트 호텔은 2원이었다. 조선사람들의 여관 하룻밤 숙박비가 20전에서 30전까지였는데, 이에 비하면 엄청나게 비싼 값이다. 이들 외국인 호텔의 하룻밤 숙박비는 대불이의 반달 품삯에 해당되는 큰돈이다. 그런데도 대불호텔이나 스튜어드 호텔에는 언제나 그 비싼 돈을 주고 잠을 자는 코쟁이들과 일본인들로 가득 찼다. 그런 것을 생각하면 대불이는 더욱 분통이 터질 것만 같았다.

대불이가 코쟁이 가방을 들고 호텔로 들어서자, 양복을 입은 땅딸막한 조선인 지배인이 코쟁이한테 연신 허리를 굽신거리고 땡큐 땡큐를 연발하면서 이층 방으로 안내해주었다.

대불이는 큰 가죽가방을 들고 층계를 올라가면서도 괜히 심통이 부글부글 끓어올랐다. 세관청을 찾아오는 코쟁이들이란 대부분 아편을 몰래 들여와서 금덩이나 홍삼과 바꿔가곤 하였기 때문이다.

대불이가 호텔방에 가방을 놓고 나오려고 하자, 코쟁이가 부르더니 1불짜리 지전 한 장을 주었다. 해환장 사환의 한 달 품삯이 6불이었으므로 1불짜리 지전은 큰돈이었다.

코쟁이한테 행하로 1불짜리 지폐 한 장을 받은 대불이는 꾸벅 절을 하고 물러섰다. 그는 호텔 복도를 빠져나와 층계로 내려서기 전 복도 끝에 붙어 있는 화장실로 들어갔다. 화장실에 들어가서 문을 안에서 걸어 잠그고, 허리띠에 매어놓은 주머니 끈을 잡아 당겼다. 짙은 초록색으로 복복(福)자가 수놓아진 주머니를 꺼내 주둥이를 열고 지폐를 쑤셔 넣었다. 대불이는 돈이 생기는 족족 차고 다니는 비단주머니 속에 넣곤 하였다. 그가 갑오년에 새끼내에 갔을 때 난초가 만들어준 복주머니였다. 난초는 빨간 용머리꽃 빛깔의 양단주머니를 주며, 다시 고향에 돌아올 때는 복주머니에 복을 가득 담아가지고 오라고 당부를 하던 것이었다.

대불이가 제물포에 와서 이 복주머니 속에 차곡차곡 넣기 시작한 돈이 이제 얼추 1백 원 남짓 되었다. 그의 어림에도 1백 원이면 새끼내에 돌아가서 논 서너 마지기는 살 만한 돈이다.

그동안 대불이는 응신청 숙박비와 권대길이네 밥값 외에, 어쩌다가 응신청 식구들 술추렴하는 것 말고는 일 전 꼬랑이 한 푼 헤프게 축내지 않고 돈이 생기는 족족 주머니에 쑤셔 넣어두었다. 그래도 다행히 지난해 겨울부터 선창 등짐꾼에서 세관청 등짐꾼으로 옮겨온 뒤로는 매달 받는 품삯 외에 코쟁이들한테서 받는 행하가 있어 주머니 속의 여축이 버럭버럭 불어나는 것만 같았다.

코쟁이들한테서 행하를 받도록 해준 것은 세관청의 역관 양 주사 덕분이었다. 양 주사는 대불이의 고향인 나주에서 얼마 떨어지지 않은 월출산(月出山) 밑 영암 사람으로, 같은 고향 사람이라고 해서 남다른 인정을 써주는 것이었다. 그때문에 양 주사는 세관청에 찾아오는 코쟁이나 돈 많은 왜놈들의 짐을 호텔이나 화륜선을 타는 선창에 옮길 때는 어김없이 대불이를 불러주곤 하였다. 그래저래 양 주사 때문에 받은 행하가 한 달이면 월 품삯을 되레 웃돌았다.

처음에는 낯선 외국 사람들한테서 행하를 받기가 쑥스러워 거절도 해보았으나, 따지고 보면 무거운 짐을 옮겨준 보수로 생각하자 조금도 부끄러울 것이 없었다.

또 그가 생각하기에 코쟁이들 수중에는 그의 셈으로는 어림할 수도 없을 만큼 큰돈이 있는 터에 그까짓 끽해야 1불짜리 지폐 한 장 받는 게 그리 면괴스러워할 일만도 아닌 듯싶었다.

이렇게 되어 이제는 아무리 작은 손가방 하나를 들어다 주고 빈손으로 할랑할랑 호텔까지 안내를 해주어도 으레 행하를 받을 것으로 알고 있는 터였다.

복주머니를 다시 고의춤 속에 깊숙이 쑤셔 넣은 대불이는 화장실을 나와서 기세 좋게 층계를 내려갔다. 그가 걸음을 걸을 때마다 주머니가 사타구니 사이에 바자울에 매달린 애호박처럼 가끔 불알을 기분 좋게 건드리곤 하였다. 대불이는 돈이 빵빵하게 차오르는 복주머니가 사타구니 사이에 매달려 불알을 탁탁 건드릴 때마다 기분이 좋았다. 사타구니 사이에 논 서너 마지기 값이 놀고 있다는 생각을 하면 갑자기 큰 부자가 된 기분으로 힘에 부친 무거운 짐을 끙끙거리며 메어 나를 때도 갑자기 힘이 불끈 솟아나며 오달진 생각에 웃음이 절로 나왔다.

코쟁이는 대불이에게 "골드, 골드" 하고 연방 씨불이면서, 방금 그가 들고 왔던 큰 가방을 가리켰다. 물어보지 않아도 코쟁이의 그 말은 금을 가져오면 아편을 주겠으니, 여러 사람들한테 널리 알려달라는 부탁인 것이었다. 으레 아편을 가지고 들어와서 금이나 홍삼과 바꿔가는 코쟁이 장사치들은 짐꾼들이나 호텔의 종업원들에게 1불짜리 지폐를 주며 그런 부탁을 하는 것이었다. 그러나 대불이는 아직 그들에게서 1불을 받은 대신에 아편을 살 사람을 찾아서 코쟁이 아편 장사꾼한테 안내해준 일이 한 번도 없었다. 그는 아편장수 코쟁이들이 주는 미국 돈을 널름널름 받아주었을 뿐이었다.

이렇게 개미 금탑 모으듯 여툰 돈을 오태수의 투전판에 쏟아놓으라니 말이 될 법이나 한가 . 자칫 오태수의 청을 들어주었다가는 뭣돝 잡으려다가 집돝 잃는 격이 되고 말 것이 분명했고, 설령 오태수의 투전 끗발이 잘 피어 그의 말마따나 돈이 부엉이살림처럼 단번에 불어난다손 치더라도 그것은 마치 좁쌀 한 섬 두고 흉년 들기를 기다리는 심보 같아서 아예 마음이 쏠리지 않은 것이었다.

스튜어드 호텔에서 나온 대불이는 넉넉하게 쏟아지는 봄날 아침의 햇살을 받으며 세관청으로 향했다. 그가 세관청 긴 담모퉁이를 보듬고 돌아서자, 영국 영사관 쪽에서 허리에 방망이를 차고, 두 어깨에 잔뜩 힘을 넣어 목을 세우고 일본조계 쪽으로 내려오던 시공서 하야시와 자빡 마주치고 말았다.

대불이는 일부러 고개를 바다 쪽으로 돌려 그를 못 본 척 지나치려고 하였다.

그는 하야시의 바늘 끝 같은 시선을 온몸에 느끼며 돌담 모퉁이를 돌았다. 대불이는 하야시와 시선이 마주치는 것조차 싫어했던 것이다.

"요보씨요."

대불이가 외면을 한 채 그를 지나쳐 바쁜 걸음으로 여남은 발짝 떼어 옮겼을 때, 하야시가 쇳소리 나는 목소리로 불러 세웠다.

대불이는 그냥 못 들은 척하고 지나가버리려다가, 괜히 곤달걀 지고 성 밑 못 지나가랴 싶은 생각으로 휙 몸을 돌렸다.

"나 말이우?"

대불이가 몸을 돌려세우고 하야시를 쏘아보며 묻자, 하야시가 두 손을 허리에 짚고 빳빳하게 서서는 턱 끝을 서너 번 올렸다 내렸다 했다.

"이리 오씨요."

하야시가 명령하듯 말하자 대불이의 눈빛이 더욱 날카롭게 번뜩이는가 싶었다. 그는 하는 수 없이 눈초리에 힘을 주고 하야시가 서 있는 담 모퉁이 쪽으로 가까이 갔다.

"당신이 장대불이라는 사람이 틀림없소까?"

여전히 손을 허리에 짚고 서서 심문하듯 물었다.

"그렇소. 내가 장대불이오."

대불이는 조금도 꿀리지 않고 떳떳하게 말했다. 그가 아무리 시공서 순사라고는 하지만, 조계 안에서 잘못한 일이 없기 때문에 그의 앞에서 조금도 주눅들 이유가 없는 거였다.

"어디서 뭐하시오?"

"세관청 등짐꾼이오."

또 물어볼 것이 있으면 얼마든지 물어보라는 투로 거침없이 대꾸를 해주었다.

"집이 어디요?"

"응신청에서 합숙하고 있소."

"원집을 물었소."

하야시는 대불이의 고향을 묻고 있는 것이 분명했다. 대불이는 잠시 미적거렸다. 고향을 대면 또 그는 언제 무슨 연유로 제물포까지 오게 되었느냐고 물을 것이 뻔했다. 그렇다고 그에게 대답 못 할 것도 없었다.

"내 고향은 전라도 나주 새끼내요."

그러자 하야시는 찍어 삼킬 듯한 눈으로 잠시 대불이를 쏘아보더니, "당신 조심하씨요" 하고 말했다. 대불이는 하야시에게 무엇을 조심하라는 것이냐고 따져 묻고 싶었지만 참았다.

"당신 순영이노 만나지 마씨요."

하야시는 그 말만 남기고 천천히 몸을 돌려세워 가던 길을 갔다. 대불이는 어처구니없는 시선으로 하야시의 뒤통수를 쏘아본 채 잠시 멀뚱하게 서 있었다. 대불이는 목구멍 깊숙이 달라붙은 가래침을 땅바닥에 칵 뱉고 나서, 미투리의 들메끈을 죄고 서둘러 선창으로 갔다.

선창에는 화륜선이 막 도착해 등짐꾼들이 부산하게 화물을 하역하고 있었으며, 세관청 인부들은 감독의 지시에 따라 화물들을 한곳에 치우기도 하고, 수입이 금지된 물품들을 한데 모아 세관창고까지

운반하기도 하였다.

　세관청에서는 배에서 하역한 물품들의 내용과 수량을 일일이 조사하고 물품의 내용과 수량에 따라 관세를 물렸다. 그런데 대불이 생각에 이상한 것이 한두 가지가 아니었다. 우선 세관청장이 외국인이라는 것도 그렇거니와, 항장(港長)이며 토목기사, 보좌관, 서기관도 조선인이 아니라는 점이었다. 세관청에서 일을 보는 조선사람은 세관장 사환과 세관청 수부(水夫), 역관, 잡역부들뿐이었다. 또 대불이가 알기로, 이들 외국 사람들과 조선사람들의 한 달 품삯은 너무 차이가 컸다. 영국인 세관장의 한 달 품삯이 3백 80불에 독일인 항장은 3백 15불, 러시아인 토목기사 2백 50불, 불란서 토목기사 1백 40불 등 12명의 외국인 토목기사들이 적게는 70불에서 2백 50불까지 받고 있는데 비해, 단 한 사람뿐인 조선인 토목기사의 품삯은 기껏 15불밖에 안되었다. 인간 차별도 이만저만한 것이 아니었다. 게다가 세관장 사환의 한 달 품삯은 고작 6불이었으며, 조선인 잡역부는 10불에서 많아야 15불이었다. 이렇듯 세관청이 외국 사람들에 의해 들고 나가는 물품을 조사하여 관세를 받아들이고 품삯에서까지 차별대우를 하게 된 이유가 어찌된 것인지 알 길이 없었다.

　부산포가 1876년, 원산포가 1880년, 제물포가 1883년 1월에 각각 개항을 하게 되었으나, 해관세칙이 나온 것은 훨씬 후인 1883년 11월이었다.

　출입하는 통상선에 톤세를 부과하고 수출입 화물의 해관세를 징수하는 등 비로소 항세제도를 마련하게 되었으나, 이것은 우리가 자주적으로 운영하는 것이 아니고 외세의 간섭을 받고 있었던 것이다. 우선 역대 세관장이 모두 외국 사람들이었다는 것만 봐도 알 수가 있다.

1883년 초대 제물포 세관장은 영국인 스트리플링이었으며, 1886년 2대가 독일인 슈오르니케, 1891년 3대가 영국인 모건, 같은 해 4대가 역시 같은 영국인인 존 스톤, 1893년 5대도 영국인 오스본, 같은 해 6대 세관장 역시 영국인인 찰스 마이즈였다. 더구나 세관은 한국 행정기구의 일부가 분명하고, 또 항세 수입만도 막대한 것이었으나 이상하게도 외국인에 의해 위탁 운영되고 있어, 그 손실이 이만저만 아니었다.

당시 국가재정이 말이 아니었던 까닭에 정부에서는 외국상사들로부터 금품을 차용하는 경우가 자주 있었는데, 으레 제물포 세관세를 담보로 하였다 하니 한심한 일이 아닐 수가 없었다.

조선에 발을 붙인 세창양행을 비롯 불란서의 신디케이트, 일본의 다이이찌은행(第一銀行) 제물포지점 등은 제각기 조선정부 발행의 우선지불증을 제시하고, 직접 제물포 세관에서 매달 원리(元利)를 받아가기까지 하였다.

조선정부가 제물포주재 외국상사에 진 채무의 일부를 소개하면 이렇다.

1893년 1월 독일상사 세창양행으로부터 이운사(利運社, 기선회사) 소속 기선 창룡호(蒼龍號) 구입금 중 부족액(立替金) 6만 불을 1할의 고리채로 사용.

1893년 1월 청관(淸館, 청국조계) 소재의 청국인 거상 동순태(同順泰,

실제로는 상해 招商局의 대행)로부터 연 7푼 2리의 저리로 은 10만 냥을 차관하였는데, 매월 원리 2천 6백 냥씩 80개월 월부로 상환하되, 이를 제물포 세관에서 수금하기로 한 것.

이 차관은 청국 북양통상 대신 이홍장(李鴻章)의 주선으로 이루어졌으며, 그 목적은 조선 해운계에서 일본우선회사(郵船會社) 소속 기선들이 일방적으로 발호하는 것을 봉쇄하기 위한 방편이었다.

이 10만 냥의 용도는 우선 독일, 일본의 차용금을 청산하고, 노르웨이에서 만든 기선 현익호(顯益號) 구입비를 충당하려는 것이었다.

당시 국영기선회사인 이운사에서는 창룡호와 현익호를 각각 구입, 운항시키고 있었는데, 창룡호는 해주, 진남포, 평양 방면으로 취항하고, 현익호는 군산, 목포, 부산 등 연해항로를 연결하였다.

이밖에 조선정부와 불란서 신디케이트 사이에 조인으로 성립된, 금화 450만 불의 차관액은 은화 3분의 1, 금화 3분의 1로, 2년 후 5백만 불(연이자 5할 5푼)을 상환하기로 한 것이 있었다.

또한 일본 다이이찌 은행 제물포지점으로부터 제물포 감리(監理)가 대부받은 2만 원이 있었는데, 일본 다이이찌 은행은 이 돈을 대부해 주고 실질적으로 제물포 세관의 관세업무를 위탁받았으며, 국고금 출납사무까지 담당하기에 이르렀다.

1878년 부산지점 개점을 필두로 1880년에는 원산에, 1883년에 제물포에, 1885년에는 한성에 각각 지점을 개설한 다이이찌 은행은 일본의 조선경제 침탈과 일본 상인자본 진출을 위한 검은 마수와도 같은 존재였다.

개항이 조선을 먹어치우기 위한 철도라면 이 다이이찌 은행은 레일 위를 달리는 화물차의 역할을 하였다.

다이이찌 은행은 세관업무를 위탁 운영하는 것 외에도, 1889년에는 조선정부 대신 부산, 제물포, 서울에서 우편위체자금(郵便爲替資金) 보관사무를 담당했으며, 청·일, 노·일 양 전쟁 시에는 출장소를 전국 각지에 설치하고 군용금의 보관 및 출납을 하기에 이르렀고, 조선정부에 자금융통까지 해주었다. 1897년에는 일본의 화폐개혁으로 조선에서 유통되고 있던 1원 은화가 공급이 두절되고, 일본은행의 1원짜리 태환권(兌換券)도 점차 회수되어 일본인의 상행위가 불편해지자, 1902년에는 조선에서 이른바 다이이찌 은행권을 발행하기까지 하였다.

이에 제물포 신상협회(紳商協會)에선 다이이찌 은행권 발행을 강력 반대하여 들고 일어섰고, 한성부윤은 다이이찌 은행권 사용자는 엄벌에 처한다는 훈령까지 내렸으며, 탁지부대신이 전국 각지 감리에게 이 은행권의 통용 금지를 엄중시달하기도 했다. 그러나 일본은 끝내 군함을 제물포항에 정박시키고 조선정부를 위협함으로써 그 뜻을 관철시키고야 말았다.

울바자가 헐어지니 이웃집 개가 드나든다는 푼수로, 개항이 되자 일본이 남의 나라에서 칼춤을 추며 날뛰었다.

아무리 조선을 업신여기기로서니, 어찌 남의 나라에 마음대로 제 나라 은행지점을 열고, 맘대로 돈까지 찍어낸다는 말인가. 조선사람들을 허수아비로 보지 않았던들 행패가 이렇듯 심하지는 않았을 것이었다.

딴은, 개항지마다 지점을 개설한 다이이찌 은행의 속셈은 엉뚱한 데에 있었다.

기실 다이이찌 은행 조선지점의 알속은 조선산 지금(地金)을 매수하기 위한 것이었다. 다이이찌 은행 조선지점들은 일본은행의 위탁을 받아, 전도자금을 조선의 중개상인들에 뿌려 금괴나 사금을 대량으로 사들였으며, 종내에는 서울, 평양, 원산에 사금분석소까지 만들어 적극적인 사금, 금괴 매수활동을 하기에 이르렀다. 1897년 일본은 금본위 화폐제도를 채택하게 되어 지금수집에 혈안이 되어 있었던 것이다.

다이이찌 은행뿐만 아니라, 조선에 온 일본상인들은 모두 곡물, 우피, 어물 등과 함께 다량의 금은괴와 사금을 사들였다.

더구나 금괴나 사금의 수출입에는 관세의 부과가 없었다. 세관에서는 다만 통계상 필요로 금은 수출입자로 하여금 세관에 보고하도록 하였을 뿐으로 그 이상 신경을 쓰지 않았다. 그러기에 세관에서도 얼마만큼의 금괴나 사금이 일본으로 빠져나가는가에 대해서 정확하게 알고 있지도 못했다.

세관에 보고된 금괴 수출만 보더라도 1879년 한 해 동안 2백 3만 4천 79원어치에 이르고 있었다. 당시 금 1백 돈쭝 가격이 3백 76원이었으니, 분량으로 따지면 얼마나 엄청난 것인가를 어림할 수가 있겠다.

이와 같이 금이 밖으로 빠져나간 것이 1900년에 이르면 3백 63만 원대를 넘어서고 있고, 이 중 팔 할이 일본으로 들어가고 있었다.

세관에 신고된 것이 이것뿐이지, 신고하지 않은 것까지 합하면 가공할 만한 숫자가 될 것이 분명하다.

금은 다른 화물과는 달라 부피가 작아서 휴대하기가 간편하기에 일본 귀향자들은 세관에 신고하지도 않고 시새워 가져갔다.

제물포 부사도 1886년부터 1888년 사이에 제물포항에서 수출된 금은액을 기록한 자리에, 그 표시액은 실 수출량의 반밖에 안될 것이라고 실토하고 있다.

사금과 같은 것은 여행인 스스로가 휴대하여 갖고 가기 쉬운 성질의 것이므로, 이상과 같은 해관의 보고에 계상되지 않은 것도 또한 다액일 것이다. 따라서 기록된 액수는 실제 수출된 액을 표시하는 것이 못된다. 실제의 수출액은 아마도 해관 기록의 두 배도 더 될 것이다.

제물포 부사의 기록대로, 세관에 신고하지 않고 일본인 귀향자들이 솔래솔래 가져간 금괴만도 어림할 수조차 없거니와, 일본의 다이이찌 은행지점이 일본은행으로부터 위탁을 받고 조선의 중개상인들에 전도자금까지 뿌려가며 매수해들인 금괴의 수량은 실로 엄청난 것이었다.

다이이찌 은행 조선지점들은 이 막대한 금괴를 세관에 신고조차 하지 않고 마음대로 일본으로 들여보냈던 것이다. 하기야 다이이찌 은행이 세관 위탁 운영을 맡고 있는 형편이었으므로 이런 것쯤이야 식은 죽 먹기나 진배없는 일이 아니겠는가.

이렇듯 일본의 다이이찌 은행지점에 의해 위탁 운영되고 있는 세관청인데, 그들이 고지를 먹은 것도 아닌 바에야, 남의 나라 살림을 알뜰하게 잘해줄 리가 없지 않겠는가. 위탁 운영을 맡은 다이이찌 은행지점은 염불에는 마음이 없고 잿밥에만 정신을 쏟고 있는 터였다. 더구나 세관 수입은 매달 여러 나라에서 빌려 쓴 차관의 원리로 뜯기고 있는 판이라, 적자를 면할 수가 없었다.

게다가 조선인 직원이나 잡역부들한테는 인색하게 싸라기눈만큼 떼주면서도, 외국인 직원들한테는 도둑 물건 나눠먹듯 푸지게 대접을 해주고 있으니, 매부 좋고 누이 좋은 푼수로 외국인들끼리 모두 한통속이 되어 배를 두들기고 있는 판이었다. 그러니 세관장 자리에 앉기만 하면 한두 달 월급만 가지고도 양옥으로 호화저택을 지을 수가 있었다.

중등미 한 가마니에 3원 10전의 시세에, 세관장이 한 달 월급으로 3백 80불이나 받았으니, 쌀 1백 20가마니에 해당하는 값이다.

세관장들이나 그밖에 외국인 보좌관이나 세관원 직원들은 많은 월급을 받고 있었기 때문에, 그들은 주는 떡이나 먹고 구경이나 하고 있던 판국이었다.

그때 세관장 보좌관을 하고 있던 불란서 사람 라포르트는 월미도를 한눈으로 굽어볼 수 있는 언덕배기에 뾰죽뾰죽 튀어나온 붉은색 생철지붕의 호화판 저택을 짓고 있었으며, 일이 한가할 때면 세관청 인부들을 저택 짓는 일에 동원하기도 하였다. 대불이와 천팔봉이도 여러 날 라포르트 보좌관 저택 공사장에 가서, 벽돌을 옮겨주기도 하고 흙과 모래를 퍼 나르기도 했다.

그 무렵 제물포에는 후일(1901년) 세관장이 된 라포르트의 저택뿐만 아니라 여기저기 전망 좋은 곳에 호화판 저택들이 시새움이나 하듯 들어서고 있었다.

제물포각 맞은편 산마루에 네모난 전망대를 곁들인 건평 1백 71평의 호화 이층 세창양행 사택이 최초의 양옥이었다.

또 송학동 마루턱의 홍예문을 향해 큰길을 오르다가, 송학장(松鶴莊) 언덕길과 교차되는 네거리에서 서북쪽 사이를 올려다보면 아담한 흰색 이층 양옥이 눈에 띄었는데, 이 집이 바로 경인선 철도부설권을 따낸 미국인 모스의 저택이다.

세관청 보좌관 라포르트 저택 맞은편에는 헨켈 저택이 바다를 굽어보고 있었으며, 긴 담 모퉁이 옆 숲속에는 법부대신을 지낸 이하영(李夏榮)의 별장이 호화스럽게 치장을 하고 야트막하게 엎드려 있었다.

그러나 뭐니 뭐니 해도 제물포에서 가장 눈에 띄는 호화판 개인저택은 모스 집 위에 자리 잡은 미국인 데슐러 소유의 저택이었다.

데슐러의 대저택은 여러 채의 순일본식 주택과 한 채의 단층 양관을 곁들여 세웠는데, 무엇보다 수림이 촘촘하게 우거진 넓은 정원이 한눈에 들어왔다.

이 집 주인 데슐러 씨는 동양합동광업회사(東洋合同廣鑛業會社)의 미국인 재정책임자였다. 그는 후에 하와이 사탕농장의 요청에 따라 1902년부터 3년 동안 조선인 7백 11명을 모집하여 하와이로 이민을 시켰으며, 다시 1905년 3월 29일에는 1천 39명의 조선인을 멕시코에 보내 큰돈을 벌었다고 한다.

몸에 물기 한 방울 남지 않은 몰골로 무척추동물처럼 온종일 방바닥에 등을 붙이고 뒤척거리고만 있던 순영은, 다음날 아침 하늘이 밝아오기도 전에 서둘러 일어났다.

그녀는 언제 몸을 부리고 누워 있었느냐 싶게, 봄날 아침의 햇살처럼 밝은 얼굴로 일어나서 몸단장을 하였다. 하루를 쉬었으니 이제 시공서에 나가려는 것이다.

그녀는 다른 때보다 맵시를 더 내느라 오랫동안 거울 앞에 앉아 있었다.

거울을 들여다보는 그녀는 갑자기 딴사람으로 변해버린 듯싶은 자신의 얼굴에 놀라운 표정을 지었다. 도화색의 두 볼은 더욱 탐스럽게 붉어졌고 동그란 눈에서는 심지불꽃처럼 뜨겁고도 화사한 불길이 타오를 것만 같았다. 자신의 모습이 이틀 사이에 훨씬 성숙하고 탐스러워진 듯싶었다. 그녀는 심지불꽃처럼 타오르는 눈망울 속에 활짝 피어나는 찬란한 꿈을 보았다. 가슴은 터질 듯 알 수 없는 설렘으로 울렁거렸으며 살아가는 즐거움이 갑자기 무지개 빛깔로 드세게 밀려오는 기분이었다.

밝아오는 하늘도, 찬란한 아침햇살이며 넉넉한 바람, 싱그럽게 돋아나기 시작하는 나뭇잎들도 모두 순영이 자신을 위해 열심히 잔치를 벌여주고 있는 것만 같았다. 순영은 자신을 위해서만 존재하는 것 같은 하늘과 햇살과 바람과 나무와 꽃들에게 감사하는 마음을 보냈다.

방문을 훨쩍 열어젖힌 순영은 전혀 새롭게 느껴지는 하늘과 햇살과 바람을 맞이하며 행복하게 웃고 있었다. 그녀 자신도 새롭게 찬란한 꽃송이로 피어난 듯한 기분이었다.

순영은 토마루로 나와 흰 버선발에 고무신을 꿰었다.

"아침도 안 먹고 어딜 가느냐?"

순영이가 집을 나서려고 하자 그녀의 어머니가 눈을 비비며 술청으로 나오다가 딸을 보고 걱정스럽게 물었다.

"배고프지 않네요."

"그래 어디를 그리 일찌거니 가는 게여?"

"어저께 하루 쉬었으니 오늘은 나가봐야지요."

"아침도 안 먹고 시공서에 나가는 게여?"

"어저께 저녁에 서장님이 돌아오셨을지 모르니께 일찌거니 나가봐야지요."

"암것두 안 먹고 빈속으로 나가서 보대끼면 어쩔라고 그러느냐?"

"엄니, 걱정 말아요. 이제 몸이 거뿐해서 날 것만 같아요."

순영은 웃음을 남기고 집을 나섰다.

그녀는 어머니한테 말했던 것처럼 몸이 훨훨 날듯이 가벼워졌다.

마음도 바람처럼 허공에 떠 있었다.

그녀는 집을 나와서 곧장 시공서로 가지 않고 싸리재 쪽으로 올라갔다.

순영은 싸리재 마루턱으로 올라갔다.

아무도 없는 이른 아침, 싸리재 마루턱에서 내려다보니 세상은 은회색 빛 속에서 넉넉하게 출렁이고 있었다. 감미로운 꿈속에서 얼핏 보았던 세상처럼 신비로웠다.

발부리 아래 펼쳐진 시가지는 수묵화처럼 아름다웠으며, 눈부시게 쏟아지는 햇살 속에서 바다는 마치 큰 두루미가 날개를 치듯 넘실거렸고, 삽으로 뚝 떠다놓은 것만 같은 월미도가 손에 잡힐 듯 가깝게 둥실 떠올랐다.

능구렁이의 비늘처럼 거무칙칙하게 붙어 있는 배다리 쪽의 조선촌 마을도 이날따라 그림같이 산뜻했다. 그녀의 눈에 비친 온 세상의 삼라만상이 꿈속에서처럼 아름답기만 했다.

순영은 하늘과 바다와 시가지를 한눈으로 쓸어보면서 뿌듯한 행복감에 젖어 있었다. 세상의 모든 일이 그녀의 뜻대로 움직여줄 것만 같았다.

순영은 고갯마루에서 활짝 핀 진달래와 멍울멍울 노랗게 터질 듯한 황매화며 이제 갓 잎을 편 죽도화 나뭇가지들을 한 움큼 꺾어들고 내려왔다. 내려오면서 약초밭 모퉁이에서 갓 피어난 자주색 목련 한 송이도 꺾어 묶음으로 만들었다.

시공서에 들어서자 문만 열려 있을 뿐 아직 잠에서 깨어나지 않았는지 아무도 보이지 않았다. 그녀는 발짝 소리를 죽여 가며 조심스럽게 이층 계단을 올라가 시공서장 사무실 문을 열었다.

사무실은 이틀 전 순영이가 치워놓은 그대로였다.

책상 위의 재떨이며 잉크병, 꿩의 깃털에 묶은 펜이 제 위치에 그대로 놓여 있는 것으로 보아 아직 로드 서장이 출장에서 돌아오지 않은 듯싶었다.

순영은 가슴에 보듬고 온 꽃들을 묶음 째로 큰 백자꽃병에 넣어 로드 서장의 책상 위에 놓고 킁킁 꽃향기를 맡았다. 자목련의 짙은 향기가 툭툭 코를 쏘았다. 잠시 후 순영은 푹신한 소파에 손바닥으로 턱을 받치고 앉았다. 그녀는 앞으로 일곱 가지 찬란한 무지개 빛깔로 펼쳐질 그녀 자신의 장래를 머릿속에 떠올려보았다. 그녀의 머릿속에는 여학교에 들어가 신식교육을 받는 모습이 떠올랐다.

로드 서장의 눈에 들게 되면 약속대로 그는 기숙사가 있는 서울 여학교에 보내줄 것이라고 믿고 있었다.

순영이는 지금까지도 그렇게 살아왔지만, 무엇이든지 한 번 한다고 결심을 하면 꼭 그리 하고야 마는 성격이다.

그것이 좋은 일이건 나쁜 일이건 간에 한다면 하는 여자다. 그리고 지금까지는 모든 일이 그녀의 뜻대로 잘 되어주었다. 그녀는 지금 여학교에 가는 일이 뜻대로 이루어질 것으로 믿고 있는 터다.

순영이가 한동안 푹신한 소파에 앉아서 일곱 가지 무지갯빛 생각들을 머릿속에 굴리고 있는데, 사무실 문이 벌컥 열렸다. 하야시였다. 그는 는질맞게 삶의 웃음을 얼굴 가득히 피우며 성큼 안으로 들어섰다.

하야시가 들어서자 순영은 온몸의 털이 송두리째 뽑히는 듯한 송연함에, 소파에서 일어나 출입구 쪽에 놓인 앙증스럽도록 조그마한 그녀의 책상에 앉았다.

하야시는 뒷짐을 진 채 여전히 순영을 향해 기분 나쁜 웃음을 피워내고 있었다.

"어저께는 왜 결근을 하셨으므니까."

하야시가 순영이 쪽으로 걸어오며 딱딱하게 물었다.

순영은 그의 물음에 굳이 대답을 해야 할 필요를 느끼지 않았기 때문에 입을 열지 않았다. 순영은 한갓 시공서의 사환이 아니며, 어엿한 시공서장의 비서인 것이다. 그러기에 하야시 순사 따위에 결근한 이유를 설명하지 않아도 된다고 생각했다.

"어저께 순영 씨가 나오지 않아서 기분이 좋지 못했으므니다."

하야시의 말투는 결근한 것을 추궁하려는 것이 아니라는 것을 알 수가 있었다.

순영은 하야시한테 로드 서장님이 언제쯤 돌아오느냐고 물으려고 고개를 들어 그를 똑바로 쳐다보았다.

그러나 그녀는 묻지 않았다. 하야시의 능글맞은 얼굴을 보자 입이 조가비처럼 다물어져버렸다.

"어디 아렸으므니까? 처녀가 아프면 예쁜 얼굴이노 상하게 되어 좋지가 않스므니다."

순영은 제발 하야시가 빨리 서장실에서 나가주기를 빌었다. 그와 한방에서 같이 숨을 쉬고 있자니, 심장이 터질 것만 같았다.

그러나 하야시는 좀처럼 서장실에서 나가려고 하지 않았다.

그는 담배를 피워 물고 소파에 다리를 꼬고 앉아서 출입구 쪽 순영을 향해 시선을 팽팽하게 드리우고 있었다.

"참, 순영 씨 이 하야시가 오늘은 순영 씨 부모님을 만나고 싶스므니다. 작은아버지에게는 많은 이야기 했어도, 직접 순영 씨 부모님을 만나서……."

하야시는 말끝을 얼버무리며 담뱃재를 떨고, 순영이의 표정을 살피는 것 같았다.

순영이는 하야시가 무엇 때문에 그녀의 부모님을 만나보고 싶어 하는 것인가를 대충 어림할 수가 있었다. 숙부한테 이야기한 것이라면 더욱 손금 들여다보듯 빤한 일이 아닌가.

"우리 부모님은 뭣 때문에 만나요?"

순영은 참지 못하고 쏘아붙이듯 물었다.

"고것은 나와 순영 씨 부모님 사이만 알 일이므니다. 하하하."

하야시는 소리 내어 한바탕 웃더니 로드 서장의 책상 위에 놓인 화병에 눈길이 멎자 화들짝 일어섰다.

"아, 이 향기로운 꽃, 순영 씨가 꽂아놓았으므니까?"

하야시는 콧구멍을 벌름거리며 향기를 맡았다.

"꽃에서 순영 씨 냄새가 나므니다."

그 말에 순영은 고개를 돌리며 얼굴을 찡그렸다.

하야시는 화병에서 탐스럽게 피어나는 자목련꽃을 빼들고 코에 대고 연신 킁킁거리며 출입구 쪽으로 걸어왔다.

그는 자목련꽃을 들고 서장실에서 나가려다가 갑자기 홱 몸을 돌려 순영을 노려보았다.

"어저께 대불이라는 사람을 만났으므니다."

하야시가 서장실을 나가려다 다시 몸을 돌려세우며 하는 말에, 순영이는 흠칫 놀라며 고개를 들었다.

"대불이라는 사람 순영 씨 자주 만나는 것 좋지 않으므니다. 앞으로는 하야시가 못 만나게 하겠으므니다."

하야시는 화난 목소리로 말하며 위협하는 눈초리로 순영을 찍어 보았다.

"대불이라는 사람 불순한 사람이오."

하야시는 그렇게 말하고 서장실에서 나가버렸다.

순영이는 하야시가 문을 쾅 닫고 나가자, 딱딱한 나무의자에서 일어나 안절부절못하면서 서장실 안을 서성거렸다.

하야시가 대불이를 만났다는 말에 심장이 벌떡거렸다. 도대체 하야시가 대불이를 만나서 무엇을 어찌했다는 말인가. 하야시가 대불이를 일부러 찾아간 것인지, 아니면 대불이 쪽에서 만나자고 한 것인지 알 수가 없었다. 하야시가 대불이를 불순한 사람이라고 뱉은 말도 머릿속에서 오랫동안 부스럭거렸다.

두 사람이 만났다면 필시 순영이 자신의 일 때문일 터인데, 만나서 어찌했다는 것인가. 순영이는 당장 세관청으로 대불이를 찾아가서 무엇 때문에 하야시를 만나게 된 것인지 그 경위를 묻고 싶었다.

대불이한테 섭섭한 생각도 들었다. 어제 하야시를 만났다면 저녁밥을 먹으러 올 때 부모들 눈치 때문에 단둘이 만날 수가 없겠으면, 짝귀 오빠한테라도 귀띔을 해주었어야 하지 않았겠는가.

어제 저녁 순영이가 꼼짝하지 않고 방바닥에 등을 붙이고 누워 있을 때도, 저녁밥을 먹으러 온 짝귀 오빠가 슬그머니 방문을 열고 들어와서 어디가 아프냐는 둥, 몸이 아파도 밥이나 먹고 누워 있으라는 둥 입에 붙은 말만 서너 마디 뱉고 갔을 뿐 대불이가 하야시를 만났다는 말은 입 밖에 내지도 않았다.

순영이는 대불이의 무심한 처사에 괜히 생각이 뒤꼬이기 시작했다. 두 사람이 만났다면 필시 무슨 일이 있었을 것이 분명하거늘, 가재 물 짐작도 할 수 없으니 안동답답이가 될 수밖에 없었다.

그녀는 하는 일도 없이 서장실을 혼자 지키며 시간을 죽이고 있었다.

서장실 먼지를 털고, 유리창을 반들거리게 닦고, 다시 마룻바닥에 물을 뿌리고, 로드 서장의 책상을 닦고…… 그래도 할 일이 없어, 로드 서장의 책상 위에 놓아둔 화분에 물을 주고, 소파에 앉아 두 다리를 쭉 뻗으며 하품을 씹어 삼켰다.

소파에 파묻혀 로드 서장한테 배운 꼬부랑말들을 혼자 씨부렁거리기도 하고, 다시 하품을 토해내 쩝쩝 입맛을 다시며 시간을 죽였다. 그러나 지루한 시간은 명주실꾸리처럼 길고도 질겼다.

순영은 다시 서장실 안을 서성거리다가, 거울을 마른 걸레로 입김을 불어가며 말갛게 닦은 다음, 오랫동안 거울 속을 들여다보았다. 도화색의 두 볼이 더욱 발그스름하게 피어난 듯싶었다. 어머니는 늘 그런 딸의 도화색 볼을 걱정하였다. 도화색의 볼 때문에 팔자가 드셀 것이라는 것이다.

순영이 어머니가 딸의 팔자 사나움을 미리 걱정하는 것은 봉숭아 꽃처럼 발그레한 도화색 볼 때문만도 아니다. 작달막한 키에 오동포동 알맞게 살이 찌고 얼굴도 동글납작하며, 촉기 넘치는 똥그란 눈에 도톰한 입술, 양귀비를 닮았다는 버들눈썹이며, 뜯어볼수록 곱상하고 오목조목한 생김새인데도, 그녀의 어머니는 하나밖에 없는 딸의 팔자 사납게 될 관상에 늘 혼자 마음을 후벼 파듯 하던 것이었다.

그녀의 어머니는 딸의 도화색 두 볼 외에도, 입술이 두꺼워 정이 너무 헤퍼서 탈이라거니, 입을 놀릴 때면 마치 대를 쪼개는 것 같은 모습이어서 남편한테 찐더운 정을 받지 못할 거라느니, 콧구멍이 살짝 옆으로 퍼져 사내 욕심이 많다거니, 양귀비를 닮은 눈썹이 박명할 상이라거니 하며, 입버릇처럼 사주쟁이 말대로 스물다섯이 넘어서 시집을 가야 팔자땜을 할 거라고 하였다.

어머니는 또 순영이가 손바닥으로 턱을 받치고 앉아 있는 것을 보면 목소리가 쩌렁쩌렁 울리도록 꾸짖곤 하였는데, 턱 받친 과부 상을 왜 부러 만드냐면서 그 버릇 고치지 못하면 스물다섯이 넘어서 시집을 가도 팔자땜을 못하고 말 것이라고 악담을 하였다.

그때마다 순영이는 어머니한테 개명시대에 무슨 귀신 얼음 먹는 소리냐며 귀를 돌려버렸으며, 크게 될 여자는 원래가 팔자 사납게 생겨먹게 마련이라고 웃으면서 어머니의 심란해하는 마음을 다독거려 주곤 하였다. 그러면서 그녀는 늘, 자신은 무남독녀이기 때문에 팔자타령 않고 아들 노릇을 할 것이니 두고 보라고 큰 소리쳐왔다.

순영은 벽시계가 새로 한 점을 치자 점심을 먹으러 집으로 가기 위해 옷매무새를 추스르고 머리를 빗은 다음 서장실에서 나갔다.

층계를 내려가자 널찍한 아래층에는 하야시의 모습은 보이지 않았고, 발라먹고 뱉어놓은 대추씨처럼 얼굴에 살이라고는 한 점도 붙어 있지 않은 청국인 순사가 주근깨투성이의 사환과 같이 장기를 두고 있었다.

그녀가 층계를 내려가자 장기를 두던 청국인 순사가 흘끗 쳐다보는 것 같더니 이내 시선을 장기판 위로 내려놓았다. 그는 하야시가 순영이를 좋아하는 것을 알고 있는 터라 그녀한테 집적거리기는커녕 농담 한마디 걸어오지 않았다. 그래서 순영은 청국인 순사를 대하기가 늘 마음 편했다.

"나 집에 가서 점심 먹고 오겠다아."

순영은 사환아이한테 큰 소리로 말하고 큰 도어를 밀고 밖으로 나갔다. 옮겨 심은 지 얼마 안 된 시공서 앞뜰 큰 목련나무는 잎이 돋아나기 전부터 꽃이 활짝 피기 시작했다. 크고 탐스러운 흰 꽃잎마다 봄날 대낮의 햇살이 가득 괴어 흘렀다.

순영은 신선하고 부드러운 햇살을 받으며 시공서를 나와 큰길을 가로질렀다.

3

권만길이네 싸전이 쇠뿔고개로 이사를 서둘렀다. 아침 일찌거니 권만길은 그의 형님 권대길한테 들러 함께 이사를 가자고 하였으나, 권대길이 끝내 고집을 꺾지 않아 하는 수 없이 자기네만 짐을 옮기는 것이었다.

한집에 붙어 있는 아우가 이사를 가는 데도 권대길은 술청에 파리채를 들고 앉아 있으면서도 얼굴을 내밀지 않았다. 권대길의 아낙만이 설거지도 하지 않고 아우네 집에 가서 일을 도왔다.

마바리들이 줄을 서서 이삿짐을 실어 내가자 이내 집안이 쓰렁하게 텅 비어버렸다.

형제가 함께 사는 이 집은 방이 셋씩이나 딸린 세 칸짜리 가게 말고도 네 칸 겹집의 널찍한 안채가 있었는데, 집주인인 아우 권만길이가 가게 두 간과 안채를 차지하고, 형 권대길이는 가게 한 간에 가게에 딸린 고막만한 방 두 칸을 쓰고 있었다.

"형님네만 사시면 넓어서 좋겠네요."

마지막 부엌살림들을 챙기면서, 권만길 처가 입을 열었다. 그녀는 큰집 식구들과 떨어져 살게 된 것이 홀가분하고 개운해서 좋은 모양이었다. 그녀는 여태껏 한집에 살면서 불편한 게 한두 가지가 아니었지만 차마 내색은 못하고 속으로만 끙끙 앓아왔던 터였다. 색다른 음식을 해먹으려 해도 마음이 쓰였고, 유행되는 새 옷만 해 입으려고 해도 형님네 식구들의 눈치를 보아야만 했었다.

더구나 형님네가 한집 가게에서 주막을 내고 있다는 것이 늘 창피하여 떳떳하지가 못하였는데, 이제 멀리 뚝 떨어져 살게 되니 훨훨 날 것만 같았다. 그래, 남편이 이번에도 형님네랑 함께 쇠뿔고개 새 집으로 이사를 가겠다고 하자 목에 생선가시가 걸린 것처럼 찜찜해 있던 판인데, 되레 따라오지 않겠다고 하니 고집쟁이 아주버님한테 큰절이라고 하고 싶었다.

"세 식구가 이 안채를 다 쓰셔요. 한 사람이 두 방을 차지해도 방이 남아돌겠구만요."

권만길 아낙은 오달진 마음에 웃음이 절로 나왔다. 그녀는 부엌에서 금 간 간장그릇, 종구라기 하나까지도 남겨놓지 않고 깡그리 챙기며 말했다.

"고대광실 같은 집에서 우리만 살기에는 너무 적적혀. 동생네랑 한집서 사니께 든든하고 좋드만 떨어져서 살면 적적하고 의지 없어 어쩔꾸!"

순영이 어머니는 아우네와 떨어져 살기가 섭섭했다.

"형님두 참, 같은 제물포바닥인데유 머."

권만길의 아낙은 끝내 함께 이사를 가자는 말은 입 밖에 내지 않는다.

"그나저나 동생네는 고대광실 같은 새 집 지어 나가니 좋겠구먼. 듣자니 이 집을 비울 날이 열흘도 못 남았다는데 우리는 어찌할까?"

권대길의 처 순영이 어머니는 부엌바닥을 쓸다 말고 수심이 가득한 얼굴로 말했다.

"형님두 원, 설마 사는 사람을 쫓아내기사 하겠어유. 우리야 어차피 새 집을 지어놨으니 집을 순순히 비워주지, 어디 그러나요. 아주버님 고집이면 버틸 수가 있을 겁니다요. 순영이 작은아버지가 일본조계 사람덜한테 부탁을 해놨다고 하니께, 형님네는 차라리 잘된 거쥬 머."

권대길 처는 아우네의 말에 조금은 위안에 되는지 그제야 씁쓸하게 웃었다.

부엌살림의 잡동사니를 실은 마지막 마바리가 떠나자, 권만길네 부부는 쓰렁하게 빈 집의 마당에 마주서서 마지막으로 집안을 한 번 휘둘러보았다. 권만길은 형님네를 남겨둔 채 떠나기가 못내 마음이 아픈지 아침부터 찜부럭한 얼굴이었다.

"먼첨 가소. 가는 길에 형님한테 꼭 들러봐."

권만길이가 뒷짐을 지고 빈 집안을 휘둘러보며 그의 아낙한테 말했다.

"기왕이면 함께 갑시다요."

"나는 형님하고 긴히 할 얘기가 있으니 먼첨 가래두!"

권만길은 아내를 향해 퉁명스럽게 쏘아붙였다. 남편의 성깔에 권만길 아낙은 금세 파르르해서는 남편을 향해 눈을 흘겼다. 그녀는 아침 일찍 일어나 손수 요강을 들고 쇠뿔고개 새 집의 안방 한가운데 놓아두고 이삿짐을 챙기기 위해 돌아온 후 여태껏 기분이 좋았는데 갑자기 또 속이 뒤집히려고 하였다.

"따라오시지 않겠다는 형님네한테 왜 그리 마음을 써싸시우?"

"잔소리 말고 얼른 가봐!"

남편의 내던지는 듯한 목소리에 권만길의 아낙은 하는 수 없이 비칠비칠 물러서더니 대문 옆 화단에서 잎떨기가 피어나는 수국꽃나무를 뽑아들고 집을 나갔다.

권만길의 아낙이 훨쩍 열어젖힌 대문을 나가는 것과 거의 같은 시각에, 이웃에 사는 권만길의 친구 김덕기가 추레하게 차려입은 농사꾼 차림의, 나이가 지긋한 사내와 함께 마당으로 들어섰다.

"쇠뿔고개 새 집으로 찾아갈까 하다가 이리로 왔네."

키가 작고 깡마른 김덕기는 권만길이가 서 있는 마당 한가운데로 지싯지싯 들어서며 버릇처럼 킁킁 코를 불어댔다. 권만길은 김덕기를 한 번 흘긋 내려다볼 뿐이었다.

김덕기는 권만길이와 같이 주안서 살다가 농토가 철도부지로 흡수되어버리자 제물포로 나왔는데, 이번에 일본조계를 넓히는 바람에 다시 짐을 옮기게 되었다.

권만길은 김덕기가 무슨 일 때문에 자기를 찾아왔는가를 거울 들여다보듯 환히 알고 있었기에 별로 탐탁치 않는 눈빛으로 그를 대했다.

"쇠뿔고개에 지은 새 집이 대궐 같드구만!"

김덕기는 약간 비아냥거리듯 말을 하면서도 입가에는 비굴하리만큼 찐득거리는 미소를 가득 담고 있었다.

"그래, 덕기 자네는 어디루 옮기는가?"

권만길은 파릇한 감나뭇잎 사이로 맑게 펼쳐진 하늘을 보며 지나가는 말투로 물었다.

"실은 그때문에 자네를 찾아왔구만."

김덕기의 말에 권만길은 내 그런 줄 알았다는 눈빛으로 다시 한 번 힐끗 두 사람을 내려다보았다. 그는 김덕기를 따라온 쉰 안팎의 추레한 농사꾼을 눈여겨보았다. 처음 보는 얼굴이었다.

"참, 인사허시죠."

김덕기가 농사꾼 차림을 돌아보며 말하자 농사꾼 차림이 권만길을 향해 허리를 굽적거렸다.

"뉘신가?"

권만길이 김덕기를 보며 물었다.

"만수동 사는 우리 당숙뻘 되는 분이시네."

만수동이라면 권만길의 고향인 주안에서 두어 마장 떨어진 곳이었다. 권만길은 그제야 낯선 영감이 그를 찾아온 까닭도 어림할 수가 있었다.

"만길이 자네가 성주해갖고 이사를 가는 쇠뿔고개에 정거장이 생긴대며?"

김덕기는 속이 아린 것을 참고 권만길의 비위를 맞추려고 히죽거리며 너름새를 떨었다.

"글쎄 그렇다누만."

"좌우당간에, 재수 없는 놈은 개똥밭에 넘어지구, 재수 존 놈은 콩고물에 넘어진다더니, 자네야말루 콩고물이 아니라 사금밭에 넘어졌구먼 그랴. 재수에 옴이 붙었는지 이놈의 신세는 애면글면 갈치꽁댕이만한 보상금 받어갖구 집 한 칸 장만했더니 그것마저두 조계로 들어간다구 쫓겨나게 생겼으니 원!"

김덕기는 목구멍에서 가래침을 울거내 땅바닥에 탁 뱉아내며, 권만길을 보았다.

하기야 김덕기의 말마따나 권만길 그 자신이 곰곰이 생각을 해봐도 근자에 들어 그의 운수가 그리 나쁜 편은 아니었다.

그가 제물포바닥에 나와서 대불호텔의 주인이며 일본인 부자인 호리 리끼따로를 알아 양곡수집과 고리대금업을 도와주며 힘을 펴고 살 수가 있게 되었거니와, 역시 호리 씨의 귀띔을 받아 쇠뿔고개에 새 집을 지었는데 호리 씨의 말대로 집 근처에 정거장이 들어선다고 하지 않는가.

"실은, 이참에 제물포에다 지물전을 낼까 해서……."

김덕기는 말끝을 흐리며 권만길의 눈치를 살폈다.

"지물전을 내겠다고?"

"왜? 안 될까?"

"안 될 거야 없지. 각처에서 사람들이 밀려드는 판이라 전을 벌여 놨다 하면 되게 되어 있지."

"그래서 말인데……."

김덕기는 딱 부러지게 말을 못하고 지싯지싯 권만길 눈치만 살폈다.

"헌데, 제물포바닥에 지물전을 내자면 점방도 얻어야 할 테고, 못 해도 자본이 백 원 하나는 있어야 할 거로구먼."

"해해, 그래서 말인데……."

"돈을 변통해 달라 이거로구먼 그려."

"해해, 그렇다네, 호리 씨헌테 청을 넣어보면 해서 말일세. 안 되겠는가?"

"안될 거야 없지만서두……."

"그래서 우리 당숙을 뫼시고 왔다네."

"호리 씨한테 백 원을 빌리자면 닷 마지기 문서를 만들어야겠는데?"

"닷 마지기씩이나?"

김덕기는 그렇게 반문을 하면서 그의 당숙이 되는 사람을 얼핏 보았다.

"서 마지기 문서로는 안 되겠소?"

김덕기의 당숙이 권만길을 향해 허리를 굽신거리며 말했다.

"지물전은 덕기 자네가 내는 겐가, 아니면 당숙 되시는 분이 내시는가?"

권만길이 두 사람을 번갈아 보며 물었다.

"돈은 당숙이 대시구, 운영은 내가 허는 걸세. 이문은 반반으로 나누기로 허구 말일세."

김덕기의 말에 그의 당숙 되는 남자가 동의를 표하느라 고개를 서너 차례 끄덕였다.

"백 원이면 한 달 이자가 십 원이라는 것쯤은 알고 계시겠지요?"

권만길이 김덕기의 당숙을 보며 묻자 턱 끝이 휘움하게 밖으로 굽은 농사꾼 영감은 말없이 김덕기를 바라보았다.

"거야 알고말고."

김덕기가 히죽거리며 대답했다.

"돈은 언제나 쓸라는가?"

권만길이가 김덕기를 보며 물었다.

"빠를수록에 좋겠는데…… 사람들이 몰려드는 판이니 점포를 미리 얻어놔야 할 것이 아닌가."

김덕기의 당숙 되는 사람이 김덕기를 보며 말했다.

"돈이 당장에 소용된다면 문서를 만듭시다."

권만길은 김덕기를 제쳐두고, 땅 임자인 김덕기의 당숙과 상대를 할 양으로 턱짓으로 따라오라는 시능을 해보이며 대문 쪽으로 걸어나갔다. 그는 지필묵이 이삿짐 속에 묻혀가 버렸는지라 하는 수 없이 형님네 주막에 가서 문서를 만들 생각인 것이었다.

그들이 주막 안으로 들어서자 권대길이 파리채를 잡고 나무 좌판에 앉아서 졸고 있다가 벌떡 일어섰다.

"아우님과 떨어져 살게 되어 섭섭하시게 됐습니다요."

주막에 들어서자 김덕기가 권대길을 향해 인사말을 하였다. 권대길은 동생의 얼굴은 거들떠보지도 않고 걸레 쥐어짜는 얼굴로 김덕기의 당숙 되는 사람만 얼핏 쓸어볼 뿐이었다. 김덕기의 당숙 되는 사람도 권대길과 눈이 마주치자, 어디서 몇 번 만난 적이 있긴 한데 아름아름 기억이 뇌리에 잡히지 않는 얼굴로 고개만 갸웃거렸다.

"어디서 많이 본 얼굴 같구만……."

김덕기의 당숙 되는 사람이 김덕기를 보며 혼잣말처럼 중얼거리자, "만길이 형님 되시는 분입니다" 하고 김덕기가 그의 당숙 되는 사람한테 말한 다음 "형님, 만수동 사시는 제 당숙 되시는 분입니다요" 하며 두 사람을 각각 소개시켜주었다.

"아 참, 그렇구먼. 주안 사는 권 서방이로구먼!"

김덕기의 당숙 되는 사람은 기억의 실꾸리가 가까스로 풀렸는지, 반가운 얼굴을 하고 우르르 권대길의 가까이로 내닫다시피 하더니 권대길의 두 손을 움켜잡고 흔들어댔다. 권대길은 여전히 걸레 쥐어짜는 얼굴로, 김덕기의 당숙 되는 사람이 손을 잡아 흔드는 대로 멀뚱히 서 있을 뿐이었다.

"아시는 사이로구만요?"

김덕기가 그의 당숙을 보며 물었다.

"알다마다. 이보게 권 서방, 나 만수동 사는 김개동이여, 알아보겠는가?"

그제야 권대길은 빙긋이 웃었다. 그러나 여전히 말 한마디 없이 그대로 서 있기만 하였다.

그 사이에 방으로 들어간 권만길이가 개다리상에 지필묵을 받쳐 들고 나왔다.

"이리 오시우."

권만길이가 먹을 갈며 김덕기의 당숙 되는 사람을 향해 입을 열었다. 그제야 김덕기의 당숙 되는 김개동은 권대길의 손을 놓고 권만길 쪽으로 지싯지싯 다가왔다.

"함자를 어떻게 쓰시오?"

김개동이가 권만길의 맞은편 좌판에 앉자마자 권만길이가 붓에 먹을 묻히며 물었다.

"갑옷 개자에 한가지 동이네."

김덕기가 대신 말해주었다.

"닷 마지기짜리 논배미가 있나요?"

권만길이가 다시 묻자, 김개동은 쓰렁한 얼굴로 김덕기를 보았다.

"서 마지기로는 안 되는가?"

김덕기가 애원하는 얼굴로 권만길을 보며 물었다.

"이 사람이 시방, 덕기 자네 호리 씨 성질을 몰라서 그러네. 그 사람 말이지, 송곳으로 마빡을 찔러도 피 한 방울 나올 사람이 아니란 말이여. 아, 내 돈을 내어줌사, 자네와 나 사이에 이까짓 문서는 지랄

났다고 만들겠는가. 다 가늠이 있어서 그러네."

권만길은 붓 끝에 여러 차례 먹물을 묻히며 말했다. 권만길의 말에 김덕기는 난처한 얼굴로 그의 당숙과 권만길을 번갈아 볼 뿐이었다.

김덕기가 그의 고향 친구 권만길이한테 돈을 좀 변통해달라고 청을 넣은 것은 벌써 두서너 달 전부터였다. 그러나 김덕기의 형편으로 저당 잡을 만한 것이 아무것도 없음을 훤히 알고 있는 권만길은 호리씨의 핑계를 대어 번번이 개버룩 털듯 하였다. 권만길이한테 몇 백 원쯤 쉽게 변통할 재력이 없는바 아니지만, 날탕 불알 두 쪽만 차고 있는 김덕기한테 돈을 차용해주는 것은 호랑이에게 개 꾸어주는 것이나 진배없는 일이라는 것을 잘 알고 있는 터라, 매정하게 거절을 해버린 것이었다.

권만길은 그러면서 말끝마다 저당을 잡히라는 것이었다. 하는 수 없이 김덕기는 만수동으로 그의 당숙뻘 되는 집안 어른을 찾아가서 여차여차하여 개명바람이 부는 제물포에 장사만 벌였다 하면 돈을 갈퀴질하듯 벌 수가 있으니 밑천을 좀 대어 점포를 내자고 꼬드겼던 것이다.

숯은 달아서 피우고 쌀은 새어서 지을 만큼 인색하고, 털 뽑아 제 구멍에 박을 만큼 융통성이 없는 김개동은 논 서 마지기만 저당 잡히면 지물전을 낼 밑천을 변통할 수 있다는 덕기의 말만 믿고 여싯여싯 따라왔는데, 다섯 마지기를 잡히라 하니 선뜻 마음이 내키지 않아 찜찜한 기분이 되어 있었다.

"다섯 마지기 한 배미가 없으면, 두 배미라도 괜찮아요."

권만길이가 재촉하듯 붓끝을 벼루바닥에 돌리며 말했다.

"이 사람아, 장사를 할 사람 맘이 왜 그리도 대나무속 같이 꽉 맥혔는가. 맘을 크게 먹어야 큰돈을 벌 수 있는 거네. 저, 덕기 당숙님, 제물포에 지물전만 냈다 하면 돈 버는 것은 땅 짚고 헤엄치깁니다요. 염려 마시구 다섯 마지기를 잡히시요. 까짓 거 한 일 년 벌어서 본전 빼면 되는 거 아닙니까요."

권만길은 그러면서, 김덕기만 아니라면 자기가 지물전을 내볼까 한다고까지 하였다.

"할 수 없구나. 장구배미 서 마지기허고 통샘거리 두 마지기를 잽히지."

김개동의 말에 권만길이와 김덕기가 함께 안도의 미소를 떠 날렸다.

"자, 그러면 일 년 기한으루다가 문서를 작성하겠습니다요."

그러면서 권만길은 백지 위에 붓끝을 움직여, 지금까지 여러 차례 써왔던 대로 차용저당문서를 작성하였다.

"내가 읽어볼 테니 들어보씨요."

권만길은 붓을 놓고 큼큼 헛기침을 토하였다.

"차용저당문서라, 경기도 주안 사는 김개동은 현금 일백 원을 차용하고, 장구배미답 서 마지기와 통샘거리답 두 마지기를 저당하며, 변리는 일 할이고, 기한은 일 년이니, 기한이 넘도록 원리금을 상환치 않을 시, 김개동은 상기 다섯 마지기의 답 소유권을 주장할 수 없음이라."

권만길이 스스로 작성한 차용저당문서를 소리 내어 읽고 난 뒤 김개동의 앞에 놓았다. 그러자 까막눈 김개동은 문서를 집어 대충 훑어

보더니 김덕기 앞으로 내밀었다.

"길미(이자)는 매달 그믐날에 갚기루 허세."

김덕기가 문서를 훑어보며 말했다.

"거야 돈 가져간 날루 해야지. 가만있자 오늘이 스무하루니깐……
그래 돈은 언제 가져가려나?"

"돈이야 오늘이래두……."

"인장 가져오셨나요? 인장만 가져오셨다면야 인장 찍구 시방이래
두 가져가시죠 뭐."

권만길이 김개동의 인중에 찍힌 콩알만 한 까만 점을 들여다보
듯 하며 말했다.

"인장이야 가져왔지요."

김개동은 조끼주머니에서 희치희치 닳고 실밥이 터져 너덜너덜한
비단천의 낡은 쌈지를 뽑더니, 써럭초 사이에 파묻혀 있는 손가락만
한 새 인장을 꺼냈다.

"인장 찍으시구 돈 가져가셔요."

권만길은 문서를 김개동의 앞에 펼쳐놓으며 손가락으로 그의 이
름이 씌어 있는 끝을 가리켰다.

"인줘요."

김개동이가 어디에다 인장을 찍을지 몰라 망설이고 있자, 김덕기
가 그의 당숙 손에서 인장을 받아 차용인 김개동이라 쓴 한가지 동자
밑에 꾹 눌렀다.

김덕기가 인장을 찍자 권만길은 문서를 접어 양복 안주머니에 넣

은 다음 검정 가죽지갑을 꺼내 마치 김덕기가 올 줄 알고 미리 준비를 해둔 것처럼 일 원짜리 지전 일백 장 묶음을 김개동 앞에 놓았다.

"싸리재 너머에 사는 박 주사 줄 돈을 드리는 거외다."

권만길의 말에 김개동은 앉은 채로 허리를 굽히며 좌판 위에 놓은 돈다발을 들어 김덕기의 손에 쥐어주었다.

권만길이가 돈다발을 꺼내놓는 것을 멀찌막이 앉아서 힐끔힐끔 훔쳐보고 있던 그의 형 권대길은 심히 못마땅해 하는 얼굴로 억지가 래침을 울거내어 술청 바닥에 카악 뱉더니 털메기 신은 발로 쓱쓱 문질렀다.

권대길이가 알기에 요즈막 그의 동생 권만길은 영락없이 왜놈들 흉내를 내고 있었다. 처음에 그는 호리 씨한테 붙어 고리대금을 알선해주더니 이제 와서는 직접 자기가 그 짓을 하고 있는 터였다. 말로는 호리 씨한테 다리를 놓아줄 뿐이라고 하였지만 기실은 권만길이 자신의 돈으로 고리대금을 놓고 저당 잡는 것이다. 이렇게 하여 저당문서를 받아낸 논만도 얼추 여러 섬지기가 넘었다.

날탕 아무것도 모르는 농사꾼들은 일 할 고리채를 쓰고도 기한 내에 원금을 갚지 못하면 옴씰하게 저당 잡힌 농토를 포기하고 마는 것이었다. 으레 그렇거니 할 뿐 관돝 배 잃기로 어디 가서 억울함을 하소연하거나 저당 잡힌 농토를 제값에 넘겨주려는 이곳도 계산하지 못했다.

저당문서를 만들고 거기에 인장까지 찍어주었으니 기한 내에 원금을 갚지 못하는 날엔 어김없이 자기 농토가 아니거니 하고 아린 속

끙끙거리면서도 군말 없이 포기해버리고 마는 것이었다. 이런 순진한 농사꾼들의 마음을 잘 알고 있는 일본인들은 마음 놓고 고리대금 놀이를 할 수가 있었다.

권만길이가 김개동이한테서 받은 차용·저당문서를 당장이라도 일본인 호리에게 가져가면 백오십 원은 넉넉히 받을 수가 있을 뿐만 아니라, 가지고 있다가 저당기간 일 년이 넘은 뒤에는 이백 원까지도 받아낼 수가 있을 것이었다.

권만길은 가만히 앉아서 오십 원의 거액을 벌게 된 셈이었다.

그 무렵 개항지에서는 일본인들이 농토를 사들이려고 혈안이 되어 있었으며, 그들은 되도록이면 춘궁기를 이용하여 농사꾼들한테 고리대금을 주었다가, 상환기일이 지나면 소유권이 자동적으로 넘어오기를 기다리는 것이었다. 이렇게 하여 저당 유실된 농토를 소작에 부쳐 미곡을 확보하려고 하였으니, 가난한 농사꾼들은 일시에 농토를 잃고 소작인이 되고 말았다.

약삭빠른 일본인들은 한국의 농사꾼들이 돈을 필요로 하는 것은 보릿고개에서 가을에 이르는 시기이며, 농기구 구입 등을 위한 것이 아니고 자가의 식량을 구입하려고 한다는 것을 잘 알고 있었다. 그러기에 고리채를 얻어 가까스로 춘궁기를 넘긴 농사꾼들은 뼛속에 땀방울이 괴도록 죽자 살자 농사를 지어봤자 고리로 쓴 빚을 갚기는커녕 당장 겨울 한철 식량도 모자라는 것이었다. 그러기에 고리로 빌려 쓴 원금을 갚는 농사꾼들은 4, 5할에 불과하고 나머지 반은 모두 저당 잡힌 농토를 유실당하고 말았다.

이것을 손금 들여다보듯 환히 알고 있는 일본 미곡 상인들은 너도 나도 시새워가며 농사꾼들한테 고리대금을 놓으려고 하였다.

이와 같은 사정은 일본 안에까지 널리 알려져 토지 탈취의 방법으로 선전되기까지 하였다.

조선에서 정식으로 토지를 매입하여도 물론 의외로 싸게 점령할 수 있음이 틀림없으나 이보다 더한층 편리하고 싸게 토지를 점령하는 방법이 있다. 그것은 저당 유실이라는 것이다. 토지저당사업은 전당포와 함께 조선에서는 가장 유리한 사업이며 그 유리한 데 대해 위험도 극히 적으므로 다소 자본의 여유가 있는 사람은 이 방법에 의하여 점령의 목적을 달성하는 것이 가장 편리하다. 원래 저당해야 할 빈곤한 사람들이므로 일단 저당한 이상 이를 반환받는 일은 도저히 생각할 수 없는 것이며 거의가 저당 유실이 되어 대주(貸主)의 사복을 채우는 것이 상례이다. 대다수의 대주도 역시 기한이 차면 곧 유실물을 탈취할 수 있도록 미리 매도증서를 써 받고 연후에 그 실가의 3분의 1 정도를 대부한다. 기한은 대체로 짧으면 6개월이나 때로는 3개월 이내로 하는 것도 있다. 이식은 부산 부근에서는 1백 50관문(實文, 1관문은 我國(일본) 1圓半) 이하는 월 5부, 2백 관문 이상은 월 3부이며, 가장 심한 것은 10관문 이하로 매 5일에 2부를 취하는 것도 있다. 이와 같은 고리이므로 일단 저당에 넣으면 그 토지는 도저히 다시 소유자의 손에 돌아가기는 어렵다.

이처럼 일본인들은 한국의 농토를 고리대금의 저당 유실로 탈취하는 것을 기업으로 생각할 정도였다.

그러나 더욱 간악한 것은 이와 같은 일본인에 빌붙어서 일본인들 흉내를 내며 농사꾼들을 울리는 조선사람들인 것이다.

일본인들의 고리대금에 의한 토지 침탈은 청일전쟁 이후 더욱 극심해졌다.

개항 이래 내륙지방에까지 깊숙이 발을 붙인 외국의 장사꾼들은 주로 일상과 청상들이었는데, 청상들은 신의를 지켰기 때문에 큰 미움을 사지 않았으나, 일상들은 이익을 위해서는 사기와 횡포 등 수단방법을 가리지 않았기 때문에, 조선사람들은 되도록이면 청상들을 상대하려고 하였다.

약삭빠른 일상들은 청상들과의 경쟁을 피하고도 큰 이익을 볼 수 있는 쪽으로 머리를 썼다. 그래서 일상들은 물건을 팔고 사는 것을 피하고 도처에서 대금업을 하였다. 그들의 거류지에는 매 정(町)마다 전당업자들이 간판을 내걸고 있었다.

제물포에만도 열군데 이상 전당국이 있었다.

그들은 공공연하게 전당국 간판을 내걸고 돈놀이를 하였으며, 주로 농사꾼들이 땅을 잡히고 돈을 빌려 썼다.

그러던 것이, 청일전쟁이 끝난 뒤부터는 일본에서 자본가들이 대거 건너와서 전국 주요 농산지역의 토지 매입에 나서기 시작했다. 이후 이와사끼(岩崎), 호소가와(細川), 오오꾸라(大倉), 가와사끼(川崎) 같은 일본 안에서도 쟁쟁한 자본가들까지 바다를 건너와 토지를 대대적으로 매입하기에 이르렀다.

일본의 자본가들은 일본인과 조선사람을 집사로 쓰고, 고리대금을 통한 토지 침탈과 함께 되는 대로 수단과 방법을 가리지 않고 농토를 사들였다.

그런 판이라, 권만길이가 갖고 있는 저당문서를 당장이라도 일본인들한테 가지고 가기만 하면 두둑한 이윤을 붙여 돈을 받아낼 수가 있었던 것이다.

권만길은 싸전을 내고 있으면서도 기실은 호리 씨의 집사 비슷한 일을 보고 있는 터였다. 그가 그동안에 호리 씨한테 돈을 갖다가 농사꾼들한테 고리를 놓고 저당문서를 가져다 준 것만도 수백 두락이 될 것이었다. 호리 씨는 전당국 간판을 걸지 않고서도 권만길을 통해서 많은 농토를 매입하고 있었다.

전당국 간판을 내건 다른 일본인들은 토지를 저당 잡힐 때 반드시 매도증서를 받으려고 하였으나 호리 씨만은 매도증서가 아닌 저당문서만으로도 돈을 대부해주었다. 그것은 저당문서만 가지고도 기한만 넘으면 얼마든지 저당 잡힌 토지를 차지할 수가 있었기 때문이었다.

김개동이와 김덕기가 일금 일백 원을 받고 권대길의 주막을 나가자, 권만길은 잠시 멈칫거리고 있었다. 그는 형인 권대길한테 무슨 말을 할 듯 머뭇거렸는데, 권대길의 표정이 너무 딱딱하게 일그러져 있는지라 잠시 미적거리고 있는 것이었다.

"저…… 형님, 언제라도 쇠뿔고개 저의 집으로 오셔요. 점포 한 칸허고 방 둘은 비워두겠으니께요."

권만길이가 형의 눈치를 살피며 낮은 목소리로 입을 열었다.

"내 걱정은 말거라. 내 걱정 말고 너 부자 될 궁리나 하려무나!"

권대길은 동생의 얼굴은 보기도 싫다는 듯 고개를 외로 꼬고 앉아서 비아냥거렸다.

"형님이 농사를 짓구 싶으시면 하시라도 한 여남은 마지기는 떼어주겠어요."

권만길은 오랫동안 마음속에 감추어온 바를 털어놓았다.

"남의 초상술에 권주가 부르기 싫대두 그러는구나. 모래밭에 혀를 박아도 순리대로 살아야 하는 게야. 요새 네가 하는 짓거리는 대신 댁 송아지 백정 무서운 줄 모르고 날뛰는 것이나 진배없어. 뻗어가는 칡도 한도가 있는 법이다. 애잔한 농사꾼들 등치고 간 내어먹는 너를 보면 치가 떨려. 그러니 내 걱정을 말어."

권대길은 언성을 높이며 아우를 나무람 하였다. 생각 같아서는 눈에서 피눈물이 나도록 한바탕 퍼붓고 싶었지만 그러는 형의 말을 듣고 마음 돌이킬 만길이가 아니었기 때문에 목구멍에 쇠작대기 같은 것이 뻗질러오는 것을 참고 말았다.

"형님두 참. 사람이라는 것은 그때그때 세상 돌아가는 형편에 따라서 살아야 하는 법이라우. 서당에서 대기대용(大機大用)이라는 말 배우지 않았나요? 큰 기회를 잘 이용해야 성공을 하는 법이라우. 어디 이만한 기회가 또 온답디까. 물론 저도 언제까지나 이러고 싶지는 않답니다. 개같이 벌어서 정승같이 쓰랬다고 한밑천 잡은 뒤에는 저도 조선사람 구실을 할 터이니 두구봐요."

권만길은 그의 형을 똑바로 보며 진지한 얼굴로 말했다.

"흠! 그래 시방이 네 돈 버는 기회란 말이로구나. 나라가 망하구 있는데 으찌 이것이 기회란 말이냐. 그러고, 개같이 벌어서 정승같이 쓴다고 했는데, 왜 정승같이 벌어서 정승같이 쓸 생각은 못하누?"

"형님은 우물 옆에서 목말라 죽을 사람이니, 내 말이 안 통할 거요. 성인군자도 시속을 따른다는데 형님은 국이 끓는지 장이 끓는지 세상 돌아가는 판속을 모르시우?"

"그래! 나는 내 방식대로 살고, 너는 네 방식대로 사는 게여. 그러면 되는 거 아니냐. 쇠 힘은 쇠 힘이요, 새 힘은 새 힘이니, 나는 새 힘이고 너는 쇠 힘이다. 새가 어찌 소의 마음을 알겠누. 그러니 내 걱정은 말구 너나 떵떵거리고 잘 살어! 쇠뿔고개 새로 이사 간 집 점포도 방도 비워둘 것 없구……."

권대길의 말에 아우 만길은 한동안 원망스러운 눈초리로 형을 바라보더니 술청을 나가려고 입구 쪽으로 몸을 돌렸다. 그때 시공서 하야시 순사가 불쑥 주막으로 들어서다가 마주쳤다.

"곤(권)상 여기 있었으므니까."

하야시는 두 손으로 권만길의 가슴을 떠밀다시피 하여 주막 안으로 들어서며 히죽히죽 웃었다.

"하야시 순사님께서 어쩐 일이우?"

권만길은 뜻밖이라는 듯 놀라는 얼굴로 하야시와 그의 형 얼굴을 번갈아가며 살폈다. 권만길은 그의 형이 순영이한테서 하야시가 그녀를 못살게 집적거린다는 것을 들어 알고 있을 터이므로, 약간 난처한 입장이 되었다.

"곤상을 만날랴고 찾아왔으므니다."

하야시는 말을 하면서 힐끗힐끗 여전히 표정을 구긴 채 외면을 하고 앉아 있는 권대길을 살펴보는 것이었다.

"무슨 일이신데요?"

"곤상과 하야시한테노 아주노 중요한 일이므니다."

"그러시면 밖으로 나가시죠."

"아니므니다. 여기가 좋스므니다. 곤상의 형님도 있으니 여기서노 이야기노 합시다."

그러면서 하야시는 좌판에 걸터앉았다.

권만길은 하야시가 무엇 때문에 자기를 찾아왔는가를 빤히 알고 있었는지라 입장이 난처해졌다. 누구보다도 그의 형님인 권대길이 하야시에 대해 달갑잖은 감정을 갖고 있는 터에, 그런 하야시가 눈치도 없이 끄덕끄덕 찾아온 것에 대해 내심으로는 불안하기까지 하였다.

"마침 곤상 형님 순영 씨 아버지도 계시니 좋스므니다."

하야시의 입에서 딸 순영이의 이름이 흘러나오자 찜부럭한 얼굴로 앉아 있던 권대길이 얼핏 고개를 돌려 낚싯바늘처럼 갈고리진 눈으로 하야시를 쏘아보았다.

권만길은 더욱 입장이 난처하게 되어 하야시를 밖으로 데리고 나갈 생각으로 "저…… 잠깐 우리집으로 가셔서 긴히 할 얘기가 있습니다만…… 자 나갑시다" 하고 하야시의 팔을 잡아끌었다.

"아니므니다. 순영 씨 아버지 있는 데서 이야기합시다."

하야시는 권대길을 향해 연신 칙칙한 삶의 미소를 애써 보내며 좌판에 앉았다. 아무래도 하야시가 그의 말대로 밖으로 따라 나와 줄 것 같지가 않자, 권만길이도 개똥 밟은 얼굴로 엉거주춤 마주앉았다.

"작은 곤상은 이사를 가고 순영 씨 아버지 큰 곤상은 이사를 하지 않스므니까?"

하야시가 권만길에게 물었다.

"저…… 아직은……."

권만길은 멀찌막이 술청 구석에 앉아 아예 외면을 하고 있는 권대길을 흠칫거려 시선을 늘였다 죄었다 하면서 말끝을 얼버무렸다.

"아—"

하야시는 하품을 토하듯 짧게 입을 열고 앉은 채 고개만 돌려 술청 안을 천천히 둘러보았다.

"큰 곤상이노 이사 가지 않아도 괜찮도록 하야시가 협조노 하겠으므니다."

"그렇게만 해주신다면야…… 실은 호리 사장님한테도 부탁을 했습니다만……."

권만길은 여전히 권대길의 눈치를 살피며 혀끝에 침을 튀겨대며 말했다.

"그 점은 걱정이노 안해도 되므니다. 그런데……."

그리고 나서 하야시는 잠시 말끝을 흐리며 마주앉은 권만길의 표정을 살핀 후, 권대길을 볼 수 있게 옆으로 돌아앉았다.

"그런데……."

하야시는 다음 말을 잇지 못하고 미적거렸다.

"말씀허십쇼. 무슨 어려운 일이라도……."

"아니므니다. 에 또— 순영 씨 말이므니다."

하야시의 입에서 다시 딸의 이름이 흘러나오자, 권대길의 낚싯바늘처럼 날카롭게 휜 시선이 하야시의 얼굴을 갈퀴질하듯 훑어 내렸다. 그러자, 권대길의 그런 시선을 의식한 하야시는 삶의 웃음을 더욱 짙게 연기처럼 뿜어 날렸다.

권만길은 하야시의 입에서 무슨 말이 나올 것이라는 것을 미리 짐작하고 있었기 때문에 말을 계속하라고 재촉하지 않았다.

"순영 씨와 이 하야시의 일이므니다만……."

권만길은 갑자기 숨을 쉬기가 답답해졌다. 그는 손바닥으로 하야시의 입을 틀어막고 싶었다. 권대길의 날카롭게 휜 시선이 그의 얼굴에 꽂혀오는 것을 의식했다.

"작은 곤상이 하야시와 약속한 대로…… 순영 씨를……."

그때, 잠자코 시선을 팽팽하게 잡아 늘이고 있던 권대길이가 벌떡 일어섰다.

"무슨 일로 우리 딸을 입살에 올리는 게여? 네 놈들이 순영이를 놓고 무신 수작을 부리는 게여?"

버르르 기름불처럼 화를 돋우는 권대길은 당장 하야시를 메어칠 것처럼 주먹을 들이대고 상앗대질을 하며 소리소리 질러댔다.

"아니, 아니 어찌 이러시므니까?"

권대길의 당당한 위세에 겁을 먹은 하야시는 뒷걸음질을 치며 오른손을 허리에 찬 방망이에 갖다 댔다.

"이놈들이 작당을 해서 나라를 처먹으려 들더니 이제 우리 순영이까지 어쩔려구?"

권대길이가 어찌나 위압적으로 대드는지, 그의 아우 권만길이도 지레 겁을 먹고 뒷걸음질을 하였다.

"형님, 왜 이러서요."

권만길은 행여 그의 형이 하야시를 메어치기라고 할까 싶어, 하야시를 가로막아서며 다급하게 소리쳤다.

"이놈아 썩 비켜서지 못해? 그렇지 않어두 이 시러베 왜놈의 새끼가 우리 순영이한테 찝쩍거린다는 말을 듣고 한 번 혼을 내주려고 하던 참이었는데 오늘 잘 만났다. 이 누움!"

권대길은 하야시의 멱살을 잡으려고 오른손을 길게 뻗어 휘저었고, 이를 말리는 권만길은 그의 형이 휘두르는 주먹에 얼굴을 맞으면서도 물러서지 않았다.

술청이 시끌시끌하자 빈집 마당을 치우고 있던 순영이 어머니가 몽당 빗자루를 들고 술청 안으로 들어서다 말고, 소스라치듯 놀라 남편의 두 팔에 대롱거리며 매달렸다.

"순영 아배 왜 그러우. 겁도 없이 누구를 어쩌려구."

순영이 어머니는 겁에 질려 얼굴이 오이꽃처럼 노랗게 되어 결사적으로 남편의 팔을 붙들고 늘어졌다.

"이 노무 여편네 비키지 못해. 오늘 죽든지 살든지 이 왜놈허구 결판을 내고 말 테여!"

권대길은 버럭 고함을 지르며 팔을 붙들고 늘어진 처를 왈살스레 뿌리쳐 버렸다. 그러자 순영의 어머니는 가벼운 짚단처럼 날아가 좌판 모서리에 머리를 박으며 나동그라졌다. 좌판모서리에 머리를 부딪친 순영 어머니는 왼쪽 뺨에 뿔긋뿔긋 피를 흘렸다. 아내의 얼굴에 피가 흐르는 것을 보자 권대길은 아내를 부축해 일으킬 생각은 않고 험하게 얼굴을 일그러뜨리며 당장 하야시를 짓밟을 기세로 덤벼들었다.

"안돼요— 순영이 아부지 왜 이러시우. 뒷일을 어뜨케 감당헐러구 이래요."

순영이 어머니는 피를 흘리며 다시 일어나 남편의 팔에 매달렸다.

이 순간 권만길이가 하야시의 팔을 잡아끌며 술청에서 나갔다.

"순 날강도 같은 놈들! 언제까지나 네놈들 세상이 될 줄 아느냐?"

권대길은 아내한테 팔을 붙들린 채 술청 밖으로 나간 하야시와 권 만길의 뒤통수에다 대고 벼락 치듯 큰 소리로 퍼부어댔다.

권만길이가 송구스러운 얼굴로 하야시를 위로하며 선창 쪽으로 죽담 모퉁이를 돌아가 버리자, 권대길은 그제야 아내의 상처를 들여다보고, 물걸레로 얼굴의 피를 닦아낸 뒤에 된장을 떼다 발랐다.

"서방질허는 며느리보다 말리는 시어미가 더 밉더라고, 방망이 찬 하야시보다 천하에 못돼먹은 만길이 눔 때문에 못살겠구만!"

권대길은 아내의 머리 상처에 된장을 발라주면서 울화를 갈앉히 지 못해 숨을 거칠게 내쉬었다.

순영이가 돌아와 보니 집이 난장판이었다. 살림들이 어두운 길바닥에 팽개쳐져 있었고, 주막의 벽과 판자문들이 벼락을 맞은 듯 허물어져 있었다.

저녁을 먹으려고 순영이보다 한발 앞서 온 응신청 식구들도 무슨 영문인지를 몰라, 길바닥에 팽개쳐진 살림들을 술청 안으로 들여 넣고 있었다.

"오빠 무슨 일이 있었수?"

가슴이 내려앉은 순영이가 길바닥에 동댕이쳐진 이불이며 옷가지들을 치우고 있는 짝귀를 붙들고 다급하게 물었다.

"나도 자세히는 모르겠다만, 퇴한령 기간이 지나두룩 남아 있다고 일본조계 사람들이 몰려와서 한바탕 소란을 피우고 간 모양이다."

순영은 기가 막혔다. 아버지의 쇠고집 때문에 언제고 한 번은 겪게 될 것이라고 짐작은 하고 있었지만, 막상 이 지경을 당하고 보니 부끄럽기도 하고 울화도 치밀었다.

짝귀며 대불이, 천팔봉, 김귀돌 등 응신청 식구들은 저녁밥을 먹으러 왔다가 깜깜한 어둠속에서 살림들을 챙겨 들여 넣느라 정신들이 없었다.

순영은 술청 안으로 뛰어 들어가며 아버지 어머니를 불러보았으나, 어찌된 일인지 기척도 없었다.

부모들이 거처하는 방과 그녀의 방 문짝도 걷어채어 박살이 난 채 토마루에 떨어져 있었고, 술청의 좌판들도 뒤죽박죽이 되어 있었다.

순영은 어머니를 외쳐 부르며 작은 집 식구들이 살다가 비워둔 안채로 들어가 보았다. 안채 역시 문짝마다 박살이 나 있었고 망치로 휘둘러댔는지 벽들도 성하지가 않았다. 비어 있는 안채에 아버지 어머니도 없었다.

"오빠, 부모님이 없어요. 어찌된 일이지요?"

순영이 침착해 지려고 애를 쓰며 짝귀한테로 달려가 매달리듯 물었다.

"아까 이웃 사람들 이야기로는 일본조계 사람들과 대판 싸움이 벌어졌다는구나. 그래서 네 아부지가 좀 다친 모양이여."

"그렇다면 오빠……."

"의원한테 치료를 받으러 가신 모양이다."

"어머니는요?"

"아매도 아부지를 따라가셨겄재. 사람덜 말로는 그리 많이 다치지는 않으셨다니께, 곧 오실끄다. 어느 의원으로 갔는지 몰라 이러고 있는 중이다."

"이웃 사람들한테 자세히 좀 물어보고 오겠어요."

"이웃 사람이라니…… 진즉 퇴거를 해버렸는데 이웃사람 누가 있다고 그러냐?"

짝귀의 말마따나 일본조계로 새로 편입이 된 순영이네 집 근처 사람들은 이미 다른 곳으로 이사를 가버려 모두 빈 집들뿐이었다.

"아버지 고집 때문에 이렇게 될 줄 알았어요."

순영이는 어찌할 바를 모르고 우두커니 서 있기만 하였다. 그녀는 이웃들이 퇴한령 날짜가 지나서 모두들 집을 비우고 떠나자 몇 번이고 아버지를 졸라 그만 고집을 꺾고 이사를 가자고 하였으나 아버지는 들은 척도 하지 않던 것이었다.

"내가 의원을 찾아볼 테니께 순영이는 여기 있어!"

살림들을 모두 술청 안으로 들여 넣고 난 대불이가 어둠이 두껍게 깔린 길바닥에 우두커니 서 있는 순영이 옆으로 오며 말했다.

"나도 같이 가겠어요."

순영이는 대불이를 따라나섰다.

순영이와 대불이는 고샅을 돌아 일본조계의 큰길로 나왔다. 일본인들만 사는 대불호텔로 빠지는 큰길에는 잡화점, 싸전, 지전, 약방, 과자점, 고깃간, 기름집, 어물전, 필묵전, 고무신전, 구둣가게 등 없는 것 없이 즐비하게 늘어서 있었고 가게마다 석유등불이 켜져 있어 길을 훤하게 비춰주었다.

대불호텔 가까이까지 나온 두 사람은 어느 의원을 찾아가야 좋을지 몰라 잠시 고깃간 앞에 서 있었다.

불빛이 훤히 비추고 있는 일본조계의 큰길에는 낮처럼 오가는 행인들이 붐볐다. 일본조계를 왕래하는 행인들은 대부분 일본사람들이었다. 밤에는 더욱 그랬다. 가게와 길 복판에서 일본사람들이 마음껏 큰 소리로 지껄여대고 웃는 소리가 들려왔다. 대불이는 이곳 일본조계에 들어올 때마다 일본이라는 낯선 나라에 와 있는 듯한 착각에 사로잡히곤 하였다. 어쩌면 이대로 가다가는 머지않아 삼천리강산 어디를 가나 그런 기분을 느끼게 될지 모른다는 것을 생각하면 온몸의 피가 곤두서는 것이었다.

"우선 가까운 의원버틈 찾아가봅시다."

잠시 고깃간 앞에 서 있던 대불이가 대불호텔 모퉁이에 새로 지은 일본인 의원 쪽을 턱으로 가리키며 말했다. 순영은 잠자코 있다가 대불이가 움직이기 시작하자 그의 뒤를 따랐다.

그들이 일본인 의원 가까이 이르렀을 때 맞은 켠 벽돌과 자갈이 쌓여 있고 빈 마바리가 서 있는 공터 쪽에서 순영이의 부모가 큰길로 들어서는 모습이, 희끄무레하게 비추는 싸전의 석유등불 불빛 사이로 어른어른 보였다.

"저기 오시는구만."

대불이는 발을 멈추고 순영이 부모가 가까이 오고 있는 것을 보고 있었다.

희끄무레한 불빛에 비쳐 보이는 권대길은 머리에 흰 천을 감고 있었고, 그 옆에 순영이의 어머니가 바짝 붙어 부축하며 걸었다.

순영이 아버지 권대길은 심하게 절뚝거렸다.

순영이가 부모의 모습을 발견하고 큰길을 가로질러 뛰어갔다. 대불이는 담벼락 아래 바짝 붙어선 채 그들을 지켜보고만 있었다.

순영이가 재빨리 그녀의 아버지 팔을 잡아 부축했다. 그들 세 식구가 대불이가 서 있는 담벼락 맞은편에 이르러서야 대불이는 천천히 큰길을 건너갔다.

"어찌된 일입니까요."

대불이가 권대길의 앞에 다가서자 머리에서부터 양쪽 귀와 턱밑을 흰 천으로 싸맨 권대길은 잠시 걸음을 멈추고 대불이를 보았다.

"눈꼴사나워도 참으시지 그랬어요. 국모까지 시해를 허는 왜놈덜이 아닙니까요. 그런 짐생만도 못한 왜놈덜한테 달려드는 것은 개미가 정자나무 건드리는 거나 마찬가집니다요."

대불이가 걱정스러운 얼굴로 권대길의 상처를 보며 말했다.

"허허, 이 사람! 참새가 방아에 치여 죽어도 짹하고 죽는다는데 죽은 듯이 당하고만 살으란 말여?"

권대길은 그러면서 길바닥에 침을 칵 뱉었다.

"그래도 혼자 힘으로는 안 됩니다요."

대불이가 권대길의 팔을 잡자 그는 절뚝거리며 다시 걷기 시작했다.

순영이가 그녀의 어머니한테 응신청 사람들이 밥을 먹으러 왔다가 길바닥에 내던져진 살림들을 모두 안으로 들여 넣어놓았다고 하자, 순영이 어머니는 빨리 가서 그들 저녁밥부터 지어야겠다면서 서둘러 총총히 앞서갔다.

"나라에서는 뭣들을 허는 게야!"

순영이와 대불이의 부축을 받고 절뚝거리며 걷던 권대길은 걸음을 우뚝 멈추어 섰다.

권대길은 허탈한 얼굴로 어둡고 답답한 하늘을 쳐다보았다.

"이 분을 어뜨케 풀어야 허누!"

권대길은 대불이를 보며 말했다.

"혼자 힘으로는 안 됩니다요."

"혼자 힘으로 안 된다면 어찌해야 허는가?"

"힘을 길러야지요."

"이 나라 젊은 놈들은 다 뒈졌는가. 왜놈들이 함부루 제 집 드나들

듯 해도 보고만 있게?"

"지난 갑오년 때 기포했던 것이 성사가 됐던들……."

"갑오년 기포라니?"

"우금치 싸움에서 왜놈덜한테 지고 만 것이……."

"대불이 자네도 우금치 싸움에 참가했었든가?"

"우리가 한 발짝 늦고 말았구만요. 그때 우리가 곰나루만 먼첨 수중에 넣었어두……."

대불이의 말에 권대길의 얼굴이 갑자기 돌처럼 단단하게 굳어져 버렸다. 그는 말없이 대불이의 얼굴을 되작거려가며 찬찬히 살펴보는 것이었다. 그제야 대불이는 아차 하고 후회를 하였다. 권대길이가 어찌나 분통해하는지 그 바람에 자신도 모르게 마음속에 묻어두었던 갑오년의 일들을 끄집어내고 만 것이었다.

"짝귀허고 같이 있었다는데, 그렇다면 짝귀도 자네와 같이 동학군이었는가?"

권대길이 조심성 없이 함부로 말을 하자 대불이는 주위부터 둘레둘레 살펴보았다.

"자, 어서 가시죠."

대불이는 더 이상 갑오년 이야기를 하고 싶지가 않아서 권대길의 팔을 잡아끌었다.

"그래요 아버지, 어서 가서 누워 계서야죠."

순영이도 아버지를 재촉하였다. 그러나 권대길은 땅에 박힌 쇠말뚝처럼 끄떡도 하지 않았다.

"대불이 자네 돈 가진 것 있는가?"

권대길이가 갑자기 말을 부드럽게 누그러뜨리며 물었다.

"돈이라면 제게 있습죠."

그러면서 대불이는 발에 힘을 주어 제자리걸음을 하였다. 사타구니 사이에 매달린 돈주머니가 덜렁거리며 양쪽 허벅지에 부딪혔다.

"순영이 너 먼첨 가그라. 나는 이 동학패 잔당 놈허고 할 이야기가 좀 있다."

권대길은 그렇게 말하고 몸을 돌려세웠다. 순영이가 아버지의 팔을 붙든 채 할 이야기가 있으면 집에 가서 하라고 혼자 돌아갈 뜻이 없음을 밝히자, 권대길은 칭얼대는 딸을 향해 덜컥 화를 내기까지 하였다.

"집으로 가시면서 말씀허시지요."

권대길이 오던 길로 되돌아가려고 하자 대불이가 성큼 그를 따라 나서지 않고 지싯거리며 말했다.

"조선사람들만 사는 동네 술집으로 가세. 왜놈들이라면 쌍판대기조차 보기 싫구만."

대불이는 하는 수 없이 권대길의 팔을 붙잡고 몸을 돌려 걸었다. 순영이도 몇 발짝 따라왔으나 권대길이 주인 따라 나오는 개 쫓듯 되돌려 보내고 말았다.

권대길과 대불이는 불빛이 환하게 비추는 일본조계 큰길을 빠져나가 어둠이 가득 괸 좁장한 고샅으로 휘어들었다. 고샅을 끼고 돌면 통샘거리가 나오고 그곳에서부터는 조선촌이 시작되었다. 조선촌 초

입 큰 대추나무 옆에 주막이 하나 있었다.

대추나무 고샅을 자주 지나치면서도 처음 들어와 본 주막이었다. 주막이라야 찌그러져가는 개다리 초가 토마루 앞 난장에 평상이 놓여 있을 뿐 술청도 없었다. 쪽마루 벽에 걸어놓은 석유등불 아래 술손님 하나 없이 혼자 앉아 있던 늘그막의 주모가 그들을 보자 거적눈을 뜨며 일어섰다.

"오늘밤에 대불이 자네 술을 좀 마시고 싶은데 사줄라나?"

권대길이 평상에 먼저 올라앉아 웃는 낯을 해 보이며 말했다.

"사드리고말고요. 돈은 저헌티 을매든지 있으니께요."

대불이는 권대길이가 느닷없이 술을 사달라고 하자 괜히 기분이 좋았다.

지금껏 그를 소 닭 보듯 해온 권대길이었는데, 어쩐 일로 상한 얼굴에 미소까지 떠올리며 술을 사달라고 하는 것인지 알 수 없는 노릇이긴 하였지만, 결코 마음이 옮히지는 아니하였다.

늙은 주모는 권대길의 싸맨 머리에 놀라 무거운 거적눈을 둥그렇게 뜨고 엉거주춤 서 있었다.

"여기 청주로 좀 줍쇼. 안주로 저육 한칼 보글보글 끓여 내오시고, 또 뭣이냐, 그렇지 녹두전이랑 낙지무침두 좀 주시구……."

대불이는 멀뚱하게 서 있는 늙은 주모한테 이것저것 안주를 시켰다.

"이 사람아 안주는 무슨 안주, 탁배기에 술국만 조금 떠내오면 될 것 가지구."

권대길은 대불이가 안주를 푸짐하게 시키자 미안한 듯 그렇게 말했다.

"아녀요. 시킨 대로 내옵쇼. 아저씨헌테 지가 처음 술대접을 하는 건디 그럴 수는 없지요."

대불이는 기분이 좋은 듯 만면에 웃음이 가득 괴어 있었다.

"제물포에 와서 여축 헌 돈이 일백 원 남짓 되느만요."

대불이는 자랑스럽게 말했다.

"일백 원씩이나?"

권대길이도 놀라는 눈빛이었다. 권대길이가 그동안 대불이를 지켜본 바로는 성질이 좀 우악스럽고 입이 무거우며 얀정머리가 없어 보이는데다가, 어울리는 패거리들이 왈패나 노름꾼들이어서, 자기 집에 와서 아침저녁을 갈아주는 것은 고마운 일이었으나 늘 뜨악하게 대해왔던 것이 사실이었다. 그런 대불이가 일백 원씩이나 여축을 한 것을 보니 착실한 데가 있는 듯싶기도 한 것 같았다. 게다가 권대길이가 오늘밤 갑작스럽게 대불이에게 술을 사달라고 한 것은 그가 동학군이었다는 것을 알았기 때문이었다. 지금까지는 전혀 내색을 하지 않았기 때문에 까맣게 모르고 있었던 것이다. 그의 조카가 되는 짝귀도 여태껏 그런 눈치를 보이지 않았으니 모르고 있을 수밖에 없었다.

대불이가 동학군이었고 더구나 유명한 우금치 싸움까지 겪었다니, 권대길은 지금까지 마음속으로 은근히 존경해온 죽은 녹두장군을 만나기라도 한 기분이었다. 기실 권대길은 지난 을미년 한강변에 개나리가 필 무렵, 녹두장군이 죽던 날 일부러 한성까지 가보기까지 했었다.

"어려운 일을 하면서 그렇게 큰돈을 여축까지 했다니 장허이."

"언제고 고향에 내려가야 할 것 아닌감요? 불효 노릇헌 것만도 죄스러운데 돈이나 여축해갖고 가야지요."

"그래, 그래. 그래야 허구말구!"

"늦게라도 사람 노릇을 해보고 싶어서……."

그때 주모가 술상을 내왔기 때문에 대불이가 일어서서 자리를 고쳐 앉았다.

대불이가 권대길의 잔에 술을 가득 채우는 동안 권대길은 낙지무침을 입에 넣고 씹다 말고 다친 머리상처가 지끈거리는지 오만상을 찡등그렸다.

"자, 한잔 드시지요."

대불이가 넘실거리는 술사발을 두 손으로 받쳐 들며 권하자, 권대길이 잠시 표정을 풀고 억지로 미소를 떠올리며 잔을 받았다.

"동학도에 든 지가 오래됐는가?"

권대길이 잔을 단숨에 비우고 나서 나지막하게 물었다.

"십 년 전에 장성 백암산 기수선 문도로 입도를 했었구만요."

"십 년 전에?"

권대길이 놀라는 얼굴로 대불이를 마주보았다.

"녹두장군께서 잡히신 몸이 되었을 때 왜놈덜이 문초를 했다는디 그기 될 법이나 한 일인가?"

권대길은 대불이의 얼굴에서 눈을 떼지 않은 채 흥분된 어조로 말했다.

"그때버틈 이 나라는 왜놈덜 것이 되었습지요."

"이 원통함을 어찌할꼬—"

"자, 술이나 드시지요. 드시고 어서 들어가보셔야지요."

"들어가나마나, 문짝도 박살나고, 벽도 허물어진 집에 들어가면 뭐하겠누."

"낼이라도 조선촌으로 옮기시지요. 어차피 지금 집은 일본조계로 들어가게 될 텐디, 왜놈덜하고 같이 살 수는 없지 않겠어요. 그러니 낼이라도 집값이 헐한 싸리재나 배다리 부근으로 이사를 하세요. 집 얻을 돈이 없으면 제가 변통을 해드릴께요."

권대길은 잠자코 대불이의 이야기를 듣고만 있었다. 대불이는 고의춤 속에 손을 넣어 돈주머니를 꺼내들었다.

"돈이 필요허시면 말씀을 허세요. 이 주머니 속에 집 한간 장만헐 돈은 있구만요."

"고맙네."

권대길은 돈주머니를 들고 있는 대불이의 손을 잡아 힘껏 쥐고 흔들었다.

권대길은 대불이한테서 얼어붙은 마음이 촉촉이 녹아내리는 듯한 애틋한 정을 느꼈다.

"참으로 고마우이. 흐지만 약간의 돈은 내게도 있네. 쥐꼬리만흔 토지보상금이 아직 그대로 남아 있으니 내 걱정 말소."

그러면서 권대길은 대불이가 들고 있는 주머니를 그의 고의춤 속으로 쑤셔 넣어주었다.

"앞으로 자넨 어쩔 작정인가?"

"막연허구만요. 그냥 막연히 기다리는 거지요."

"뭘 기다리누?"

"글쎄요, 세상 돌아가는 꼴을 보고 있는 거지요 뭐."

"고향에는 안 갈근가?"

"가야지요. 허나 시방은 피해댕기는 몸이라 갈 수가 없구만요."

"그렇다면 당분간은 제물포 바닥에 눌러 있겠구만."

"그를까봐요. 마땅히 갈 데도 없고…… 또 제물포에서 알게 된 사람덜하고 떨어지기도 싫고……."

"자네 우리 순영이를 어찌 생각하는가?"

권대길이가 느닷없이 뚜벅 묻는 말에 대불이는 당황하여 눈 둘 바를 모르고 상반신을 들썩거렸다.

"내 앞에서 딱부러지게 말을 해보게. 이 사람아 우리 순영이가 좋은가?"

"실은…… 실은……."

"이 사람이 반벙어리가 되었나? 더듬거리게. 좋으면 좋다고 말허게. 자네만 좋다면 내 사위를 삼겠네."

권대길의 그 말에 대불이는 할 말을 잃었다.

그로부터 며칠 후에 권대길은 싸리재 부근에 두 칸짜리 점포를 얻어 이사를 했다. 뼈가 부스러지는 한이 있어도 일본사람들한테 쫓겨나가지 않겠다면서 일본조계의 퇴한령에 맞섰던 권대길이 대불이의 설득에 고집을 꺾고 말았다.

　권대길은 이상하게도 대불이의 말을 잘 들었다.

　그가 대불이를 대하는 태도가 예전과는 천양지판으로 달라진 것이었다. 서로 소 닭 보듯, 닭 소 보듯 하던 두 사람 사이가 갑작스럽게 가까워지자 누구보다도 놀란 것은 순영이와 그녀의 어머니였다. 순영이는 아버지와 대불이 사이가 그렇게 가까워진 것이 은근히 불안하기까지 하였다. 가까워질 만한 이렇다 할 이유가 없었기 때문이었다. 그러나 순영이 어머니는 무엇보다도 남편이 대불이의 말을 따라 고집을 꺾고 이사를 하게 된 것에 마음이 놓였다. 그런 대불이가 고맙기까지 했다. 순영이 어머니는 처음부터 대불이의 사람됨을 믿고, 마음 한구석으로는 은근히 사윗감으로 점찍어놓기까지 했었다. 그러나 워낙 남편이 그를 싫어하였고, 주위 사람들 말마따나 순영이와는 나이 차가 너무 많아서 선뜻 마음을 주지 않고 있었던 것이었다.

　이사를 간 권대길의 새 집은 싸리재 언덕바지에서 월미도가 발부리 아래로 내려다보였고, 집 앞에 오동나무 서너 그루가 삿갓만큼이나 넓은 잎들을 펼쳐 햇볕을 가렸으며, 뒤쪽에는 찔레나무며 황매화, 죽도화, 구실잣밤나무들이 얼크러져 있었다.

　가난한 사람들이 모여 사는 빈촌이었으나, 개항 이후 각처에서 꾸역꾸역 몰려온 외지사람들이 재 너머에까지 뻗쳐 있어, 싸리재를 넘나드는 발길이 그치지 않았다. 주막의 목으로는 괜찮은 편이었다.

　"월미도가 훤히 내려다보이고, 이전 집보담 훨씬 좋구면요."

　새벽부터 짝귀와 함께 이삿짐을 날라다 준 대불이가 땀을 닦으며 권대길을 향해 입을 열었다. 권대길이도 월미도 앞바다에 아침햇살이 퍼지는 것을 내려다보며 만족스럽게 웃었다.

"여기서는 왜놈들 쌍판대기 안 보니께 살이 절로 찌겠구만."

그러면서 권대길은 부엌살림들을 제자리에 챙겨놓고 있는 그의 처에게 빨리 아침을 지으라고 성화였다.

대불이의 세관청 나가는 시간이 늦을까봐 걱정이 되어서다.

이제 권대길은 대불이를 그의 사윗감으로 정하고 있는 터였다. 그 때문에 그는 순영이한테 하루빨리 시공서에 나가는 것을 때려치우고 시집을 가라고 다그치는 것이었다. 막상 아버지가 그렇게 나오자 순영이는 불안해지지 않을 수가 없었다. 그녀의 생각에는 시집을 가는 것보다 로드 서장 주선으로 여학교에 들어가는 것이 훨씬 중요했기 때문이다.

요즈막엔 그녀의 어머니까지도 아버지의 편을 들어 딸의 혼인을 서두르는 눈치였다.

권대길네 식구들이 대불이와 짝귀의 도움으로 식전에 이삿짐들을 다 옮긴 다음에야 응신청 식구들이 싸리재 주막으로 몰려왔다.

응신청에서 싸리재까지는 약간 멀었으나 그들은 그전처럼 권대길네 주막에 와서 아침저녁을 먹기로 하였다.

"앞이 툭 트여서 돈이 막 날아들어 오겠네요."

양초를 사들고 온 김귀돌이는 오동나무 밑에 서서 월미도를 내려다보았다.

오태수와 천팔봉의 모습은 보이지 않았다. 오태수는 달포 전부터 청국조계 안의 청요릿집 홍화루에서 벌어지고 있는 투전판에 솔래솔래 출입을 하는 눈치를 보였었다. 그는 처음 며칠은 재미를 본 듯 응신청 식구들을 홍화루에 데리고 가서 청요리를 사주기도 하고, 한 번은 논다니패들이 우글거리는 선창 옆 객주거리에 가서 뼈가 느글거리도록 거방지게 술을 사기도 하였다.

객줏집에서 술을 산 사흘 뒤부터 그는 밤에 응신청에 돌아오지도 않았다. 아예 객줏집에서 논다니패들과 어울려 살면서 투전판 출입을 한다는 거였다. 들리는 말로는 오태수가 투전판의 돈을 연일 휩쓸었다고도 하였으며, 선창 등짐꾼 자리도 그만두었다고 하였다.

대불이가 소문을 듣고 선창에 가서 오태수를 찾아보았으나 소문대로 그의 모습은 보이지 않았다. 객주거리에 가서 그가 파고 산다는 두껍다리 집엘 찾아갔더니, 해가 상투머리에 떠오른 한낮인데도 술에 떨어져 논다니의 방에서 세상모르게 잠들어 있었다.

대불이가 다짜고짜 그를 깨워 밖으로 끌고나왔다. 양복에 구두까지 신고, 중절모자를 비뚜름히 눌러쓴 오태수는 못마땅한 얼굴로 대불이를 쓸어보며 "이보슈, 인저는 응신청 빈대 오태수가 아니라는 걸 아슈. 그러니 이래라 저래라 간섭하지 말란 말이우. 이 오태수를 선창 등짐꾼으로 보지 말란 말이외다!" 하고 큰소리를 땅땅 치면서 양복저고리 호주머니에서 지전뭉치를 꺼내 보이던 것이었다.

"나는 곧 부자가 될 거란 말이외다. 내 손에 있는 이 돈, 뼈가 휘두룩 선창 등짐꾼 노릇 일 년은 해야 벌 거유. 허지만 나는 한판에 이걸 긁었다우. 나는 갈퀴로 제물포바닥의 투전판 돈은 몽땅 긁어 들일 셈이란 말이우!”

그러면서 오태수는 눈초리를 빳빳하게 말아 올려 대불이를 쏘아보더니 땅바닥에 침을 칵 뱉고 안으로 들어가 버렸다.

그것뿐이었다. 대불이는 그에게 단 한마디의 말도 하지 못하고 세관청으로 돌아왔다. 그 뒤 아직 그를 만나지 못했다.

대불이가 두껍다리 집으로 오태수를 만나러 간 열흘쯤 후에 얼핏 듣기로, 천팔봉이가 밤마다 그와 어울린다는 말을 들었다.

그래서 낮에 대불이가 확인을 하려고 천팔봉이한테 다그쳐 물었더니, 서너 번 오태수를 따라 투전판에 가서 개평을 뜯었을 뿐이라고 변명하였다.

그러면서 천팔봉은 “그런데 태수 손끝이 보통이 아닙디다. 이대루만 가면 얼마 안가서 갑부가 될 테니 두고보슈. 나도 여축한 돈을 밑천으로 들여 넣어 좀 키워보고 싶은 생각이 간절하구만요” 하고 말하며 대불이의 눈치를 살피는 것이었다.

그로부터 며칠 안 되어 오태수가 제물포에서 자취를 감추었다는 소문이 나돌았다. 한동안 연속 땡땡구리로 끗발이 오르더니 사흘 밤에 여태껏 긁어모았던 돈을 깡그리 날려버렸다고 하였다.

게다가 이 사람 저 사람한테서 투전 밑천으로 급하게 빌려간 돈을 한 푼도 갚지 않고 잠적을 해버려 오태수를 찾는 사람이 하나 둘이 아니라는 것이었다. 천팔봉이도 일백 원 가까이 오태수의 투전밑천으로 대주었다가 땡전 한 닢 받지 못해, 세관청 일도 그만두고 오태수를 찾아 나서기에 이르렀다.

4

화도고개 가파른 비알에 철쭉이 흐드러지게 피더니 봄비답지 않게 소나기가 몇 차례 휩쓸고 가자 하늘을 시새움하듯 신록이 얼크러졌다.

봄비에 꽃들이 고스러져 떨어지고 신록이 얼크러지기 시작하면서 봄기운이 완연히 사라진 듯싶었다. 화도고개의 철쭉이 시들자 여름이 성큼 다가선 것이다.

항구의 봄은 논다니 은근짜의 하룻밤 풋사랑처럼 그렇게 어설프게 지나가 버렸다. 봄과 여름 사이는 배다리 하나를 건너는 것보다 더 짧은 듯싶었다. 신록이 얼크러지고 토끼의 잔털처럼 부드럽기만 하던 햇살이 구리철사같이 빳빳해지기 시작하자 바닷바람이 거칠어졌다.

여름은 바닷바람에 실려 오기라도 한 듯 하루도 바다가 잔잔할 때가 없었다. 그래서 여름은 바다의 계절인지도 모른다. 바람에 뒤척이는 파도소리 때문에 쉽게 잠을 이룰 수가 없었다. 여름의 바다는 흉몽을 꾸는 듯 쉴 새 없이 뒤척이고, 몸살이 난 듯 들끓으며 몸부림을 쳤다.

그래도 햇살이 뜨거워지자, 파도를 일으키는 바닷바람이 좋아졌다.

순영은 파도소리에 잠이 깨고, 파도소리에 잠이 들곤 하였다.

그날도 그녀는 소나기가 내린 뒤끝이라 더 요란하게 들끓는 파도소리에 일찍 잠이 깼다. 동이 트기도 전에 잠에서 깨어난 그녀는 아슴푸레 새벽바다 위에 떠오른 월미도를 내려다보면서 기분 좋게 심호흡을 하였다. 그녀도 여름바다를 닮고 싶었다. 여름바다는 욕망으로 들끓고 있었기 때문이다. 욕망의 바다. 그녀도 지금 터질 듯한 욕망의 바다처럼 으르렁거리고 싶었다.

요즈막 순영은 시공서 로드 서장한테 더욱 열심히 미국말 공부를 하였다. 그녀는 집에서나 시공서에서나 틈만 있으면 미국말을 씨부렁거렸다. 그런 그녀에 대해서 로드 서장을 제외하고는 주변 사람들 모두가 잔뜩 못마땅하게 여기고 있었다.

"네년 꼬부랑말 좋아했다가 시집가서 꼬부랑 애기를 낳으면 어쩔래?" 하고 어머니가 늘 마땅찮은 소리를 하였다. 그때마다 순영이는 "내 팔자가 꼬부랑 팔자라서 그런가 봐요. 어머니도 늘 그랬잖아요. 내 얼굴이 도화살에다 턱 받치는 버릇이 있어서 팔자가 드셀거라구요" 하며 의도적으로 어머니의 마음을 휘저어놓곤 하였다. 기실 얼마 전까지만 해도 순영은 어머니의 그와 같은 딸에 대한 팔자타령을 웃어넘겨버리곤 했었다. 그러나 요즘엔 자꾸 그 말이 목구멍에 걸린 가시처럼 기분이 개운하지가 못했다.

팔자 도망은 독 안에 들어도 못하고, 뒤로 오는 호랑이는 속여도 앞으로 오는 팔자는 못 속인다는 말처럼, 그녀의 운명도 팔자대로 정해져 있을지 모른다는 생각을 해보는 것이었다.

순영 자신이 생각해보아도 자신의 팔자가 순탄하지 못할 것이라는 것을 알고 있었다. 사람은 누구한테나 자기 운명에 대한 예감이라는 것이 있고, 그 예감에 자신의 운명이 스스로 결박당하고 만다는 것도 알고 있었다. 그리고 그 예감은 나이가 들수록 더욱 맞아 들어가는 수가 많을 듯싶은데, 요즈막 순영은 마치 자신의 운명이 눈앞에 보이는 것 같기도 했다. 특히 아무도 없는 새벽에 희번하게 밝아오는 새벽 바다를 내려다보고 있을 때면, 미명의 어둠속에서 그녀 자신의 앞날이 부옇게 출렁이며 다가오고 있는 듯한 느낌이었다.

순영은 자신을 향해 다가오는 운명을 회피하고 싶지는 않았다. 운명이라는 것은 회피한다고 해서 피할 수 있는 것이 아니라는 것을 어림하고 있었기 때문이다. 회피하기보다는 부딪쳐보고 싶었다. 부딪쳐서 양보할 것은 양보하고 물리칠 수 있는 것은 과감하게 물리쳐야 한다고 생각했다. 운명이라는 것은 마치 하늘에서 쏟아지는 비나 눈과 같아서, 어차피 나설 바에는 피할 수가 없지 않겠는가 싶었다. 비나 눈을 받치는 것으로 우산이라는 것이 있듯이 다가오는 운명에 맞부딪치는 데에는 용기라는 것이 있다고 믿었다.

그러기에 순영은 요즈막 대불이를 만나지 않고 있다. 부모들이 그와의 혼인을 부쩍 서두르고 있는 것 같으나, 그게 조금도 달갑지가 않았다. 그녀는 자신과 대불이와의 관계도 운명이라는 것이 해결해주겠거니 하였다. 운명적으로 두 사람이 결합해야 된다면 서두르지 않더라도 그리 되고 말 것이라고 생각했다.

뭐라고 할까. 아무튼 순영이가 스스로 운명이나 팔자라는 덫을 믿기 시작하면서부터 그녀는 예전보다 한결 더 자신 있게 살아가고 싶었다.

흔히 운명이나 팔자를 믿는 사람들일수록 삶에 소극적인 데 비해 순영이는 이와는 정반대였다. 되레 적극적으로 살았다. 그 적극적인 삶의 태도가 자신감을 주었고, 용기를 주었는지도 모른다. 대불이와의 찜찜했던 관계를 마음속으로 정리한 후부터 그녀는 확실히 달라졌다.

그래서인지 순영은 이제 그녀를 괴롭히는 하야시 순사에 대해서도 지레 겁을 먹지 않았다. 되레 하야시 앞에 당당한 행동을 하였다.

그를 일부러 피하거나 그의 앞에서 주눅 들지도 않았다.

시공서에 출근한 순영은 그날따라 기분이 좋았다.

상큼한 바닷바람 때문인지도 몰랐다. 그녀는 시공서장실의 유리 창문을 활짝 열어놓고 짭짤한 여름의 바닷바람이 묶음으로 휩쓸려 들어오도록 하였다.

사무실 청소를 끝내놓고 책상에 앉아서 미국말 공부를 시작했다. 로드 서장은 아홉 시가 되면 어김없이 사무실에 출근을 하여 순영이한테 그날 해야 할 일을 시킨 다음 아래층으로 내려가서 순사들과 이야기를 하고 올라온다. 그리고 순영이한테 그날 공부할 미국말을 조금 가르쳐주고 나간다. 로드 서장이 나가면 이내 점심시간이 찾아온다.

그날도 로드 서장은 열한 시가 못 되어 미국서 온 손님들과 만날 약속이 있다면서 사무실을 나갔다.

순영은 미국말 책을 펼쳐놓고 벽시계를 올려다보았다. 점심시간이 다 되어가고 있었다. 벽시계가 열두 시를 울리자 순영은 책을 덮고 딱딱한 나무의자에서 일어섰다. 창문을 열고 바다 쪽을 보면서 쩝쩝 하품을 삼켰다.

집으로 점심을 먹으러 가려고 사무실을 막 나서려는데, 대불호텔 앞에 있는 청국요릿집에서 일하는 아이가 문을 열고 들어섰다.

"아가씨 빨리 오시래요."

열두어 살쯤 되어 보이는, 시공서에 가끔 음식을 배달해주어 안면이 있는 요릿집의 심부름 하는 아이가 벙싯벙싯 웃으며 말했다.

"나를?"

"그래요. 요릿집에서요, 로드 서장님이 빨리 오시래요."

"로드 서장이?"

순영은 로드 서장이 점심을 같이 하자고 심부름하는 아이를 보냈구나 싶어 싱긋이 웃었다.

순영이는 미적거리지 않고 즐거운 마음으로 청국요릿집 아이를 따라나섰다.

미국에서 온 손님들을 만나고 오겠다는 로드 서장의 말이 생각나 그 손님들과 함께 점심을 먹으면서 순영이를 불렀는가 싶어 로드 서장이 요릿집에 누구와 같이 있더냐고 물었으나 심부름 온 아이는 대답을 않고 여전히 벙싯거리기만 했다.

"로드 서장님 혼자 계시더냐?"

순영은 다그치듯 다시 물었다.

"그건 몰라요. 그냥 순영 아가씨를 모셔오라고만 했으니까요."

그러면서 청요릿집 아이는 순영이와 더 말을 하기가 싫다는 듯 깡충거리며 앞서 뛰어가 버렸다.

대불호텔 맞은 편 홍화루 앞에 이르자 먼저 와 있다가 순영이를 기다리고 서 있던 심부름 온 아이가 그녀를 이층으로 안내해주었다. 지은 지 얼마 안된 목조건물이었는데도 층계가 삐걱거렸다. 순영이는 층계의 삐걱거리는 소리가 신경에 거슬렸다. 마치 살아있는 등뼈동물을 밟고 올라가는 기분이었다.

"맨 끝 오른쪽 방입니다."

이층에 올라서자 요릿집 아이가 복도 끝을 가리키며 말했다. 햇살이 묶음으로 쏟아지는 한여름의 대낮이었는데도 복도는 어두컴컴했고 음습하게 느껴졌다.

순영은 눅눅하고 어둑어둑한 복도를 걸어가 맨 끝 오른쪽 방의 장지문을 두드렸다. 이내 문이 열렸다. 그러나 얼굴을 내미는 사람은 로드 서장이 아니고 하야시 순사였다. 순영은 흠칫 놀라며 빠끔히 열린 문틈으로 방안을 기웃거려 보았다. 혹시 방안에 로드 서장이 있을지도 몰라서였다. 그러나 방안에는 하야시 외에는 아무도 없었다.

"아, 놀라지 마씨요. 로드 서장님이 곧 오실 거므니다."

하야시가 삵의 웃음을 머금고 말했다.

"서장님은 어디 계십니까."

순영은 하야시의 얼굴을 똑바로 쳐다보며 따지듯 물었다.

"아, 로드 서장님은 지금 대불호텔에서 미국손님들과 이쪽으로 곧 오실 것이므니다. 순영 씨와 점심을 하자고 해서 불렀으므니다. 들어와서 기다리씨요."

하야시는 말을 하고 나서 나갈 테면 나가고 들어올 테면 들어오라는 냉랭한 태도로 자리를 잡고 앉아서는 엽차를 홀짝거렸다.

순영은 잠시 복도 끝에 서 있다가 방안으로 들어갔다. 하야시가 거짓말을 하고 있는 것 같지가 않았기 때문이다. 그리고 점심때라 출입이 번다한 요릿집 복도에 혼자 서성거리고 있기도 무엇해서, 방으로 들어가 로드 서장이 오기를 기다릴 작정이었다.

하야시는 순영을 거들떠보지도 않고 여전히 엽차만 홀짝거렸다. 순영은 벽 쪽에 바짝 등을 붙이고 서 있었다. 두 사람 사이에 진흙처럼 찐득거리는 침묵이 흘렀다. 하야시의 엽차 홀짝거리는 소리만 들렸다.

"앉아서 청국엽차 한잔 하씨요. 맛이 아주아주 좋스므니다."

하야시가 빈 잔에 진한 갈색의 엽차를 따르며 말했다.

순영은 잠자코 서 있다가 탁자 앞에 조심스럽게 앉았다.

"서장님은 왜 안 오시죠?"

순영이가 엽차 잔을 들고 하야시를 보며 물었다.

"걱정이노 마시고 엽차나 드씨요. 로드 서장님은 지금 오시고 계시므니다."

순영은 엽차 잔을 입술에 댄 채 하야시의 눈을 보았다. 하야시는 여전히 삵은 웃음을 머금은 채 순영의 시선을 피했다. 엽차를 마신 순영은 갑자기 머릿속이 심하게 흔들렸다.

순영은 머릿속이 혼몽해지면서 눈을 바로 뜰 수조차 없을 정도로 온몸의 기력이 탁 풀렸다. 빨래를 쥐어짜듯 안간힘을 써보았으나, 순식간에 육신이 오뉴월 장마에 담 허물어지듯 무너져 내렸다.

그녀는 힘없이 엽차 잔을 탁자 위에 팽개치듯 놓고 마지막 힘을 다하여 하야시를 쏘아보았다. 하야시는 살무사가 혓바닥을 널름거리듯 음흉하고 느물스럽게 웃고 있었다.

그제야 순영은 하야시한테 크게 속은 것을 알아차렸다. 하야시가 로드 서장이 기다린다고 거짓말로 요릿집 아이를 보내고, 엽차 속에 정신을 혼몽하게 하는 약을 탔다는 것을 알아차렸다. 순영은 분했다.

그녀는 있는 힘을 다하여 일어나려고 하였으나 몸이 쇳덩이처럼 무거워 손발을 까딱할 수조차 없었으며 자꾸만 눈이 감겨들었다. 일어서서 밖으로 뛰쳐나갈 수가 없게 된 것을 알고 악을 쓰려고 하였지만, 소리가 목구멍에 걸려 밖으로 나오지를 못했다. 그녀가 할 수 있는 일이라고는 마지막까지 두 눈을 뜨고 하야시를 쏘아보는 것뿐이었다.

그러나 그것도 잠깐뿐이었고, 그녀는 드디어 벌레 먹은 낙엽이 바람에 흩날려 땅에 떨어지듯 스르르 눈이 감기고 말았다. 눈을 감은 순영의 귀에 파도 소리만이 그녀가 마지막 지탱하고 있는 영혼을 쓰다듬어주듯 감미롭게 들려왔다.

순영은 눈이 감긴 채 하야시가 방문을 걸어 잠그는 소리를 들었다. 그리고 상을 한쪽으로 밀치고 그녀에게로 덮쳐 와서는 여유 있게 그녀의 저고리 섶을 헤치는 것과 쇠갈퀴 같은 하야시의 손이 가슴을 더듬는 것을 의식했다.

잠시 후에 하야시가 치마를 걷어 올리고 속곳을 긁어내리는 것까지 희미하게 알아차린 그녀는 마지막 정신을 놓아버리고 말았다.

순영이가 정신을 수습하여 눈을 떴을 때 하야시의 모습은 보이지 않았다. 음식상은 한쪽으로 밀쳐놓은 채였으며 그녀 혼자 방바닥에 반듯하게 누워 있었다. 저고리 고름이 서투르게 홀 맺혀져 있었으며,

속곳은 올려지고 치마는 내려져 있었다. 일어나려고 하자 쇠망치로 뒤통수를 얻어맞은 것처럼 골치가 띵했다. 순영은 누운 채로 헝클어진 머리와 옷매무새를 추슬렀다. 그리고 천정을 똑바로 쳐다보면서 혼몽해진 정신을 수습하려고 하였다.

잠시 후 두 손으로 방바닥을 짚고 힘겹게 일어난 순영은 벽에 등을 기댄 채 멀뚱히 앉아 있었다. 한낮의 여름바다가 요동을 치는 듯 파도 소리는 지척에서 거칠게 들려왔다.

순영은 일어나 바다 쪽으로 나 있는 들창문을 열었다. 바닷바람이 드밀고 들어왔다. 그녀는 오랫동안 들창문을 열어놓고 서서 바닷바람을 들이마셨다. 바닷바람을 깊이 마시며 정신이 맑아지기를 기다렸다.

그러면서 그녀는 다시 운명이라는 것을 생각했다. 그녀의 어머니 말대로 이미 자신이 팔자 사나운 길로 들어서고 있음을 알고 허탈하게 웃었다.

바닷바람으로 정신을 수습한 순영은 청요릿집 사람들의 따끔거리는 눈길을 온몸에 구멍이 숭숭 뚫리듯 따갑게 받으며 밖으로 나왔다.

하늘은 여전히 맑고 햇살은 눈이 부셨다. 눈부신 햇살로 하여 선창 쪽으로 활짝 열린 바다는 더욱 아름답게 보였다. 순영은 선창 쪽으로 가고 있었다. 갑자기 바다가 그리워진 것이었다. 여름바다의 들끓는 욕망이 보고 싶었다.

순영은 선창을 따라 계속 내려갔다. 마치 자신이 가벼운 나뭇잎처럼 바닷바람에 밀려가고 있는 듯싶었다. 세관청 창고를 지나 화도진

쪽으로 내려가다, 앙당그러진 다박소나무 그늘에 앉았다. 이상하게도 슬프거나 화가 치밀어 오르지가 않았다. 다른 사람이 당한 일처럼 냉담해졌다. 이상하게도 대불이한테 미안하다는 생각이 들었다.

선창거리에서 화도진까지 내려오는 동안 대불이의 얼굴이 자꾸만 눈에 겹겹으로 밟혀왔다. 그에게 미안하다는 마음에 목이 칵 메면서 고개를 바로 들 수조차 없었다. 되도록이면 앞으로 대불이는 만나지 않아야겠다고 다시 마음을 다독거렸다.

하야시의 얼굴은 떠오르지도 않았다. 차라리 하야시가 아니고 로드 서장이었다면 하는 해괴한 생각이 들어, 고개를 심하게 흔들어 뿌리쳤다. 그러나 자꾸만 그 생각이 꼬리를 물고 늘어졌다. 정말이지 하야시가 아니고 로드 서장이었다면 이렇게 억울하지는 않을 것만 같았다.

순영은 바람에 조리질하듯 요동치는 바다를 내려다본 채 언제까지나 소나무 그늘에 앉아 있었다. 아무데도 가고 싶지가 않았다.

시공서에도 집에도 가고 싶은 생각이 없었다. 혼자 어디론가 멀리 가고 싶었다. 분하거나 슬프지가 않은 대신 억울하다는 생각에 자꾸 헛웃음이 나왔다.

(차라리 로드 서장이었다면……)

순영은 세 번째 그 생각을 되풀이하면서, 그런 부질없는 생각을 하는 자신을 꾸짖었다.

(저 푸른 바다는 누가 더럽힐까……)

순영은 바다를 내려다보며 엉뚱한 생각을 해보기도 하였다. 그러나 바다는 처음부터 끝까지 아무에게도 더럽혀지지 않을 것이라는 생각이 들었다. 바다뿐만이 아니라, 나무와 풀, 맑은 하늘과 바람까지도 더럽혀지지 않는다는 것을 알았다.

(사람만이 사람에 의해서 더럽혀지는구나⋯⋯)

그런 생각이 들자, 멀리 선창에서 꿈지럭거리는 사람들의 모습이 갑자기 벌레보다 더 추하게 느껴졌다.

파도에 씻기면 씻길수록 더러워지기는커녕 더 깨끗해지는 바다와, 바람이 거칠게 불수록 더욱 맑아지는 하늘을 번갈아가며 처다보고 내려다보았다.

순영은 몇 시간이고 그 자리에 돌멩이처럼 박힌 채 해가 떨어지기만을 기다렸다. 너무 부끄러워서 햇살 속에서는 사람들의 얼굴을 바라볼 수가 없을 것만 같았기 때문이다. 그녀가 그리된 것을 청요릿집 홍화루 사람들이 죄 알고 있을 것이 뻔할 것이고 손바닥만 한 제물포 바닥에서 그 소문은 봄날 들불 번지듯 할 터인데, 어떻게 얼굴을 들고 돌아다닐 수가 있겠는가 말이다.

순영이 생각에 필시 하야시가 그것까지 계산하고 청요릿집으로 불러들였을 것이 뻔했다. 그런 소이를 생각하면 호비칼로 그의 심장을 도려내도 마음이 후련하지가 않을 것 같았으나, 어찌됐건 자신의 잘못으로 돌리고 싶었다. 로드 서장이 기다린다는 말만 믿고 청요릿집 깊숙한 구석방으로 들어선 그녀 자신의 잘못이라고 생각할 수밖에 없었다.

해가 바다 끝으로 바닷물을 벌겋게 물들이며 떨어져서야 순영은 천천히 일어서서 선창 쪽으로 몸을 돌렸다.

그녀는 집으로 가지 않고 로드 서장의 사택으로 가고 있었다. 순영이가 밤에 로드 서장의 사택으로 찾아간 일은 아직 한 번도 없었다.

로드 서장의 사택은 시공서에서 싸리재 쪽으로 휘어 돌아 조선촌 앞의 야트막한 언덕바지 아래에 있었다. 그는 아내와 아이들을 미국에 남겨둔 채 혼자만 나와 있었다.

초인종을 누르자 늙은 가정부가 문을 열고 나왔다.

가정부는 첫눈에 순영을 알아보았다. 낮에 로드 서장의 심부름으로 자주 출입을 하였기 때문이다.

순영의 어머니와 동갑이라는데도 가정부는 나이에 비해 아직 얼굴이 팽팽하고 건강했다. 가정부라고는 하지만 음식은 로드 서장이 손수 입맛에 맞게 해 먹는 터였으므로 그녀는 빨래나 집안청소를 하는 것이 고작이었다.

순영이가 로드 서장이 들어왔느냐고 묻자 가정부가 불이 켜진 서재 쪽을 가리켰다. 창문에는 물빛 커튼이 내려져 있었으며 환한 불빛을 받은 커튼의 빛깔이 낮에 화도진에서 보았던 바다와 같다는 생각을 하면서 순영은 현관 안으로 들어갔다.

저녁식사를 막 끝낸 로드 서장은 커피를 마시다 말고 순영의 방문에 놀라는 표정을 하였다.

"오늘 오후에는 어디 있었소?"

순영이가 소파에 앉자마자 로드 서장이 궁금한 듯 물었다.

"죄송해요. 일이 좀 생겨서……."

순영은 한사코 고개를 숙이며 말끝을 흐렸다. 가정부가 커피를 내오고 순영이가 찻잔을 다 비울 때까지 로드 서장은 아무 말도 하지 않았다.

"저…… 로드 서장님."

순영이가 찻잔을 탁자 위에 조심스럽게 내려놓으며 마주앉은 로드 서장을 바라보았다. 순영의 눈에 그날따라 로드 서장의 덩치가 유별나게 우람스럽게 보여 이상하게 압도당하는 무거운 분위기를 느꼈다. 사무실에서 대할 때와는 달랐다.

예고도 없이 불쑥 찾아왔기 때문일까. 로드 서장의 기분이 좋아 보이는 것 같지가 않았다. 순영이는 그동안 로드 서장과 같은 사무실에서 일해 왔기 때문에 그가 철저하게 약속된 생활을 하고 있다는 것쯤은 알고 있었다.

"저…… 그만두어야겠어요."

그제야 로드 서장의 눈빛이 달라졌다. 지금껏 순영이한테 처음 만나는 사람을 대하듯 하던 그의 냉담한 얼굴에 관심이라는 표정의 물결이 일기 시작한 것이다.

"그만두겠다고 했소? 미스 권이 시공서를 그만두다니, 왜 그렇습니까?"

로드 서장의 목소리가 갑자기 커졌기 때문에 순영은 잠시 당황했다. 그러나 그녀는 침착하게 마음을 가라앉힌 다음 낮에 홍화루에서 하야시한테 당했던 이야기를 하나도 숨김없이 그대로 털어놓았다. 로드 서장은 처음엔 순영의 이야기를 잘 알아듣지 못했다.

"하야시가 내 대신에 점심을 사주었다는 이야깁니까? 오늘 낮에 미스 권에게?"

로드 서장이 엉뚱하게 묻고 있었다.

순영은 처음부터 다시 이야기해주었다. 한국말과 미국말을 섞어가며 이야기를 하고 나서 울어버렸다.

이상하게도 자신도 모르게 울음이 나왔다.

"오! 노! 갓댐!"

그제야 로드 서장은 순영이의 이야기를 알아들었는지 손으로 탁자를 탕 치고 벌떡 일어섰다. 로드 서장은 방안을 서성거리며 하야시의 이름을 여러 차례 되뇌었고 이름을 되뇔 때마다 "갓댐!"을 연발했다.

순영은 울음을 그치지 못하고 계속 어깨를 들먹거렸다. 이상하게도 로드 서장한테 모든 것을 털어놓고 나자 눈물이 솟구친 것이었다.

순영은 로드 서장 앞에서 눈물이 마르도록 울어버렸다.

"미스 권, 울음을 그치시오."

잠시 후에 로드 서장이 순영의 등 뒤에 와 서며 말했다.

"하야시를 당장에 그만두게 하겠소."

로드 서장은 순영을 위로하는 말을 하였으나 순영의 귀에는 아무 말도 들리지 않았다.

"저는 이제 시공서에 나갈 수가 없어요. 그리고 제물포바닥에 살 수도……."

"그렇다면 어찌하겠다는 것입니까?"

"로드 서장님, 저에게 소개장을 써주십시오."

"소개장?"

"로드 서장님이 잘 아시는 여학교 교장선생님한테 말입니다."

"오, 스트랜튼 부인?"

"그렇습니다. 로드 서장님!"

"여학교에 가겠다는 것이오? 지금 당장에?"

"로드 서장님, 도와주십시오. 오늘 낮에 저는 바다에 빠져죽어 버리려고까지 했습니다. 그러나……."

로드 서장은 팔짱을 낀 채 꽤 널따란 서재 안을 서성거리며 무엇인가 골똘하게 생각하는 표정이었다.

"하야시는 어찌하겠소?"

로드 서장이 순영을 내려다보며 물었다.

"하야시를 어찌할 수가 있겠어요?"

"용서를 하겠다는 뜻입니까?"

"우리나라에서는 이런 일은 되도록 숨기고 있습니다요. 그리고 모든 것이 여자한테 잘못이……."

"아니? 미스 권한테 잘못이 있다는 말입니까?"

로드 서장은 이해할 수 없다는 듯 고개를 갸웃거릴 뿐이었다.

"로드 서장님 도와주십시오. 제가 할 수 있는 일은 오직 그것뿐입니다."

"여학교에 가는 것 말입니까?"

"그렇습니다."

"하야시를 용서한다면 시공서를 그만둘 필요가 없지 않습니까."

"아닙니다. 그것은 다릅니다."

"이해하기 어렵습니다."

"이해해주십시오. 제발."

"좋아요. 스트랜튼 부인에게 소개장을 써주겠습니다. 나와 스트랜튼 부인 사이에 약속을 했었지요."

로드 서장은 책상 앞에 앉더니 백지 위에 소개장을 쓰기 시작했다. 로드 서장이 소개장을 쓰고 있는 사이, 순영은 옷고름으로 눈 가장자리의 눈물자국을 찍어 훔쳤다.

"자, 미스 권, 이것을 가지고 스트랜튼 부인을 찾아가십시오."

로드 서장이 소개장을 써서 흰 봉투에 넣어 건네주며 말했다.

"감사합니다. 정말 감사합니다."

소개장을 받아든 순영은 다시 한 번 그렁하게 젖은 눈을 들어 로드 서장을 쳐다보며 연신 고개와 허리를 숙였다.

"학비는 물론 먹고 자는 것도 도움을 받을 수가 있을 것입니다."

"내일 아침 곧장 한성으로 떠나겠습니다. 로드 서장님."

"잘 해봐요. 행운을 빌겠습니다."

순영은 로드 서장이 써준 소개장을 품에 넣고 어둠속으로 빨려 들어갔다. 여학교엘 들어가게 된다는 생각을 하자, 낮에 홍화루에서 있었던 일들이 머릿속에서 말끔하게 사라져버린 듯싶었다. 그녀는 약간 들뜬 마음으로 집으로 돌아왔다.

대불이는 사흘 뒤에야 순영이가 시공서를 그만두고 제물포를 떠나버렸음을 알았다. 그것도 짝귀가 말을 해주어서 알게 된 거였다.

짝귀의 말로는 시공서장의 소개장을 받아 한성에 있는 여학교에 들어갔다고 하였다.

순영이가 집을 떠난 지 7일째 되는 날 아침이었다. 응신청 식구들과 아침을 먹고 내리막길을 내려서려는데, 권대길이가 대불이를 불렀다.

"대불이, 나 좀 보세."

대불이는 권대길과 나란히 오동나무 밑에 서서 발부리 아래의 월미도 앞바다를 내려다보았다. 대불이는 권대길이가 그에게 무슨 말을 하리라는 것쯤 알고 있었기 때문에 그가 먼저 입을 열기만을 기다렸다.

"우리 순영이 이야기네만……."

권대길은 담배에 불을 붙여 물며 대불이의 얼굴을 얼핏 살폈다. 대불이는 시선을 바다 쪽으로 드리운 채 잠자코 있었다.

"자네도 알고 있겠지만, 순영이가 집을 나갔네. 여학교에 들어간다고 한성으로 갔어."

권대길은 대불이한테 사죄라도 하는 것처럼 목소리를 무겁게 가라앉히고 말했다.

"알고 있구만요."

대불이는 순간 기분이 묘하게 얽히고 뒤틀리는 것 같았다.

이상한 예감이 들었다. 무엇인가는 정확히 잡히지 않았지만, 순영이 신변에 무슨 말 못할 일이 있었던 것만 같았다. 그렇지 않고서야 말 한마디 없이 그렇게 갑작스레 집을 떠날 이유가 없지 않겠느냐는 생각이었다.

"헌디, 뭣 땜시 그렇게 갑작스럽게 떠났당가요? 무신 일이 있었던 가요?"

대불이는 고개를 돌려 권대길을 보며 다급한 목소리로 물었다.

"내가 낳은 자식이긴 허네만, 그년은 누구를 탁했는지 어려서부텀 엉뚱한 데가 있었네. 그래서 제 에미는 늘 그년 팔자 걱정을 했어. 점을 치는 데마다 일부종사를 못할 것이라느니, 초년에 팔자 닦음을 잘해야 말년이 좋을 거라느니……."

말을 하면서도 권대길은 한숨처럼 담배연기를 푸우푸우 내뿜었다. 기실 그도 딸이 무엇 때문에 갑작스럽게 집을 떠난 것인지 알지를 못하고 있는 터였다. 아침에 느닷없이 옷보다리를 싸들고 한성을 가겠다기에, 무슨 일이냐고 물었더니, 그냥 시공서를 그만두고 여학교에 다니게 됐다고만 했을 뿐이었다.

"그년의 속을 알 수가 없단마시. 점쟁이 말마따나 사내로 태어날 자식이 잘못 나온 겐지 원!"

"무슨 일이 있었던 것은 아니고요?"

"무슨 일이라니?"

"아닙니다. 그냥……."

"대불이 자네한테 미안허이."

"그런 말씀은 마셔요."

"우리 두 내외는 자네를 사위로 맞을 작정을 허고 있었다네."

"그것은……."

"여자라는 것은 그저 사내 잘 만나서 자식 낳구 살림 잘 허는 것이 복 아닌가. 헌디 그년이 복을 털었어! 자네 같은 사람 만나기가 어디 그리 쉽간디? 원인은 그눔에 꼬부랑말 때문이여. 그년이 꼬부랑말을 배우기 시작험서부텀 마음씨까지 꼬부랑해졌단마시. 꼬부랑해진 그 맘속을 통 종잡을 수가 없으니……."

"너무 걱정 마셔요. 집을 나갔다고 뭐 아주 나간 것은 아니지 않남요?"

"아닐세. 그년이 옷보퉁이를 싸들고 나가면서 헌 말이 있네."

"무슨 말인데요?"

대불이가 서둘러 묻자 권대길은 잠시 대불이의 얼굴을 바라본 채 말을 하지 않고 미적거렸다. 권대길은 다시 담배에 불을 붙여 물고 삐억삐억 신경질적으로 빨아댔다. 아무래도 그 말만은 대불이에게 해주기가 싫었던 것이다.

"뭣이라고 했간디 그러시남요?"

대불이가 다시 물었다.

"아 그년이 집을 나가면서 허는 말이 딸자식 하나 있는 거 없었던 것으로 생각하라고 허드란마시. 그 말이 어찌 나왔냐 하면…… 제 어미가 자네 이야기를 했었지. 대불이허고 혼인이나 허고 같이 한성을 가든지 대국을 가든지 허라고마시. 그랬더니 그년 허는 말이, 시집은 안 가겠으니 그리 알라고 함서, 여학교를 졸업하기 전에는 집에 돌아오지도 않겠다고…… 꼬부랑말 씨부렁거리듯 허드란마시."

대불이는 잠시 할 말을 잃고 다시 월미도 앞바다를 내려다보았다.

쾌적한 바닷바람이 불어왔다. 권대길의 말을 듣고 보니 기분이 좋지 않았다. 권대길의 말대로 순영의 속마음을 종잡을 수가 없었다.

"대불이 자네한테 뭣이라고 할 말이 없네. 내가 부탁하고 싶은 것은, 그년이 있으나 없으나 예전과 같이 지내주기를 바랄 뿐이네."

"여부가 있습니까요."

"자네 맘 다 알고 있네. 속없는 계집년한테 무시를 당한 사내의 속에서는 천불이 나는 법인디……."

"아니로구면요. 그것이 아녀요."

그는 처음부터 권대길 부부에게 자신은 순영이를 아내로 맞을 생각이 없었노라는 말을 차마 입 밖에 내놓지를 못하고 있었다.

둘이는 잠시 말없이 바다만 내려다보고 있었다.

그러다가 대불이가 내리막길 쪽으로 몸을 돌려세웠다.

"이만 가볼랍니다."

"맘을 독하게 먹소. 계집 땜시 속이 상할 때는 맘을 비상처럼 독하게 먹어야 이겨내는 법일세. 맘이 약해지면 못쓰네. 계집 때문에 맘이 약해지면 사내가 아니여!"

"저는 산 여자 땜시 맘이 약해지지는 않구만요. 죽은 여자라면 또 몰라도 말입니다요."

그렇게 말을 하고 내리막길을 내려오는 대불이의 머릿속에 문득 생사를 모르는 말바우 어미의 모습이 떠올랐다.

그날 대불이는 세관청 창고에 나가서 순영이가 무엇 때문에 갑작스럽게 시공서를 그만두고 제물포바닥을 떠나게 되었는가를 알게 되었다. 그러고 보니 세관청 인부들은 모두 그 소문을 알고 있었던 것 같았다. 대불이 혼자만이 까맣게 모르고 있었던 것이다.

그 소문은 시공서의 하야시 순사가 세관청으로 옮겨오면서부터 떠돌기 시작한 듯싶었다.

그러니까, 순영이가 집을 떠나게 된 것은 하야시 때문이라는 것이었다.

"시공서장실에 있는 여자가 청요릿집에서 하야시한테 겁탈을 당했다는 게야. 그래서 하야시가 시공서를 쫓겨나서 세관청으로 오게 되었다는구만."

인부들한테서 그 이야기를 들었을 때 대불이는 그렇게 말하는 인부를 붙들고 그런 소문이 어디서 흘러나왔는지 자초지종을 물어보았다.

"제물포바닥에 그 소문이 짜하게 퍼져 있다네. 하야시 자신이 자랑스럽게 떠벌이고 다닌다누만 그려."

대불이는 창자가 뒤틀리는 듯한 치욕과 분노를 느꼈다. 온몸이 바들바들 떨렸다. 당장 하야시한테 쫓아가서 직접 그에게서 소문의 진위를 따지고 싶었다.

응신청에 같이 있는 천팔봉이를 붙들고 어찌했으면 좋겠느냐고 물어보았지만, 천팔봉은 입맛만 쩝쩝 다실 뿐이었다.

천팔봉은 오태수한테 노름 밑천을 떼인 후로는 삶의 의욕을 잃어버리기라도 한 듯 매사에 건성이었다. 며칠 동안 오태수를 잡아 태질을 쳐서라도 떼인 돈을 받아내겠다고 제물포바닥을 두더지 땅 뒤집듯 하더니, 끝내 오태수를 찾지 못하고 떼인 돈 타령만 했다.

얼핏 듣기로 제물포 투전판에서 쫄딱 망한 오태수는 한성의 진고 개 어디선가 상엿도가에 숨어 있으면서 다시 밑천을 준비하고 있다 고도 하였다. 풍문으로 오태수 행방을 가늠한 천팔봉은 오래전부터 진고개로 그를 찾아가겠다고 노래처럼 되뇌고만 있었다.

"대불이 형님, 소문을 못 믿겠으면 직접 순영이를 찾아가서 담판 을 지시우 그려!"

천팔봉은 귀찮은 듯 말했다

"순영이를 찾아가라고?"

"그렇다니깐요. 순영이가 댕긴다는 여학교루 찾아가서, 하야시하 고 여차지차한 일이 있었는디 그것이 사실이냐 아니냐 하고 따져 물어보면 될 일 아니우. 형님이 가겠다면 나도 따라가주겠수."

"내가 뭣땜시 순영이를 찾아간당가?"

"나도 어차피 오태수를 만나서 떼인 돈을 받아야 할 게 아니우."

"진고개 상엿도가에 있다는 말은 믿을 만한 겐가?"

"거기서 봤다는 사람이 있쉐다."

"그렇지만……."

대불이는 확실하게 태도를 밝히지 않았다. 그런 일로 자기와 혼인 약속을 한 사이도 아닌 순영이를 찾아가서 진부를 가리고 싶지가 않 았다. 다른 일이라면 몰라도 하야시와의 소문을 따지기 위해 그녀를 찾아갈 수는 없는 일이었다. 또, 어쩌면 떠도는 소문이 사실일 수도 있지 않겠느냐는 생각이 들기도 하였다.

그날 저녁나절에 대불이는 세관청의 역관 임 주사한테서 곧 목포가 개항될 것이라는 말을 들었다. 목포가 개항된다는 이야기에 대불이의 마음이 조리질하듯 설레기 시작했다.

순영이가 제물포를 떠난 이유가 하야시 때문이었다는 것을 알게 된 대불이는 마치 자신이 여러 사람들 보는 앞에서 오줌바가지를 뒤집어쓴 것처럼 거무죽죽한 기분이 되었다. 비록 그가 순영이를 아내로 맞을 만큼 찐덥진 정분을 느끼지는 못했을망정 마음속으로는 오누이의 정 같은 것을 가지고 있었던 것이었다. 더욱이 응신청의 친구들은 장차 그가 순영이를 아내로 맞을 것이라 짐작하여온 터였고, 최근에 들어서는 권대길의 부부가 그를 마치 사위 대하듯 하면서 노골적으로 순영이와의 혼사를 꺼내곤 하였기에, 대불이 자신도 조금씩 마음이 움직이기 시작하고 있었던 것이었다.

그날 밤 대불이는 세관청 등짐일이 끝나자 권대길네 주막으로 저녁을 먹으러 가지 않고 세관청에서 갈대밭 쪽으로 내려갔다. 이상하게도 비렁뱅이 전 서방의 단소소리가 갑자기 듣고 싶어진 것이었다. 그는 갈대밭을 헤치고 외딴 건어물창고로 향했다. 하루의 마지막 햇살의 생명이 붉은 석훈으로 꽃피기 시작하는 서쪽 하늘이 그날따라 유난히 아름다워 보였다. 대불이는 잠시 걸음을 멈추고 서서 치자빛깔로 타오르는 하늘을 쳐다보고 있었다. 그는 석훈이 서쪽 바다 끝으로 사그라질 때까지 그렇게 서 있다가, 사위가 어둑어둑해져서야 건어창고 가까이 갔다.

창고 안에서 전 서방의 단소소리가 흐느끼며 새어나왔다. 그는 차마 단소 소리가 끊길까 싶어 낡은 판자문을 열고 안으로 들어가지는 못하고 오랫동안 밖에 서 있었다. 단소 소리가 어둠을 부르고 있는 듯하였다. 단소 소리가 멎은 것은 한참 후였다. 그제야 대불이는 조심스럽게 창고의 판자문을 열고 안으로 들어섰다. 고등어 기름불도 켜지 않은 창고 안은 땅속처럼 어두웠다. 그 어두운 창고 안에서는 여전히 고기 썩는 냄새가 진동했다.

"나요. 지난번에 왔던 웅신청 장 서방이오."

대불이는 오른손의 손바닥으로 코를 쥐어 막은 채 코맹맹이 소리로 말했다. 단소장이 전 서방한테서는 아무런 반응도 없었다.

"저녁 동냥도 안 나가고 뭐 허시오?"

대불이가 코에서 손을 떼며 다시 입을 열었다. 그제야 "차라리 굶어죽고 싶소" 하고 꺼져가는 듯한 목소리로 단소장이 전 서방이 겨우 대답을 했다. 대불이는 그의 기운 없는 목소리로 미루어 전 서방의 몸이 성하지가 않다는 것을 짐작할 수가 있었다. 그 같은 생각에 대불이는 부시를 쳐서 고등어기름에 꽂아놓은 심지에 불을 붙였다. 심지불이 호드득거리며 타오르자 창고 안이 희끄무레하게 밝아왔다. 전 서방은 창고 구석 짚자리 위에 단소를 쥔 채 반듯하게 누워 있었다. 그의 금지옥엽 같은 어린 상전의 모습은 보이지가 않았다. 얼굴에 병자의 기색이 완연했다. 양 볼이 움푹 들어가고 눈이 퀭하게 깊어졌으며 빛이 죽어 있었다.

"어디가 아픈 게요? 아니 언제부텀 아팠수?"

대불이가 전 서방의 머리맡에 앉으며 물었다. 그는 대답을 하지 않았다. 대불이는 전 서방의 이마를 짚어보았다. 신열은 없는 듯하였다.

"어찌된 거요?"

대불이가 물었으나 전 서방은 여전히 대답을 하지 않은 채 지그시 눈을 감아 버렸다. 그의 얼굴은 모든 것이 귀찮다는 듯한 표정이었다.

"참, 그 보추때기 없는 꼬맹이 상전은 어디 갔소?"

대불이가 다시 묻자 눈을 감고 서리 맞은 능구렁이처럼 느른하게 모로 누워 있던 전 서방이 불침을 맞기라도 한 듯 퍼뜩 일어나 앉으며 송곳같이 날카로운 눈으로 무섭게 쏘아보는 것이었다.

"보추때기 없는 뭐라고?"

전 서방이 갑자기 퍼르르 성깔을 돋우며 대드는 바람에 대불이는 너무 놀라고 이상하게 생각되어 아무 말도 못하고 겁에 질린 눈빛만을 번득일 뿐이었다.

"아니 왜 그러요? 왜 그렇게 성질을 내고 그러시오?"

대불이는 어처구니가 없다는 말투로 퉁겨댔다. 그러자 전 서방은 다시 나뭇짐을 부리듯 바그르르 짚자리 위로 허물어지고 말았다.

"우리 도련님은 이 세상 사람이 아니우."

다시 드러누운 전 서방이 눈을 감은 채 신음을 토해내듯 목소리를 쥐어짰다.

"그것이 무슨 말이오? 전 서방의 상전이 죽었단 말이오? 도대체 어찌된 겐지 말이나 좀 해보시오."

그제야 대불이는 전 서방이 기력을 잃어버린 이유를 헤아릴 수가 있을 것 같았다. 대불이가 전 서방에게 바투 다가앉아 자꾸 캐물어서야 그는 그의 어린 상전이 죽게 된 경위를 고통스럽게 털어놓았다. 그의 어린 상전이 죽은 것은 사흘 전의 일이었다. 낮에 점심 동냥을 해 가지고 와보니 어린 상전이 보이지 않았다. 선창거리며 화도고개, 그리고 새로 마을이 들어서고 있는 쇠뿔고개까지 샅샅이 뒤져보았으나 그의 어린 상전은 보이지 않았다. 그는 해질 무렵에야 바닷가에서 어린 상전의 시체를 발견했다.

"도련님께서 난데없이 용궁 이야기를 허드만요. 우리 도련님 말로는 바다 밑에 들어가면 필시 용왕님이 사시는 용궁이 있을 것이라는 것이었지요. 나는 도련님 말씀에 그럴 것이라고 맞장구를 쳐주면서 심청이 이야기를 해주었쉐다. 도련님은 집에 가고 싶다고 허십데다. 도련님은 집에 가시고 싶다고 우셨다우. 그래서 내가 단소를 불어주었더니 잠이 드셨다우. 그런데……."

전 서방은 말을 잇지 못하고 눈물을 훌쩍거렸다.

"나는 이제 돌아갈 수도 없게 되었쉐다. 도련님을 죽게 하고 어찌나 혼자만 돌아갈 수가 있겠수? 나는 칵 죽고 싶은 생각뿐이라우. 불쌍한 우리 도련님."

"전 서방의 도련님이 죽게 된 것은 다 팔자 탓이지 전 서방 잘못이 아니오. 팔자 도망은 못한다고 안합뎌? 그러니 이렇게 심화 끓일 것이 못되는구만이오. 이러지 말고 어서 기운을 채리씨요. 도련님 팔자는 도련님 팔자고 전 서방 팔자는 전 서방 팔자가 아니오?"

대불이는 전 서방을 살살 달래보았다.

"도련님을 죽게 허구 어찌 집에 돌아갈 수가 있겠수."

"집에 돌아가지 않으면 될 거 아니오."

"우리 처자식은 어찌 허구?"

"처자식을 생각해서래도 어서 기운을 채려야 허지 않겠소? 전 서방은 처자식이 보고 싶지도 않소? 처자식을 다시 만나보고 싶다면 어서 기운을 채리씨요."

"어찌 내 처자식을 만날 수가 있겠수? 집에 돌아갈 수가 없는데두."

"내가 전 서방의 처자식을 데려오겠소. 내 말 못 믿겠소? 처자식을 여기로 데려와서 같이 살면 될 것이 아니겠소. 자, 처자식을 생각해서라도 기운을 채리시요 잉."

그러면서 대불이는 서둘러 밖으로 나갔다. 그리고 잠시 후에 세관청 뒤쪽에 있는 조선인 주막에 가서 국밥 한 그릇을 사들고 돌아왔다.

대불이가 전 서방에게 국밥을 권했으나 눈을 감은 채 일어나 앉지도 않았다. 전 서방은 여전히 죽고 싶다는 말만을 되풀이하였다. 대불이는 그런 전 서방이 너무 딱하게 생각되어 여간 마음이 아프지 않은 것이었다. 그를 처음 만났을 때는 전 서방의 그 어린 상전을 정성스럽게 섬기는 마음에 울화가 치밀기까지 했었는데, 지금은 그의 딱한 처지에 동정심을 느끼지 않을 수가 없었다.

"처자식을 다시 보고 싶으면 이것을 묵으씨요. 묵고 기운을 채리고 식솔과 함께 살 궁리를 하씨요. 전 서방이 원하기만 한다면 우리 응신청에 가서 세관청 등짐꾼으로 나랑 일을 할 수 있게 도와주겠소."

대불이는 그렇게 말하고 창고에서 나와 버렸다. 그리고 선창거리를 한 바퀴 휘돌아 다시 가보았더니 전 서방은 대불이가 사다 준 국밥을 먹고 있었다.

"잘 생각했소. 내가 기어코 전 서방의 처자를 여그로 데려올 터이니 아무 걱정 마씨요. 오늘은 그만 푹 자고 내일부텀은 나랑 응신청으로 갑세다."

"참말로 내 식솔을 제물포로 데려올 수가 있겠수? 장 서방이 어떻게 그런 일을?"

전 서방이 숟갈을 놓으며 물었다. 그는 대불이의 말에 반신반의하는 듯한 눈치였다.

"그런 걱정은 마씨요."

대불이는 그날 밤 늦게까지 건어창고 안에서 단소장이 전 서방과 함께 있다가 응신청으로 돌아왔다. 그는 전 서방을 만나게 되어 다소 무겁게 가라앉는 기분이 풀리게 되었다. 그 자신이 한 사람을 구하게 되었다는 사실이 그의 기분을 밝게 해준 것이었다.

다음날 대불이는 전 서방을 데리고 응신청으로 가서 그의 친구들에게 소개를 시킨 후 일자리도 얻어주었다. 응신청 식구들은 전 서방의 단소가락 소리에 우선 마음이 끌린 듯하였다. 대불이는 전 서방의 단소소리를 들을 때마다 영산강의 바람소리가 생각났다. 그는 요즈막 고향생각이 간절하여 문득문득 깊은 생각에 잠기곤 하였다.

갑자기 목포로 내려가고 싶었다. 목포에 가면 옛날에 헤어진 친구들도 만나볼 수가 있을 터이고, 새끼내 소식도 들을 수가 있을 것이었다.

하야시가 세관청으로 옮겨온 뒤부터 대불이는 쫓기는 사람처럼 늘 초조해졌다.

대불이는 무엇보다도 하야시와 얼굴을 마주치기가 싫어서 되도록 그의 눈에 띄지 않게 하기 위해 몸을 조그맣게 웅크렸다. 따라서 마음도 졸아들었다.

그런데 얼마 후 하필이면 하야시가 세관청 창고 관리책임을 맡게 되었다.

창고 관리책임자라면 인부들을 부리는 자리인 것이다.

하야시는 시공서 순사를 그만두었으면서도 여전히 방망이를 옆구리에 차고 목을 뻣뻣하게 세운 채 두 어깨를 흔들며 쇠톱질 하는 목소리로 인부들을 부렸다.

하야시가 창고 관리책임자로 옮겨온 날, 대불이는 아무래도 세관청 인부 노릇을 그만두어야 할 때가 온 것 같은 생각이 들었다. 아무리 이쪽에서 그의 눈을 피해 열심히 일을 할지라도 하야시가 대불이를 가만 놓아둘 것 같지가 않았기 때문이다.

용케도 한 열흘 동안은 서로 마주치는 일이 없어 아무 탈도 생기지 않았다.

그러던 어느 날 아침이었다. 세관청 인부들은 아침부터 선창에 나가서, 일본에서 들어온 화륜선이 싣고 온 화물 중에서 세관청 창고에 보관해야 할 것들을 옮기고 있었다.

뭣이 들었는지 쇳덩이처럼 무거운 나무상자들을 허리가 휘도록 걸머지고, 선창에서 세관청 창고까지 옮기고 있는데, 하야시가 예의 그 삵의 웃음을 만면에 뒤발질하여 대불이의 앞을 막아섰다.

대불이는 그때 나무상자를 창고 안에 들여 넣고 나오면서 허리춤에서 무명수건을 꺼내 땀을 닦으며 선창으로 가고 있던 참이었다.

"여, 장대불이 아니므니까."

하야시는 두 팔을 허리에 짚고 빳빳하게 서서 대불이가 가까이 오기를 기다렸다가 입을 열었다. 대불이는 하야시 앞을 그냥 지나치려고 하였다. 그러자 하야시가 손으로 대불이의 가슴을 쿡 찌르며 가로막았다. 대불이는 고개를 들어 긴장된 얼굴로 하야시를 올려다보았다.

"참, 여기서 만나게 될 줄은 몰랐스므니다."

하야시가 대불이를 붙들어 세워놓고 고양이 쥐 놀리듯 하는 것을 본 인부들이 그 앞을 지날 때 흘금흘금 대불이의 얼굴을 훔쳐보았다.

"저, 지금 바쁩니다요. 짐을 날라야지요."

대불이는 되도록이면 침착하기 위해 목소리를 가라앉히며 말했다.

"아, 걱정이노 마씨요. 책임자는 나요."

하야시는 그러면서, 마치 솔개가 병아리를 채갈 때 하늘을 돌 듯, 대불이를 세워둔 채 팔을 옆구리에 짚고 천천히 돌았다. 대불이는 꼼짝 않고 서서 한산모시 구름 두어 가닥이 떠가는 하늘을 쳐다보고만 있었다.

"대불이, 순영이노 소식 알고 있으므니까?"

잠시 후 돌기를 멈춘 하야시가 정색을 하고 물었다.

"순영이노 소식이노 묻고 있지 않스므니까?"

갑자기 하야시가 언성을 높였다.

"그건 왜 묻는 게요?"

대불이가 퉁명스럽게 내쏘았다.

"아, 왜노 묻느냐고 했으므니까? 그것이야 순영이가 이 하야시의 여자기 때문이오."

하야시는 비아냥거리는 투로 대답하면서, 다시 대불이를 세워둔 채 돌기 시작했다.

"순영이가 하야시 당신 여자라고요?"

"그렇스므니다."

"당신은 일본사람입니다. 그리고 순영이는……."

"아, 그것은 상관이노 없소다. 그 여자는 이미 하야시의 여자가 되었으므니다. 내가 시공서를 그만둔 이유를 아시므니까? 내 말 못 믿겠으면 청요릿집 홍화루에 가서 물어보면 알 것이므니다. 헤헤, 고 여자 아주 좋았으므니다."

순간 대불이는 몸을 돌려 찍어 삼킬 듯한 눈으로 하야시를 쏘아보았다. 그러나 하야시는 대불이가 더 흥분하기를 기다리는 듯 부채질을 해댔다.

"고 여자, 이 세상 어디를 가더라도 이 하야시를 잊지 못할 것이므니다."

대불이는 세관청 인부 노릇을 그만두어야 할 시기가 눈앞에 다가왔음을 헤아렸다. 그리고 기왕에 그만둘 바에야 하야시를 그대로 놓아두지 않겠노라고 결심하였다. 그는 단숨에 하야시를 메어칠 듯한 무서운 눈으로 상대방을 노려보면서 이를 부드득 갈았다. 하야시는 그런 대불이의 모습이 가소롭다는 듯이 여전히 입언저리에 삵의 웃음을 가득 머금어 날리며 말을 계속했다.

"조선여자를 꺾는 법이 아주 간단하므니다."

그때 대불이의 오른손 주먹이 부르르 떨며 도끼처럼 무겁게 허공으로 치솟았다. 누구인가 뒤에서 대불이의 팔을 잡는 사람이 있었다. 울부짖듯 소리치며 돌아다보았더니 천팔봉이었다.

"형님 참으슈. 이렇게 해서는 큰일 납니다. 하야시는 형님이 이러기를 바라는 겝니다요. 오늘은 좋지가 않아요."

천팔봉이가 대불이의 귀에 대고 낮은 목소리로 말해주었다.

"하하하하……."

하야시가 허공에 대고 깔깔대며 웃었다. 대불이는 손을 내리고 하늘을 쳐다보았다.

(내 이 자식을 쥐여 없애고야 말리라.)

대불이는 하늘을 향해 결심을 했다.

"장대불이 화가 났으므니까? 뭣 때문에 화가 났으므니까? 그렇다면 내가 화를 풀게 해주겠으므니다."

그러면서 하야시는 대불이를 데리고 세관청 창고 쪽으로 갔다. 이미 인부들은 선창에서 화물들을 창고에 다 옮겨놓고 옷을 털고 있었다.

"창고 안에 있는 화물들을 모두 밖으로 꺼내씨요! 다른 사람들은 쉬고 장대불이 혼자서 하씨요!"

하야시는 방망이를 빼어 허공에 휘저으며 큰 목소리로 말했다. 대불이는 창고 앞에 서 있었다. 인부들이 대불이를 보고 있었다.

"빨리 하씨요!"

하야시가 방망이로 대불이의 아랫배를 가볍게 찌르며 말했다. 인부들이 숨을 죽였다. 대불이는 여전히 눈을 크게 뜨고 하늘만 쳐다보왔다.

"뭣을 꾸물거려!"

하야시의 벼락치는 듯한 다그침에 대불이는 손바닥에 침을 두어 번 뱉어 쓱쓱 비비며 창고 안으로 들어갔다.

대불이가 나무상자를 메고 창고에서 나가자 하야시가 수양버드나무 그늘 밑에 서서 웃는 얼굴로 바라보고 있었다.

세관청의 많은 등짐꾼들도 햇볕 속에 서서 대불이를 보고 있었다.

대불이는 나무상자를 창고 앞 풀밭에 내려놓고 힐끗 수양버드나무 그늘 밑의 하야시를 보았다. 하야시가 고개를 끄덕였다. 화물들을 그곳에 내다 놓으라는 것으로 알아들었다.

대불이는 다시 창고 안으로 들어가 나무상자를 메고 나왔다. 그는 쉬지 않고 개미처럼 부지런히 창고들 들락거리며 나무상자들을 메어 내왔다.

하야시는 수양버드나무 그늘 밑에 의자를 가져다 놓고 앉아서 대불이를 지켜보았고, 다른 세관청의 등짐꾼들은 그대로 햇볕 속에 서 있었다. 창고에서 혼자 끙끙대며 화물들을 들어내는 대불이보다, 햇볕 속에 꼼짝 않고 서 있는 세관청 등짐꾼들이 더 많은 땀을 흘렸다. 그들은 마치 대불이의 안타깝고 울화통 터지는 사역을 보다 못해 함께 짐을 나르지는 못할 형편이나 햇볕 속에 서서 땀이라도 흘려주려는 심산으로 그렇게 서 있었던 것이었다.

처음에 등짐꾼들 중에서 천팔봉이를 위시한 몇 사람이 하야시한테, 일껏 창고 속에 넣은 화물들을 왜 다시 꺼내놓아야만 하며, 다시 들어내야 한다면 그들도 함께 거들어주겠노라고 말을 했다가 호되게 욕을 얻어듣기만 했던 거였다.

등짐꾼들은 하야시가 개인감정 때문에 대불이를 못살게 구는 것이라는 것을 알아차렸다. 그런 등짐꾼들인지라 대불이를 동정하지 않을 수가 없었다.

대불이는 잠시도 허리를 펴지 않고 계속 나무상자들을 창고 안에서 메어 내왔다. 그는 지금 여기서 하야시한테 이기는 일은 지치지 않고, 그가 시키는 일이 무엇이든 거뜬하게 해치우는 것뿐이라는 것을 알고 있었다. 만일 그가 하야시가 시키는 일에 불만을 표시하고 맞선다든가 중도에 지쳐 일을 그만두게 된다면 하야시한테 지고 마는 것이라고 생각하고 있었다. 그러기에 대불이는 조금도 지쳐 보이지 않았다. 그는 분노의 울부짖음을 냉소로 바꾸었다.

대불이는 무거운 나무상자를 창고 앞 풀밭에 내려놓고는 수양버드나무 그늘에 앉아 있는 하야시와 햇볕 속에 서 있는 동료인부들을 향해 씩 웃어 보였다.

그는 나무상자를 하나씩 메어 날라다 풀밭에 내려놓을 때마다 그렇게 웃어 보였다. 그런 대불이를 본 동료인부들은 겁이 났다. 대불이가 필시 큰일을 저지를 것만 같았기 때문이었다. 나무상자를 메고 나와 풀밭에 내려놓으며 하야시를 바라다보며 씩 웃는 그 웃음 속에 칼날보다 더 섬뜩한 증오가 이글거리고 있음을 보았기 때문이었다.

어쩌면 하야시도 대불이의 웃음 속에서 그것을 발견했는지도 모를 일이다.

그러나 하야시는 수양버드나무 그늘 밑에 찌그러진 나무의자를 갖다 놓고 앉아서 한가하게 담배연기로 허공에 동그라미를 그리어 날리거나, 코딱지를 떼어내고 있었다.

해가 세관창고에서 바다 쪽으로 기울고 수양버드나무 그늘이 길쑴하게 늘어질 무렵 혼자서 일백 개가 넘는 나무상자들을 모두 창고 앞 풀밭에 내다 놓은 대불이는 허리를 펴고 그 자리에 빳빳하게 서서 하야시를 보았다. 대불이의 눈에는 여전히 증오에 불타는 쓴웃음이 가득 괴어 있었다.

"화물들을 다 들어냈소까?"

하야시가 나무그늘에 앉은 채 대불이를 향해 큰 소리로 물었다. 대불이는 한동안 대답을 하지 않고 서 있다가 "다 들어내 놓았소" 하고 당당하게 말했다.

"그렇다면, 다시 창고 안으로 옮겨놓으시오."

하야시는 아무렇지도 않게 여전히 담배연기로 동그라미를 만들어 허공에 날리며 말했다. 하야시의 말에, 햇빛 속에 서 있던 인부들이 술렁거렸다. 대불이는 그렇게 할 것이라는 것을 미리 알고 있었던 터이라, 조금도 놀라는 얼굴을 하지 않았다. 그는 되레 얼굴 가득히 미소를 머금어 보이기까지 하였다.

"자, 빨리 시키는 대로 하씨요."

하야시가 다시 다그치듯 말했다.

대불이는 풀밭 위에 내놓은 나무상자를 메고 다시 창고 안으로 들어갔다. 그는 화물들을 창고 안에서 메어 내놓을 때처럼 쉬지 않고 다시 꺼내놓은 것들을 창고 안으로 메어 날랐다.

햇볕 속에 서 있던 동료 인부들이 술렁거리다가 이내 조용해졌다. 아무도 하야시의 행동에 대해서 불만을 표시하지 못했다.

대불이는 여전히 비수보다 더 날카로운 증오의 쓴웃음을 부걱부걱 눈과 입 가장자리에 피워내며 나무상자들을 창고 안으로 날랐다. 등뼈가 휘는 것 같고 다리가 후들거렸지만 이빨을 응등물고 참았다.

대불이는 등뼈가 휠 듯 저릴 때마다 이마에 불도장이 찍힌 할아버지를 생각하였다. 벌겋게 단 불도장이 이마에 찍히는 순간의 아픔을 생각하며 참아냈다. 죽은 할아버지를 생각할 때마다 이상하게도 신비스러울 정도로 힘이 솟곤 하였다.

대불이가 절반쯤 나무상자를 다시 창고 안으로 옮겨놓았을 때 하야시의 모습이 보이지 않았다. 대불이가 나무상자를 메고 창고 안으로 들어가는 순간 하야시가 수양버드나무 밑에서 자리를 떠버린 것이었다. 수양버드나무 밑의 찌그러진 나무의자를 보며 대불이는 승리의 미소를 날렸다. 그는 어슬렁거리며 세관청 사무실로 들어가고 있는 하야시의 등을 쏘아보며 계속 웃고 있었다.

하야시가 아무 말 없이 세관청 사무실로 들어가 버리자 여태껏 햇볕 속에 꼼짝 않고 서 있던 동료인부들이 우르르 달려들어 나무상자를 걸머졌다. 몇 사람은 대불이의 팔을 잡고 부축하기도 하였다.

"그냥 두씨요. 이 일은 나 혼자서 해야 합니다. 여러분들이 도와준 것을 하야시가 알면 다시 나헌테 일을 시킬 것이오."

대불이가 동료들에 둘러싸여 큰 소리로 말했다.

"이건 말도 안 되오. 이럴 수는 없소."

동료인부들이 홍분을 했다.

"고맙소. 허지만 이 일은 내가 해야 합니다. 그냥 내버려두씨요. 나 혼자 이것을 창고 안으로 옮겨놓고 나서 하야시를 만나러 가겠소."

"우리 모두덜 세관청장헌테 가서 하야시가 한 일을 따집시다."

누구인가 다시 홍분을 참지 못하고 소리를 질렀다.

"안 되오. 이 일은 내 일이오. 제발 여러분들은 구경이나 허씨요."

대불이는 동료인부들한테 그렇게 말하고 남은 나무상자들을 다시 창고 안으로 옮겨놓는 일을 계속하였다. 인부들은 대불이가 부탁한 대로 구경만 하고 서 있었다.

창고 안으로 들어간 대불이는 나무상자를 쌓아놓은 화물 밑에 퍽신하게 앉았다. 그는 떨려오는 주먹을 가누지 못해 양회바닥을 힘껏 내리쳤다. 주먹에서 뿔긋뿔긋 피가 솟았다.

대불이는 잠시 고향의 가족들을 생각해보았다. 양 진사의 종노릇을 하면서 단 한마디의 불평도 배알지 않은 아버지와, 안방마님이 시집올 때 하님으로 따라와서 자신보다 안방마님의 몸을 위해 살아온 어머니, 노비의 세습제가 풀리기 전에 양 진사 댁에서 도망을 치다가 붙잡혀 마을 앞 늙은 팽나무에 묶여 있던 웅보 형의 얼굴이 하나하나 떠올랐다. 그리고 웅보 형한테 늘 이마의 불도장을 자랑하던, 금성산에 묻힌 할아버지의 모습도 떠올랐다.

어렸을 때 그는 그런 할아버지를 좋아하지 않았었다. 할아버지는 양 진사 댁에서 세 차례나 도망을 치려다가 붙잡혀 이마에 노자 불도장을 찍히게 되었다는데, 대불이는 할아버지 이마에 찍힌 불도장이 창피하게만 생각되었었다. 그때 웅보 형은 그렇지가 않았었다. 그의 형은 대불이와는 반대로 할아버지의 불도장을 좋아했었다. 그래서 언젠가 웅보 형도 자기도 후에 어른이 되면 양 진사 댁에서 도망을 치다가 붙잡혀 할아버지처럼 이마에 불도장을 찍히고 싶다고 말해, 아버지한테 회초리로 피가 나게 얻어맞은 적이 있었다. 그때 대불이는 웅보 형이 바보같이 생각되었었다.

할아버지 역시 그렇게 못나 보일 수가 없었다.

상전들이 시키는 대로 고분고분하기만 하면 배 두드려가며 잘 살 수 있는데, 무엇 때문에 엉뚱한 생각을 하고 도망을 치려고 하는 것인지 이해할 수가 없었다.

할아버지는 웅보 형을 더 사랑했고, 아버지는 대불이를 더 좋아했다. 어쩌면 대불이 생각에도 웅보 형은 할아버지를 닮은 것 같았고 자신은 아버지의 성격을 그대로 물려받은 듯싶었다.

대불이는 갑자기 이마에 불도장이 찍혔던 죽은 할아버지가 보고 싶어졌다.

지금 생각해보니 할아버지의 생각이 옳은 것 같았다. 그것을 깨닫게 된 것은 이미 오래전이었는지도 모른다.

영산포 조운창의 목대잡이 노릇을 하면서, 가난한 산동네 사람들의 모습을 눈여겨 지켜보고, 입벌이를 하려고 선창으로 몰려든 수많은 뜨내기 등짐꾼들이며 양반들의 짓누름 속에서도 자기 땅을 한 뼘이라도 장만하려고 버둥거리는 새끼내 사람들과 친해지기 시작하면서부터 할아버지와 웅보 형의 생각이 옳다는 것을 알게 되었던 것 같았다. 그리고 세곡선을 불지르고 세곡을 빼돌린 다음 엄청난 죄를 새끼내 사람들한테 덮어씌우려는 양 진사의 비리에 눈을 뜨고, 영산포 선창거리를 휩쓸던 건달패 방석코와 함께 의기가 투합되어 세곡선을 불지르고 새끼내 사람들을 구한 뒤에, 말바우 어미와 함께 장성 백암산의 기수선 동학문도에 들어가 경천애인(敬天愛人)해야 함을 알고부터 더욱 할아버지의 생각이 옳다고 느꼈었다. 또한 동학군으로 여러 곳에서 관군들과 싸우면서부터 두 발 벌리고도 사람인자 하나 못 그리는 불도장 찍힌 할아버지가 임금님보다 더 큰 사람으로 느껴지기까지 하였었다.

해를 두 개 겹쳐놓은 것처럼 길고 긴 여름의 하루 낮이 기울기 시작할 무렵에야 나무상자들을 창고 안으로 옮기기를 끝낸 대불이는 어둠이 깔리는 창고 앞 풀밭에 허물어지듯 주저앉고 말았다. 그제야 땀에 절인 육신이 진흙처럼 가라앉았다.

그때까지도 대불이를 지켜보고 서 있던 동료들이 다시 그를 에워쌌다. 그들은 저마다 하야시에게 욕을 한마디씩 튕겨댔고 대불이한테는 위로의 말을 해주었다. 저마다 대불이한테 위로의 술을 사겠노라고 하며, 그를 부추겨 일으키려고 하였다. 그러나 대불이는 다시는 일어나지 않을 듯이 비에 젖은 재처럼 풀섶 위에 녹아내리고 있었다.

주위가 완연히 어두워서야 그는 동료들에게 자기를 그냥 두고 돌아가 달라고 애원하듯 말했다. 그의 동료들이 하나 둘 무거운 얼굴로 돌아가고, 짝귀와 천팔봉, 전 서방 등 몇몇 사람만이 남았다. 대불이는 그들까지 돌려보내고 나서, 바다 속처럼 끈끈한 여름의 어둠이 세관청 창고를 덮을 때까지 풀밭에 혼자 앉아 있었다.

얼마 후에 대불이는 몸과 마음을 똑바로 가누고 세관청 사무실로 향했다.

불이 켜진 사무실 문을 열었으나 하야시는 보이지 않았다. 남아 있는 직원들한테 하야시의 행방을 물었더니, 해가 질 무렵에 사무실에서 나갔다고 하였다.

잠시 세관청 앞뜰에 앉아서 하야시가 돌아오기를 기다렸으나, 헛일이었다.

하야시가 기숙하고 있는 숙직방으로 가보았으나 불이 꺼져 있었다.

대불이는 아무 일도 없었던 것처럼 싸리재 권대길네 주막으로 가서 저녁을 먹고 응신청으로 돌아왔다.

낮에 세관청 창고에서 있었던 일을 천팔봉이한테 들어 알고 있는 응신청 식구들은 대불이의 모습을 보고 우르르 몰려나왔다.

"어디에 있다가 이제야 오슈? 날이 어두워져서 창고 앞에 가봤더니 안 보이던듸……."

천팔봉이가 걱정스러운 목소리로 물었다.

"저녁 묵고 오는 길이여."

대불이는 아무렇지도 않게 대답했다.

"대불이 자네 괜찮은겨?"

짝귀도 희미한 등불로 대불이의 모습을 되작거려 비춰보며 물었다.

"내가 왜 어째서요?"

"이 사람아, 얼매나 걱정을 했는지 아는가?"

김귀돌이가 대불이를 응신청 마루에 끌어 앉혔다.

응신청 식구들이 궁금한 듯 이것저것 물었지만 대불이는 몸이 노곤하다는 핑계로 방으로 들어가 큰대자로 벌렁 누워버렸다.

새끼내를 떠난 뒤로 친형제처럼 지내왔던 짝귀가 한사코 대불이 옆에 바짝 달라붙어서는 뇌꼴스럽고 견디기 힘든 일이 있어도 끝까지 참으라는 둥, 참고 기다리면 언젠가는 앙갚음할 날이 있을 것이라는 둥 철없는 동생 타이르듯 하였으나 대불이의 귀에는 아무 말도 들어오지 않았다.

잠이 든 척 누워 있던 대불이는 응신청 식구들이 코를 골기 시작하자 천천히 일어나 앉았다. 그는 밖으로 나와 털메기를 꿰고 응신청을 나섰다. 동편 하늘에 달빛이 희번하게 퍼지기 시작했다.

대불이는 서둘러 세관청으로 가고 있었다. 하야시가 기숙하고 있는 세관청 숙직방에 불이 환하게 켜져 있었다. 대불이는 성큼성큼 세관청 숙직방으로 다가갔다.

대불이는 세관청 숙직방 앞에 서서 큼큼 생기침을 토해냈다. 그러나 불이 켜 있는 방에서는 기척이 없었다. 하야시가 방안에 없을지도 모른다는 생각에 대불이는 불빛이 출렁이는 방문 앞으로 바짝 다가서며 귓바퀴를 팽팽히 열었다.

"하야시 상, 하야시 상 있습니까?"

대불이는 되도록이면 목소리를 차분하게 가라앉히며 하야시를 불러보았다.

"다레까(누구냐)?"

조용하기만 하던 숙직방 안에서 재떨이를 집어던지는 듯한 목소리가 튕겨 나왔다.

하야시의 목소리에서 술기운을 감지할 수가 있었다.

"하야시 상을 좀 만나러 왔습니다."

대불이가 목을 늘여 말을 하고 한참 동안이나 서 있자, 벌컥 방문이 열렸다.

하야시는 두 손을 깍지 끼어 뒤통수를 받친 채 벌렁 누워 있었다.

발이 문턱 가까이 뻗대어 있는 것으로 보아, 누운 채 방문을 걷어찬 듯싶었다. 그는 등배운동을 하듯 뒤통수에 깍지 낀 손을 풀지 않은 채 상반신만 일으켜 방문 밖 어둠속을 내다보았으나, 밤이 너무 어두워 대불이를 알아보지 못한 것 같았다.

"무슨 일인가?"

하야시는 등을 다시 방바닥에 붙이며 말했다. 대불이를 알아보지도 못한 그는 여전히 쉬어박는 목소리로 물었다.

"순영이가 하야시 상을 만나고 싶어 합니다."

대불이는 엉뚱한 말을 하고 있었다. 응신청에서 나올 때까지만 해도 대불이는 하야시를 만나는 대로 태질을 칠 것처럼 마음을 단단히 별렀었는데, 막상 하야시를 대하게 되자 뜻밖에 차분해졌다.

"순영이가?"

그제야 하야시는 벌떡 일어나 앉으며, 어둠속에 꼿꼿하게 서 있는 대불이를 위아래로 유심히 쓸어보는 것이었다. 그는 대불이를 알아보는 순간 흠칫 놀라는 눈치였다.

"대불이노 아닌가?"

술에 취한 하야시가 비척비척 일어서며 물었다. 그는 술에 취해 있긴 했지만 경계하는 눈으로 문밖의 대불이를 노려보았다.

"순영 씨 심부름을 왔습니다."

"순영이가 어디 있소까?"

"오늘 낮에 제물포에 돌아왔다고 합니다. 내일 새벽에 떠난다는데, 떠나기 전에 하야시 상을 꼭 만나고 싶어 합니다."

대불이는 더듬거리지 않고 거짓말을 하였다. 대불이의 말에 하야시는 아무래도 그 말을 믿을 수 없다는 듯 고개를 갸웃거리며 눈시울을 팽팽하게 잡아당겨 대불이를 무섭게 노려보았다.

"순영 씨가 지금 세관청 창고 앞 선창에서 기다리고 있습니다. 만나고 싶으면 그리로 가 보십시오."

대불이는 몸을 돌려세우려고 하였다.

세관청 사무실 쪽에서 개짖는 소리가 들렸기 때문이다.

"순영이가 나를 기다린다는 말 참말이오까?"

대불이가 돌아서려는데 의심쩍은 듯 물었다.

"가 보시면 압니다."

대불이는 그 말만 남기고 몸을 돌려세웠다. 숙직방 앞뜰을 가로질러 걸어가다가 큰 감나무 뒤에 몸을 바짝 붙이고 섰다. 감나무 뒤에 숨어서 숙직방 쪽을 살폈다.

잠시 후 대불이가 노렸던 대로 하야시가 옷을 갈아입고 방문을 나서는 모습이 희끄무레한 불빛 사이로 보였다.

하야시는 술 취한 걸음으로 비척거리면서 어둠이 진흙처럼 깔린 세관청 뜰을 가로질러 나갔다. 그는 주위를 두리번거리며, 시공서 순사로 있을 때 옆구리에 차고 다녔던 방망이를 오른손에 꽉 쥔 채 걷고 있었다.

대불이는 눈에 띄지 않게 하야시의 뒤를 밟았다. 하야시의 비척거리는 발걸음이 빨라졌다. 그는 세관청 울타리를 감고 돌아 곧장 선창 쪽으로 향했다. 세관청에서 선창까지는 담배 한 대참도 안 걸리는 가까운 거리였다. 밤이 깊어 세관청에서 선창으로 나가는 길에는 인적이 끊긴 채, 파도만이 몸살이 난 듯 요동치는 소리가 어둠을 쥐흔들었다.

세관청 앞에 이른 하야시는 방망이를 쥐고 선창으로 다가가고 있었다.

세관청 창고에서 선창으로 가면서 하야시는 자주 뒤를 돌아보았다. 하야시가 뒤를 돌아볼 때마다 대불이는 땅바닥에 납작하게 엎드리곤 하였다.

선창에 이른 하야시는 두 다리에 힘을 주어 뻣뻣하게 서서는 어둠 속을 여기저기 쑤석여 보았다. 순영이의 이름을 불러보기도 하였다. 큰 소리로 순영이의 이름을 불러보았으나 대답이 없자, 하야시는 그제야 대불이한테 속았음을 헤아렸음인지 화가 나서 방망이로 어둠을 휘저으며 서둘러 발길을 돌렸다.

하야시가 선창에서 돌아서서 세관청 창고 쪽으로 몸을 움직이자, 돌무더기 뒤에 엎드려 하야시의 거동을 살피고 있던 대불이가 우르르 달려들었다.

대불이가 어둠속에서 총알처럼 달려들자, 하야시는 엉겁결에 소리를 내지르며 방망이를 휘둘렀다.

어둠이 너무 짙어 그를 향해 달려들고 있는 사람의 얼굴을 분별할 수는 없었지만 육감으로 대불이라는 것을 알아차린 것이었다.

대불이는 하야시가 휘젓는 방망이를 피할 생각도 없이 설맞은 산돼지처럼 우르르 달려들어 두 팔로 그의 상반신을 감아버렸다.

그리고 그를 불끈 들어서 돌보다 더 단단한 양회를 칠한 바닥에 힘껏 메어쳤다. 털퍽 떡치는 소리와 함께 양횟가루 바닥에 나자빠진 하야시가 비칠비칠 다시 일어나려고 하자 이번에는 대불이의 발길이 그의 옆구리를 걷어차 버렸다.

하야시는 헉 숨이 끊어지는 소리를 내며 납작하게 배를 깔고 허물어지고 말았다.

대불이는 여유를 주지 않고 하야시의 멱살을 댕댕하게 움켜쥐고 바다 쪽으로 갔다. 힘이 빠져 발을 내딛지 못하는 하야시는 질질 끌리다시피 하였다.

"유루시데 구다사이(잘못했습니다). 다스께데 구다사이(살려주십시오)."

질질 끌려오면서 하야시가 숨넘어가는 소리로 애원을 하였다. 그러나 대불이는 한마디 대꾸도 하지 않고 파도가 철썩이는 바닷가로 내려갔다. 대불이는 파도가 철썩이는 소리가 마치, 화가 치밀어 이를 부득부득 갈고 있는 것처럼 들렸다. 바다도 대불이의 마음처럼 분노에 떨며 이를 갈고 있는 것이라고 생각했다.

"대불이 상, 제발 나를 살려주십시오."

멱살이 잡힌 채 바닷가로 끌려오면서 하야시가 죽어가는 목소리로 계속 애원을 하였다.

바닷가에 이르자, 대불이는 미리 준비해 온 가늘고 질긴 삼노끈으로 하야시의 두 팔을 뒤로 하여 손목을 단단히 묶었다. 대불이는 하야시가 살려달라고 애원을 할 때마다 주먹으로 하야시의 등덜미를 후려쳤다.

대불이는 하야시를 거룻배가 매어 있는 곳까지 끌고 갔다.

"너 같은 놈은 칵 죽여베리고 싶지만, 살인이 싫어서 살려둔다. 그렇지만 이 땅은 네가 있을 곳이 아니니, 이 쪽배를 타고 네 나라로 가그라."

대불이는 그렇게 말하면서 하야시를 거룻배 안으로 떠밀었다. 그러자 하야시가 바닷물이 찰랑거리는 모래톱에 털썩 무릎을 꿇고 앉더니 엉엉 소리를 내며 울었다. 하야시는 소리를 내어 울면서 살려달라고 하였다.

대불이는 하야시의 울음소리가 듣기 싫어 그의 옷을 부욱 찢어 아가리 속에 쑤셔 넣었다. 그제야 하야시의 울음이 어둠을 흔들지 못했다.

하야시가 결사적으로 두 발을 버둥거리며 거룻배에 오르려 하지 않자 대불이는 발로 하야시의 엉덩이를 걷어차 버렸다. 그리고 거룻배 이물에 가슴을 부딪치며 푹 꼬꾸라진 하야시의 두 다리를 손으로 걷어 배 안으로 밀어 넣었다.

거룻배의 바닥에 개구리처럼 하늘을 향해 나자빠진 하야시는 계속 끙끙거리며 두 발을 버둥거렸다. 대불이는 노를 바다에 던져버리고 거룻배를 바다 안으로 떠밀어 넣었다.

하야시가 기를 쓰고 배에서 뛰어내리려고 하였지만 바다 물결은 거칠게 그를 자빠뜨렸다. 거룻배는 우쭐우쭐 바다 깊숙이 말려들어갔으며 거칠어진 파도가 자꾸만 안으로 끌어당기는 듯싶었다.

대불이는 하야시를 실은 거룻배가 파도에 밀려 바다 깊숙이 흘러들어가는 것을 보고서야 선창에서 발길을 돌렸다.

그는 그길로 응신청으로 돌아와 미리 싸놓은 봇짐을 챙긴 다음 세상모르게 자고 있는 짝귀를 깨워 밖으로 나왔다.

짝귀는 아닌 밤중에 대불이가 봇짐을 싸들고 나서는 행색을 보고 깜짝 놀랐다.

"이 사람아, 이 밤중에 봇짐을 싸들고 어딜 가려구 이래?"

짝귀가 큰 소리로 놀라며 묻자, 대불이는 왼손으로 짝귀의 입을 막고 오른손으로 허리춤을 잡아끌며 응신청 밖으로 나왔다.

"응신청 식구들 깨겠수."

대불이는 응신청을 나와서야 담벼락에 붙어서며 짝귀의 입에서 손을 뗐다.

"자네 왜 이러는가?"

묻는 짝귀 목소리는 잠에서 완전히 깨어나 있었다.

"형님, 나 제물포를 떠야겠수."

"뜬금없이 무신 소려?"

"하야시 놈을……."

"하야시를 어쨌단 말인가? 그를 죽이기라도 했단 말인가?"

"죽게 될지도 모르겠구만요."

"어허 이 사람이?"

"그동안 많이 참았구만요."

"어쩔려구 그런 짓을!"

"긴 이야기 할 여유가 없네요. 당장 제물포바닥을 뜨는 도리 밖에요."

"어디루 가겠다는 겐가?"

"한성으로 갈 작정이라우."

"여기서 쫌만 기다리소."

"기다리다니요?"

"자네가 제물포바닥을 뜬다는디, 나 혼자 여기 붙어 있으란 말여?"

"그렇다면 짝귀 형님두?"

"좌우당간 기다려!"

짝귀는 다짐하듯 말하고 부리나케 응신청 안으로 뛰어 들어갔다. 대불이는 짝귀의 말대로 응신청 담벼락에 몸을 바짝 붙이고 서서 별이 촘촘히 돋는 하늘을 올려다보았다.

봇짐을 싸들고 응신청 담벼락에 붙어 서서 하늘의 별을 쳐다보는 대불이는 구접스럽게도 마음이 촉촉이 녹아내리는 듯싶었다. 새끼내를 떠나온 이후 사 년여 동안 한 곳에 진득하게 자리를 잡지 못하고 쫓겨다니고만 있으니, 고달픈 자신의 신세가 미워지기까지 하였다.

개명바람이 몰아치는 제물포바닥에 들어와서 천팔봉이며 김귀돌, 오태수 같은 친구들도 만나게 되었고, 순영이도 알게 되어 이만하면

정을 붙이고 고향에 돌아가기 전까지는 마음 푹 놓고 살 수 있으려니 했던 것이, 또 쪽박 깨지듯 꿈이 무너지고 말았으니 마음이 천금처럼 무거워졌다.

이 길로 고향 새끼내로 내려갈 수만 있다면 얼마나 좋으랴 하는 생각이 뿌질뿌질 고개를 들었다. 새끼내는 못 간다 하더라도, 목포가 개항 된다고 하니 차라리 목포로 내려가고 싶은 생각이 들기도 하였다. 목포로 내려간다면 영산포에서 헤어진 방석코 형과도 다시 만날 수 있을지도 모르는 일이 아닌가.

"팔봉이허고 귀돌이가 우리 두 사람이 말 한마디 없이 야행을 친 것을 알면 섭섭할 건듸……."

짝귀가 보퉁이를 들고 응신청에서 나오며 혼잣말처럼 중얼거렸다. 대불이는 짝귀의 그런 말을 못 들은 척 서둘러 응신청 고샅을 꿰고 나갔다.

대불이와 짝귀는 응신청을 나와서 곧장 쇠뿔고개 쪽으로 갔다.

짝귀가 한사코 그의 이모 집이 있는 싸리재에 들렀다 가자는 것을 대불이가 기를 쓰고 막았다.

"나 먼첨 갈 테니 형님은 만날 사람 만나고 싸묵싸묵 오시오 그려!"

짝귀가 한사코 싸리재에 들렀다 가자고 하자 대불이는 퉁명스럽게 쏘아붙이며 발걸음을 빨리했다.

짝귀는 하는 수 없이 마음을 고쳐먹고 대불이를 따라나섰다. 그는 대불이와 헤어지기가 싫었던 것이다.

"팔봉이랑 귀돌이랑…… 함께 떠났으면 좋을 것인듸……."

대불이를 따라나서면서도 짝귀는 응신청에 남은 친구들 생각에 자꾸만 뒤를 돌아다보았다.

"그러니께 형님은 응신청에 그냥 남아 있으랑께는……."

대불이는 말끝마다 신경을 곤두세우곤 하였다. 그러나 짝귀는 그런 대불이에 대해서 털끝만큼도 서운한 마음을 품지 않았다. 되레 마음속으로 대불이를 걱정하고 있었다. 아닌 밤중에 갑작스럽게 제물포를 떠나겠다고 하는 데에는 필시 그만한 이유가 있을 것이라 믿었다. 대불이가 서두르는 것을 보아 하야시를 죽였거나 아니면 대불이 말마따나 죽도록 두들겨 패주었을지도 모를 일이 아닌가. 그렇다면 대불이는 제물포바닥에서 숨을 쉴 수가 없지 않겠는가 싶었다.

"한성으로 가서 어쩔 셈인가?"

한동안 말없이 대불이 뒤를 따라오던 짝귀가 뚜벅 물었다.

"순영이버텀 만나봐야겠구만요."

"자네 순영이를 별로 좋아허지 안험시로?"

"생각이 바뀌었구만요."

"생각이 바뀌었어?"

"하야시가 내 생각을 바뀌게 했구먼요."

대불이는 짝귀에게 알 수 없는 말을 하였다.

5

일찌거니 서둘러 점심을 먹은 장안 사람들이 종로 네거리로 꾸역꾸역 몰려들었다. 그들의 상기된 얼굴에 초조한 빛이 역력했다.

가을 하늘이 맑게 개었고 바람은 적당하게 불었다. 사람들의 발걸음이 빨라졌다.

온통 장안이 술렁거렸다. 무슨 일이 터질 것만 같았다. 팽팽한 긴장감이 감돌았다.

1898년 10월 29일 하오. 종로 네거리에서 만민공동회가 열린다고 하였다. 지난 3월에도 같은 장소에서 만민공동회가 열렸었는데 일곱 달 만에 다시 군중들이 한자리에 모이게 된 것이었다.

여기에는 의정부참정 박정양(朴定陽)을 비롯하여 정부의 각부 대신과 유생들, 독립협회 회원들 외에도 학생, 노동자, 부녀자, 걸인들까지도 청중으로 자리를 같이하였다.

지난 3월에 열린 만민공동회에서는 현덕호(玄德鎬) 등이 러시아인 알렉셰프를 탁지부 고문 자리에서 추방하고 러시아인의 군대 조련을 폐지하라고 주장하여 군중들의 갈채를 받았었다. 이 결과로 정부 측에서는 이를 받아들이고 러시아 공사관에 이 내용을 알렸으며, 러시아 측에서는 한국의 민론이 그렇다면 재정고문과 교련사관을 모두 돌려보내라고 응했다. 이에 일본공사가 절영도(絶影島)의 매고지(煤庫址)를 반환했고, 러시아 공사도 절영도 탄고(炭庫)의 조차권과 재정 및 병권(兵權)을 한국정부에 복귀시켰다. 이에 독립협회의 총대위원 윤치호(尹致昊)와 정교(鄭喬), 김정현(金鼎鉉) 등은 정부에 축하의 글을 보내기까지 하였었다.

2년 전인 1896년 2월 11일 새벽에 감행된 아관파천(俄館播遷) 이후, 11월에는 14명의 러시아 군인이 한국군 군사교련을 담당한다는 명분으로 왔고, 고종이 환궁한 뒤에는 궁궐수호의 임무까지도 담당하기에 이르렀다. 이렇게 되자 군사지휘권은 은연중 러시아의 수중에 들어가고 말았었다.

또한 1897년 10월 4일에는 러시아인 알렉셰프가 입경하여, 영국인 브라운의 후임으로 탁지부 고문이 되었다. 알렉셰프가 부임하자 한국의 재정권은 러시아의 감독을 받게 되었으니 군사지휘권에 재정권마저 잃게 된 셈이다. 그러자 독립협회가 러시아의 침략정책을 독립신문을 통해 신랄하게 규탄하였다.

결국 고용되었던 러시아인들은 다음해 4월 12일자로 본국에 소환되었으니 독립협회는 민중의 힘을 업어 최초로 거사에 승리를 한 것이다. 그러나 외국인 고용을 해고한다는 방침에 따라서 당시 미국시민권을 가지고 있었던 서재필(徐載弼)도 중추원 고문에서 해직되고 친로파의 책동으로 미국에 돌아가고 말았다.

만민공동회가 첫 번째 승리를 거두게 되자 민중들은 독립협회야말로 나라를 구할 수 있게 될 것이라고 믿었다. 그러기에 이번에 다시 열리는 관민공동회에 호응하는 민중들의 열의와 흥분은 열화와도 같았다.

앞으로 외국인을 고용하지 않겠다는 방침을 천명한 지 반년도 못

된 9월, 정부에서는 다시 법부 고문관인 미국인 그레이트하우스로 하여금 장봉환(張鳳煥)과 함께 상해에 건너가 그곳에 체류하는 외국인 무뢰한 30명을 황실호보병이라는 명목으로 고용하도록 하였다.

법부 고문 그레이트하우스가 상해에 가서 데리고 온 외국인 무뢰한 30명은 미국·영국인이 각 9명이고, 독일·불란서인이 각 5명, 러시아인이 2명이었다. 이들은 표면상으로는 황실보호병이라는 구실로 들어왔지만 기실은 친로파들이 독립협회로부터 규탄 받은 것에 앙심을 품고 장차 독립협회를 분쇄할 목적으로 끌어들인 순전한 직업폭력단인 것이었다.

친로파 김홍륙(金鴻陸), 김중환(金重煥), 이충구(李忠求) 등은 1898년 3월 1일 러시아의 입김을 받아 새문안에 한로은행을 개설, 국고금 출납을 관장함으로써 실질적인 한국의 재정권을 러시아에 넘겨주려는 음모를 꾸미고 있었다. 이들 친로파에서 비밀리에 탁지부 보유 은을 한로은행에 이치(移置)시키려고 하자, 이 계획을 탐지한 독립협회에서 들고 일어났으며 결국 한로은행이 폐쇄되고 말았다. 이에 앙심을 품은 김홍륙이 외국의 폭력배까지 끌어들이게 된 것이었다.

독립협회에서 그것을 모르고 있을 리가 없었다. 독립협회는 즉각 외국고용병 철퇴를 주장하고 나섰다. 그 이유로는 정부와 순검과 병정과 국민이 있는 자주독립국가의 황실을 외국인이 보호한다는 것은 궁내부, 시위대, 친위대 및 전 국민의 수치라는 것이었다.

독립협회는 특별회의를 열고 정식으로 대신들에게 항의하였던 바, 수긍할 만한 반응이 없자 외부청사의 문전에서 시위를 벌였다. 정부는 할 수 없이 독립협회의 요구를 수락하기로 하고 그레이트하우스에게 1년분 봉급과 여비를 지급해주어 12일 만에 30명의 고용병을 돌려보내고 말았다. 그러나 아관파천을 전후하여 러시아를 위시한 여러 나라들의 한반도에서의 이권쟁탈전은 잠시도 쉼 없이 치열해지기만 하였다.

한로은행을 폐쇄시키고, 고용병을 돌려보내는 데 성공한 독립협회는 다른 한편 채광권과 철도부설권 등 국내의 이권이 어느 규모로 외국인들에 의해 장악되었는지를 조사하고 있었다.

독립협회는 국가의 모든 이권이 외국인에 넘어가면 결국 독립권을 상실하게 될 것이라고 주장, 금, 은, 동, 철 등 각 광은 우리나라의 토지이니 우리나라 백성이 개척하여야 한다고 하였다.

그러나 독립협회의 이권수호를 위한 투쟁은 협회 지도층의 우유부단한 태도로 유산되어버리고 말았다. 남궁억(南宮檍)은 이 문제를 토의하는 것까지 반대하였고, 회장 윤치호는 독립협회를 지원해주고 있는 미국, 영국, 독일, 일본 등의 지지를 잃게 될 것을 걱정하여 소극적인 태도를 보였던 것이다.

대불이와 짝귀는 거리에 뿌려진 관민공동회의 초청장을 보고 마음이 동했다.

삼가 아룁니다. 이제 국세가 위태롭고 강한 이웃나라들은 틈을 엿보며 정치기강이 서지 않아 민심은 들끓으니, 본회는 충군 애국하는 뜻으로써 글을 계속 올리고 농성투쟁을 벌이어 이미 성상의 비답(批

쯀)을 입었으니, 무릇 신민 된 도리로서 백성이 병들었을 때 구하려고 할진대 반드시 그것을 의로써 베풀어야 할 것입니다. 이에 따라 시폐(時弊)와 백성의 병들음을 스스로 마땅히 조리 있게 펴도 관민이 서로 믿지 않을 경우 어그러지기 쉽고 이루기 어려우니, 그러므로 합석하여 의론하려 하니 바라건대 사정을 잘 살피시고 내일 하오 한 시에 종로 개회소를 방문해주시기 바랍니다.

대불이와 짝귀는 서둘러 점심을 먹고 종로 네거리로 향했다. 연설회가 시작되기도 전에 광장에는 수많은 군중들이 몰려와 있었다.

"기왕이면 앞에 앉아서 연설을 들읍시다."

대불이는 짝귀의 팔을 잡아끌며 군중들을 헤치고 연단 앞으로 나갔다.

연단 좌우에 나무의자들이 놓여 있었고, 그 의자에 정부의 고관들과 독립협회 간부들이 앉았다.

대불이는 특히 백정 대표로 나온 박성춘(朴成春)을 관심 있게 지켜보았다.

"짝귀 형님, 오늘 박성춘이라는 피쟁이가 연설을 한담서요?"

"글쎄, 그 사람은 재설군(宰設軍, 白丁) 대표로 나왔다누먼."

"피쟁이 대표가 이런 자리에서 연설을 다 하다니, 이제야 세상이 바로 되려나 봅니다."

"클씨 말일세. 두고 봐야 알겠지만 으째 마음이 날 받아놓은 섣달 큰애기모양 뒤숭숭허구만."

곧 연설이 시작되었다. 대불이와 짝귀는 땅바닥에 퍼질러 앉아서 귀를 기울였다.

윤치호에 이어 박정양, 박성춘의 순으로 열변이 계속되었으며, 그때마다 군중들의 박수가 우레처럼 터졌다.

"여러분, 우리 독립협회는 지난번 황궁수비의 명분으로 데려온 외국인 순검대를 해고시키는 데 성공했습니다. 앞으로도 우리나라와 우리 국민을 해치는 자가 있으면, 우리는 국민의 이름으로 이들을 용서하지 않을 것입니다. 우리나라는 엄연한 자주독립국가이기에 우리나라 일은 우리 국민들 힘으로 해결해야 할 것입니다."

대불이와 짝귀도 손바닥이 터져라 하고 박수를 쳤다. 여기저기서 옳소 하는 소리가 터지기도 하였다. 대불이는 마음이 울렁거렸다. 처음 총을 잡았을 때의 기분과 같았다.

"우리에게도 언권을 주시오."

연설이 끝나자 청중 속에서 누구인가 손을 들고 말했다.

"나랏일에 외국인이 감 놓아라 배 놓아라 하는 동안 대신들은 무엇을 하였단 말이오. 크게 각성하시오."

언권을 달라고 한 사내가 일어서서 우렁우렁한 목소리로 말하자 청중이 잠시 술렁거렸다. 여기저기서 옳소를 연발했다. 대불이와 짝귀도 따라서 옳소를 외쳤다.

세상이 그렇듯 달라졌다. 여태껏 나라꼴 되어가는 것을 보고 입 한 번 뻥긋 못하고 한숨만 폭폭 삼키던 백성들이었는데 이렇듯 큰소리로 수많은 군중들 앞에서 의견을 펼 수가 있으니 예전엔 감히 생각도 못했던 일이 아닌가.

이날 만민공동회에서는 12개 의안이 제안된 가운데, 먼저 6개조를 상주하고 나머지는 뒤로 미루기로 하였다.

헌의(獻議) 6조라 하는 국정개선에 관한 내용의 결의안이 만장일치로 통과되었으며, 참가한 정부 측 대신들은 원안에 가(可)자를 쓰고 서명까지 하였다.

1. 외국인에게 의부(依附)하지 말고 관민이 동심 협력하여 전제황권(專制皇權)을 공고히 할 것.

2 광산, 철도, 매탄(煤炭), 삼림, 차관(借款), 차병(借兵) 및 정부와 외국과의 조약하는 일들은 각부 대신들과 중추원의장이 합동하여 서명, 날인하지 않으면 시행하지 못할 것.

3. 국가재정은 어떤 세(稅)를 막론하고 모두 탁지부에서 총괄케 하고 다른 부나 군, 혹은 사사로운 회사에서는 간섭을 못하게 하며, 국가의 예산과 결산도 국민에게 공개할 것.

4. 지금부터는 모든 중범자는 특별히 공개하여 공판하되, 피고가 피의사실을 자복한 후에 형벌을 시행할 것.

5. 칙임관은 대황제폐하께서 정부에 자문하여 과반수의 동의를 얻어 임명할 것.

6. 장정(章程, 중추원 개정안)을 실천할 것.

정부에서는 이와 같은 개혁안을 황제에게 품의하여, 이튿날 반포하기로 약속까지 했다.

고종은 헌의 6조를 선뜻 받아들이고 여기에 조칙(詔勅) 5조까지 더하여 반포케 하였다.

1. 간관(諫官)을 폐지한 후 언로가 막히고 상하에 권면 격려하는 뜻이 없으므로 속히 중추원 장정을 제정하여 실시할 것.

2. 각항 규칙은 이미 한 번 정한 것이 있는데, 각 회와 신문도 예외가 있을 수 없으니, 회규는 의정부와 중추원이 시의(時宜)를 참작하여 제정하고 신문 조례는 내부와 농상공부가 각국의 예를 따라 제정, 시행할 것.

3. 관찰사 이하의 지방관 및 지방대장관은 현임, 전임을 막론하고 공금을 횡령한 자는 장률(贓律)로 다스리고 민재(民財)를 탈취한 자는 주인에게 돌려주고 법률에 따라 다스릴 것.

4. 어사(御史), 시찰원(視察員) 등으로 폐를 많이 저지른 자는 본토 인민이 내부와 법부에 호소할 수 있게 하여 사찰, 징치할 것.

5. 상공학교를 설립하여 민업을 장려할 것.

그날 열린 관민공동회는 성공을 거둔 셈이다.

군중들 틈에 끼어 회의를 지켜본 대불이와 짝귀는 오랜만에 기분이 좋았다. 이렇게만 된다면 나라가 제대로 잘 되어나갈 것만 같았다. 맺힌 마음이 툭 트여왔다.

회의가 끝나자 대불이는 연단 뒤로 나가 백정 대표로 연설까지 한 박성춘을 만나보았다.

"나는 제물포 세관청에서 오랫동안 등짐꾼 일을 해온 장대불이라는 사람이올습니다. 연설이 참말로 씨언씨언했구만요."

대불이는 박성춘을 만나 숨김없이 자신의 신분부터 밝히고 나서, 제물포 세관청이 어찌하여 외국인들에 의해, 그것도 일본사람들에 의해서 위탁 운영되고 있는지 따져 물었다. 그러자 솔직해 보이는 박성춘은 자기는 전혀 모르는 일이라면서 다음번에 열리는 민회에서 정부 측에 따져보자고 하였다.

"형씨가 직접 언권을 얻어서 따지시오. 이제 언로가 활짝 열렸으니 잘될 겝니다. 하고 싶은 말이 있으면 언권을 얻어서 말하시오."

그러면서 박성춘은 대불이의 등을 치며 격려를 해주었다.

대불이는 박성춘의 말대로 다음 민회에서는 언권을 얻어 제물포 세관이 외국인들 손에 의해 위탁 운영되고 있는 경위를 따질 작정을 하였다. 박성춘의 말대로 언로가 트여 있는 세상이라 그 일을 따지면 시정이 될 듯싶기도 하였다.

대불이는 다음번 민회가 하루라도 빨리 열리기를 기대하며 군중들과 함께 발길을 돌렸다. 대불이와 짝귀는 진고개 쪽으로 향했다.

그들이 종로통을 지나갈 때, 거리의 여기저기에 평량자(平涼子)라는 흰 갓을 쓰고 물미장(勿尾杖)이라는 방망이를 든 보부상들이 떼를 지어 다니는 것을 보았다. 하나 둘이 아니고, 여남은 명 혹은 스무 남은 명씩 떼를 지어 거리를 활보하는 보부상 패거리들을 보자 대불이의 머리에 불길한 예감이 가득차기 시작했다.

"짝귀 형님, 보부상들이 왜 이리 득실거릴까요?"

"글쎄, 무슨 일인지 모르겠구먼!"

"얼추 봐도 수백 명이 넘을 것 같은디요."

"설마 무슨 일이 있을라고?"

"심상치가 않구만요. 어쩐지 마음이 오싹해진당께요."

얼마 전에도 수백 명이나 되는 보부상 패거리들이 물미장을 휘두르며 정동에 있는 독립협회 본부를 습격한 일이 있었다. 이들은 창문과 기물들을 닥치는 대로 부수고 난동을 부렸다.

보부상 패거리들은 황국협회(皇國協會)에서 조종을 하였다. 기실 만민공동회가 열리기 시작한 직후부터 황국협회에서는 보부상들을 앞세워 독립협회를 타도하기 위한 음모를 꾸미고 있었던 것이었다.

사사건건 독립협회로부터 규탄을 당하고 시정요구를 받아오던 정부의 보수 세력은 독립협회의 힘이 더 커지기 전에 어떻게 해서든지 이를 분쇄하려고 애를 써왔다. 이들 수구파들은 어용 민간단체 황국협회를 만들어 독립협회와 대항시키려 하였던 것이다.

정부 측 후원자로는 독립협회의 규탄을 받고 물러난 조병식을 위시해서 한규설, 민종묵, 유기환, 민영기, 심상훈 등 수구파 대신들이었고, 이기동이 회장이 되고 김옥균을 암살한 홍종우, 길영수, 고영근이 창립의 중추를 이루었다.

황국협회는 보부상의 조직을 끌어들였으며 전국의 보부상들을 한성으로 집결케 하였다. 보부상 패거리들을 내세워 독립협회를 지지하는 군중들을 막아보자는 속셈이었다.

그 무렵 독립문 벽에 이상한 벽보가 나붙었다.

…… 대중의 마음이 귀일하고 백성과 하늘이 함께 응하사, 만민이 공동하여 대신들과 함께 회의할 때 권력을 오로지하여 대통령을 세우니, 대통령은 귀신과 사람이 함께 기약한 일이로다. ……정부 또한 이에 굴복하니 백성들도 이에 따르도다. 민심이 천심이니 윤씨의 홍복(鴻福)이로다. 대소의 백성이 힘을 모아 깨달아 개명 진보함을 축수함.

이와 같은 벽보의 내용은 윤치호가 대통령이 되고, 왕조가 멸망하리라는 것이었다. 이 소문은 순식간에 장안에 퍼졌다.

독립문의 벽보사건으로 관민공동회에 참석했던 대신들은 모두 문책 사임당하고, 수구파의 조병식, 민종묵, 민영기 들이 새 내각을 조직하였다.

조병식 등은 공화정치 실시라는 죄목을 씌워 황제에게 무고하고 독립협회의 간부들 검거에 나섰다.

이상재, 정교, 남궁억, 이건호, 방한덕, 김두현, 윤하영, 염중모, 유맹, 김구현, 현제창, 한치유, 정항모, 홍정후 등 14명이 체포되었고, 유학주는 사무실에서 연행 당했으며 조한우, 변하진 등은 자진 출두하였다.

독립협회의 간부들이 체포되었다는 소문을 들은 대불이와 짝귀는 그길로 정동에 있는 독립협회 사무실로 향했다.

그동안 대불이와 짝귀는 진고개 상엿도가에서 상두꾼 노릇을 하며 어칠비칠 세월을 죽이고 있었다. 제물포에서 야행을 친 뒤로, 소문으로만 듣던 진고개 상엿도가로 오태수를 찾아갔다가 오태수가 같이 있자고 하는 바람에 그냥 눌러앉게 된 거였다.

오태수는 어떻게 해서라도 천팔봉이한테서 울거낸 투전밑천을 모아서 제물포 응신청으로 찾아가 용서를 빌 계획이라면서 대불이와 짝귀를 붙들고 질금질금 눈물바람까지 하였다. 대불이는 오태수의 그 같은 말이 거짓이 아님을 헤아릴 수가 있었다. 그는 진고개 상엿도가에서 궂은일을 하면서도, 투전판에는 얼씬거리지도 않고 술도 입에 대지 않았다.

세 사람은 옛정을 되찾아 다시 찐덥지게 의지하고 살았다. 대불이와 짝귀는 오태수를 도와주기로 하고, 오태수가 천팔봉의 투전밑천을 마련할 때까지는 번 돈을 공근히 그에게 부어주고 있었다.

오태수는 독립협회나 만민공동회에는 관심이 없었으며, 어떻게 해서든지 천팔봉의 투전밑천을 모을 생각뿐이었다. 그때문에 오태수는 아무리 궂은일이라도 돈이 생기는 일이라면 무엇이고 맡아 하였다.

그런 오태수의 사람됨이나 마음 씀씀이를 알고 있는 대불이와 짝귀는 오태수한테는 말도 하지 않고 둘이서만 슬그머니 상엿도가를 빠져나와, 독립협회 사무실이 있는 정동으로 서둘러 갔다.

간부들이 대거 검거당한 독립협회 사무실 주변에는 수많은 군중들이 몰려와 있었다.

"이대로 구경만 하고 있을 수는 없습니다. 도대체 독립협회 간부들이 잘못한 일이 무엇인데 붙잡아갑니까."

"독립문에 나붙은 벽보는 독립협회를 모해하려고 황국협회 사람들이 붙인 것이 분명합니다."

군중들은 흥분을 하여 손을 휘저으며 소리를 질렀다.

대불이는 군중들을 헤치고 사무실로 들어갔다.

사무실에는 독립협회 회원들이 침통한 모습으로 우왕좌왕하고 있었다. 종로 네거리 관민공동회에서 백정 대표로 연설을 한 박성춘의 모습도 보였다.

대불이는 박성춘 앞으로 다가갔다.

"어찌된 일입니까요."

대불이의 물음에 "이대로 있을 수만은 없지 않겠습니까요" 하고 어느 사이엔가 짝귀도 옆에 다가서며 흥분된 목소리로 사무실 사람들이 다 듣게 언성을 높였다.

박성춘은 대불이를 알아보고 고개를 끄덕였다.

"경무청으로 몰려갑시다."

사무실 밖에서 누구인가 고함을 쳤다.

독립협회 사무실 안팎은 팽팽한 긴장감이 감돌았다.

간부들이 모두 잡혀가고 피신해버렸기 때문에 눈에 띄는 지도자 한 사람 없이 중구난방으로 핏대를 올리며 소리만 내지르고 있었다.

"이러고만 있을 겁니까요?"

대불이가 박성춘 앞으로 바짝 다가서며 재우치듯 물었다.

"어떻게 했으면 좋겠소?"

박성춘이 사무실 안을 둘러보며 맥없는 목소리로 되물었다.

"일단은 경무청으로 몰려가서 체포해간 간부들을 석방하라고 항의를 해야지요."

대불이가 말했다. 그러나 박성춘은 어떻게 해야 좋을지 결정을 짓지 못하고 앉아서 연신 담배만 피워 물었다.

이때 사무실 안팎에서 우왕좌왕하고 있던 군중들이 와아 함성을 질렀다.

"경무청으로 몰려갑시다!"

허우대가 큰 사람이 나서서 앞장을 서 외치고 있었다. 군중들이 서서히 움직이기 시작했다. 독립협회의 남은 회원들은 군중들과 합세하여 경무청으로 몰려갔다.

독립협회에서 경무청으로 가는 동안 군중들의 수가 자꾸만 눈덩이처럼 불어났다. 군중들은 주먹을 허공에 휘두르며 "죄 없는 독립협회 간부들을 즉각 석방하라"고 목이 쉬도록 소리를 질러댔으며 그때마다 와아 와아 함성이 뻗치곤 하였다. 독립협회의 인기가 한창 올라가던 판이라 군중들의 호응은 대단했다.

대불이와 짝귀는 군중들 맨 앞장에 서서 주먹을 휘두르며 목이 쉬도록 소리를 질러댔다. 그들은 마치 지난 갑오년 때 동학군으로 있으면서, 가렴주구를 일삼는 지방의 수령들을 내쫓고 징벌하기 위해 관아로 몰려들 때처럼 기분이 후련했다. 가슴에 마디마디 홀 맺혔던 억울함과 원통함이 속 시원하게 풀리는 기분이었다.

군중들이 경무청 앞에 당도하자 일촉즉발로 흥분이 하늘 닿게 고조되었다. 그들은 경무청 앞에 진을 치고 체포해간 열일곱 사람을 당장 내놓으라고 소리를 질러댔다. 성미 급한 일부 군중들은 경무청 안으로 몰려 들어가서 직접 갇혀 있는 사람들을 데리고 나오자고까지 하였으나 그들을 인솔해간 회원들이 설득하여 이를 말렸다.

그러나 경무청에서는 묵묵부답이었다.

경무청에서 아무런 반응도 보여주지 않자 군중들은 더욱 흥분하여 당장 안으로 쳐들어갈 기세였다.

경무사 김정근이 군중들 앞에 얼굴을 나타낸 것은 한참 뒤였다.

"여러분들 냉큼 해산하시오. 구속된 열일곱 명은 국체를 변혁하려던 대역죄를 지었으니 잡아 가둔 것이오. 해산하지 않으면 여러분들 가운데서 충돌질한 주모자도 함께 잡아 가두겠소."

경무사 김정근이 협박조로 나왔다. 그러나 경무사의 그 같은 협박을 무서워할 군중들이 아니었다. 군중들 하나하나는 벌레만큼이나 무기력한 존재들이지만 일단 뭉쳐진 바에야 무서울 것이 없었다. 군중들도 그것을 알고 있기 때문에 그 같은 경무사 김정근의 협박쯤에는 코웃음을 친 것이다.

"집어치워라. 그들을 석방하지 않으면 경무청을 짓밟아버리겠다."

"당장 그들을 석방하라."

김정근의 협박은 되레 흥분한 군중들 마음에 불을 질러놓은 결과가 되고 말았다.

군중들의 기세가 꺾일 줄 모르고 석유 불길처럼 무섭게 타오르자, 고종은 독립협회를 옹호하는 군중들을 무력으로 탄압하고자 외부대신 민종묵으로 하여금 외국 공사에게 이를 사전 통고하였다. 그러나 외국 공사들은 그것이 부당함을 말했다.

결국 수구파 정부는 경무사를 교체시키고 전 경찰력을 동원해 강제로 군중들을 해산시키려고 하였다. 군중들은 끄떡도 하지 않았다. 되레 그 수가 수천 명으로 불어났다. 그들은 고등재판소 재판장인 이기동에게 독립협회 간부들의 재판을 공개하라고 요구했다. 그러나 황국협회 회장인 이기동이 만민공동회 측의 요구를 들어줄 리가 만무했다.

이기동이 공개재판을 거절하자 군중들은 다시 흥분했다.

마침내 고종은 중추원의장 한규설을 법부대신 겸 고등재판소 재판장에 임명하여 독립협회 간부들의 심리를 맡도록 하였다. 그러나 그것으로 군중들의 흥분은 가라앉지 않았다. 만민공동회 회장 윤시병을 필두로 대표단을 만들어 고종께 상소를 올려 독립문과 광화문에 붙여진 고시문이 수구파의 모함임을 역설하고 검거한 독립협회 간부들을 석방하라고 주장했다.

고종은 곧 열일곱 사람을 석방하도록 하였다. 독립협회 간부들이 석방되던 날 군중들은 만세를 부르며 환성을 올렸다.

독립협회 간부들이 풀려나오던 날, 만민공동회는 다시 가짜 고시문을 조작한 수구파의 죄상을 밝히라는 소를 올렸다. 조정에서는 결국 고시문을 조작한 책임을 물어 조병식, 민종묵, 유기환 등을 파면시켰다.

이들이 파면되자 기세를 올린 군중들은 다시 독립협회를 부활시키라고 요구했으며 고종은 하는 수 없이 어명을 내려 독립협회를 복구케

하고 조병식, 민종묵, 이기동 등을 법부에서 구금토록 하라고 하였다.

우유부단했던 고종은 이렇듯 갈팡질팡하였다.

조정에서 수구파의 거물들을 체포하려는 사실을 미리 안 조병식, 민종묵 등은 재빨리 외국인의 집에 피신을 해버렸다.

어둠이 내려덮일 무렵 대불이와 짝귀는 탁배기에 얼근히 취해서 홍얼거리며 진고개 상엿도가로 돌아오고 있었다. 그들은 요즈막 같아서는 살맛이 나는 듯싶었다. 비록 돈벌이는 못하고 제물포에 있을 적에 여축해두었던 것을 곶감 빼먹듯 하고는 있지만 다시 동학이 살아난 듯한 기분이었다.

상엿도가가 있는 진고개는 일본인들이 떼 지어 몰려 살고 있었기 때문에 밤이 늦었지만 거리가 온통 대낮처럼 휘황찬란하였다.

대불이와 짝귀는 진고개의 일본인 거리를 지나면서 기분 좋게 목청을 돋우어 육자배기 호남가를 뽑아 올렸다.

함평천지 늙은 몸에 광주 고향을 바라보니……

대불이와 짝귀가 육자배기를 뽑으며 상엿도가의 단간 골방으로 들어서자, 오태수 혼자 출출하게 앉아 있었다.

"형님들 날마다 무신 좋은 일이 있어서 이리 늦으시우?"

오태수는 대불이와 짝귀가 돌아오기를 기다리다 지친 듯 말했다.

"존 일이 있다마다. 요새 같으면 나라꼴이 제대루 될 것 같당께!"

대불이가 여전히 기분이 좋은지 방에 들어서자 네 활개를 쭉 펴고 반듯하게 누우며 말했다.

"그놈의 만민공동회 때문에, 형님들 이 집에서 쫓겨나게 생겼수다. 오늘 쥔 영감이 갑작스레 상두꾼을 모으라고 했는데 형님들을 어드메 가서 찾겠수? 쥔 영감이 형님들 요사이 코쭝빼기도 안 뵈는데 웬일이냐구 화가 나가지구 그냥……."

"진고개 상엿도가 아니면 굶어죽을라등가?"

짝귀도 한마디 하였다.

"어이구 그눔에 만민공동회가 뭐길래 날마다들 정신을 못 차리시우 원! 만민공동회가 밥을 멕여줍데까 죽을 멕여줍데까?"

"요새 같음사 밥 안 묵고도 살 수가 있당께! 함평처언지, 늘그은 몸에……."

그러면서 대불이는 다시 아랫배에 힘주어 호남가를 뽑았다.

"대불이 형, 오늘 손님이 찾아왔습데다."

오태수가 건성으로 하는 말에, 호남가를 뽑아 올리던 대불이가 소리를 멈추며 벌떡 상반신을 일으켰다.

"손님이라니, 나를 찾아온 사람이 있었단 말이여?"

다그쳐 묻는 대불이는 반가움이 아닌 섬뜩해하는 얼굴로 오태수를 똑바로 바라보았다.

"놀래지 마슈. 순영 아가씨가 찾아왔습니다."

오태수가 이죽거리듯 말했다.

"순영이가?"

대불이보다 더 놀란 것은 짝귀였다. 짝귀와 대불이가 제물포에서 야행을 쳤을 때, 한성에 닿자마자 찾아간 곳이 순영이가 다니는 여학교였다. 대불이를 학교 앞 국밥집에 있게 하고 이종 오빠가 되는 짝귀가 학교로 순영이를 만나러 갔었다. 마침 이른 아침이라 순영이를 국밥집에 데리고 나와서 셋이서 아침이라도 함께 먹을 요량이었다.

학교에 찾아가 오빠라고 하자 이내 기숙사에서 순영이가 뛰어나와주었다.

순영이는 짝귀를 보자 눈시울이 핑 젖어 반가워하였다. 짝귀가 보기에 순영은 제물포 시공서에 있을 때보다 훨씬 태깔이 돋보였다.

짝귀는 순영에게 대불이가 국밥집에서 기다리고 있으니 같이 가서 아침을 먹자고 하였다. 그러나 순영이는 짝귀의 입에서 대불이의 이름이 흘러나오자 침 맞은 지네처럼 놀랐다. 그러면서 그녀는 대불이를 만나지 않겠노라고 잘라 말했다. 짝귀가 여러모로 어르고 설득을 시켜보았지만 막무가내로 마다하였다.

짝귀는 순영이가 왜 기를 쓰고 대불이를 만나지 않겠다고 하는 것인지 이해가 가지 않았다. 하는 수 없이 짝귀는 후일에라도 생각이 달라지는 날, 진고개 상엿도가로 찾아오면 대불이를 만날 수 있을 것이라는 말만을 남기고 찜부럭한 얼굴로 혼자 대불이가 기다리고 있는 국밥집으로 돌아왔다. 짝귀는 대불이한테 숨김없이 그대로 말했다.

"순영이 마음 알겠구만요."

대불이는 그 말뿐이었다.

그런 일이 있은 지 반년쯤 지난 올봄에 대불이는 짝귀한테는 말을 않고 혼자서 학교로 순영이를 만나러 갔었다.

그때까지만 해도 대불이는 한성 생활이 마음에 들지 않아 기회를 보아서 개항이 된 목포로 내려갈 계획을 세우고 있었던 터라, 한성을 떠나기 전에 꼭 한 번만이라도 순영이를 만나보고 싶었던 것이다.

제물포에서 야행을 친 후 한성에서 반년 동안의 삶은 진절머리 나도록 지루했었다. 그는 진고래 상엿도가에 빌붙어 있으면서, 주문이 들어온 관이나 상여를 상가까지 져다 주거나, 아니면 상두꾼 노릇을 하는 것이 고작이었다. 그 무렵 대불이와 짝귀는 하루라도 빨리 고향이 가까운 개항장 목포로 내려갈 꿈만 꾸고 있었다.

대불이는 마음속으로 한성을 떠날 것을 결심한 뒤 순영이를 찾아간 것이었다. 그는 거짓말로 이종 오빠가 찾아왔노라고 하였다. 짝귀가 온 것으로만 알고 순영이가 한달음에 뛰어나왔다. 그러나 그녀는 대불이를 보자, 말 한마디 없이 고개와 발길을 돌려버렸고, 대불이는 그 길로 배신감을 짓씹으면서 휘적휘적 돌아오고 말았다.

그러던 순영이가 상엿도가까지 스스로 찾아왔다니 믿어지지가 않았다.

"태수 이 사람아. 순영 씨가 짝귀 형님 찾아왔단 말이재……."

대불이가 오태수에게 물었다.

"대불이 형님을 찾습디다요."

"태수 자네가 잘못 들었겠재."

"허허, 형님두 참. 이 두 귀로 똑똑히 들었수다."

"분명히 대불이 자네를 찾더라고 안 허든가 원."

짝귀도 순영이가 갑작스레 무슨 마음으로 상엿도가에까지 대불이를 찾아왔는가 궁금하였다.

"내일 다시 오겠답디다."

"다시 오겠다고?"

"꼭 만나볼 일이 있는 것 같습디다. 언제 나가서 몇 시에 돌아오느냐고 꼬치꼬치 묻던데요."

"형님 무슨 일일까요?"

대불이가 깊은 생각에 잠겨 짝귀에게 물었다.

"클쎄마시. 내가 알겠는가? 아매 자네한테 맴이 달라진 거겠재."

짝귀의 말에 대불이는 애매한 얼굴로 다시 벌렁 드러눕고 말았다.

"순영 아가씨가 몰라보게 예뻐졌습니다요."

오태수가 불을 끄고 자리에 누우며 말했다.

그날 밤 대불이는 밤이 늦도록 잠을 못 이루고 뒤척이면서 순영이가 무엇 때문에 그를 찾아왔을까 하고 곰곰이 생각을 되작거려보았지만 도무지 가늠할 수가 없었다.

다음날 아침 대불이는 만민공동회에 나가지 않았다. 여느 날 같았으면 아침을 먹기가 바쁘게 짝귀를 채근하여 상엿도가를 나섰을 터인데, 이날은 순영이가 온다는 말에 짝귀 혼자만 가게하고 그는 상엿도가에 머물러 있었다.

대불이는 상여에 붙일 해당화 종이꽃을 만들고 있는 오태수를 돕다가, 관의 주문을 받고, 주인 영감이 시키는 대로 종로까지 져다주고 왔다.

관을 져다 주고 돌아오기가 바쁘게 오태수한테 그동안 순영이가 오지 않았었느냐고 물어보았으나, 오태수는 고개를 가로저었다.

어느덧 해가 머리 위에 솟아 있었다.

저녁나절 느지막이 순영이가 진고개 상엿도가로 대불이를 찾아왔다. 대불이가 관을 쌓아 올려놓은 회벽 옆, 거적 위에 앉아 자울자울 졸고 있는데 오태수가 옆구리를 찔벅하기에 눈을 떠보니 순영이가 상엿도가 문턱 옆에 서 있는 게 아닌가. 후닥닥 일어선 대불이가 부리나케 밖으로 나갔다. 그가 상엿도가에서 나가 일본인 구둣가게 모퉁이를 보듬고 돌자 순영이가 말없이 그를 뒤따랐다.

그들은 떡집으로 들어가 마루 끝에 앉았다.

"어저께도 왔었다는디 어쩐 일이오?"

오랜만에 만난 대불이는 존댓말을 썼다.

순영이는 말없이 대불이를 바라보고만 있었다. 그녀의 도톰한 두 볼이 더욱 탐스러워 보였다.

"제물포 집에는 댕겨왔남요?"

"지난 여름방학 때 얼핏 들렀다 왔어요."

대불이가 묻고 순영이가 답했다.

"부모님들은 잘 계시던가요?"

"그저 그렇지요 머."

"저한테 서운한 말씀 많이들 하시지요? 떠난다는 인사도 없이 도깨비모양 훌쩍 야행을 쳤으니……."

"아버님이 걱정 많이 하시데요."

"참 좋은 어르신인디…… 그런 어르신 또 만날 수 있을란가 모르겠네요."

"지난봄에 학교로 찾아오셨을 때는 정말 죄송했어요. 그리고 작년 여름 짝귀 오빠가 왔을 때도……."

순영은 발그레한 두 볼을 톱풀꽃처럼 붉히면서 말했다. 대불이는 반달떡 한 접시를 시켰다.

"거기 마음 다 이해하는구만요."

"죄송해요."

"죄송할 것 하나도 없어요. 되레 내 쪽에서…… 지난봄에 짝귀 형님도 몰래 거기를 찾아갔던 것은, 고향 쪽으로 내려갈려고 작정을 하고 마지막으로 얼굴이라고 한 번 보려고……."

대불이는 반달떡을 집어 입에 넣으며 말끝을 흐렸다.

두 사람의 눈길이 촉촉하게 엉키었다. 대불이는 오래도록 찐득한 눈빛으로 순영이를 바라보았다. 그녀를 보는 대불이의 눈길이 옛날 같지가 않았다. 그들이 함께 제물포에 있을 때까지만 해도 순영을 대하는 대불이의 태도는 그렇게 찐덥지가 못했었는데, 오랜만에 다시 만나게 된 지금 그의 눈길은 애틋한 정감으로 촉촉이 젖어 있었다. 대불이 자신이 생각해보아도 순영이를 생각하는 자신의 마음이 은근해진 것이 분명했다. 그것은 순영이가 하야시한테서 그 일을 당한 이후부터였다. 그 일이 있은 후부터 대불이는 이상하게도 순영이 쪽으로 애틋한 마음이 쏠리기 시작한 것이었다. 그리고 말 한마디 없이 제물포를 떠나버린 것에 대해 섭섭한 마음이 일기까지 했었다. 대불이는 순영이가 하야시에게서 당한 상처를 그 자신이 다독거려주어야 한다고 생각하기에 이르렀다. 그리고 순영이가 당한 상처는 순영이 혼자만의 상처가 아니라는 생각이 들기도 하였다. 순영이한테 그 일이 있기 전에는 그녀를 아내로 맞는다는 것이 마치 힘에 겨운 짐을 지는 것만큼이나 부담감을 느끼게 되었으나, 하야시한테 그 일을 당한 후부터는 어쩐지 대불이 자신이 그녀를 연민하여 품안으로 거두어 다독거려주어야 한다는 생각이 들었던 것이다. 그때문에 그는 한성에 오자마자 순영이부터 만나보고 싶어하였다.

대불이는 오랜만에 순영이를 다시 만나게 되어 마음이 흡족해졌다. 그 흡족한 마음을 감추지 못하였다.

"실은 고향 가차운 목포로 내려갈 생각을 진작부텀 하고 있었는디……."

대불이가 순영이의 얼굴을 찬찬히 들여다보며 얼버무렸다.

"참 목포가 개항이 되었다면서요?"

"그렇다는구먼. 작년 가을에 개항을 했다드만. 그래 어채피 등짐꾼 노릇을 헐 바에야 고향 가차운 곳이 더 낫지 않겄어요? 그래서 진작부텀 목포로 내려갈 생각을 허고 있었구만. 그런디……."

"왜 안 내려가셨어요."

"안 내려가기를 잘했구만요."

"어째서요……."

"그때 내려가 버렸다면 만민공동회 참석을 못했을 것 아닌감요."

"그럼 만민공동회 때문에 안 내려가셨구만요."

순영이도 반달떡을 집으며 똑바로 대불이의 얼굴을 살펴보았다.

"그렇구만. 요새는 만민공동회에 나가느라 살맛이 난당께요."

대불이의 말에 순영은 한동안 말없이 떡만 먹고 있었다. 그때까지도 대불이는 순영이가 무엇 때문에 그를 찾아온 것인지 알 수가 없어 괜히 마음이 바싹거렸다. 그냥 얼굴이나 보고 지나간 이야기나 하자고 찾아온 것은 아닐 듯싶은데 도무지 순영이의 마음을 어림할 수가 없었다.

"만민공동회가 하는 일이 잘될 것 같은가요?"

떡을 두 개째 먹는 동안 말 한마디 없던 순영이가 정색을 하고 물었다.

"순영이야 나보다 더 잘 알겠지만 요즘 아주 잘되고 있지 않는감요? 학생들 호응도 대단허고. 나는 행여나 순영이도 나왔을까 싶어 여러 번 찾아봤어요."

"모두 헛일이라고들 해요."

"헛일이라니?"

"잘못하다가는 아라사와 일본 틈에 낀 우리만 다치게 된다고들 해요. 시끄러운 건 좋지 않아요."

순영이의 말에 대불이는 울컥 비위가 상했다. 대불이가 보기에 순영은 예나 지금이나 변함없이 나라와 이웃을 걱정하기에 앞서 자기 일신 잘되는 것만 생각하며 사는 것 같았다. 하기야 조선여자들 중에서 그 누가 애면글면 나랏일까지 걱정하며 살아가겠는가. 대불이는 순영의 말에 기분이 언짢았지만 이내 마음을 고쳐먹었다.

"거기도 만민공동회에 끼어들지 말고 당분간 관망만 하세요. 이럴 때 그저 잠자코 구경이나 하는 게 현명하다구요. 어느 한쪽이 결판이 났을 때, 승리를 한 쪽에 끼어들어야 보잘 것이 있지 않겠어요? 학교에서 듣기엔 시방 수구파가 패색이 짙어가는 것 같지만, 언제 다시 황제의 마음이 변하게 될지 모른다고들 하데요. 더군다나 황국협회의 뒤에는 아라사가 버티고 있지 않아요?"

"그따위 소릴 누가?"

대불이는 자신도 모르게 버럭 고함을 지르고 말았다. 그가 소리를 치는 바람에 떡집의 노파까지도 깜짝 놀라는 얼굴로 뛰어나왔다. 순영은 무안을 당한 얼굴로 두 눈을 똥그랗게 뜬 채 안절부절못하였다.

"모든 것이 만민공동회 뜻대로 착착 되어가고 있소. 아라사놈덜이 버티고 있으면 으쩔 것이오. 엄연히 우리나라 백성들이 살아 있는 판에 제놈들이 남의 나라 일에 감 놓아라 배 놓아라 허겠어요? 아라사놈덜이 다시 끼어들었다가는 만민공동회에서 가만 보고만 있지 않을 게요."

대불이는 흥분된 목소리로 말하고 나서 부스럭거리며 담배를 피워 물었다.

순영은 한동안 말없이 문밖의 쇠잔해가는 가을햇살만 멀뚱히 바라보고 있었다.

"제가 온 것은 실은……."

한참 후에 그녀는 낮은 목소리로 입을 열었다. 대불이는 자신이 너무 흥분했던 것을 깊이 후회하고, 얼굴을 부드럽게 누그러뜨리려고 애를 쓰며 순영을 마주보았다.

"며칠 전에 학교로 하야시가 찾아왔었어요."

순영의 말에 대불이는 목구멍 속에서 경악과 분노가 함께 불잉걸처럼 이글거리는 것 같았다. 제물포를 떠나온 뒤 한 달쯤 있다가 짝귀가 슬며시 싸리재 순영이네 부모를 만나고 돌아왔을 때, 대불이가 바다로 내쫓은 하야시가 살았다는 것을 알았다. 그때 짝귀가 귀동냥해 온 이야기로는, 하야시는 꼼짝없이 손이 묶인 채 노도 없는 거룻배에 실려 하루 낮 이틀 밤을 바다에 표류하다가 우연히 고기잡이배를 만나 천우신조로 살아났다고 하였다.

하야시가 살아났다는 이야기를 들은 대불이는 한편으로는 실망을 하였지만 다른 한편으로는 다행하게 생각되기도 했었다.

"그놈이 또 학교꺼정 뭣 땜시?"

"거기를 찾으러 왔다고 하데요."

"나를 찾으러 순영이네 학교로?"

"내가 거처를 알고 있다고 생각한 모양이죠."

"그런 못된 놈! 뒈지지 않고 끝내……."

"평생 동안 삼천리 안통을 다 뒤져서라도 거기를 찾아내고야 말겠다고 단단히 벼르고 있던데요."

"흥! 찾아보라지!"

"아니여요. 한성에 와 있다는 것을 알고 있었어요. 그래서 자기도 한성으로 옮겼다고 하데요."

순영이가 예기치 않게 상엿도가까지 대불이를 찾아온 것은 하야시를 조심하라는 말을 일러주기 위해서였다.

대불이는 그런 순영이에 대해서 가슴속 가장 깊은 곳으로부터 감사하는 마음이 솟구쳤다.

"더구나 진고개는 왜놈들이 모여 사는 곳이 아니에요? 그러니 어디 한적한 변두리로 옮기세요. 하야시가 벼르는 걸로 봐서는 거기를 찾아내기만 하면 큰일이 벌어지겠더라구요."

순영은 진심으로 대불이를 걱정해주고 있었다.

"암턴 고맙구만요. 그런 일로다가 일부러 상엿도가꺼정 찾아와주고."

일 년이 훨씬 지나서야 다시 순영이를 만난 대불이는 그녀와 헤어지기가 안타깝기만 했다.

"조심하세요."

"나도 그놈을 다시 만나면 이번엔 그냥 살려두지는 않을 거여요."

대불이는 갑자기 하야시에 대한 증오가 창자 속으로부터 뻗질러 틀어 오름을 느꼈다.

"하야시가 찾아온 것은 한 번뿐이었남요?"

"두 번째 찾아왔었지만 만나주지 않았어요."

"그런 쳐죽일 놈이!"

"그만 가봐야겠어요."

순영이가 일어서려고 하자, 대불이는 두 손으로 그녀를 찍어 누르기라도 하려는 듯 엉거주춤 엉덩이를 들썩거리며 "쬐금만 더 있다가 가도록 하씨요" 하고 다급하게 말했다.

그리고 남은 반달떡을 더 먹으라고 귀찮도록 권했다.

"이제 고향에 내려갈 생각은 버렸나요?"

순영이가 반달떡을 집으며 묻자, 대불이는 비로소 안도의 눈빛을 보이며 바른 자세로 앉았다.

"곧 내려가기루 짝귀 형님이랑 약조를 했구만요."

"그렇게 하세요."

순영으로부터 고향으로 내려가는 것이 좋겠다는 말을 들은 대불이는 너무 섭섭하다는 생각이 들었다. 물론 그녀의 입에서 옛날처럼 다시 함께 한성에서 살자는 말이 나오기를 기대한 것은 아니었지만 막상 그녀의 입에서 그런 말이 나오자 듣기에 언짢았다.

요즈막 대불이는 자신이 생각해보아도 지나치리만큼 감정의 변화가 심해진 듯싶었다. 조그마한 일에도 흥분을 하고, 큰 소리를 내지르고, 금방 기뻐했다가는 다시 우울해지곤 하였다. 그것은 아직 마음을 한 곳에 붙일 만한 일거리를 찾지 못하고 있기 때문일 거라고 생각해 보았다. 그리고 보면 제물포 응신청에 있을 때의 시절이 천국처럼 생각되곤 하였다.

그 시절엔 그렇게 마음의 변화가 콩 튀듯 하지를 않았었다. 아마 순영이의 영향도 컸었으리라 헤아려졌다.

"순영이를 차후로 다시 만날 수가 있을지 모르겠구만……."

대불이는 옛날의 애틋했던 기분을 살리려고 반말로 그렇게 말했다. 그러나 순영은 대불이의 그 말에 한마디의 대꾸도 해주지 않았다. 대불이는 부끄러웠다. 그런 자신에 대해서 화가 치밀어 올랐다.

"언제 다시 만날 수 있으까?"

대불이는 부끄러움을 가라앉히며 다시 묻고 있었다.

대불이가 두 번씩이나 재우쳐 물었으나 순영은 깊은 생각에 잠긴 얼굴로 다시 문밖의 금빛 햇살만을 먼 시선으로 지켜보았다.

"다음 꼉일날 이리로 나올께요."

한참 후에 순영은 대불이를 마주보며 망설이는 듯 말했다.

"다음 꼉일날이면 메칠이나 남았으까?"

대불이가 들뜬 목소리로 물었다.

"낼, 모레, 글피, 그글피."

"나흘 남았구만. 진고개꺼정 올 것 없이 내가 나가재 머."

"이리루 찾아오는 건 싫으셔요?"

"아아니여. 구저분한 상엿도가에 여자가 찾어오는 것이……."

"그 속에서 밥 먹고 자고 하는 사람들도 있잖아요."

"어쩔 수 없이 빈대붙이고 살고는 있재만 기분이 좋은 건 아녀."

"왜요. 밤에 상여 우는 소리라도 들리나요?"

순영이가 웃으면서 물었다.

"그런 건 아녀. 어차피 누구나 죽으면 실려 가는 상여가 아닌감? 상엿도가에 있은 뒤버틈은 사람이 살고 죽는 것이 그렇게 즐거운 일도 슬픈 일도 아닌 것 같드구만. 해가 날마다 동천에서 떠올라 서천으로 지듯이, 인생도 잠깐이면 황천으로 가는 것이니깐…… 암턴 순영이가 상엿도가로 찾아오는 건 싫으니께, 다음 꼉일날 아침밥 묵고 곧바로 경운궁 앞으로 나갈께."

"그럼 열시쯤에 만나요."

그러면서 순영은 천천히 일어섰다. 대불이는 이제 그녀를 붙잡지 않았다.

대불이는 나흘 뒤에 다시 순영이를 만난다는 오달진 생각에 자꾸만 벙긋벙긋 웃음이 터져 나오려고 하였다.

대불이는 학교 근처에까지 바래다주고 싶었으나 순영이가 한사코 혼자 가겠다고 하여 그들은 떡집 앞에서 헤어졌다. 대불이는 그녀가 큰길 모퉁이 새로 세운 전봇대 옆을 돌아선 뒤에야 유난히 붉게 물든 서쪽 하늘을 자꾸만 뒤돌아보며 휘적휘적 상엿도가로 돌아왔다.

상엿도가에는 아침 일찍이 독립협회에 나갔던 짝귀가 개맹이 없는 얼굴로 질펀하게 앉아 있었다.

"순영이가 왔드람서?"

짝귀는 힘없이 지나가는 말투로 물었다. 대불이는 아직 들뜬 기분이 가라앉지 않아 순영이의 이야기를 신나게 까발리려다가, 시큰둥해 있는 짝귀의 얼굴을 보자 입술이 무겁게 닫히고 말았다.

"무신 일이 있었남요?"

대불이가 짝귀 앞으로 가까이 다가서며 물었다.

"심상치가 않어."

짝귀가 여전히 개맹이 없는 얼굴로 대불이를 보며 말했다.

"일이 잘못 되어갑디까?"

"보부상 패거리들이 수도 없이 몰려들고 있다니께."

"보부상 패들이 경성으로 몰려드는 것은 어제 오늘 일이 아니지 않우."

"수평사의 길영수가 도반수(都班首)가 되고, 이기동이가 참모, 홍종우, 박유진이 각 대의 두령이 되었다누먼."

"아니 수구파 거물들이 보부상 패거리의 두령이 되다니요."

"그러기에 걱정이 아닌가. 황국협회놈덜이 보부상들을 폭력단으로 맹글어 만민공동회허고 싸움을 붙일 계략을 꾸미고 있다여."

"저런 쳐 죽일 놈들. 그늠에 보부상 패거리덜은 지난 갑오년 때도 우리 일을 훼방치더니 또……."

대불이는 금세 파르르 성질이 곤두섰다.

6

일 년여 만에 순영이를 다시 만나고 난 대불이의 기분은 밥 먹고 숭늉을 마시지 않은 것처럼 어딘가 마음 한구석이 트적지근했다. 그것은 만민공동회에 대한 그녀의 심드렁한 태도 탓도 있었지만, 아무래도 그녀의 눈치가 옛날처럼 대불이에 대해 따사로운 정분을 간직하고 있는 것 같지가 않았기 때문이었다. 대불이를 대하는 그녀의 태도가 너무 담담했다. 그리고 하야시의 일로 마음 고통을 앓고 있는 것 같지도 않아보였다. 그런 그녀의 태도 때문에 대불이는 그녀에게 차마 함께 목포로 내려가자는 말을 입 밖에 내놓지 않았던 것이다. 대불이는 어쩌면 두 사람의 마음이 제물포에 있을 때와 지금 서로 바뀐 것 같다는 생각을 하였다. 제물포에 있을 때는 그녀가 대불이한테 마음을 매달리고 있었던 것이다.

대불이는 가을햇살이 상엿도가의 봉창을 널름거리며 핥아댈 무렵에야 잠에서 깨어났다. 그날 대불이는 정동으로 이엄진 대감 댁을 찾아갈 요량을 하고 있었다. 이엄진 대감 댁을 찾아가서 그가 제물포에 있을 때 만났던 단소장이 전 서방과 약조를 했던 대로, 그의 식솔을 끌어낼 생각이었다. 그는 전 서방의 가족에게 전 서방이 제물포에 있으니 상전 몰래 제물포로 빠져나가 응신청으로 찾아가라는 말을 귀띔해줄 작정이었다. 그리고 여차하면 전 서방의 식솔을 이끌고 제물포에까지 데려다 줄 생각이었다. 대불이는 제물포에 있을 때 전 서방에게 기어코 그의 식솔을 제물포로 데려다 주겠노라고 약조를 해놓고도, 이러구러 일 년이 지나버린 것이었다.

"대불이, 오늘 나허고 갈 데가 있네."

대불이가 막 상엿도가를 나오려고 하는데 상엿도가 주인 영감이 그를 붙들었다.

"어디를 가는데요?"

대불이가 마뜩찮은 얼굴로 주인 영감을 보며 물었다.

"어디는 어디여, 초상집이지."

주인 영감이 장작 패는 목소리로 내질렀다. 주인 영감이 초상집에 일을 나갈 때는 언제나 오태수를 데리고 다녔는데, 그날따라 오태수는 배탈이 나서 새벽부터 뒷간엘 새앙쥐 여수는 고양이처럼 자주 들락거렸다.

대불이는 하는 수 없이 주인 영감이 시키는 대로 옻칠도 하지 않은 삼 부짜리 싸구려 관을 지고 따라나섰다. 그가 상엿도가에 빌붙어 지내면서 배운 것이 있다면, 염장이를 불러가는 상가치고 망자의 신분이 높거나 귀하지 않다는 것이었다. 그러기에 염장이를 불러갈 때는 으레 옻칠도 하지 않고 두께가 얇은 값싼 관을 가져가게 마련이었다.

신분이 귀한 사람이 죽었을 때는 더러움을 탄다고 하여 반드시 친척들 중에서 염을 하였고, 관도 여러 번 옻칠을 하고 두께도 두 치 이상 되는 것을 가져갔다. 진고개 상엿도가에서 가장 좋은 관은 세 치짜리인데 그것은 부르는 게 값이었다.

"대불이 자네도 어차피 상엿도가에 발을 들여놨으니 나헌테 염하는 것을 배워야 할 것이여."

앞서가는 주인 영감의 말에 대불이는 대꾸를 하지 않았다.

진고개 상엿도가 주인 박봉필 영감은 장안에서 이름난 염장이로, 수번(首番)이었을 때 꽤 많은 돈을 벌었다고 했다.

언젠가 박봉필 영감은 대불이와 짝귀한테 자기가 수번이 되었을 때의 이야기를 푸짐하게 늘어놓던 것이었다.

수번은 스무 명 남짓한 상여꾼들의 우두머리로 일거리가 생기면 자기가 거느리는 상여꾼들을 데리고 가서 일을 해주는 것이었다. 그러기에 수번은 상례에도 밝아야 하고 앞소리도 잘해야 하며, 반 풍수장이 노릇까지도 해야 했다.

수번을 뽑을 때는 마치 싸움 잘하는 건달패들 중에서 두목을 뽑을 때와 마찬가지로 담력과 꾀와 힘을 겨루었다. 수번이 되려는 사람끼리 대나무토막을 정강이에 맞대고 굴리며 서로 밀어붙이는데 살갗이 터지고 피가 흐르며 다리가 떨어져나가는 듯한 아픔을 견뎌내며 상대편을 밀어뜨려야 했다. 아픔을 참지 못하고 힘이 부쳐 밀려나면 지고 만다.

박봉필 영감이 수번이 되었을 때는 수번이 되고자 하는 사람이 열두 명이나 되어 네 번씩이나 맞붙어 힘을 겨루어 이겼는데, 정강이의 살이 벌겋게 으깨졌었다고 하였다.

"말이 상여꾼이지 벌이가 좋았었어. 한 번 대갓집에 일을 하러 나가면 두 어깨에 전대를 주렁주렁 매달고 돌아왔구만. 전대의 돈을 몽땅 써버릴 때까지는 집에 돌아가지도 않았어. 장안의 이름난 요릿집은 다 쓸고 다녔고, 반반한 기생이 있다고 하면 기어코 찾아가서 요절을 내주었지."

박봉필 영감은 자랑삼아 늘 똑같은 말을 되풀이했다. 지금의 상엿도가도 그가 수번으로 있을 때 모은 돈으로 마련한 것이었다.

"자네들도 큰돈을 만지려면 수번이 되어봐. 대불이 자네야말로 뚝심도 있고 꾀도 있어 상례만 익히고 앞소리만 좀 배우면 좋은 수번감이야."

그러나 대불이는 수번이 될 생각이 없어, 박봉필 영감의 말에 귀를 기울이지 않았다.

박봉필 영감은 나이가 들어 수번을 그만둔 뒤부터 염장이 노릇을 하기 시작한 거였다.

박봉필 영감은 이제 그만하면 아쉬운 소리 하지 않아도 늙마에 편하게 살 만큼 돈도 모았다. 그러기에 이제 대갓집 초상이 아니면 일을 나가지 않고 대신 오태수를 보내곤 하였는데, 오늘은 가져가는 값싼 관으로 어림해도 신분이 천한 집임이 분명한 듯싶은데도 그답지 않게 직접 나서는 게 이상한 일이었다. 따라가면서 넌지시 물어보았더니 "오늘 초상은 내가 아니고는 장안에서 해낼 사람이 아무도 없기 때문여" 하고 말할 뿐이었다.

"자네도 알아두소마는, 염습을 할 때는 맨 먼첨 상가에 들어가거든 가축들을 죄다 우리에 가둬야 하네. 특별히 고양이는 광에 가두고 못 나오게 해야 해. 고양이가 송장이 있는 방의 굴뚝이나 용마루를 뛰어넘으면 말이시 송장이 벌떡 일어서기 때문이여."

앞서 천천히 가파른 고갯길을 내려가면서 박봉필 영감이 뒤를 돌아보고 히쭉 웃었다.

"실지로 그런 일이 있당가요."

관을 지고 가던 대불이는 좋지 않은 기분으로 물었다.

"내가 당해보지는 않았지만, 예로부텀 그런다고들 허니께 믿어야지. 송장이 벌떡 설 때는 망자와 가까운 친구가 와서, 자네 이러면 자식들이 놀래니 어서 눕게 하고 타이르면 송장은 친구의 말을 듣고 나서 눕는다고 허데만……."

"믿을 수 없는 일이여요."

"또 염을 하면서 송장이 더럽다는 말을 해서도 안 되네. 송장을 더럽다고 한다치면 송장에서 피나 숙물이 흘러나온다네."

박봉필 영감은 타이르듯 말했다.

그들은 종로통 뒷골목 어느 요릿집 대문 앞에 섰다.

"이 집인가요?"

너무 조용한 게 초상집 같지가 않았기 때문에 대불이가 관을 진 채 두렷거리며 물었다.

"자, 나를 따라 들어오게."

박봉필 영감은 헛기침을 두어 번 토하며 대문이 훨쩍 열려 있는 요릿집 안으로 들어섰다. 대불이도 그를 따라 들어가 관을 문간채 앞에 짚을 깔고 내려놓았다. 초상집이라고 해야 차일이 쳐 있는 것도 아니고, 마당에 멍석 하나 깔려 있지 않았으며, 마루 끝에 소복을 한 기생 서넛이 턱을 받치고 앉아 있을 뿐이었다.

박봉필 영감은 요릿집 안주인인 듯싶은 나이가 지긋한 아낙과 몇 마디 말을 주고받더니 마루로 올라서서 망자의 방으로 들어섰다. 그는 방으로 들어서기 전에 마루 끝에 벌레 먹은 배춧잎처럼 앉아 있는 기생들에게 자배기에 물을 가득 떠오게 하고 큰 소리로 대불이를 불렀다. 마당 가운데 지싯거리고 서 있던 대불이는 박 영감의 부름을 받고 망자의 방으로 들어갔다.

자그마한 장롱이며 경대가 놓여 있고 군방도(群芳圖) 두 폭 가리개가 망자의 머리맡에 펼쳐져 있는, 조촐하지만 깨끗하게 정돈된 방이었다.

망자는 짙은 옥색 홑이불에 덮여 있었는데 대불이가 보기에 배가 유난히도 불러 있었다. 그제야 그는 망자가 임신한 여자라는 것을 알았다. 그제야 박봉필 영감이 자기가 아니면 아무도 손을 못 대는 일이라고 한 말이 생각났다. 만삭이 된 여자가 죽으면 하문으로 아기를 꺼낸 다음 염습을 해야 한다는 것을 대불이는 잘 알고 있었다.

대불이는 만삭이 된 채 죽어 있는 여자를 보자, 문득 말바우 어미 생각이 났다. 그녀는 뱃속에 든 아기한테도 자기의 병이 옮아 문둥이가 되어 태어날 것을 걱정하면서 영산강에 빠져죽으면 강물이 더러움을 타니까 목매달아 죽겠다는 말을 자주 했었다.

그러나 말바우 어미는 자신의 죽는 꼴을 대불이한테 보이기 싫어서인지 같은 대풍창 병자인 풀상투 패거리가 구진포 움막까지 찾아왔을 때 배부른 몸을 하고 어디론가 사라져 가버렸었다.

박봉필 영감은 마루 끝에 추연히 앉아 있는 기생들을 다그쳐 뜨거운 물과 참기름, 솜을 가져오라고 큰 소리로 말하며, 죽은 여자의 하문을 만지작거렸다.

나이 많은 기생 하나가 부지런히 박봉필 영감이 시키는 대로 방문을 여닫고 들락거리며 더운 물이며 솜, 참기름 등을 가져다주었다.

박봉필 영감이 손을 씻고 참기름을 주물럭거린 다음 얼핏 대불이를 보았다.

"장안에서 이 일을 헐 줄 아는 사람은 이 박봉필이 하나뿐이네."

대불이는 박봉필 영감이 무슨 말을 하고 있는가를 잘 알고 있었다. 그러는 그는 박 영감한테 아무 말도 할 수가 없었다. 박영감이 기름 묻은 손을 죽은 여자의 하문으로 쑤셔 넣는 순간, 대불이는 주춤 한 걸음 물러서서 고개를 돌려버렸다. 그는 방에서 뛰쳐나가고 싶었지만, 가까스로 참아냈다.

"냉큼 허드렛대야를 가져오지 않고 뭣혀!"

대불이가 방문 쪽을 향해 등을 돌리고 있을 때 박봉필 영감이 버럭 고함을 질렀다. 대불이는 여태껏 박 영감이 그렇게 화내는 목소리로 내지르는 것을 본 적이 없었다.

대불이는 부리나케 밖으로 뛰어나가 눈에 띄는 대로 옹기자배기를 들고 다시 방안으로 들어갔다. 그가 자배기를 박 영감 옆에 놓자마자 박 영감은 죽은 여자의 하문에서 시뻘건 피 뭉치를 마구 긁어내고 있었다. 피비린내가 훅 코를 덮치면서 역한 기분이 목구멍 안에서 뻗질러 올라왔다.

"자, 이제 끝났다."

박봉필 영감은 후유 한숨을 토하며 피 뭉치가 들어 있는 자배기를 밀치고 다시 더운 물에 오랫동안 손을 씻었다.

대불이는 박 영감이 시키지도 않았지만 자배기를 들고 되도록이면 자배기 안의 피 뭉치를 보지 않으려고 고개를 꺾어 돌린 채 밖으로 나가, 마당 구석 은행나무 밑동에 놓았다. 그리고 다시 방으로 들어갔다.

대불이는 박봉필 영감과 함께 죽은 여자의 수족을 거두고 시상판에 넌 다음 염습을 하기 시작했다.

향나무를 쪼개어 두 치 길이로 잘라 두 묶음을 만들고 두 그릇의 따뜻한 물에 담갔다. 향이 우러나 향긋한 냄새가 풍기자 한 그릇은 상체를 씻는 데에, 그리고 나머지 한 그릇은 하체를 씻는 데에 썼다.

박 영감은 향물로 머리부터 감기기 시작했는데, 빗질을 하다가 빠진 머리카락들을 모두 주워서 소낭이라고 하는 다섯 개의 주머니 가운데의 하나에다 담았다.

염습을 하면서 박 영감은 대불이한테 가위와 쇠붙이는 시신 위로 넘겨서는 안되니 반드시 시신을 들어서 그 밑으로 건네주도록 단단히 일렀다.

수의를 다 입히고 염포를 일곱 조각으로 잘라 아래서부터 묶고, 입관을 한 뒤에 천금을 덮고 소낭을 각각 머리 쪽과 배 쪽에 넣고 나서 천판을 덮고 못을 박았다.

여태껏 초상집에 관이나 져다 주고 상두꾼 노릇이나 해오던 대불이는 처음으로 박봉필 영감을 따라 죽은 사람의 방에 들어가 염습하는 것을 도와주고 행하를 두둑이 받았다.

박봉필 영감은 대불이가 처음으로 염습하는 것을 도와주었으니 이를 기념하고 싶다면서 자기의 몫까지 몽땅 대불이한테 주었다. 대불이는 그 돈으로 박봉필 영감을 요릿집에 모시고 질탕하게 술을 마셔댔다. 이상하게도 그 돈을 한 닢도 남기고 싶지가 않았다. 그는 죽음이 무서운 것이 아니라, 사는 것이 부질없는 짓으로 생각되었다.

영산포 세곡선의 목대잡이 시절 난초의 아버지가 죽었을 때도 그랬다.

"영감님, 수의를 입힐 때 어째서 옷섶을 산 사람과 반대인 왼쪽으로 여미는 겝니까."

대불이는 술이 취하자 뚜벅 그렇게 물었다. 그것은 기생집에서 죽은 여자의 수의를 입힐 때 박봉필 영감이 한사코 주의를 주던 일이 갑자기 생각났기 때문이다.

"이 사람아. 산 사람과 죽은 사람은 뭐든지 반대라네. 제사를 지낼 때도 수저를 반대쪽에 놓지 않던가. 그것은 이승이 오른쪽이면 저승은 왼쪽인 게지."

대불이는 박 영감의 그럴 듯한 이야기에 고개를 끄덕였다.

"이승과 저승이 그리 멀리 떨어져 있지 않다네."

살아오면서 뭇 시신을 매만져온 그는 마치 이승과 저승을 수시로 왔다갔다해본 사람처럼 말했다.

"죽는다는 것이 무섭지 않은가요?"

"죽는 것이 무섭지 않고 사는 것이 무섭다네."

박 영감은 대불이가 이해할 수 없는 말을 했다. 그는 거푸 술잔을 비우고 나서 대불이를 보더니 "내가 죽으면 자네가 내 염을 해줄라는 가?" 하고 음울하게 가라앉은 목소리로 말했다.

"저는 서툴러서요."

"내가 죽을 쯔음에는 소문난 염쟁이가 될지도 모르재."

그것은 너무나 끔찍한 말이었다. 왜냐하면 대불이는 박 영감처럼 염장이가 되고 싶지가 않았기 때문이다. 그런데도 그가 죽을 때까지는 소문난 염장이가 될 거라는 말에 소름이 끼쳤다.

"그때꺼정 제가 영감님과 상엿도가에 있게 되면 그렇게 헙죠."

대불이는 박 영감이 듣기 좋으라고 마음에 없는 말을 하고 말았다.

"저승에는 염쟁이가 없겠재? 염쟁이가 필요 없는 저승에 가면 나는 무슨 짓을 해서 먹고살꼬."

박 영감의 말에 대불이는 씁쓸하게 웃으며 술잔을 비웠다.

"염을 해주었던 망자들이 영감님을 편히 모실 것이니 걱정 마셔요."

대불이는 술잔을 비우고 나서 말했다.

"그럴까. 그렇다면 저승에 가서나 편하게 살어볼까. 하기야 아무리 죽은 사람이라고 은공을 모를 리 없지. 아마 내 손에 몸을 씻긴 망자가 여러 백 명이 될 거여."

그렇게 말하는 박 영감의 얼굴이 갑자기 추레하게 늙어 보였다.

임신한 채 죽은 기생을 염해주고 받은 행하로 질탕하게 술을 마신 그날 대불이는 상엿도가로 돌아오는 길에 정동 이엄진 대감 댁을 찾아갔다. 그는 전 서방이 말해주었던 기억을 더듬어가며 정동 언덕배기 아랫길로 휘어들어 문간 쪽에 큰 은행나무가 서 있는 집을 쉽게 찾을 수가 있었다. 솟을대문 앞 노랗게 물들어 떨어지기 시작하고 있는 은행잎에 석훈이 붉게 엉켜 있었다. 전 서방의 상전 집이 바로 여기로구나. 대불이는 잠시 은행나무 밑에 서서 솟을대문 쪽을 보았다. 무턱대고 집안으로 들어가서 전 서방의 식솔을 찾을 수는 없는 일이라고 생각했다. 전 서방이 어린 상전의 팔자땜을 위해 함께 비렁뱅이질로 나선 지가 벌써 일 년이 지난지가 오래되었고, 집에 돌아올 때가 훨씬 지나도록 소식조차 모르고 있을 이엄진 대감 댁 사람들의 초조해하는 모습이 직접 보지 않더라도 눈에 뻔했다. 그런 판국에 전 서방을 찾아 앞뒤 헤아림 없이 무턱대고 집으로 들어간다는 것은 지혜 있는 일이 아니라는 것을 알고 있는 그로서는 여간 조심하지 않으면 안 되었다.

대불이는 누구인가 대문 밖으로 사람이 나오기를 기다리며 은행나무 밑을 서성거렸다. 그러나 좀처럼 대문이 열리지 않았다. 노란 은행나무 잎에 엉켜 있던 석훈도 사그라지고 이내 어둠이 내려 덮이기 시작했다. 대문 가까이 다가가서 조심스럽게 집안을 들여다보았으나 사람의 그림자 하나 눈에 띄지 않았다. 마치 빈집처럼 쓰렁한 분위기였다. 대불이는 밤이 아닌 밝은 낮에 다시 올 것을 기약하고 그만 돌아서고 말았다.

그해 11월 21일 한낮, 5천 명의 보부상 떼거리들이 몽둥이를 들고 만민공동회의 군중들을 습격했다. 이들의 횡포에 분격한 군중들은 숫자가 점점 늘어나 보부상 떼거리들과 성곽의 돌멩이를 뽑아 대항하였다.

만민공동회가 습격을 당했다는 소문을 듣고 더 많은 군중들이 몰려들었다.

"이 기회에 보부상패가 다시는 만민공동회를 습격하지 못하게 해야 합니다. 황국협회를 쳐부숩시다. 우리는 그들보다 몇 배나 수가 많습니다."

군중들은 흥분하여 소리쳤으며 독립협회 간부들이 미처 말릴 여유도 없이, 쫓겨 간 보부상들을 쳐부수러 노도처럼 밀려갔다.

만민공동회 측의 군중들이 서대문 쪽으로 몰려가자, 여태껏 구경만 하고 있던 군대와 순검들이 그들의 앞을 막았다. 군대와 순검들은 군중들에게 공포를 쏘면서 되돌아가라고 하였다.

"이대로 물러설 수는 없다."

"황국협회의 두목 놈들 집을 습격하자."

순검과 군대로부터 예기치 않게 저지를 당한 군중들은 공포에 놀라 일단 물러서기는 했으나 그것으로 끝나지는 않았다. 그들은 여러 패로 나뉘어 황국협회의 간부들 집으로 몰려갔다.

그날 하루 군중들은 서대문 밖으로는 나가지 못한 채 거리를 휩쓸고 다녔다. 그리고 다음날 다시 종로에 모였다.

종로에 모인 군중들 수는 전날보다 훨씬 많았다. 전날 순검들의 저지로 보부상 부대를 쳐부수지 못했던 만민공동회 측 군중들은 다시 서대문을 거쳐 물밀듯이 마포 쪽으로 몰려갔다.

그러나 황국협회 측에서도 가만히 있지 않았다. 전날에 일단 마포로 후퇴한 보부상 부대는 수를 더 모으고 죽창과 목검 등을 들게 하였으며, 더러는 권총을 갖고 있는 자들도 있었다.

보부상 부대들은 싸울 준비를 갖추고 있다가, 만민공동회 측 군중들의 선봉이 아현리 고개에 이르렀을 때, 두 패로 나뉘어 불시에 역습을 하였다.

아현리 고개에서는 일시에 보부상 부대와 만민공동회 측 군중들 사이에 일대 격전이 벌어졌다. 군대와 순검들은 보이지 않았고 군중들끼리의 싸움이었다.

돌멩이들이 비 오듯 날아들고, 목검과 죽창을 든 군중들의 함성이 하늘을 찢었으며 여기저기서 비명이 그치지 않았다.

비록 죽창과 목검을 들었다고는 하나 워낙 중과부적인 데다가, 미리 준비해간 돌멩이들을 던지는 바람에 역습을 했던 보부상 부대는 뒤로 퇴각을 거듭하였다. 보부상 부대에서 수많은 사람들이 돌멩이에 맞아 박이 터졌다. 만민공동회 군중들은 여세를 몰아 돌멩이를 쉴 새 없이 던지며 계속 밀어붙였다. 그러다가 준비해온 돌멩이들이 다 떨어지자 잠시 주춤했고, 그 기회를 놓칠세라 이번에는 보부상 부대들이 죽창과 목검을 휘두르며 반격을 하였다. 돌멩이도 떨어지고 주먹만 남은 만민공동회 군중들은 죽창을 상대로 맨몸으로 맞싸울 수가 없었다.

"여러분 안 되겠소. 모두 봉래교 쪽으로 후퇴하시오."

군중 가운데서 누군가가 다급하게 소리치고, 성내로 달려가 원군을 청해오도록 당부했다. 대불이와 짝귀는 박성춘을 따라 원군을 모으러 성내로 들어갔다. 성내로 원군을 모으러 간 만민공동회 측 군중들은 목청껏 소리를 치며 돌아다녔다.

"여러분들, 보부상 부대의 습격으로 만민공동회 사람들이 다 죽어 갑니다. 싸울 수 있는 이들은 냉큼 종로 네거리로 모이씨요."

대불이와 짝귀도 박성춘을 따라 거리를 누볐다.

"나는 재설군 대표 박성춘이라는 사람이오. 보부상 부대가 죽창을 들고 우리 만민공동회 사람들을 무차별 살상하고 있소. 어서 나를 따르시오."

시민들은 박성춘의 말을 듣자 박수를 치며 그의 뒤를 따랐다. 만민공동회 연설장에 나가본 사람들은 재설군 대표 박성춘의 얼굴을 알고 있는 터였다.

지난 10월 종로 네거리에서 연설을 했을 때 그는 군중들로부터 우레와 같은 박수를 받았었다. "나는 대한의 가장 천한 사람이고 무지 몰각합니다. 그러나 충군애국의 뜻은 대강 알고 있습니다. 이제 이국편민(利國便民)의 길인즉 관민이 합심한 연후에야 가하다고 생각합니다. 저 차일(遮日)에 비유하건대 한 개의 장대로 받친즉 역부족이나 많은 장대를 합한즉 그 힘이 실로 견고합니다"라고 한 그의 연설은 아직도 그들의 귀에 쟁쟁했다.

민중들은 만민공동회가 학식 있고 지위 높은 사람들뿐만 아니라, 박성춘처럼 천한 백정들까지도 참여하여 언권을 얻어 옳은 말을 할 수 있다는 데에 절대적인 호감을 가지고 있었다. 그들이 알고 있는바 독립협회에서 크게 활약하고 있는 사람들 가운데는 백정 대표 박성춘뿐만이 아니고 시전상인 현덕호와 무식한 평민인 목원형, 김덕구, 최용환, 이성근, 피병용, 이승식, 장기와 같이 장바닥이나 싸구려 주막집에서 자주 만나는 사람들도 들어 있어 친밀감이 갔다.

그때문에 지난번 독립협회가 자강개혁내각(自强改革內閣) 수립을 요구하며 광화문에서 철야 상소 시위를 할 때, 시전상인들이 이틀 동안이나 철시하고 시위에 참여했고, 또 17명의 간부들이 구속되자 이에 항의하여 역시 철시하고 만민공동회에 나왔던 것이었다.

뿐만 아니라 이들 시전상인들은 독립협회에 보조금까지 거두어주며 간신배들을 몰아내고 나라를 바로잡아줄 것을 격려했다.

1898년 2월 한 달 동안 이들 시전상인들이 거두어준 보조금만 보더라도, 혜전도중(鞋廛都中) 4원, 의전도중삼소임(衣廛都中三所任) 2원, 청포전도중(靑布廛都中) 4원, 잡곡전도중(雜穀廛都中) 2원, 포전도중(布廛

都中) 8원, 망문상전도중(望門床廛都中) 2원, 백미전도중(白米廛都中) 4원,

지전도중삼소임(紙廛都中三所任)4원, 저포전도중(紵布廛都中) 4원, 과실

전도중(果實廛都中) 4원, 수진궁전도중(壽進宮廛都中) 2원, 하미전도중(下

米廛都中) 2원, 면주전도중(綿紬廛都中) 4원 등 도합 46원이나 되었다.

　박성춘은 시전상인들이 만민공동회를 적극 지지하고 있는 것을

아는지라, 시전으로 돌아다니며 원군을 모았다. 박성춘의 생각대로

시전상인들은 저마다 점방의 문을 닫고 팔을 걷어 올리며 뒤를 따라

나섰다. 문전걸식하던 비렁뱅이들도, 나무장수들도 작대기를 들고

종로 네거리로 몰려들었다.

　싸울 수 없는 사람은 돈을 보조해주면서 격려를 해주었다. 다동(茶

洞) 사는 박 씨 부인은 집 판 돈 1백 원을 몽땅 만민공동회에 바치고

갔다.

　오른쪽 다리를 절뚝거리는 늙은 비렁뱅이도 구걸해서 모은 1원을

주고 갔으며, 나무장수 한 사람은 장작 수십 바리를 보내어 밤을 새울

때 불을 피우라고 하였고, 시전의 어느 과실장수는 배 세 가마니를 져

다 주며 목마름을 축이게 하였으며, 술장수는 술을 보내오기도 하였다.

　가난한 사람들만 모여 사는 필운대(弼雲臺) 동민들은 6원을 거두어

가지고 와서 목숨 바쳐 황국협회 앞잡이인 보부상 부대와 싸우겠다

고 하였다.

　평안북도에 사는 농민 한 사람은 만민공동회에 참가하고 보조금

을 주려고 명주 두 필을 가지고 서울로 내려오다가 중도에서 화적을

만나 빼앗기자 "서울 만민공동회에서 풍찬노숙해가면서 나랏일을

그르치는 사람들과 싸우는 사람들을 도우려고 불원천리하고 내려가는데 이를 빼앗기니 충애하려던 목적이 실로 낭패로다" 하고 울먹인즉, 화적들도 따라 눈물을 흘리며 "그대의 말을 들으니 실로 감읍하다. 이 명주 두 필을 도로 줄 터이니 어서 가서 나랏일을 바로하기 위해 싸우는 사람들을 도와서 우리같이 도적질하는 사람들도 도적질하는 사업을 면케 해 달라. 우리는 관원들의 학대하는 것을 못 이겨 탕패가산하고 살 수 없어 부득이 이 짓을 하고 산다" 고 하며 그들이 가지고 있던 돈까지 노자에 보태 쓰라고 내주었다고 하였다.

또 과천(果川)에 사는 최 서방이라는 사람은 나무를 한 바리 싣고 서울로 팔러 왔다가 만민공동회에 나무 판 돈 서른 냥 중에서 노잣돈 닷 냥을 빼고 나머지 스물다섯 냥을 모두 보조하였으며, 콩나물을 팔러 온 촌부까지도 콩나물 판 돈 닷 냥을 몽땅 내놓고 가기도 하였다.

만민공동회가 무엇인지 아는 사람들은 아낌없이 도와주려고 발벗고 나섰다.

그 무렵엔 서울뿐만이 아니라 지방에서까지 보조금을 거두어 보내곤 하였다.

삼화항(三和港)에서는 감리 정현철(鄭顯哲)과 시민들이 1백 33원을, 그리고 제물포에서는 시민들이 모금한 돈 36원 27전을, 시민들의 이름으로 애국운동이 성공하기를 빈다는 격려 편지와 함께 보내왔다.

이밖에도 이미 독립협회 지회(支會)가 설치된 공주(公州)지회를 비롯하여 평양, 대구, 선천(宣川), 의주(義州), 강계(江界), 북청(北靑), 목포 등 8개 지회에서도 시전상인이나 평민들이 모금한 보조금을 서울로 보내오기도 하였다.

뿐만 아니라 감옥서(監獄署)의 재수인(在囚人)들도 만민공동회를 지지하여 격려편지와 함께 2원을 헌납해왔으며, 제물포에서는 상봉루(相鳳樓)의 기생 9명이 90전의 보조금을 보내왔다. 이렇듯 백성들한테 뜨거운 지지를 받고 있는 만민공동회가 보부상 패들한테 당하고 있다는 말을 들은 서울시민들이 그대로 보고만 있지 않았다.

원군은 자꾸 몰려들었다.

죽창과 목검을 든 보부상 패 4천여 명과 대항하기 위해 몰려든 민중들의 수는 3만 명을 헤아렸다. 서울시민 25만 명 중에서 3만 명이 팔뚝을 걷어붙이고 몰려나왔으니, 서울 인구의 8분의 1에 해당하였다.

어른들뿐만 아니라 덕어학교(德語學校). 수하동관립소학교(水下洞官立小學敎), 양사동(養士洞)관립소학교, 영어학교(英語學校) 등을 비롯하여 서울시내 각급 학교의 대다수 학생들과 10세 안팎의 소년층들이 모여 자동의사회(子童義士會)를 조직하여 만민공동회를 지원하기 위해 거리로 뛰쳐나오기도 하였다.

대불이와 짝귀가 박성춘을 따라다니며 만민공동회의 원군을 모으고 있을 무렵, 보부상 부대는 죽창을 휘두르며 만민공동회의 서대문 방어선을 뚫고 말았다. 만민공동회 측 군중들은 다시 남대문 쪽으로 밀려났으며, 보부상 부대는 숨 돌릴 여유도 주지 않고 계속 꼬리를 들이쳤다.

원군이 오기만을 기다리던 만민공동회 측은 마지막 집결지인 봉래교 부근에서 보부상 부대를 맞아 한데 얼크러지고 말았다.

보부상 부대를 맞아 돌멩이로 상대하던 만민공동회는 저마다 작대기와 몽둥이를 들고 함성을 지르며 생사 결판으로 맞싸웠다. 함성과 비명이 하늘에 닿았다.

숫자는 만민공동회 측이 조금 많은 듯싶었으나 힘이 센 장정들이 중심이 된 보부상 부대를 당해낼 수가 없었다. 보부상 부대는 워낙 건장한 사내들이고 조직이 잘 되어 있었지만, 만민공동회 군중들이란 나이 어린 학생이며 부녀자, 노인들이 많이 끼여 있었는지라 힘도 부치려니와 악착같지를 못했다.

만민공동회 군중들이 차츰 밀리기 시작했다.

그때 여러 사람들이 "원군이 온다. 만민공동회 원군이 온다" 하고 소리쳤다. 서대문 쪽에서 수많은 사람들이 손에 작대기를 들고 봉래교를 향해 몰려오고 있었다. 얼추 헤아려도 수천 명이 되어 보였다. 원군이 오는 것을 보자 밀리고 있던 만민공동회 군중들이 다시 힘을 내어 버티었다.

"황국협회 앞잡이들을 죽여라!"

만민공동회 측에서 소리쳤다.

만민공동회를 도와주기 위해 수많은 군중들이 계속 봉래교 쪽으로 오고 있는 것을 보자, 겁에 질린 보부상들이 주춤 뒤로 물러서더니 다시 마포 쪽으로 퇴각하기 시작했다.

"보부상 놈들이 도망간다. 모두 놈들의 다리를 분질러버리자."

보부상 부대가 퇴각하자 이번에는 만민공동회 군중들이 뒤를 바짝 물고 추격했다. 뒷걸음질을 치는 보부상 부대를 향해 돌멩이 소나기를 퍼부었다. 꼬리에 붙어 도망가던 보부상 하나가 실팍한 돌멩이에 맞고 쓰러졌다. 다른 동료들이 그를 부축하여 일으키려고 하였으나 돌멩이들이 비 오듯 하는지라 머리를 싸쥐고 도망치고 말았다. 보부상 부대를 추격하던 용감하고 날쌘 군중들이 달려들어, 돌멩이에 머리를 맞고 쓰러진 나이가 지긋한 보부상을 에워싸더니 사정없이 발길질을 하였다. 발길에 걷어챈 보부상은 개구리처럼 납작하게 땅에 배를 깔고 엎더서 손발을 바르르 떨었다.

"보부상놈들을 모조리 죽여 없애자."

군중들은 미친 듯 소리치며 배를 깔고 엎드려 손발을 떨고 있는 보부상의 허리와 머리를 직신직신 밟아주고 나서 추격을 계속하였다.

보부상 부대는 마포까지 퇴각을 한 뒤에 다시 전날처럼 방어선을 구축했다.

만민공동회와 보부상 부대는 마포에서 일단 대진을 하고 숨을 돌렸다.

이날 싸움에서 만민공동회 측 군중 한 사람이 죽었다. 남대문통 종잇집에서 일을 보아주던 열일곱 살 된 사동이 보부상 부대의 목검에 머리를 맞아 죽은 거였다. 다친 사람은 양측에서 수백 명이 되었다. 수백 명이 머리가 깨지고 다리를 절뚝거렸다. 봉래교에서 만민공동회 군중들한테 뭇매를 맞고 짓밟힘 당한 보부상도 생명이 위독했다.

만민공동회 군중들과 보부상 부대 사이의 싸움은 연일 계속되었다. 마포에 진을 치고 있는 보부상들은 만민공동회의 군중들 숫자가 줄어드는가 싶으면 순식간에 살무사가 똬리를 풀듯 기습을 하였고,

기습에 놀란 만민공동회 측은 남대문까지 쫓겨 가기 일쑤였다. 보부상 부대의 기습을 받아 남대문까지 퇴각을 할 무렵에는 잠시 집에 가 있던 만민공동회 측 군중들이 원군으로 지원을 해왔기에 다시 반격을 하곤 하였다. 하루에도 두세 차례씩 마포에서 남대문까지 그리고 다시 남대문에서 마포까지 밀치락달치락하였다. 한차례씩 밀치고 달칠 때마다 수백 명씩의 부상자가 생겨났다.

이 싸움이 꼬박 닷새째나 계속되었으나, 양측은 서로 물러설 기세가 엿보이지 않았으며, 군대나 순검들은 마치 강 건너 불구경하듯 하였다.

보부상 부대는 마포에, 만민공동회 측은 남대문에 본부를 두고 있었다.

시전의 상인들도 모두 철시를 하고 만민공동회를 지원하기 위해 나와 있었고, 마포에서 남대문까지 이르는 거리에는 하루에도 몇 차례씩 밀치락달치락하는 바람에 돌멩이가 길바닥에 가득 널려 있었다. 서로 쫓기는 상대편을 찾아 샛골목까지 휘젓고 다니는 통에, 거리는 난리를 겪고 있는 듯 어수선했다.

조정에서도 손을 쓰지 못하고 있었으며, 시민들은 불안에 떨었다. 그러나 시민들은 보부상 부대와 만민공동회 사이의 싸움의 추이를 관심 있게 지켜보고 있었다. 보부상 부대가 이기는 날에는 수구파 사람들의 세상이 될 것이며, 만민공동회가 이기면 천민이나 장사꾼들도 언권을 얻는 새 세상이 올 것으로 믿고 있었다. 그러기에 가난한 천민들은 만민공동회가 이기기를 기대하였으며, 계속 보조금을 거두어주었다.

이무렵 조정 안의 수구파에서는 보부상 부대와 만민공동회 사이의 싸움이 오래 계속되면 자기네들이 불리하게 되리라는 것을 짐작하고 대책을 세웠다. 우선 그들이 겁을 먹은 것은 만민공동회를 지지하는 군중들의 수가 날로 늘어나는 일이었다.

그리하여 수구파의 대신들은 경무사에게 만민공동회의 주모자들을 모두 체포하라고 일렀다.

수구파에서는 경무사로 하여금 만민공동회의 주모자들을 불시에 체포하게 하는 한편, 그 기회에 황국협회가 종로에 있는 만민공동회장을 습격하도록 하였다.

조정에서 만민공동회의 정예분자들을 체포하기로 한 것과 때를 같이하여 보부상 부대가 종로 네거리의 만민공동회장을 습격 점령하는 데 성공하고 말았다.

박성춘을 비롯하여 만민공동회의 몇몇 주동자들도 대불이와 짝귀의 알선으로 진고개 상엿도가로 몸을 숨겼다.

그러나 만민공동회는 끝내 남산 기슭에 버티면서 다시 때를 기다렸다. 만민공동회는 그들을 지지해주는 수많은 시민들의 힘을 믿었기 때문에 쉽게 와해되지 않았다.

진고개 상엿도가에 잠시 몸을 피하고 있었던 박성춘과 대불이는 다시 남산으로 올라갔다.

수구파 대신들의 탄압으로는 만민공동회가 쉽게 무너지지 않으리라는 것을 헤아린 황국협회 간부들은 은근히 걱정이 되었다. 더욱이 고종은 독립협회 측을 밉게 보지 않은 터라, 일방적으로 탄압을 하는 데에도 문제가 있었다.

자기네들의 힘만으로는 독립협회와 만민공동회를 깰 수 없음을 헤아린 황국협회 간부들은 드디어 외국의 힘을 얻기로 하였다. 러시아는 말할 나위도 없거니와 미국, 일본, 독일 등은 한결같이 독립협회를 마땅찮게 생각해오고 있었기에, 그 감정을 이용하려는 속셈이었다.

미국, 일본, 러시아는 기회만 있으면 철도부설권이나 채광권을 얻으려고 눈에 불을 켜고 있는 판에, 독립협회에서 이를 문제 삼아 따지는 바람에 일이 순조롭게 풀리지 않고 있었다.

조정에서는 독립협회의 강력한 제의를 받아들여, 광무 2년(1898년) 1월 12일자로 앞으로는 채광권과 철도부설권을 외국인에게 허가하지 않겠다고 하고서도, 같은 해에 금성(金城) 당현(堂峴) 금광채광권을 독일인에게 특허하였고, 다시 경부철도부설권을 일본에게 허가를 해주고 말았다.

이밖에도 그해 1월 18일에 미국인 콜브란과 브스트위크에게 전차, 전화, 전등, 수도 부설권을 허가해주었다. 삼천리 강토의 흙 한 줌과 풀 한 포기도 모두 우리 인민의 재산이므로 번영을 위한 개발도 우리 인민의 힘으로 이룩하여 골고루 이익과 혜택이 돌아가게 하라는 독립협회의 주장이 묵살당하게 되자, 만민공동회가 이를 보고만 있지 않았다.

이렇게 되자 한반도에 발을 붙이고 쏠쏠한 재미를 보려고 한 외국의 공사들은 독립협회가 심히 눈에 거슬렸던 것이다. 하기야 처음에는 한로은행의 내막을 폭로하고 러시아인 재정고문과 군사교관의 부당함을 규탄하고 계속하여 러시아의 국권침해 규탄운동을 벌였으나, 독립협회 간부들이 외세와 등을 대지 않기 위해 미국과 일본이 하는 일에는 모르는 척 눈을 감아주기도 했었다.

그러나 만민공동회의 힘이 커지자 독립협회 간부들의 뜻대로 되지 않게 되었다.

탁지부대신 민영기(閔泳綺)가 미우라(三浦) 일본공사를 만나 넌지시 만민공동회를 깨부쉈으면 하는 뜻을 비친 데서부터 외국의 힘이 독립협회를 해체시키는 데에까지 미치게 되었다.

일본공사가 민영기의 뜻을 본국에 전하자, 일본정부에서는 일본 국무성에 있는 미국인 고문 윌리암스를 충동질하였으며, 윌리암스는 또 미국 국무성에 입김을 불어넣어 그 입김이 미국공사 알렌에 닿게 된 거였다.

이렇게 하여 미국공사 알렌과 일본공사 미우라, 러시아공사 웨베르가 독립협회를 해체시키는 작업을 하기로 약속을 하였으며, 특히 세 나라 가운데서도 일본의 충동질을 받은 미국이 적극적으로 이에 앞장을 섰다.

남산 기슭까지 밀려난 만민공동회와 마포에 진을 쳐놓은 보부상 부대의 격돌은 계속되었다.

그러던 어느 날 고종은 중신들을 어전에 불러 "두 협회가 이리 맞서고 있게 되면 무슨 변이 일어날지도 모르겠소. 이는 외국에 대한 체

면도 말이 아니니 대책을 세워야 하지 않겠소?" 하고 힐난을 하기에 이르렀다. 그러자 이때를 기다렸다는 듯이 탁지부대신 민영기가, 영국의 공동 감시 하에 두 협회를 해산시켜야 한다고 주장했다.

탁지부대신 민영기의 속셈은 황제로 하여금 독립협회와 황국협회를 모두 해체하라는 칙유를 내리게 하여, 독립협회를 완전히 무산시킨 다음 은밀히 황국협회의 활동을 양성화시키자는 데에 있었다.

그가 더구나 영국의 공동 감시 하에 두 협회를 해산시키자고 한 것은 외세를 끌어들여 차후에 있을지도 모를 예측할 수 없는 사태에 대비하여 그 자신이 미리 빠져나갈 구멍을 만들어놓자는 계산이었던 것이다.

"영국의 공동 감시 하에 해산을 시키자고 한 것은 무슨 연유요?"

고종은 민영기의 속마음을 알 턱이 없는지라 이렇게 물었다.

"어느 한쪽에도 소홀함이 없도록 하자는 뜻이옵니다."

민영기의 말에 고종은 크게 수긍이 가는 듯싶었다.

"좋은 생각이오. 내 입장으로서도 어느 한쪽을 소홀히 하고 싶지도 않거니와, 그 책임을 묻고 싶지도 않소. 두 협회를 해산시키는 데에 열국을 참여시키는 것은 가장 떳떳한 일일 게요."

"우선 폐하께서 친히 양측의 대표들에게 칙유를 내리심이 지당한 줄 아뢰옵니다."

"그렇게 하도록 합시다."

고종은 오랜만에 마음이 놓였다.

이렇게 하여 고종황제는 11월 26일 하오 1시에 경운궁 돈례문(敦禮

門) 앞에 황제어좌소(皇帝御座所)를 마련하고 정부의 전 각료와 주한 외교사절을 좌우에 배석하고 양측 대표들을 불러 칙유하기에 이르렀다.

"오늘날 모든 죄는 짐의 죄이다. 짐이 장차 허물을 고치어 선정을 펴려 하노니 너희들은 각자 돌아가 안돈(安頓)하라. 대신들의 책임도 또한 있으니 이는 백성의 정상을 짐에게 상주하지 못하여 중간이 막힌지라, 의심과 두려움이 일어나게 된 것이다. 앞으로는 군신상하가 신의를 서로 지키고, 어진 이와 능통한 이들을 나라 안에서 구하여야 할 것이다. 과거의 일은 유죄와 무죄, 죄의 가벼움과 중함을 막론하고 모두 용서한다. 앞으로 다시는 권력을 넘어 분에 어긋나는 짓은 일체 통혁(通革)할 것이며 식언(食言)하지 않을 것이니 너희들도 근신하라. 앞으로 양회는 서로 도와서 우호를 두텁게 하고 각기 돌아가 업에 종사하라."

고종황제는 군중 연설을 하였다.

이때 독립협회 측에서는 이상재, 윤치호, 양홍묵, 나수연 등 3백여 명이 돈례문 밖에 와 있었고, 황국협회에서는 고영근, 이기동, 길영수, 박유진, 홍종우 등 2백여 명이 역시 문 밖에 자리를 잡고 있었다.

고종황제는 이어 독립협회의 대표들을 황제어좌소 앞으로 불러들이게 하였다.

고종은 독립협회의 대표들에게 그들의 우국충정을 헤아리고도 남음이 있으나, 백성이 두 패로 갈라져서 연일 생사를 결판하고 싸우고 있으니 이로 하여금 나라의 기강이 바로 서지 않고 있을 뿐만 아니라 외국에 대해서도 부끄럽기 그지없는 일이라고 말한 다음 독립협회 측의 요구가 있으면 들어주겠다고 하였다.

"어서 요구를 말해보시오."

고종의 호의적인 반응에 독립협회 대표들은 일단 마음을 놓을 수가 있었다.

이때 독립협회 측에서는 독립협회의 부활과 보부상 부대의 해산, 그리고 조병신, 민종묵, 유기환, 김정근, 이기동, 길영수, 홍종우, 박유진 등을 처단해줄 것을 요구했다.

"독립협회에서 내세운 요구가 그렇다면 잘 처리를 하겠으니 그리 들 아시오."

고종의 그 같은 약속에 독립협회 대표들은 참으로 크게 감동하였다.

"폐하, 황공하옵니다."

그들은 만족한 마음으로 물러났다.

다음에는 황국협회 대표들을 불러들이고 그들의 요구를 물었다.

"우리 황국협회로서는 소위 만민공동회와 독립협회를 즉각 해산시키고, 보부상의 도가(都家)인 신의상무소(信義商務所)를 부활시켜주실 것과 조병식, 민종묵 등 8명을 석방시켜주실 것을 바라옵니다."

이렇듯 양쪽의 주장이 각각 달랐다. 주장하는 바가 너무 정반대였기 때문에 타협점을 좁히기가 어렵게 되었다. 그런데도 정부의 두둔을 받고 있는 황국협회 측에서는 자진하여 보부상을 해산시키겠으니 만민공동회도 즉각 해체시키라고 주장하였다. 이것은 황국협회의 흑색전술이었다.

돈례문 밖 광장에 황제어좌소를 마련하고 두 협회의 해산을 칙유

한 사흘 뒤인 11월 29일에는 중추원의관(中樞院議官)이 임명되었다. 이것은 독립협회와 만민공동회가 주장하던 대의정치(代議政治)가 시작되려고 하고 있는 것이었다.

독립협회 측에서는 윤시병, 남궁억, 유맹, 양홍묵, 이승만 등 17명이, 황국협회에서는 홍종우, 이교석, 이시우, 심은택 등 29명이 각각 중추원의관이 되었다.

중추원회의에서는 또 당시 역적으로 몰려 망명 중에 있는 박영효를 귀국시키고 서재필도 불러들여 정부요직에 등용해야 한다고, 대신 후보자 11명의 명단 속에 이들을 포함시켜 가결한 뒤에 정부에 회부하였다.

황제와 정부각료들은 중추원의 결의에 당황하고 말았다.

이 일로 하여 건의안의 동의자인 최정덕과 이에 찬성한 의관들을 파면시키고 독립협회의 해산을 명령하기에 이르렀다.

이무렵 장안에는 박영효가 돌아와 대통령이 된다는 소문이 짜하게 퍼져 있었으며, 이에 격분한 유생들의 항소가 빗발쳤다.

유생들의 항소와 때를 같이하여, 이 기회를 놓칠세라 보부상 부대가 다시 독립협회 본부를 습격하였으며, 이상재, 이승만, 이동녕, 이준 등은 각국 공사관으로 피신하였다.

독립협회 사무실은 난장판이 되어버렸다. 보부상 부대가 점령하여, 문짝과 집물들을 박살내고 말았다.

대불이가 독립협회의 사무실이 보부상 부대에 의해 점령을 당해 난장판이 되었다는 소식을 들을 것은, 순영이를 만나 삽삽한 초겨울

바람이 노랗게 물든 은행나무 잎들과 더불어 뒹구는 덕수궁 담 밑을 걷고 있을 때였다.

그 무렵 대불이와 순영이는 일주일에 한 번씩은 만나고 있었다.

이제 대불이와 순영이는 지난날 하야시가 그녀에게 입혀놓은 상처를 거의 잊어가고 있었으며, 그 상처가 잊히려고 하자 예전에 느끼지 못했던 새로운 감정이 아는 듯 모르는 듯 두 사람의 마음에서 싹트기 시작했다.

그들은 한가하게 돌담 밑을 걷고 있다가 행인들이 갑자기 부산하게 종로 쪽으로 뛰어가는 모습을 보았다.

대불이가 학생 차림의 젊은이를 붙들고 무슨 일이 일어났느냐고 물었더니 독립협회가 박살이 났다면서 종로에서 만민공동회 임시대회를 연다고 알려주었다.

종로 쪽으로 뛰어가는 학생 차림의 젊은이 입에서 독립협회가 박살났다는 말을 들은 순영이는 대불이와 헤어질 준비를 하고 있었다. 대불이가 말하지 않더라도 그녀는 이제 그만 학교 기숙사로 돌아가야만 했다. 순영은 지금껏 그래왔듯이 이런 경우 대불이를 붙잡지 않았다. 순영이가 붙잡는다고 발이 묶일 그가 아니었기 때문이다.

하야사한테서 씻을 수 없는 상처를 입고 제물포를 떠나온 뒤부터 그녀의 이기적이고 고집스러운 성격이 급회전을 할 만큼 달라졌다. 그녀는 이제 대불이한테만은 어떤 조그마한 욕심도 부리려 하지 않았다. 그것은 관대해진 것이 아니고 양보할 줄 아는 마음을 스스로 배운 것이다.

요즈막 순영이가 부쩍 열을 올려 대불이를 만나는 것은 그를 차지하려는 것도, 가을로 접어들면서부터 알 수 없이 허전해진 마음을 그에게 위로받기 위함도 아니었다. 그냥 만나고 싶었다. 세상이 뒤숭숭한 탓인지, 요즈막 그녀의 마음도 낙엽들이 우수수 깔린 을씨년스러운 거리처럼 심란해 있었다. 그 심란함이 대불이와 함께 있으면 조금은 차분해지는 것이었다.

순영은 그렇게 자신의 마음이 약해진 것은 나이 탓일지도 모른다고 생각했다. 처음에 여학교에 들어왔을 때까지만 해도, 하야시한테 당한 상처, 대불이와 헤어지는 아픔 따위는 한갓 소나기를 만나 온몸이 흠씬 젖었을 때의 휘주근한 기분으로 돌려버렸고, 마치 날개라도 돋아난 듯 맘껏 드넓은 하늘을 훨훨 날아다닐 것만 같았다.

그러던 것이 지랄맞게도 해가 바뀌고 나이가 들수록 한때 돋아났던 날개가 점점 줄어들어 이제는 흔적조차 찾아볼 수 없게 된 기분이었다. 그런 기분과 함께 참담한 외로움에 자신도 모르게 하늘만 쳐다봐도 질금 눈물이 솟구쳤다. 마음이 약해지면서 남자가 그리웠다. 순영이는 대불이한테서 옛날에 얼핏 맛보았던 남자에 대한 뜨거운 기분을 다시 느끼고 싶은 것인지도 몰랐다.

"가보서요."

순영이가 낯선 사람을 대하듯 뜨악한 얼굴로 대불이를 보며 말하자, 대불이는 순영이의 말이 떨어지기도 전에 종로 쪽으로 뛰어갈 기세로 상반신을 꺾은 채 고개만 약간 돌리며 "그러면 또 만나기로 허고 오늘은……" 하고 말끝을 얼버무리며 멀어져갔다.

대불이는 덕수궁 돌담 모퉁이를 숨 가쁘게 뛰어 돌 때까지 한 번도 뒤를 돌아다보지 않았다. 대불이가 돌담 모퉁이를 돌아 모습이 보이지 않게 되자, 순영은 그 자리에 털썩 주저앉아버리고 싶었다.

대불이가 헐근거리며 종로 네거리에 이르자 벌써 수많은 군중들이 모여 사금파리처럼 날카로운 눈으로 웅성거리고 있었다. 군중들을 헤치고 앞으로 나가자 소위 소장 혁신신진파 사람들의 얼굴이 모두 보였으며, 외국 공사관으로 피신했던 이승만, 이동녕, 이준 등이 군중들을 선동하고 있었다.

대불이의 눈에 얼핏얼핏 비쳐 들어온 소장 혁신신진파들로는 정항모, 홍정후, 변하진, 조한우, 김구현, 윤하영, 최정덕, 최정식, 윤시병, 윤이병, 홍재기, 박은식, 이동휘, 허위, 주시경, 양홍묵, 어용선, 손승용 등이었다. 짝귀와 박성춘의 모습은 보이지 않았다. 이준이 연단 위로 올라가자 군중들이 잠시 조용해졌다.

이준은 황국협회 타도를 부르짖고 식언을 일삼는 정부를 규탄하였다.

"이대로 내버려두었다가는 우리나라는 망합니다. 도탄에 빠진 나라를 구하기 위해서는 우리 만민공동회가 죽기를 무릅쓰고 싸워야 합니다."

그러면서 이준은 결사대를 조직하여 남대문에서 용산까지 철도에 누워 극단적인 최후의 시위운동을 하자고 제안하였다.

"그렇게 합시다. 모두 철도에 누워서 죽읍시다."

여기저기서 이준의 제안을 찬성하였다. 이준의 제안에 따라 결사대를 만들자고 하였으나 너도나도 나서는 바람에 결국은 임시대회에 나왔던 군중들이 모두 용산철도로 향했다. 그러나 그들이 철도에 가까이 당도하고 보니 어느 사이에 정보를 입수한 군대가 철통같이 철도를 지키고 있었다. 만민공동회 군중들은 철도를 수비하는 군대와 옥신각신하다가 하는 수 없이 되돌아섰다.

이무렵 배재학당 학생을 위시한 시내 학생들 수천 명이 마포에 있는 보부상 부대본부를 습격할 계획을 세우고 있었다.

학생들로 조직된 습격대는 2대로 나뉘어 그 한 패는 남대문에서 아현고개를 경유하여 한강 쪽으로 진출하고, 다른 한 패는 서대문에서 공덕리(孔德里)로 향하여 양쪽에서 협공하기로 하였다.

학생들이 습격해온다는 소식을 들은 보부상 부대는 마포 본부를 두고 공덕리로 떠났다. 공덕리에서 학생습격대와 보부상 부대가 충돌했다. 치열한 투석전이 벌어지다가 종당에는 두 패가 한 덩어리로 얼크러져 몽둥이와 목검을 휘둘렀다.

"독립협회 놈들을 모조리 쥐여라."

"보부상 패거리들을 때려잡아라."

"보부상놈들이 우리 학생들을 대창으로 찔러 죽였다."

"독립협회 놈들이 보부상 부대를 돌로 찍어 죽였다."

두 패는 서로 소리를 지르며 미친 듯 얼크러져서 찧고 박았다.

그러나 힘에 있어서 워낙 열세인 학생습격대는 조직이 잘된 보부상 부대를 당해낼 수가 없어 하는 수 없이 남대문 쪽으로 퇴각하고 말았다. 이 싸움에서 학생습격대 12명이 숨지고 1백여 명이 부상했다.

습격대 안에는 학생들뿐만 아니라, 시전상인들과 날품팔이며 시골에서 올라온 나무꾼들도 끼여 있었다.

한편 아현고개로 향한 학생습격대 한패는 마포까지 가서 텅 비어 있는 보부상 부대본부를 습격하여 모든 사물들을 박살내고, 남대문 쪽으로 퇴각하는 습격대를 추격하는 보부상 부대의 꼬리를 바짝 물고 따랐다. 마포의 보부상 부대본부를 습격하고 돌아온 학생습격대가 보부상 부대의 후미를 치고 있다는 정보를 입수한 남대문 쪽의 만민공동회 측은 일시에 기력을 찾아 반격을 개시하였다.

보부상 부대는 공덕리와 남대문 쪽에서 협공해 들어오는 학생습격의 기세에 눌려 양화진(楊花津) 쪽으로 도주하고 말았다. 보부상 부대가 양화진으로 도주하자, 힘을 얻은 만민공동회 군중들이 여기저기서 일어나 종로 네거리로 몰려들었다. 다시 장안은 만민공동회에서 장악하고 만 것이다.

학생습격대가 양화진의 길목을 지키고 있었기 때문에 보부상 부대는 다시 장안으로 들어오지를 못했다.

만민공동회 군중들은 당장 대궐이라도 휩쓸어버릴 기세였다.

보부상 부대가 어이없이 양화진 쪽으로 밀려나자, 수구파에서는 다시 불안해하였다. 독립협회에서 어느 때 그들의 집을 습격해올지 몰라 바들바들 떨고 있었다.

수구파 사람들은 총리대신을 충동질하여 독립협회의 해산을 종용하도록 하였다. 정부는 군대를 풀어 남대문과 서대문을 엄중 경계하기에 이르렀다.

탁지부대신 민영기는 즉각 미국공사 알렌을 찾아갔다. 탁지부와 각국 공사관 사이에는 여러 가지 경제적인 이해관계가 얽혀 있었기 때문에 긴밀한 내왕이 잦은 편이었다.

　　민영기는 미국공사 알렌에게 독립협회를 해산시켜줄 것을 요청했다. 지난 11월 26일 고종황제가 돈화문 앞에 임시 어좌소를 만들어 주한 외교사절들을 배석시킨 가운데, 독립협회와 황국협회를 해산시키라는 칙어를 내린 바 있었음을 상기시킨 민영기는 외국 공사들이 황제를 만나줄 것을 부탁하였다.

　　"당초에 영국의 공동 감시 하에 두 협회를 해산시키기로 했던 것인데 여태껏 해산이 되기는커녕 싸움만 더 치열해지고 있으니, 외국의 공사들이 나설 만한 명분이 있습니다."

　　민영기의 말에 알렌은 만족한 얼굴로 고개를 끄덕였다. 독립협회를 깨버리라고 본국 국무성으로부터 은밀한 지시를 받은 바 있는 알렌은 드디어 때가 왔음을 직감했다.

　　"좋소. 노서아 공사와 일본공사를 만나보겠소."

　　알렌의 확답을 받은 민영기는 마음을 놓았다.

　　알렌은 곧 러시아, 일본의 두 나라 공사와 은밀히 만나서 고종 황제에게 독립협회를 해산시키도록 압력을 넣기로 합의하였다. 그들 나라가 한반도에서 하는 일에 사사건건 물고 늘어지는 만민공동회를 없애야 한다는 데는 모두가 똑같은 생각이었다.

　　이렇게 해서 미국공사 알렌이 앞장서서 독립협회 해산운동이 진행되었다. 정부는 결국 크리스마스인 12월 25일을 기해 독립협회를 부숴버리게 된 거였다. 군대를 동원, 독립협회 간부들을 잡아들이기 시작했다.

정부의 탄압은 심해져 독립관을 폐쇄하고 무장 병력을 배치, 어떤 사람도 건물 안에 들어가지 못하도록 하였다.

독립협회의 소장 신진혁신파들 가운데서 상당수가 잡혀갔으며 나머지는 대부분 지하로 잠적해버리고 말았다. 뿐만 아니라 독립협회에 대한 정부의 탄압이 극도로 심해지자 군중들은 다시 모일 수도 없게 되었다. 거리마다 군대가 지키고 있으면서 만민공동회의 움직임을 미리 분쇄해버렸다.

이 무렵 진고개 상엿도가에는 독립협회 소장 신진혁신파 몇 사람들이 대불이의 도움으로 피신을 하고 있었다. 진고개라면 일본인들의 거리였기 때문에 감시가 덜했고, 더구나 상엿도가라는 점이 피신하기에는 좋은 곳이었다.

더욱이 상엿도가의 주인 박봉필 영감이 그들을 호의적으로 감싸주었다. 처음에 박봉필 영감은 대불이와 짝귀가 상엿도가의 일에는 소홀히 하면서 만민공동회에만 매달려 있는 것에 노골적으로 불평을 했었으나 대불이가 그의 생각을 뜯어고쳐버린 것이었다. 그는 대불이의 설득으로 만민공동회를 적극 지지하게 되었다.

박봉필 영감은 그 뒤 대불이를 통해 두어 차례 독립협회 보조금도 내놓았으며, 마지막 열린 만민공동회 임시대회에 나가기도 했었다.

그때문에 대불이는 마음 놓고 독립협회 소장 신진혁신파들을 상엿도가에 피신시켜줄 수가 있었다.

독립협회의 소장 신진혁신파 사람들은 대부분 양가의 자제들이거나 유학을 마치고 돌아온 젊은이들이었고, 이 가운데 젊은 시전상인들도 몇몇 끼어 있었다. 대불이와 짝귀는 이들 무식한 시전상인들과 가깝게 어울렸다. 부잣집 자제들이나 유학을 마치고 돌아온 젊은이들한테 말을 함부로 붙이기란 여간 서먹한 일이 아니었다. 그러나 상엿도가의 방에서 며칠 동안 같이 자고 한솥밥을 먹게 되자 그런 뜨악함이 모두 사라져버렸다. 그들은 함께 신분의 고하나 부귀빈천을 따지지 않고, 수구파 대신들을 타진하고 황국협회를 없애자는 데에 의기가 투합 되고 있었기 때문에 서로 의지하고 신뢰하였다.

상엿도가에서 좋은 일 궂은 일 가리지 않고 돈을 모으는 일에 정신이 팔려 있는 오태수 혼자만이 그들의 하는 일에 시종 찜부럭한 얼굴이었다. 그런 오태수의 태도가 눈에 거슬렸음인지, 독립협회 혁신파 몇몇이 대불이에게 은근히 오태수를 걱정하는 눈치를 보였다. 그러나 대불이는 오태수가 그들을 잡아가라고 고자질할 사람은 아니라고 충분히 안심을 시켰다.

그들은 낮에는 꼼짝하지 않고 상엿도가의 방안에 붙박여 있다가 밤이 되어서야 슬금슬금 박쥐처럼 기어나가 동정을 살피고 돌아오곤 하였다.

7

광무 2년, 고함소리와 박수치는 소리, 그리고 돌멩이와 대창이 난무했던 한 해도 서서히 저물어갔다. 어떤 어려움 속에서도 나라와 민권을 지켜나가려고 하는 측과, 오히려 혼란한 기회를 이용하여 일신의 안전을 도모하려는 사람들과의 반목은 해가 바뀌는 것과 관계없이 더욱 치열해졌다. 백성들은 누구의 생각이 옳고 누가 잘못하고 있는가를 분명하게 헤아리고 있었다. 그것을 헤아리고 있으면서도 옳고 그름을 저저이 따지려고 하지를 않았다. 더욱이 농촌에서는 갑오년 때 농민군들 편을 들어주었다가 크게 낭패를 당한 적이 있는지라 되도록이면 앞에 나서려고들 하지 않는 것이었다.

역사는 그렇게 자꾸만 뒤엉키면서 세월 속에서 거대한 바람처럼 소용돌이치고 있었다. 그 바람의 향방을 바꿔보려고 한 사람들은 핍박을 당했고, 바람이 부는 방향 따라 살려고 한 사람들은 큰소리를 쳤다.

광무 3년(1899년)이 되자 황국협회에서는 1월부터 격일간지 『시사총보(時事叢報)』를 발행하는 등 본격적인 활동을 시작하기에 이르렀다. 역사의 바람은 황국협회 쪽으로 불고 있었다.

2월에는 전주와 임피 등지의 소작인들이 균전(均田)을 요구하며 민란을 일으키기도 하였다.

"나라가 황국협회 놈들 손아귀에 들어 있으니 이를 어쩝니까?"

"우선 이용익부터 없애야 하오."

"이용익뿐만 아니라 신기선, 박정양, 유창동, 이유인, 이종건, 길영

수, 이기동, 민영기도 같이 없애야 하오."

진고개 상엿도가에 은신하고 있던 독립협회의 소장혁신파 몇 사람은 밖의 동정을 살피고 올 때마다 흥분들을 하였다. 그들 중 몇 사람은 박영효의 집에 갔다 오기도 하였다. 대불이와 짝귀도 그들을 따라 한 번 박영효의 집에 가보았었다.

굉장히 큰 저택이었다. 그 집은 박영효가 재차 일본으로 망명의 길에 오르면서 소유권을 일본인의 명의로 변경하고, 일본인이 관리를 하고 있었다.

일본인의 집이라 감시가 소홀한 것을 이용하여 독립협회의 소장혁신파 사람들이 은밀히 그 집에 드나들며 연락을 하기도 하고 정보를 주고받기도 하였다.

대불이와 짝귀가 갔을 때는 낯익은 얼굴들이 여러 명 있었다.

"이대로 있을 수가 없을 것 같아 행동을 개시하기로 했소."

2월이라고는 하지만 아직 맵짠 바람이 살갗을 후벼파는 듯 차가운 어느 날 밤, 상엿도가에 들어온 시전상인 최필대(崔必大)가, 대불이와 짝귀에게 말했다.

"행동을 개시하다니요?"

대불이는 최필대의 긴장된 얼굴에서 앞으로 벌어질 엄청난 사건들을 헤아려 읽으며 물었다.

작달막한 키에 어깨가 단단하고 눈이 부리부리한 최필대는 얼굴에 결연한 빛을 보이며 잠시 대불이와 짝귀의 표정을 읽고 있었다.

"별동대를 조직하여 은밀히 싸우기로 했소."

"별동대라니요?"

대불이가 최필대의 앞으로 바짝 다가앉아 무릎을 맞대며 물었다.

"두 분들도 나와 함께 행동을 합시다."

최필대는 대불이와 짝귀의 손을 잡아 흔들었다.

"여부가 있습니까요. 헌데, 별동대는 무엇이며 어떤 행동을 하기로 했는지……."

짝귀도 최필대의 태도가 여느 때와는 달리 결연히 굳어 있는 것을 보고 마음이 무거워짐을 느꼈다.

"별동대는 생사고락을 같이하면서 황국협회의 간신배들을 없애고 나라를 구하자는 겝니다요."

최필대는 짝귀와 대불이한테 더 자세한 설명은 않고 큰 눈에 광채를 태우며 뚫어지게 두 사람을 번갈아 바라볼 뿐이었다. 대불이와 짝귀는 최필대한테서 자세한 이야기를 듣지 않고서도 별동대가 무엇이며 장차 무슨 일을 하자는 것인지 환히 알 수가 있을 것 같았다. 세 사람은 눈으로 약속을 하였다. 천 마디의 말보다 눈빛으로 하는 약속이 훨씬 진실하다는 것을 그들 세 사람은 알고 있었다.

"언젭니까요?"

대불이가 목소리를 낮추며 물었다.

"초여드렛날 재정 감독 이용익부터 처치하기로 했다 합니다."

"이틀 남았구만요."

"우리 셋은 이유인을 맡았소."

이유인은 법부대신이었다. 그는 천주교 신자로 광무 원년에 고종이 노국 공관으로부터 경운궁에 옮길 때 궁궐 수리의 책임을 맡았고, 왕이 국호와 연호를 갈아 대한제국 광무 원년이라 하고 황제 대관식을 거행할 때 그가 모든 식의 절차를 뮈텔 주교와 상의해서 하였었다. 그가 법부대신이 된 것은 지난해였다.

"이유인도 처단합니까요?"

대불이가 심드렁한 표정으로 물었다.

그가 알기로 이유인은 천주교 신자로 다른 수구파 대신들처럼 표나게 독립협회를 탄압하는 것 같지가 않았기 때문이다.

"무슨 말을 그렇게 하시오. 독립협회 간부들을 잡아 가둔 자가 누구요?"

최필대가 눈을 부라리며 언성을 높이는 바람에, 대불이는 더 이상 아무 소리도 못했다.

"이용익을 처단하는 것을 시작으로 계속 역적들을 하나하나 없애기로 했소."

대불이와 짝귀는 최필대의 말에 고개만 끄덕거렸다.

"이번 거사는 백발백중 성공을 할 것이오."

"무슨 좋은 계책이라도 있습니까요?"

짝귀가 물었다.

"있다마다요."

그러면서 최필대는 고의춤에서 칙칙한 헝겊으로 뚤뚤 만 주먹만한 뭉텅이 두 개를 꺼내 방바닥에 놓았다.

"이것이 뭡니까요?"

대불이가 그걸 집으려고 하자 최필대가 다시 집어 고의춤에 넣어 버렸다.

"남포라는 거요."

"남포라니요. 뭣허는 데 쓰는 겁니까요?"

대불이는 애써 호기심을 짓누르며 지나가는 말투로 물었다.

"금광에서 아무리 큰 바위도 곤달걀 깨듯 허는 남포 모르오?"

최필대는 자랑스러운 듯 두 어깨에 힘을 주어 흔들며 말했다.

"그렇다면, 그 무서운 것으로?"

짝귀가 입술이 고구마 순처럼 새파랗게 질린 얼굴로 물었다.

"그걸 불에 댕겨서 이유인의 집에 던지기만 하면 집과 사람이 모두 박살이 나는 거라우."

최필대의 말에 대불이와 짝귀는 다시 침 먹은 지네처럼 할 말을 잃고 있었다.

그 무서운 남포를 집에 던져 가옥을 박살내고 애잔한 식구들까지 죽게 한다는 것은, 아무리 생각해도 너무 지나친 처사일 듯싶었다.

"꼭 그 무서운 남포를 써야 헐까요? 남포를 쓰지 않고도 을매든지……."

대불이가 최필대의 눈치를 보며 조리를 사렸다.

"무슨 소릴 허는 거유? 그렇게 마음을 약하게 쓰니깐두루 만민공동회가 이 모양으루 찌그러진 것이 아니우? 이번 별동대는 우리들이 할 수 있는 마지막 행동이오. 여기서 실패하면 우리는 다시는 일어서지 못해요."

최필대는 그러면서 은근하게 두 사람을 나무람 하였다. 그로부터 이틀 동안 그들 세 사람은 새벽 일찍이 이유인의 집을 정탐하였다. 그들은 이유인이 퇴궐을 하는 길목과 시각을 이틀 동안 숨어서 지켜보았으며, 집안의 구조며 이유인이 거처하는 방이 어디쯤 있는가도 사전에 면밀하게 알아두었다.

사흘째 되는 날에는 아무데도 안 나가고 상엿도가의 방이 쩔쩔 끓게 군불을 지핀 다음 뼈가 물러지도록 통잠을 잤다. 잠에서 깨어나 보니 정동에 있는 재정감독 이용익 대감의 집에 남포가 터졌다고들 하였다. 들리는 이야기로는 이용익 대감의 집이 박살나기는 하였으나 이용익은 물론 어느 한 사람도 목숨을 잃지 않았다고 하였다. 집에 폭탄이 떨어지자 이용익 대감은 일본인거리 진고개로 피신을 했다는 말도 있었다.

최필대와 대불이, 짝귀는 이용익이 죽지 않았다는 소문에 은근히 겁이 났다.

그러나 이용익 대감 집의 폭탄 투척사건으로 장안이 마치 난리가 터질 것처럼 뒤숭숭하였다.

다음날 밤에도 신기선 대감의 집에서 폭탄이 터졌으며 박정양, 유창동의 집이 차례로 폭탄에 박살이 나고 말았다.

대불이와 짝귀는 날이 어두워지자 최필대를 따라 이유인의 집 가까이 갔다. 짝귀는 젓장수 차림으로, 대불이는 관을 지고, 최필대는 관을 사가는 상가의 심부름꾼이 되어 슬픈 얼굴로 관을 짊어진 대불이의 뒤를 따랐다. 그들은 수비망을 교묘히 뚫고 이유인의 집 긴 죽담 밑까지 다가갈 수가 있었다. 이유인의 집 가까이에 이르자 수비가 더욱 삼엄했으나, 그들은 의심을 받지 않았다. 젓장수 차림을 한 짝귀가 멀찍이서 망을 보고, 가까이서는 관을 진 대불이가 주위를 살피기로 하고, 최필대가 담을 뛰어넘어 폭탄을 던지기로 하였다.

관을 짊어진 대불이의 뒤를 바짝 따라온 최필대는 이유인의 집 담 가까이 이르러 감시의 눈이 없음을 확인하고, 고양이처럼 담을 타고 안으로 넘어갔다. 최필대가 담을 뛰어넘자 대불이는 관을 짊어진 채 담 밑을 왔다 갔다 하였다. 수비하는 순검이 오는 것 같으면 서둘러 걸음을 옮겼으며, 순검이 누구냐고 물으면 근처에 초상이 나서 관을 사가는 길이라고 둘러쳤다.

대불이는 심장이 녹아내리는 듯한 불안으로 가슴을 죄며 최필대가 무사히 일을 마치고 나오기만을 기다렸다. 이유인의 집 대문 쪽에서 짝귀가 소금지게처럼 다리목이 긴 젓동이 지게를 지고 대불이를 향해 천천히 다가오고 있었다.

"그쪽은 어떤가요."

대불이가 두렷두렷 주위의 어둠속을 쑤석거려 둘러보며 물었다.

"대문을 철통같이 지키고 있음서 통행을 막고 있드구만."

"월담을 헌 지가 한참 지났는듸 어찌 안 나오는가 모르겠네요."

"무슨 탈거지가 생긴 것이 아닐까?"

"집안이 조용한 것을 보니 그렇지는 않은 모양인듸."

그때 대문 쪽에서 횃불이 어둠을 쫓으며 대불이와 짝귀가 있는 곳으로 가까이 오는 듯싶어 두 사람은 탱자나무 고샅으로 자취를 감추었다. 횃불이 순행을 마치자 대불이와 짝귀는 다시 이유인의 집 담 밑으로 기어들어, 최필대가 나오기만을 기다렸다. 그러나 어찌된 영문인지 최필대는 나오지 않았으며 담 너머 이유인의 집안도 새벽의 골짜기처럼 조용하게 가라앉아 있었다.

그로부터 담배 한 대참 후에, 담 너머 집안에서 "누구냐" "어떤 놈이냐" 하는 소리가 총알처럼 어둠을 흔들었으며, 덜미를 휘어잡는 듯한 "누구냐" 하는 외침과 함께 최필대가 휘익 담을 넘어왔다.

"달아납시다."

최필대는 담을 넘어오자 숨 가쁘게 말했다. 셋은 다시 탱자나무 고삿으로 휘어들어가 걸음을 빨리했다.

둔탁한 발짝 소리가 어지럽게 엇갈리면서 횃불의 불빛이 탱자나무 고삿까지 뻗질러 들어왔다.

"지게를 벗어던지고 뜁시다."

최필대의 말에, 대불이는 거치적거리는 관을 벗어버렸으며 짝귀도 젓지게를 동댕이쳐버렸다. 대불이는 관을 벗어버리자 날 것만 같았다.

탱자울타리 고삿을 한참 휘어 돌아 잠시 가쁜 숨을 돌리고 있는데, 이유인의 집에서 남포 터지는 소리가 났다.

"성사를 헌 거요?"

짝귀가 어둠속으로 최필대를 찔러보며 물었다.

"남포는 터졌지만 이유인은 무사할 것이오."

최필대가 찜부럭한 목소리로 말했다.

"무슨 말이오!"

대불이가 다그치듯 묻자 최필대는 어둠속에 카악 가래침을 배앝고 나서는 "월담을 했으나 경계가 삼엄해서 안채 가까이 다가갈 수가 없었소. 횃불을 든 순검들이며 하인들이 안채와 사랑채를 겹겹이 싸고 있습디다" 하였다.

"그래서 위쨌소?"

짝귀가 다급하게 물었다.

"장작더미 뒤에 바짝 붙어서 안채로 기어들어갈 기회만 엿보고 있다가 발각이 되고 만 게지요. 다급해서 남포 심지에 불을 붙여 장작더미 속에 처넣고 담을 뛰어 도망쳤다오."

"그렇다면 장작벼늘만 박살이 난 게로군요."

대불이의 말에 최필대는 아무 말도 하지 않았다.

"됐구만요. 성사는 못 시켰지만, 이유인의 간이 콩알만해졌을테니께, 이만하면 됐지요 뭐."

대불이의 말에 최필대는 한동안 고개를 바짝 치켜들고 있었다, 대불이는 어둠속이었지만 최필대가 화난 눈으로 자신을 쏘아보고 있다는 것을 알았다.

잇따른 폭탄 투척사건으로 조정은 연일 살얼음판이 되고 있었다. 희생을 당한 대신들은 없었지만 언제 변을 당하게 될지 몰라 전전긍긍 불안한 하루하루를 살얼음판 걷듯 하였다.

불안한 것은 조정의 대신들만이 아니었다. 외국의 공사관에서도 정부에 사태수습을 빨리 해달라고 강경히 요구를 하고 나왔다. 공사들은 고종황제를 알현하고 대책을 강구하라고 요구하였다.

수구파의 대신들은 잇따른 폭탄 투척사건이 독립협회의 짓이라고 몰아붙였으나 증거가 없는지라 손을 쓰지 못하고 있었다.

그러던 중 박영효의 집에 독립협회의 혁신파 젊은이들이 자주 출입한다는 정보를 얻은 경무청은 순검들을 보내 급습하고 샅샅이 뒤졌다.

순검들은 박영효의 집에서 숨겨둔 폭약을 발견하고 고영근, 최정덕의 하수인 이기선, 임병길, 강영화, 강인필 등을 잡아갔다.

별동대를 지휘하던 고영근과 최정덕은 도망하여 곧 일본으로 망명을 했으며, 이기선, 임병길은 교수형을 당하고, 강영화, 강인필은 진도(珍島)로 유배되고 말았다.

별동대마저 이렇듯 무참히 깨지고 말자, 독립협회는 다시 소생할 기력을 잃어버렸다.

그해 7월 27일에 다시 독립협회 회원으로 만민공동회에서 활약했던 최정식을 교수형, 이승만을 종신형에 처한다는 판결이 나자 마지막 숨길이 끊어지고 만 셈이 되었다.

최정식은 함께 갇혀 있던 서상대(徐相大) 등과, 배재학당의 학생 주상호(周相鎬)가 은밀하게 넣어준 권총을 가지고 탈옥, 따라오는 김윤길(金允吉)에게 총상을 입히고 배재학당에 숨어 있었다. 그러다가 외국여자로 변장하고 영국여자 두 사람과 함께 밖으로 나와 평안도 진남포(鎭南浦)에 이르렀으나 체포되어 끝내 교수형을 당하게 된 것이었다.

독립협회가 쑥밭이 되어버리자, 대불이와 짝귀도 기력을 잃어버렸다. 그들은 할 일이 없었다. 밖에 나가면 순검들이 아직도 독립협회 별동대를 잡아들이느라 검색이 계속되고 있었다. 그들은 며칠 전 최필대가 상엿도가로 찾아와서 경무청에 체포되어간 사람들로부터 나머지 별동대의 명단을 알아냈을지도 모르니 몸을 피하는 게 좋을 것 같다고 하였으나, 갈 곳이 없는지라 그냥 상엿도가에 숨을 죽이고 있는 거였다.

최필대의 말마따나 경무청이 나머지 별동대의 명단을 알아냈다면 필시 진고개 상엿도가도 안전한 곳이 못될 듯싶었다. 더구나 붙잡힌 사람들 중에서 강영화와 강인필은 두어 차례 상엿도가에까지 왔었지 않은가.

짝귀와 대불이가 불안한 하루하루를 상엿도가의 무더운 방구석에 붙박여 숨을 죽이고 있는데, 오랜만에 순영이가 찾아왔다. 그녀는 짝귀 오빠와 대불이의 신변에 무슨 일이 있는가 싶어 찾아왔다면서, 무사하다는 것을 알았으니 그냥 돌아가겠다고 하였다. 그러나 대불이는 오랜만에 만난 그녀를 그냥 되돌려 보내고 싶지가 않았다.

대불이는 상엿도가에서 나와 순영이와 함께, 언젠가 그녀가 진고개로 처음 찾아왔을 때 들렀던 고개 밑 떡집으로 갔다. 대불이는 자기를 걱정하고 찾아와준 순영이가 고맙기만 하였다.

순영은 지난봄에 만났을 때보다 얄캉하게 야윈 듯싶었다.

떡집에 마주앉은 대불이와 순영은 한동안 말없이 서로의 얼굴만 쳐다보았다. 그들은 아무 말 없이도 서로의 마음을 읽을 수가 있었다. 그들이 알게 된 지도 사 년이라는 세월이 흘렀다.

고집 세고 덜렁거리기 좋아하던 순영이의 성격도 이제 나이가 들면서 표 나게 차분해져 있었다.

대불이는 순영이의 얼굴에서 한 가닥 우수의 그림자를 발견하고 마음이 무거워졌다. 혼기가 지났는데도 혼인할 생각도 않고 있는 그녀가 안쓰럽기까지 하였다. 어쩌면 그녀가 혼인을 못하고 있는 것은 대불이 자신 때문인지도 모른다고 생각했다. 허나 이제 그는 감히 순영이한테 혼인 말을 뺄 엄두조차 나지 않았다. 대불이 나이 서른이 다 되었고 언제 또 자취를 감춰야 할지 모르는 몸이었기 때문이다. 더구나 대불이 생각에, 아무래도 한성에 더 이상 오래 붙어 있을 수가 없을 것 같았다. 조정에서는 마치 독립협회의 씨알머리까지 말려버릴 심산인지, 잠시도 탄압을 늦추지 않고 있으니 어느 그물에 휩싸여 걸려 들어가게 될지 모를 일이었다.

독립협회의 탄압은 지방에까지 뻗치어, 황주지회에서는 군수가 회원 30여 명을 잡아 가둔 뒤 회원의 집들을 훼파(毁破)하였고, 목포지회에서도 변하진, 임형준 두 회원을 서울로 압송해왔다고 하지 않던가.

"장차 어찌할 건가요?"

잠시 후에 순영이가 고개를 떨구며 물었다.

"좀 더 두고봐야겠구만."

"잠시 서울에서 피신을 하시는 게 좋을 것 같잖아요?"

"나 같은 것이사 어쩔라고? 다른 유명한 사람들도 쎘는디 나 같은 것 잡아갈라고?"

"아니래요. 다른 건 몰라도 지난번 폭탄 투척사건에 연루된 사람들은 하나도 남김없이 모두 잡아들인대요."

"나허고는 상관이 없는 일이오."

대불이는 남의 일처럼 말했으나 순영은 그런 대불이의 말을 곧이 듣지 않았다. 상엿도가로 찾아갔을 때 그의 초조한 눈망울이 모든 것을 말해주고 있었다.

"갈 데가 없으면 제물포 저희 집에라도 가 있으세요."

"참 부모님은 잘 계시는지……."

"여전하시지요 뭐. 싸리재 그 집에서 그렇게 살고 계셔요. 지난봄에 댕겨왔는데, 지금도 늘 대불 씨 이야기뿐이시데요."

"내 일은 그렇지만 순영이는 어쩔 테여. 아직도 졸업을 안 했어?"

"지금 다니는 학교는 올해까지 끝나요."

"졸업하면 뭣할 거여?"

"글쎄요. 일본이나 미국으로 갈까 해요."

"유학을 간다는 말이여?"

대불이는 순영이가 유학을 가겠다는 말에 깜짝 놀라 눈을 크게 뜨고 그녀의 얼굴을 뚫어지게 바라보았다. 유학을 가겠다는 말은 앞으로 대불이 자신과는 완전히 헤어지겠다는 말로 받아들일 수밖에 없었기 때문이다.

"공부는 그만 허고 혼인이나 허재 그려. 나라꼴이 요모양인듸 공부는 더 해서 뭣흘라고?"

"전 팔자가 워낙 기박해서 혼인은 못할 것 같아요."

"무신 소리여."

"제 운명은 제가 잘 알아요."

그러면서 순영은 다시 고개를 숙였다.

"참 하야시 그놈 시방도 순영이를 찾아댕기는거?"

대불이는 그렇게 묻고 나서 이내 후회하였다.

"올 가을에 노량진서 제물포꺼정 철도가 개통된담서? 기차가 댕기면 집에 가기 좋겠구먼."

대불이는 순영이가 하야시의 이야기를 하기 전에 말머리를 돌리려고 딴전을 부렸다.

"요즘도 하야시가 일주일이 멀다 하고 찾아와요. 말로는 거기 때문이라고 하지만……."

순영은 그 다음 말은 하지 않았다. 기실 하야시가 그녀를 찾아다니는 것은 대불이의 행방을 알기 위한 것이 아님을 알고 있었기 때문이다. 처음에는 분명 대불이의 꼬리를 잡기 위해서였을지 모르지만 최근에는 그게 아닌 듯했다.

지난봄부터 자주 순영을 찾아오곤 하는 하야시는 슬며시 다른 속셈을 삐주름히 보이기 시작했었다. 그는 먼저 제물포에서 있었던 일을 사과하였다. 그의 말로는 그가 중국 요릿집에서 억지로 비열한 수법을 써서 그녀를 욕보인 것은 진심으로 순영을 사랑하여, 자기 여자로 만들기 위해서였다고 말했다. 순영은 어쩌면 하야시의 그 말은 진심일지도 모른다고 생각했다. 그렇다고 그를 용서할 수는 없었다.

그녀가 하야시를 용서한다면 그를 다시 받아들일 수도 있을 것으로 생각되어지는 것이었다. 용서를 비는 하야시의 속셈도 그러하리

라. 그러지 않고서야 새삼스럽게 일껏 이 세상의 죄는 혼자 도맡아 걸머진 사람처럼 괴로운 얼굴을 해가며 그녀한테 용서를 빌 까닭이 없지 않겠는가 싶었다.

순영은 그런 하야시를 용서할 것도 말 것도 없다고 남의 일처럼 가볍게 말했다. 그랬는데도 하야시는 계속 그녀를 찾아왔다. 이제는 그녀를 찾아와서 대불이의 소식은 묻지도 않았다. 그러다가 이 주일 전에 불쑥 찾아와서는 본국으로 돌아가겠노라고 하면서 순영이한테 함께 가자고 하였다. 하야시의 말로는 일본으로 유학을 가면 자기가 뒷바라지를 해주겠다는 것이었다. 순영이가 유학을 끝내고 다시 고국으로 돌아와서 살기를 원한다면 자기도 기꺼이 따라와 주겠다고 하였다. 그렇게 말하는 하야시는 그녀한테 용서를 빌 때보다 훨씬 더 진지해 보였다. 순영은 역시 그런 하야시의 속마음이 진심이라는 것을 읽을 수가 있었다. 그러나 그녀는 하야시의 말에 어처구니없다는 듯 씁쓸하게 웃었다.

하야시는 자기는 연말에 본국으로 들어갈 계획이니 순영이도 유학을 갈 생각이라면 함께 들어갈 수 있도록 미리 준비를 해두라고까지 하였다. 그 말끝에 하야시는 얼핏 대불이의 이야기를 입술 끝에 가볍게 말아 삼켰다.

"내가 알기로 대불이라는 사람, 만민공동회의 열성파라는데 그러다가는 위험하므니다."

하야시는 마치 대불이의 소재를 알고 있기라도 하는 것처럼 말했다.

"순영 씨와 함께 본국으로 돌아간다면 대불이 그 사람 잊어버리겠스므니다. 그렇지만 순영 씨가 나와 함께 가지 않으면 당장에 대불이 잡아서 복수를 할 것이므니다."

하야시의 그 말에 순영의 가슴이 바늘에 찔린 듯 뜨끔했다. 하야시의 비열한 일면이 다시 보여 불쾌하기도 하였다.

"하야시가 대불 씨 있는 곳을 알고 있는 것 같은 눈치였어요. 그러니 조심하는 게 좋겠어요."

순영은 이 말을 해주기 위해 대불이를 찾아온 것이었다.

순영은 아무래도 하야시가 대불이를 그대로 두고 본국으로 돌아가지 않을 것만 같은 생각이 들었다. 그가 순영이와 함께 일본으로 들어가자고 했을 때, 그렇게 하겠다고 시원스럽게 말했으면 또 몰라도 "일본에 가자고요? 전 유학을 가려면 미국으로 갈 생각이라구요" 하고 말했을 때 하야시의 빳빳해진 눈썹 끝이 바르르 떨고 있지 않던가. 하야시는 어떤 방법을 써서라도 대불이를 찾아내 분풀이한 다음에야 본국으로 돌아갈 것만 같았다.

그는 그것만이 순영이에 대한 복수도 된다고 생각할 것이 분명하였다. 어쩌면 하야시는 대불이의 소재를 파악해놓고 마지막으로 순영을 찾아와서 그렇게 말한 것인지도 몰랐다.

"차라리 이럴 땐 하야시를 만나기라도 했으면 싶구만."

대불이의 힘없이 내뱉은 말에 순영은 긴장의 태엽이 스르르 풀리면서 탈진한 사람처럼 심한 조갈증을 느꼈다.

"하야시를 만나다니요?"

순영은 맥 빠진 목소리로 그러나 따지듯 물었다.

"아무한테나 안 죽을 만치 짓밟히고 싶다니께!"

"그러시다면 당장 일본공사관으로 찾아가보셔요. 하야시가 환영해 줄 건데요 뭐."

순영은 걱정해주는 애틋한 속마음도 모르고 그렇게 말하는 대불이가 야속하기까지 하였다. 앙탈을 부리고 싶을 만큼 미운 생각이 들었다.

"체! 제깐 눔이 날 찾아서 어쩔 것이여."

대불이는 그제야 표정을 바꾸며 밝게 웃었다.

"암튼, 조심하셔요."

"그건 그렇고…… 순영이가 졸업을 하고 미국인가 하는 나라로 유학을 가겠다면, 나는 그 전에 서울을 떠부러야 쓰겠구만."

순영이가 멀고 먼 나라, 대불이의 상식으로서는 그 땅덩어리가 어디쯤에 있는지도 모르는, 천당만큼이나 먼 곳으로 떠나겠다고 하자, 그는 갑자기 허전한 생각이 들었다. 그것은 어쩌면 말바우 어미가 영원히 그의 곁을 떠나버렸을 때와 같은 허정허정한 기분이 될 듯싶었다. 만나는 여자마다 결국은 그의 곁을 떠나게 되니, 아무래도 여자복은 지지리도 못 타고 태어났구나 싶었다.

"내가 유학을 가기 전에 서울바닥을 떠야 할 다른 이유가 있어요?"

순영이가 버릇처럼 눈을 깜박거리며 물었다.

"다른 이유라니?"

"피신하기는 싫다고 허시구선."

"그냥. 순영이가 없는 서울바닥에 뭣 땜시 붙어 있어?"

대불이는 솔직하게 말했다. 기실 독립협회와 만민공동회라도 옛날처럼 활기 있게 움직이게 되면 몰라도 순영이마저 먼 나라로 가버린다면 더 이상 음습한 진고개 상엿도가에 빈대처럼 붙어살 필요가 없을 것 같았다.

"그럼 지금까지는 저 때문에 서울에 있었어요?"

순영이가 묻자 대불이는 미적거리는 얼굴로 그냥 씁쓸하게 웃고 말았다.

오랜만에 만난 둘이는 떡집의 평상에 나란히 걸터앉아 긴 이야기를 주고받았다. 이제 대불이는 그녀를 만나면 아주 마음이 편했다. 어찌 생각하면 고향 새끼내에 있는 난초를 다시 만나는 기분이 들기도 하였다. 그는 마음이 편했기 때문에 이미 순영이에게 옛날처럼 시스럼 없이 다시 말을 놓고 있었다.

대불이와 순영은 아침나절에 만나서 해가 상투머리 위에 올라앉을 때까지 떡집에 있었다. 햇살이 머리 위에서 쏟아지자 숨이 턱 끝에 닿을 만큼 무더웠다. 그들은 감나무 그늘 밑으로 평상을 옮긴 다음 대오리로 엮어 만든 부채로 부채질을 해가면서 배가 부르게 떡을 먹어치웠다.

"그나저나 제물포에 한 번 댕겨와야 쓰겄는디."

대불이가 부채질하던 손을 팔랑개비처럼 까닥거리며 혼잣말로 중얼거렸다.

"언제 가실래요?"

"짝귀 형님과 태수랑 함께 가기로 했어. 팔봉이와 귀돌이가 여지껏 응신청에 있다니께 한 번 만나봐야재. 그러고 태수가 팔봉이 돈도 갚겠다니께."

"철도가 개통되면 기차 타고 가서요."

"기차 같은 소리허네."

두 사람은 한낮이 지나서야 떡집의 평상에서 일어났다. 그날 떡값은 순영이가 냈으며 그녀는 상엿도가에 혼자 있는 짝귀한테 갖다 주라고 하며 떡을 사서 싸주기까지 하였다.

떡집에서 길로 나오니 햇살이 바늘 끝처럼 날카롭게 얼굴을 쪼아댔다.

"서울을 떠나게 되면 짝귀 형님이랑 한 번 찾아갈께."

"언제쯤 떠나실 작정이서요?"

"거야 모르재."

둘이는 씁쓸하게 웃으며 헤어지고 있었다. 그때 누구인가 대불이의 어깨를 억세게 찍어 잡는 사람이 있었다. 놀란 것은 순영이였다. 대불이의 어깨를 찍어 잡는 사람은 하야시였다.

그는 대불이와 순영이가 떡집에서 나오기를 기다리고 있었기라도한 것처럼 떡집 맞은편의 고무신점에서 튀어나온 것이었다.

대불이는 하야시의 얼굴을 보고도 별로 놀라는 기색이 없었다. 그는 하야시의 손에 육혈포가 들려 있는 것을 보고 반항을 하지도 도망을 치려고도 하지 않았다. 오히려 그의 입술 끝에 체념의 씁쓸한 미소가 희미하게 매달려 있었다.

"이노무새끼, 이제야 만났구나. 너를 찾으려고 얼마나 고생을 했는지 아느냐! 내가 살아서 요렇게 너를 잡으러 올 줄은 꿈에도 생각이 노 못했을 것이다."

하야시는 빠른 일본말로 지껄였다.

순영은 당장이라도 달려들어 권총을 든 팔이라도 물어뜯을 것처럼 놀라움과 증오가 범벅된 눈으로 하야시를 쏘아보았다.

"순영 씨 뒤를 밟아왔더니 쉽게 사냥을 할 수가 있었으므니다."

하야시는 순영을 보며 느질맞게 웃었다.

"어쩔 셈이냐."

대불이가 하야시를 향해 큰 소리로 내지르자, 하야시가 권총의 총구를 대불이의 옆구리에 쿡 쑤셔댔다.

"잔소리나 말고, 우리 공관으로 가자."

이렇게 하여 대불이는 어처구니없이 하야시에게 붙잡히는 몸이 되고 말았다.

순영이만 없었더라면 그까짓 권총쯤 무서울 것 없이 하야시를 때려눕히고 도망을 칠 수도 있었지만, 순영이 앞에서 비굴하게 도망치고 싶지가 않았다.

대불이는 하야시가 가자는 대로 고삐를 잡힌 부사리처럼 수걱수걱 시키는대로 걸었다.

사람들이 몰려들어 대불이가 끌려가는 모습을 구경했다. 대불이는 하야시한테 붙잡힌 것은 하나도 억울하지 않았으나, 대낮에 많은 사람들이 보는 앞에서 일본사람한테 끌려가고 있다는 것이 부끄러웠다.

구경꾼들과 함께 순영이도 고개를 떨군 채 대불이의 뒤를 따랐다.

자기 나라에서 남의 나라 사람한테 끌려가는 것을 보고도 구경꾼들은 아무도 나서는 사람이 없었다. 되레 구경꾼들은 대불이의 옆구리에 권총을 들이대고 있는 하야시의 눈빛을 마주보기조차 무서워하였다. 하야시가 구경꾼들을 향해 뱀의 혓바닥 같은 눈길로 쓸어볼 때마다 그들은 섬뜩한 얼굴로 한 발짝씩 물러서곤 하였다. 대불이는 끌려가는 자신보다 하야시의 눈길을 무서워하는 구경꾼들이 더 불쌍하게 생각되었다.

일본공사관 건물 앞에 이르러서야 여태껏 수걱수걱 하야시가 시키는 대로 발걸음을 떼어 옮겨온 대불이가 갑자기 말뚝처럼 우뚝 멈추어서 버렸다.

하야시가 구둣발로 대불이의 엉덩이를 걷어찼으나 대불이는 꿈쩍도 하지 않았다. 대불이는 천천히 상반신을 연자방아 돌리듯 하면서 구경꾼들 사이에 끼여 있는 순영이의 모습을 찾아보았다. 순영이는 떡집에서 짝귀한테 갖다 주라고 샀던 떡 봉지를 든 채 초조하고도 먼 시선으로 대불이를 지켜보고 있었다.

"빨리 들어가!"

하야시가 이번에는 대불이의 뒤통수에 들이대며 악에 바친 목소리로 찡그렁 쇳소리 나게 내질렀다.

"나는 조선사람이니, 우리나라 경무청으로 끌고 가시오."

대불이가 하야시를 똑바로 질러보며 큰 소리로 말했다.

"뭣이라고?"

하야시의 얼굴이 순식간에 여러 가지 색깔로 변했다. 대불이는 태연하게 서서 하야시의 얼굴 색깔 변화하는 모습을 열심히 지켜보았다.

"내가 잘못이 있다면 우리나라 법에 따라서 심판을 받고 싶은 거요. 무슨 권리로 남의 나라에 와서 남의 나라 사람을 함부로 잡아 가는 거요?"

대불이는 구경꾼들을 향해 소리쳤다. 하야시한테보다는 구경꾼들들으라고 일부러 큰 소리로 말한 것이었다.

공사관 안으로 들어가자거니 못 들어가겠다거니 한동안 큰 소리로 실랑이질을 하고 있을 때, 일본공사관 안에서 일본공사관 직원 네댓 명이 우르르 몰려나왔다.

그들은 하야시한테 빠른 일본말로 물었고 하야시가 악에 바친 목소리로 대답했다.

하야시한테 설명을 들은 일본공사관 직원들이 대불이에게로 달려들더니 팔을 비틀어 억지로 끌고 들어갔다. 일본공사관 직원들은 하야시가 제물포에서 대불이한테 당했던 일을 들어 알고 있는 터이라, 그들은 마치 자기들이 당한 일이라도 되는 것처럼 게거품을 뿜어내며 새벽 호랑이처럼 으르렁댔다.

대불이는 일본공사관 직원들한테 끌려들어가면서 마지막으로 구경꾼들을 얼핏 돌아보았다. 구경꾼들의 표정이 굳어 있는 것을 보고서야 그는 공사관 직원들을 뿌리치며 자신이 뚜벅뚜벅 걸어 들어갔다.

대불이는 공사관 건물의 벽돌창고 안으로 떠밀려 들어갔다. 그를 끌고 들어온 다섯 명의 공사관 직원들과 권총을 손에 든 하야시가 당장 짓밟아 죽일 듯 험하게 얼굴을 일그러뜨리며 쏘아보았다. 대불이는 벽돌창고 한가운데 똑바로 선 채 그를 쏘아보고 있는 열두 개의 눈을 하나하나 쓸어보았다.

하야시가 그의 동료들을 향해 일본말로 명령하듯 짧게 말하자 두 사람이 대불이의 등 뒤로 돌아오더니 팔을 붙잡았다. 대불이는 왜 그들이 그의 두 팔을 붙잡는 것인가를 알고 있었기 때문에 다음에 닥쳐올 일을 두려움 없이 기다렸다.

예상했던 대로 권총을 허리춤에 찌른 하야시가 대불이의 눈앞으로 바짝 다가서더니 왼손으로 대불이의 턱을 받쳐 올렸다. 그러고는 여전히 빠른 소리로 뭐라고 한참 동안 지껄여댔다.

뒤이어 하야시의 주먹이 대불이의 아랫배에 날아들었다. 대불이는 그리 될 줄 알고 미리 아랫배에 힘을 주고 있었기 때문에 심한 고통을 느끼지 않았다. 그러나 하야시의 돌멩이처럼 단단한 주먹이 쉴 새 없이 난타해오자, 대불이는 헉 하는 소리와 함께 허리를 꺾었다. 얼마 후에 대불이는 끈적끈적 습기가 가라앉은 벽돌창고의 땅바닥에 무릎을 꿇고 머리를 힘없이 떨어뜨렸다. 여섯 사람의 발길이 한꺼번에 허구리며 등, 엉덩이 할 것 없이 마구 질러오자 대불이는 비그르르 옆으로 눕고 말았다. 그는 다시 일어나려고 하였으나 온몸의 근육들이 거미줄처럼 힘없이 끊겨버린 듯 손가락 하나 움직일 수가 없었다. 그러나 이상하게도 몸은 모래알처럼 가루가 되어 부서져버린 듯싶었으나 정신만은 또렷했다. 대불이는 이 년 전 그가 하야시를 제물포의 바닷가에서 짓밟던 일을 떠올리며 희미하게 웃었다. 그러나 그 웃음의 뒷맛은 소태껍질처럼 썼다. 그들은 대불이를 벌레처럼 짓이겨버렸다.

대불이는 의식을 잃었으며 다시 깨어났을 땐 물을 퍼부은 듯 온몸이 축축하게 젖어 있었다. 그는 살과 옷을 적신 물이 그의 몸에서 터져 나온 피처럼 생각되었다. 축축한 땅바닥에서는 곰팡이 냄새가 났다.

그는 땅에서 처음으로 곰팡이 냄새를 맡은 것이었다. 새끼내에서 웅보형과 땅을 장만하기 위해 방천을 쌓던 일을 생각해보았다. 그때 그들이 맡은 흙냄새는 진달래꽃처럼 상큼한 향기가 있었다. 아! 땅이 썩고 있구나. 이 나라 땅이 썩고 있구나. 대불이는 마음속으로 소리 없이 울부짖고 있었다.

대불이는 남아 있는 힘을 모두 모아 힘겹게 머리를 들었다. 유리도 종이도 붙어 있지 않고 팔뚝만큼씩 한 나무창살이 박힌 봉창이 보였다. 벽돌창고의 뚫린 그 구멍으로 쇠잔해가는 하루의 마지막 햇살이 치자물을 들인 명주처럼 걸쳐 있었다. 어려서 그는 노루목 양 진사의 종으로 있을 때 어머니와 다른 하녀들이 명주에 치자 물을 들이는 것을 재미있게 늘 구경하곤 했었다. 그는 치자 물을 곱게 들여 햇빛에 말리는 비단을 보면서, 양반들은 왜 저렇게 곱고 아까운 것으로 옷을 해 입어 더럽힐까 하고 생각했었다. 그는 치자 물 들인 비단을 햇빛에 꽃처럼 널어놓고 언제까지나 보고 있고만 싶었다. 그러면서도 그는 어린 마음에도 자기 팔자에는 평생에 그런 비단옷을 한 번도 입어보지 못할 줄 알면서도, 어른이 되어서 부자가 되더라도 절대로 양반들처럼 비단을 더럽혀 걸레를 만들지 않겠다고 다짐을 했었다.

대불이는 어렸을 때의 생각을 떠올리면서 나무창살에 걸린 치자 물들인 명주처럼 고운 한 가닥 숨넘어가는 햇살을 바라보다 말고 자기도 이 벽돌창고 안에 갇혀 하루의 마지막 햇살처럼 피를 쏟고 죽게될지도 모른다는 생각에 굼벵이처럼 몸을 움츠렸다.

대불이는 그날 밤과 다음날에 축축한 창고의 땅바닥에 누워 있었다. 나무창살 틈새로 눈부신 햇살이 묶음으로 쏟아져 들어오자 그는 비로소 천천히 상반신을 일으켜 벽돌 벽에 등을 기댔다. 땅바닥의 습기가 뼛속까지 스며들었는지, 으스스한 한기가 등골을 갈퀴질하듯 긁었다. 대불이는 햇살을 쬐고 싶었지만 일어설 수가 없었다. 햇살은 나무창살에 차단되어 맞은 켠 벽면에 쏟아졌다.

하룻밤 하룻낮 동안 아무도 창고 문을 열어주지 않았으며, 아무것도 먹을 것을 들여 넣어주지 않았다. 아마 굶어죽게 할지도 모른다는 생각이 들자 등골을 갈퀴질해대는 한기가 더욱 심해지는 듯싶었다.

해가 더 높이 떠오르자 나무창살 사이로 비스듬히 꽂혀 내리는 햇살이 대불이의 어깨 부분에 닿았다. 그는 조금씩 상반신을 움직여가며, 물맞이를 하는 것처럼 햇살을 몸의 여기저기에 받았다.

햇살을 쬐자 뼛속에 괴어든 축축한 습기가 조금씩 빠지면서 힘이 소생하는 것 같았다.

그날 오후가 되자 대불이는 손바닥으로 벽을 짚으며 천천히 일어섰다. 창살 사이로 밖이 보였다. 파란 하늘도 보였고 지붕들도 눈에 들어왔다. 하늘을 보자 어쩌면 다시 살아나갈 수 있을지도 모른다는 생각이 들었다.

눈부신 햇살이 다시 치자 물을 들인 명주처럼 변하기 시작할 무렵, 대불이는 창고 안을 걸어 다닐 수가 있게 되었다. 온몸의 뼈마디가 부서져나가는 듯하고 근육들이 뒤엉킨 실패처럼 풀려버린 것 같았으나, 살아야 한다는 일념으로 열심히 걷는 연습을 하였다.

나무창살을 두 손으로 움켜쥐고 힘껏 흔들어보았다. 창살은 끄떡도 하지 않고 어깨만 떨어져나가는 것처럼 아팠다. 그러나 그는 계속해서 창살을 흔들었다. 팔뚝을 지렛대처럼 창살 사이에 넣고, 팔이 부러져라 하고 몸을 비틀었다. 다시 조금 움직였다. 그는 쉴 새 없이 창살을 잡아 흔들었다. 빠질 만큼 충분히 흔들리게 되어서야 그 짓을 멈추고 기진맥진하여 축축한 땅바닥에 주저앉았다.

대불이는 밤이 오기를 기다렸다. 밤이 더 깊어지기를 기다렸다. 그를 창고 안에 끌고 들어와서 때리는 쪽에서 되레 힘이 빠질 만큼 반죽음 상태를 만들어놓고 나간 하야시는 그 뒤 한 번도 얼굴을 나타내지 않았다.

하야시는 그날 낮과 밤에 순영이를 만나느라 창고에 갇힌 대불이를 들여다볼 시간이 없었다.

대불이가 붙잡혀온 다음날 아침 순영이는 비 맞은 닭처럼 어깨를 무겁게 내리고 일본공사관으로 하야시를 찾아갔다. 그녀는 하야시한테, 갇혀 있는 대불이를 풀어주면 함께 일본으로 들어가겠다고 하였다. 순영이의 그 말을 들은 하야시는 기분좋아하면서도 다른 한편으로는 찜찜해하였다. 그만큼 순영이가 대불이를 좋아하고 있다는 것을 알았기 때문이다.

하야시는 아침에 공사관으로 찾아온 순영이를 밤이 되도록 놓아주지 않고 장안의 이름 있는 요릿집으로 끌고 다니면서 음식도 먹이

고, 새로 생긴 일본인 상점에 가서 선물을 사주기도 하였다. 순영이는
당장 하야시를 뿌리치고, 그가 사주는 구두며 머리핀, 손수건, 손가
방, 양산들을 모두 팽개쳐버리고 싶었지만 대불이를 위해 억지 웃음
을 흘리며 애써 참았다.

밤이 이슥하여 온 세상이 바다 밑처럼 조용해지자 대불이는 마지
막 있는 힘을 다해 나무창살을 흔들어 뽑았다. 그리고 벽을 기어오르
려다 다섯 차례나 미끄러 넘어져 엉덩방아를 찧고 난 다음에야 가까
스로 살창을 뽑아버린 창턱에 배를 걸칠 수가 있었다.

잠시 후 대불이는 창고 밖의 땅바닥이 쿵하고 울릴 만큼 머리를 처
박았다. 정신을 차려 미친 듯 두 손으로 머리를 쓰다듬어보았으나 다
행히 상처가 나지 않은 듯싶었다.

대불이는 잠시 창고 벽에 등을 기대고 앉아 있다가, 그의 키보다
두 배나 높은 담을 기어올라, 완전히 일본공사관을 빠져나갔다. 그는
기다시피 하여 진고개의 상엿도가까지 서둘러 갔다.

날이 새기 전에 상엿도가에 있는 짝귀 형과 오태수를 데리고 서울
을 뜰 요량이었다.

대불이가 무릎이 다 까지고 손바닥이 찢어지도록 안간힘을 다해
진고개 상엿도가 가까이 왔을 때, 첫닭이 홰를 쳤다.

상엿도가의 문을 두드리고 안으로 들어가자, 잠들어 있다 깬 짝귀
와 오태수가 귀신이라도 대하는 것처럼 소스라치게 놀랐다.

그들 두 사람은 순영이한테서 대불이의 소식을 듣고 간을 태우고
있던 중이었다. 더욱이 짝귀는 대불이가 하야시한테 잡혀간 날 오후

부터 밤이 깊을 때까지 일본공사관 건물의 담 밖을 서성거렸으며, 대불이가 창고를 빠져나오기 직전까지만 해도 공사관 문밖을 배회하다가 늦게 돌아와 구들이 꺼지도록 무거운 한숨을 섬으로 토하다가 새벽녘에야 얼핏 잠이 들었었다.

"대불이 아닌가."

"어찌된 일이우?"

짝귀와 오태수는 대불이를 알아보고 다시 한 번 놀랐다. 대불이는 두 사람의 부축을 받고 방안으로 들어서자 흐물흐물 허물어져 버렸다. 그는 살가죽이 들뜨고 진물이 흐르는 부르튼 입술을 버르르 떨면서 빨리 제물포까지 데려다 달라고 손을 휘저어댔다.

오태수가 급히 물을 떠와 입술을 축여주었다.

"짝귀 형님, 빨리 나를 제물포로 데려다 주서요. 하야시한테 또 잽히면 나는 영 죽고 말어요."

대불이가 죽어가는 목소리로 다급하게 애원을 하였다. 짝귀는 이미 상엿도가에서 떠날 준비를 하고 있었다. 그는 횃대에 걸린 대불이와 자기의 헌옷가지들을 둘둘 말아 망태 속에 집어넣고 있었다.

"형님, 어디로 가시려고 그러우?"

오태수가 아직 잠이 덜 깬 얼굴로 짝귀를 보며 물었다.

"암턴, 날이 밝기 전에 이 집에서 나가야 허지 않겠남. 대불이가 도망쳐 나온 것을 알면 하야시가 이리루 먼첨 달려올 것인듸."

"하야시가 여길 어찌 안답니까?"

"허, 이 사람! 순영이가 그러지 않던가. 그저께 하야시가 순영이의 뒤를 밟아 떡집꺼정 따라온 것이라고 말이여!"

"그렇다면 나는 어쩔까요?"

오태수가 심란한 얼굴로 짝귀와 대불이를 번갈아 보며 물었다.

"자네 알아서 허게나!"

"형님들허고 헤어지고 싶지가 않어서 그래요."

"그렇다면 냉큼 따라나서게!"

"박 영감한테 말이나 하고 떠나야지요. 쥔 영감한테 챙길 것두 있구."

오태수는 난감한 듯 입맛만 쩝쩝 다셨다.

짝귀는 오태수한테, 상엿도가에 남아 있다가 박 영감을 만나 챙길 것을 챙긴 다음, 제물포로 와서 싸리재에서 주막을 내고 있는 그의 이모 댁으로 연락을 하라고 당부했다. 짝귀의 말에 오태수는 사흘 안에 제물포로 뒤따라가겠노라고 하면서 천팔봉이와 김귀돌이를 만나면 투전 밑천으로 빌려 쓴 돈을 갚으러 꼭 찾아갈 터이니 맘 푹 놓고 기다리라고 하더라고 말해달라는 부탁을 하였다.

짝귀는 더 지체하지 않고 서둘러 대불이를 들쳐업고 상엿도가에서 나갔다.

"순영이가 오거든 말이시, 제물포로 간다고 말을 해주소."

한사코 추적추적 따라나서고 있는 오태수에게, 짝귀의 등에 업힌 대불이가 말했다. 그러면서 대불이는 오태수한테 빨리 돌아가라고 다그쳤다.

대불이를 업은 짝귀가 마포 나루터에 당도하자 남산이 희번하게 밝아왔다. 그들은 해가 떠오르기 전에 제물포로 나가는 배에 올랐다.

배에 올라 햇볕이 드는 고물 쪽에, 헌옷가지들을 담은 망태기에 기대 앉은 대불이는 스르르 잠이 들었다. 오랜만에 눈을 붙인 그의 잠은 죽음처럼 깊었다.

대불이가 제물포행 배에 올라 여름날 아침의 눅눅한 강바람을 쐬며 잠들어 있을 무렵, 하야시는 창고에 가둬둔 대불이를 풀어주려고 창고 문의 빗장을 내렸다. 그는 대불이가 나무창살을 빼고 도망쳤음을 알고도 조금도 놀라지 않았다. 하야시는 엷고 표독스러워 보이는 입술에 알 수 없는 미소를 떠올리며 텅 빈 창고 안을 한 바퀴 돌았다.

하야시는 기분 좋게 아침을 먹고, 진고개의 상엿도가로 가보았다. 오태수가 갈파래처럼 질린 얼굴로 묻는 말조차 피했다.

"대불이를 만나거든, 그를 다시는 잡지 않겠다고 하더라고 하시오."

하야시는 오태수에게 그렇게 말하고, 그길로 순영이를 찾아갔다. 그녀는 하야시를 보자마자 대불이를 내보냈느냐고 다급하게 물었다. 하야시는 미리 생각해둔 대로 말했다.

"어젯밤에 풀어주었는데, 아침에 상엿집으로 가봤더니 모두 떠나버리고 없었으므니다."

하야시는 여전히 알 수 없는 미소를 담배연기와 함께 날리며 말했다.

"떠나다니요? 어디로 말입니까?"

"모르겠소. 이 하야시 생각에는 제물포로 갔을 것 같스므니다만."

"제물포으로요?"

"제물포가 아니면, 대불이 고향 쪽인 군산이나 목포로 갔을지도 모르므니다."

"그렇게 멀리요?"

"쫓겨 다니는 사람들이 숨기에 좋은 곳이 개항지라는 것 모르므니까."

"대불 씨가 쫓겨 다니다니요?"

"아, 그 사람은 독립협회 극렬분자 아니므니까?"

순영은 더 이상 할 말을 잃고 허탈한 눈으로 남쪽하늘을 쳐다보았다. 이제 다시는 대불이를 만나지 못하게 될지도 모른다는 생각을 하자, 심한 기침을 하고 났을 때처럼 목구멍 속이 쩌릿쩌릿 갈라지는 것 같았다.

(떠나기 전에 한 번 더 만나고 싶다고 했는데…….)

그녀는 며칠 전 떡집에서 만났을 때 대불이가 그녀한테 했던 말을 떠올려 혼자 마음속에 굴려보았다.

처음 만났던 한 남자와 영원히 헤어졌다는 생각을 하자 갑자기 울고 싶어졌다.

"그만 돌아가세요."

순영은 하야시한테 그렇게 말하고 몸을 돌려세웠다.

제물포로 가는 화륜선 위에 물 머금은 이불보퉁이처럼 사지를 늘어뜨리고 잠들어 있는 대불이는 꿈속에서 말바우 어미를 만났다.

그가 장성 입암산에 있다가 동학형제들과 함께 잠시 영산 구진포에 주막을 내고 있을 때, 풀상투를 따라 자취를 감춰버릴 무렵에 보았던 그 얼굴이었다. 그녀는 두 볼에 불긋불긋 부스럼이 돋아나고 진물이 흘렀으며 입가장자리가 비틀어지기 시작하는 얼굴로, 대여섯 살쯤 되는 아이의 손을 잡고 걸어가고 있었다. 그런데 꿈속에서 그녀가 손을 잡고 있는 그 아이의 얼굴을 들여다보려고 했지만 햇살이 어찌나 뜨겁게 쐬어오는지 눈을 뜰 수가 없었다. 잠시 후에 대불이는 그 아이한테 달려가서 두 손으로 볼을 부여안고 찬찬히 얼굴을 들여다보았다.

순간 대불이는 비명을 지르며 잠에서 깨어났다. 그 아이의 얼굴에도 제 어미처럼 부스럼이 돋고 진물이 흘렀으며 입술과 코끝이 반쯤 찌그러져 있지 않은가.

너무나 끔찍스러운 꿈이었다. 그렇다면 말바우 어미가 낳은 아이도 대풍창에 걸렸단 말인가. 그녀가 산월을 두 달 가량 앞두고 풀상투를 따라 초막에서 자취를 감추어버린 지 벌써 오래되었으니, 그 뒤 아이를 낳았다면 지금 열 살 가까이 되었으리라.

꿈속에서 제 어미의 무서운 병에 옮아 있는 아이를 처음 본 대불이는 마음이 찢어지는 듯 아팠다.

일본공사관 창고에서 왜놈들한테 맞은 상처보다, 대풍창에 걸린 꿈에 본 아이의 험상궂은 얼굴이 자꾸만 눈에 밟혀오는 것이 몇 배나 더 견딜 수 없는 고통이 되었다.

"이 사람아! 왜 그러나? 많이 아픈가?"

옆에 있던 짝귀가 대불이가 비명을 지르며 놀란 얼굴로 상반신을 일으킨 후 참담하게 가라앉아버린 표정을 들여다보며 물었다.

"형님. 말바우 어미가 아직도 살아 있는 것 같어라우."

대불이는 햇살이 문주란의 꽃잎처럼 화사하게 내리쏟는 하늘을 보며 음울하게 말했다.

"살아 있다니. 무슨 소리."

"꿈에서 봤구만요."

"그래서 놀래 깨었구만."

"풀상투를 따라 자취를 감춰버린 것이 십 년 가차이 됐는디……."

"마음이 아프겄재만 그 여자 생각은 말소."

"그동안 잊고 살았는디…… 뜬금없이 꿈에 나타났다니께요."

"자네 마음을 아프지 않게 헐랴고 풀상투를 따라가베린 것이 아닌가."

"그것을 내가 왜 모를 것이오. 내 앞에서 추한 꼴 안 뵐랴고 맘에도 없는 풀상투를 따라간 그 여자의 아픈 속맘을 어찌 내가 모를 것이오. 더군다나 웬수놈에 애새끼꺼정 배갖고……."

"그 생각은 말라니께. 이제는 자네 걱정이나 허소. 제물포에 가서는 어쩔 작정인가."

"그런디 말이요 형님, 말바우 에미가 아이를 데리고 다니는디, 그 아이꺼정 문둥병에 걸려 있더란 말이오."

그러면서 대불이는 헌옷가지가 들어 있는 망태기를 다리 사이로 끌어당겨 그 위에 얼굴을 처박더니 흐흐흑 울어버렸다. 짝귀는 대불이와 오랫동안 함께 살아왔지만 대불이가 우는 것을 처음 보았다. 기실 대불이도 철이 든 뒤로 처음 울어본 것 같았다. 그는 어깨를 파도처럼 들먹이며 거칠게 울었다.

"자네 맘이 왜 이리 약해졌당가."

짝귀도 크렁하게 젖은 목소리로 말하며 두 팔로 대불이의 큰 어깨를 감싸 안았다.

대불이는 대풍창에 걸린 채 배가 개산만큼 불러 풀상투를 따라 자취를 감춰버린 말바우 어미의 일을 생각하면 불시에 목구멍이 칵 메어오곤 하였다. 그런 말바우 어미를 생각한다면, 순영이와 헤어지는 것쯤은 아무런 아픔도 아니었다.

그동안 대불이가 순영이를 만날 수 있었던 것은 따지고 보면 말바우 어미의 일을 까맣게 잊고 있었기 때문이었다. 말바우 어미를 생각한다면 죽는 날까지 아무 여자와도 만날 수가 없는 것이었다.

잠시 전 꿈에 말바우 어미가 나타난 것은 그녀의 넋이 어쩌면 순영이와 헤어지는 아픔 따위를 갖지 않게 하려는 것인지도 모른다는 생각이 들었다. 그리고 보니 그동안 말바우 어미를 잊고 순영이한테 한눈을 팔았던 게, 후회스럽도록 뼈저린 가책이 아닐 수가 없었다.

"형님, 말바우 어미를 다시 한 번 만날 수가 없을께라우."

대불이는 눈알이 씀벅거리도록 하늘만 쳐다보고 앉아서 푸념처럼 말했다.

"그 여자 생각은 잊어뿔라니께 그러네!"

짝귀가 무참하게 내질러버렸다.

"말바우 어미를 만날 수 없다면, 꿈에 보았던 그 아이만이라도……."

"자네 그러다 병나겠구만."

"병이야 진작 나 있었지라우. 죽을 때꺼정 낫지 않을 병이로구만이오."

"제발 잊어뿌러!"

"목포 내려가는 길에 장성으로 한 번 찾아가봐야겠는듸."

"허 이 사람. 그 여자가 그 병으로 여태껏 살아 있을 것 같애? 설사 살아 있다손 치더라도 이미 풀상투 여자가 아닌감. 대풍창에 걸린 남자들의 여자 탐이 을매나 쎈지 몰라서 그러는 겨. 자칫 잘못했다가 자네꺼정 병에 올르고 싶어?"

"차라리 그러고 싶구만요."

대불이는 지금 심정 같아서는 자신이 그 무서운 대풍창에 걸리는 한이 있더라도 말바우 어미와 꿈에 나타난 아이를 한 번만이라도 꼭 만나고 싶은 마음이 간절하게 솟구쳤다. 그는 눈앞이 너무 씀벅거려 눈을 감아버렸다.

눈을 감자, 꿈에 보였던 말바우 어미와 아이의 모습이 꿈에서보다 더 뚜렷하게 떠올랐다. 그는 눈에 밟혀오는 두 사람의 모습을 지우려고 다시 눈을 뜨고 햇살을 받았다.

"대불이 자네가 제물포로 간다는 것을 알면 순영이가 한 번쯤은 찾아올지 모르겠구만."

대불이가 눈을 뜨자 짝귀가 말했다.

"순영이 생각은 하고 싶지가 않구만요."

그것은 대불이의 솔직한 심정이었다.

"왜 그러는가."

"아무 여자도 만나고 싶지가 않구만요. 나는 여자 복이 없는 사람인가 봐요."

"그런 소리 말소. 순영이가 누구 땜시 여태껏 혼인을 안 허고 있간디."

"나 때문이 아니랍니다."

"모르는 소리."

"순영이는 졸업을 허는 대로 미국으로 유학을 간답데다요. 사람 인자 한 자 쓸 줄 모르는 무지렁이 장대불이가 미국 유학생흐고 어찌 이야기를 나누겠어요?"

"그건 자네가 순영이의 마음을 몰라서 그러네. 제물포에 있을 때, 순영이가 자네를 얼매나 좋아헌 줄 아는가? 그런듸도 자네가 갸를 소 닭 보드끼 험시로 엔간히 타박을 했는가? 나는 갸가 제물포를 떠난 연유가 자네 탓이라고 생각허네. 자네가 갸헌테 좀 잘해주었던 들……."

순영이가 제물포를 뜬 것이 하야시 때문이었다는 것을 알고 있으면서도, 짝귀는 그렇게 말하고 있었다. 하기야 대불이가 그 전에 우격으로 순영이를 붙잡았더라면 그녀의 생각이 달라졌을지도 모를 일이었다.

"그래도 나는 대불이 자네 맘을 훤히 들여다보고 있다네. 자네는 순영이를 좋아허는 것이 분명혀 이 사람아. 하야시를 바다에 띄워 보낸 것만 봐도 안 그런가. 그것이 순영이에 대한 복수가 아니었는가?"

짝귀의 말에 대불이는 씁쓸하게 웃었다. 그는 긍정도 부정도 하지 않았다. 그는 옷 망태기에 등을 기대고 비스듬히 누워서 하늘을 쳐다보았다. 한여름의 따가운 햇살이 한강 위에 무더기로 쏟아져 내렸다. 바람은 적당하게 불어 찐득거리는 헛바닥으로 수면을 핥아댔다. 대불이는 오랜만에 모든 속박으로부터 풀려난 듯한 기분이었다. 그는 아침이슬이 또그르르 구르는 토란 잎처럼 청결하고 싱싱한 푸른 하늘을 쳐다보았다. 물새 한 마리가 아침 해가 눈부시게 떠오르고 있는 수학산 쪽 강변으로부터 칼바람을 세우며 여객선을 향해 나지막하게 날아오르고 있었다. 대불이는 물새가 날아오는 것을 보자 그의 마음 속에서 수많은 은빛 날개들이 파닥거리는 것을 느꼈다. 그의 마음은 어느덧 남쪽으로 끝없이 날아가고 있었다. 마음에 은빛 칼바람을 세우고 물새보다 더 빠르게 그의 고향 영산강변으로 날아가고 있었다. 그것은 꿈이 아니었다. 대불이는 꿈을 꾸고 있는 것이 아니었다. 그는 토란잎같이 싱그러운 칠월의 녹두빛깔 하늘에서 고향사람들에 둘러 싸여 있는 가족들의 얼굴을 보았다. 아버지와 어머니, 그리고 웅보형 님 내외와 조카 오동녜가 그를 내려다보고 있었다. 문둥이가 된 말바우 어미가 아기의 손을 잡고 있는 모습도 보였고, 난초와 방석코도 보였다. 대불이는 그들의 모습을 놓치지 않기 위해 눈을 감았다. 눈을 감자 윤곽들이 더욱 선명해졌다. 그리고 그들의 윤곽이 화살처럼 날아와 그의 심장 깊숙이 꽂혔다. 순간 애원 처절한 단소 가락이 아픈 그의 심장을 후벼파는 듯하였다. 그것은 이 년 전 제물포 세관청 뒤쪽 건어창고에서 처음 들었던 비렁뱅이의 단소 소리가 분명했다. 그제 야 대불이는 전 서방의 식솔들을 제물포로 데려가지 못한 것을 액색

해하여 눈을 뜨고 벌떡 일어나 앉았다. 조금 전에 여객선으로 날아오고 있었던 물새는 보이지 않았다. 그 대신 햇살이 더 굵어진 듯싶었고 바람도 거칠어졌다. 여객선은 한강 가운데 작은 백마섬을 지나 북으로 올라가기 시작했다. 대불이는 다시 몸을 뉘고 나서 눈을 감았다. 이제 아무것도 보이지 않았다.

8

개항지 목포의 하루는 시작과 끝이 없었다.

고하도(高下島) 너머로 하루의 해가 서서히 기울기 시작했다. 치자 빛깔로 타는 가을날 석훈 속으로 날개를 적시며 갈매기 떼가 나지막이 선회하고 있었다. 서쪽 하늘에 걸린 구름 한 조각이 석양에 물든 채, 인생의 마지막을 애도하는 만장처럼 펄럭였다. 바람이 드세어지면서 파도 소리는 삶에 지친 가난한 사람들의 몸부림으로 거칠게 울었다. 어찌 들으면 파도 소리는 세월이 산산이 부서지는 소리, 노여움의 긴 칼로 바람을 자르는 소리, 더러는 서러운 여인네가 옷섶을 풀어 헤치고 목 놓아 우는 비명처럼 들렸다.

하루의 일이 끝나자 웅보는 잠시 허리를 펴고 서서 노을로 물든 서편 하늘을 바라보았다. 그는 하루의 마지막 해가 청동색의 바다를 붉게 물들이며 수평선 저쪽으로 사그라지는 것을 볼 때마다, 횟배를 앓던 어린 시절의 어지럼증이 되살아나곤 하였다. 횟배를 앓을 때 한바탕 방구석을 네 발로 기고 나면 온통 세상이 치자꽃 빛깔로 보이면서 몸을 가눌 수 없을 정도로 어질어질해지던 것이었다.

해가 지자 낮 동안 벅신거리던 선창도 이내 조용해졌다. 등짐꾼들의 부지런한 움직임이 그치면 부쩍 파도소리가 높아지곤 하였다. 등짐꾼들은 바다를 향해 옷의 먼지를 털다가 몸과 몸을 부둥켜안고 거칠게 울어대는 파도를 보면서 문득문득 마누라의 속살을 떠올렸다.

웅보는 머릿수건을 벗어 쌀가마니에서 떨어진 옷의 먼지를 툭툭 털고 나서 피로처럼 무지근하게 쌓이는 어둠속의 선창가를 두렷거렸다. 그의 친구들을 찾기 위해서였다.

"이 사람 웅보, 여그 있었구만 그랴."

웅보가 친구들을 찾아보고 있는데, 흰 두루마기에 운두가 높은 중절모를 비뚜름히 쓴 사람이 미곡창 쪽에서 다가오며 소리쳤다.

"아니, 아저씨가 워쩐 일잉게라우?"

웅보는 첫눈에 중절모를 쓴 사람이 나주 노루목에서 이웃에 살았던 장 서방이라는 것을 곧 알아볼 수가 있었다. 장 서방 역시 웅보들과 함께 종의 신분에서 속량한 후, 영산포에 옮겨와 쇠살쭈 노릇을 하면서 쏠쏠한 재미를 보던 터였다.

"이 사람아, 자네를 찾을라고 선창바닥을 다 뒤졌다네."

"시방도 영산포에 그대로 눌러 계시남요? 목포에는 언제 오셨는게라우?"

웅보는 오랜만에 고향 사람을 만나자 너무 반가웠다. 웅보가 보기에 장 서방의 신수가 좋아 보였다. 그가 새끼내를 떠나오면서 영산포에서 얼핏 만나보았을 때보다 몸피가 굵어 보였으며 얼굴에 살도 더 오른 것 같았다.

"자, 어디 가서 탁배기라도 한잔 허세."

장 서방은 예나 지금이나 만나자마자 탁배기부터 한잔 하자고 하였다.

"어저께 내가 옴팍헌 술집을 하나 봐두었네. 나를 따라오소."

그러면서 장 서방은 웅보의 팔을 잡아끌었다. 장 서방은 웅보를 끌고 어물전 쪽으로 향했다. 선창거리에서부터 어물전까지 술집들이 즐비하게 늘어서 있었는데, 하루의 일을 끝낸 선창의 등짐꾼들이며 무곡선의 뱃사람들, 마바리며 소달구지로 곡식들을 싣고 온 마바리 꾼들, 뜨내기 등짐장수들이 기웃거리기 시작했다.

"영산포는 어쩝니까요? 새끼내는 가보셨는 게라우?"

웅보는 오랜만에 만난 장 서방에게 거듭 물었다. 그러나 장 서방은 술집을 기웃거리는 데만 정신이 팔려 웅보가 묻는 말에는 건성이었다.

"가만있자…… 요 근방 어딘듸……."

"목포에는 워쩐 일이낭께요?"

"응, 히가시야마 사장님이 일본에서 오신다고 해서…… 배가 내일 도착헌담시롱?"

장 서방이 턱 끝에 힘을 주며 말했다. 그러면서 그는 그가 봐두었다는 술집을 찾기 위해 다시 발걸음을 멈칫거렸다. 장 서방이 기웃거리는 술집들은 모두가 색주가였다. 선창거리에서 어물전에 이르는 골목에는 색주가가 스무 남은 집도 더 되었다.

"옳거니, 이 집이로구만. 이 집에 반반한 물건이 있더구만."

장 서방이 일본 집 식으로 미닫이 판자문을 단 술집 앞에 서며 말했다. 그 술집이 색주가라는 것을 알고 있는 웅보는 마음이 내키지 않아 떨떠름한 얼굴로 미적거렸다.

"아자씨, 여기는 색주가로구먼요. 논다니 은근짜들이 득실거린당께라우."

한 번도 색주가 출입을 해보지 않았던 웅보인지라 괜히 마음이 떨리기까지 하였다.

"요런 쪼다! 해구값 걱정은 마소."

장 서방은 일본말을 섞어 말하며 음충스러운 웃음을 푸실푸실 날리더니 먼저 판자 미닫이문을 열고 안으로 들어갔다. 웅보도 하는 수 없이 그를 따라 들어갔다. 술청은 보이지 않았고 방들이 즐비했는데, 여기저기서 노랫소리와 자지러진 여자 웃음소리가 머릿속을 휘저었다. 미닫이문을 열고 들어서자 마흔 안팎의 투실하게 생긴 중년 부인이 두 사람을 집을 한 바퀴 돌아 뒷방에 안내해주었다.

"어저께 밤에 왔었는듸 알아보겄지라우?"

장 서방이 그들을 뒷방까지 안내해준 여자에게 물었다.

"알아보고말고라우. 어르신 혼자서 술을 다섯 병이나 마셨지라우. 내 생전 어르신같이 술을 많이 드신 양반은 첨이랑께요."

"되았소 되았어. 어저께 밤에 나헌테 왔던 그 접시꽃맹키로 곱닷허게 생긴 시악씨 좀 보내주씨요."

그러면서 장 서방은 그 여자에게 행하 몇 닢을 쥐어주기까지 하였다. 그러자 광대뼈가 튀어나온 그 여자는 입이 헤벌어지더니 염려마라는 투로 고개를 끄덕이며 사라졌다.

"어저께 밤에 나 여그서 접시꽃맹키로 곱닷허게 생긴 시악씨허고 오래간만에 노곤허게 객고를 좀 풀었단마시. 역시 쓸 만헌 계집들은 목포로 죄다 몰려왔는갑서. 영산포에는 한물간 것들만 있당께."

"아까 아자씨 말이 히가시야마를 만나신다고 허셨는듸 그 사람이 뉘기당가요?"

웅보는 장 서방의 음담이 듣기 싫어 말머리를 돌리기 위해 그렇게 물었다.

"으응. 히가시야마 사장님— 그 양반이 영산포에 큰 농장을 맹그신당만."

"농장이라니요?"

"농장도 몰러? 땅을 많이 사서 그 주인이 되신다 이거여."

"그러면 지주가 되는 것이로구만이라우."

"일테면 그라재."

"어째서 왜놈이 영산포서 지주 노릇을 헌당그라우?"

웅보의 말 속에 가시가 들어 있다는 것을 감지한 장 서방이 잠시 뜨악한 눈으로 마주보았다. 그때 술상이 들어왔다. 술상을 들고 들어온 것은 접시꽃 같은 논다니가 아니고 잠시 전에 그들을 안내해주었던 광대뼈였다.

"접시꽃은 왜 안 오는 겨? 어젯밤에 해구값을 듬뿍 주었는듸?"

웅보한테서 가시 돋친 말을 듣게 되어 심사가 뒤틀린 장 서방은 애꽃은 광대뼈 아낙만 타박하였다.

"뒷간에 갔응게 금세 올 거로구만요. 쬐깨만 참으시고 우선 목이
나 축이씨요 잉."

광대뼈 아낙이 넉살을 떨며 장 서방의 잔에 술을 가득 채웠다.

"드십시다요."

웅보가 술사발을 들고 장 서방이 먼저 마시기를 기다렸다. 그제야
장 서방은 다소 얼굴을 누그러뜨리더니 단숨에 잔을 비웠다.

"그런듸, 히가시야만가 허는 일본사람은 왜 만나실라요?"

웅보도 잔을 반쯤 비우고 나서 장 서방을 보며 물었다.

"농장 관리를 맡을 사람을 구헌다는 소식을 듣고……."

장 서방이 말끝을 흐렸다.

"말허자면 마름 노릇을 허시고 싶어서 그러시는구만이라우?"

"일테면 그라재."

"일본사람들이 조선에 와서 양반이 되는구만이라우 잉."

웅보는 반쯤 남은 술잔을 마저 비우고 나서 푸념처럼 말했다. 그는
일본사람들이 영산포 주변에서 땅을 사들인다는 소식은 얼핏 들어
알고 있는 터였지만, 설마 그런 일이 있을 수 있을까 하고 믿지를 않
았었다. 그런데 그것이 사실이라니 한숨이 나왔다.

"새끼내 우리 땅도 그 사람이 샀남요?"

웅보는 거듭 술잔을 비우며 맥이 풀린 목소리로 물었다.

"새끼내 자네 땅이라니? 오오라, 궁토 말이구만? 그 땅이야 부르뫼
박 초시가 관리를 허고 있지 않은감."

장 서방은 궁토라는 말에 힘을 주어 말했는데, 웅보는 그 말에 갑자기 온몸의 피가 욱하고 한쪽으로 쏠리는 것을 느꼈다. 웅보는 갑자기 뻗질러오는 심사를 가라앉히기 위해 술을 두 사발이나 거푸 들이켰다. 저녁도 먹지 않은 빈속에 탁배기를 서너 사발이나 들이켠 탓으로 술기운이 쉽게 퍼졌다. 그러나 주량이 말술인 장 서방은 아직 끄떡도 하지 않았다. 호리술병이 비워지자 장 서방이 빈 술병을 들고 흔들어보며 광대뼈 여자에게 술을 빨리 가져오라고 하면서 "그리고 접시꽃은 뒷간에 가서 똥통에 빠져돼졌다냐, 어떤 놈허고 붙어서 빼도 박도 못허고 있다냐? 네미럴 이 집 논다니들이 왜 이리 비싸게 놀아?" 하고 소리를 질렀다.

"우리 집뿐 아니고 목포바닥 술집마다 논다니들이 동이 났당만이라우. 논다니를 원허는 사내들은 무장 많어지는듸, 시악씨는 없으니 보대껴 죽겠당께요. 누가 조선 땅에 있는 논다니패들을 죄다 목포바닥으로 좀 몰고 왔으먼 쓰겄구만이라우. 목포에서 돈 벌 것은 아랫녘 장시뿐이랑께요."

그러면서 광대뼈가 빈 술병을 들고 나갔다.

"영산포에도 색주가가 많이 생겼지라우?"

웅보가 안주로 나온 흑산 홍어 한 점을 젓가락으로 집어서 초고추장에 찍어 입에 넣고 씹었다. 혀끝이 아르르하고 콧속이 시큰할 정도로 툭 쏘는 맛이 좋았다. 웅보는 목포에 와서야 처음으로 홍어 맛을 보았다. 홍어 중에서도 흑산도 홍어의 맛이 일품이고, 흑산도 홍어 중에서도 맛이 좋은 부분은 혀끝이 아르르할 정도로 쏘는 맛이 강한 콧

잔등 살과 잘근잘근 씹히는 날개고기, 그리고 뒷맛이 고소한 흰 색깔의 애였다. 또한 작은 항아리에 넣어 오래 썩힌 고기를 찹쌀고추장에 물엿을 섞고 파, 마늘, 생강, 식초, 소금, 된장을 적당히 배합한 초고추장에 찍어먹는 것도 맛이 좋지만, 그보다는 물기를 빼어 저민 삶은 돼지고기 위에 초장에 버무린 홍어를 얹은 다음 배추김치에 싸서 먹는 삼합의 맛이야말로 일미인 것이었다.

웅보가 한참 홍어를 초고추장에 버무려 먹고 있는데 방문이 열렸다.

"역시 요로코롬 팍 삭은 흑산 홍애를 묵어야 속이 갠해진당께요. 목구멍에 가뜩 차오르드끼 답답했던 오만 쳇증이 싹 없어져부린 것 같네. 속이 뻥 뚫리는구만. 볼 것 못 볼 것 보고 뒤집어진 속이 뻥 뚫리는구만."

웅보는 눈을 지그시 감고 홍어를 우적우적 씹으며 그 오묘한 맛을 음미했다.

"워매 우리 접시꽃이 인제사 오는구만."

웅보는 장 서방이 엉덩이를 들썩거리며 사족을 못 쓰고 혀끝을 돌려대는 소리에도 고개를 들지 않았다. 더욱이 웅보는 문 쪽의 벽에 등을 대고 앉아 있었기 때문에 장 서방이 접시꽃이라고 부르는 여인이 방에 들어오기 전에는 고개를 돌려야 얼굴을 바로 볼 수가 있었다. 웅보는 논다니 여인의 얼굴에는 관심도 없었기 때문에 고개를 들기조차 싫었다. 그는 고개를 들지 않아도 논다니 여인이 장 서방의 옆에 찰싹 붙어 앉아 있다는 것을 알았다.

"이보게, 접시꽃맹키로 생긴 이 여자가 내 맘에 꽉 들어부렀당께!"

장 서방이 웅보를 향해 말을 했을 때에야 그는 천천히 고개를 들고 그의 앞에 앉아 있는 논다니를 얼핏 마주보았다. 순간 웅보는 홍어를 한입 문채 모든 동작을 멈추고 말았다. 그는 너무 놀라 눈을 크게 뜨고 천정을 쳐다보았다. 그의 앞에 앉아 있는 논다니는 다름 아닌 새끼내 천 서방의 딸 방울이였던 것이다. 방울이는 웅보를 대하고도 별로 놀라는 기색이 보이지 않았다. 방울이는 되레 웅보 아저씨도 이런 데를 드나드는 걸 보니 어쩔 수 없는 사내로구만요 하고 마음속으로 냉소를 보내고 있는 얼굴로 입가에 야릇한 웃음을 피우며 그를 똑바로 바라보았다. 수치심을 느낀 것은 웅보 쪽이었다.

"아저씨를 몇 번 봤었구만이라우. 미곡창에서 일허고 기시지라우?"

방울이가 먼저 입을 열었다. 웅보는 아무 대꾸도 못했다.

"방울이는 암시랑토 않어라우. 아자씨한테 부끄러울 것이 멋 있당가요. 아자씨한테 부끄럼을 당헌 것은 아자씨가 방울이 하문을 들여다봤을 때였당께요."

다시 방울이가 야릇하게 웃어 보이며 말했다. 방울이는 그들이 함께 새끼내에 살 때, 그녀가 게를 삶아먹고 뒷구멍이 막혀 있던 것을 웅보가 대꼬챙이로 게 껍질들을 꺼내주었던 일을 말하고 있는 것이었다.

"아니? 서로 아는 사이여?"

장 서방이 놀란 얼굴로 두 사람을 번갈아 보며 누구에게랄 것도 없이 큰 소리로 물었다.

"놀래지 마시고 술이나 드씨요."

방울이가 웅보의 잔을 채우며 말했다. 방울이한테서 분 냄새가 짙게 풍겼다. 웅보는 방울이에게 어떤 연유로 색주집의 논다니 신세가 되었느냐고 묻지를 않았다. 그녀의 아버지 천 서방의 소식이라도 묻고 싶었으나 도무지 입이 열리지 않는 것이었다. 웅보는 문득 십여 년 전에 영산포의 버드나무 주막에서 그녀 아버지 천 서방이 아직 열다섯 살도 안 되어 보이는 방울이를 쌀 일곱 가마니를 받고 술집에 팔아넘기려고 했던 때를 떠올렸다. 그때 방울이는 겁에 질려 있었다. 딸의 손목을 비틀어 잡고 있던 천 서방의 눈에는 철쭉꽃잎 같은 핏발이 서 있었다. 웅보는 그때 방울이가 너무 불쌍하게 보여 자기가 쌀 열 가마니에 사겠으니 하루만 기다려달라고 부탁하고 나주 양 진사 댁으로 찾아가서 유 씨 부인에게 어음을 받아왔던 것이었다. 그러나 웅보는 천 서방에게 쌀 열 가마니를 주지 않고 그의 가족들을 새끼내로 데리고 와서, 유 씨 부인에게서 가져온 쌀 열 가마니를 잡곡으로 바꾸어 두레살이를 하게 된 것이었다. 함께 새끼내를 떠나 목포에 옮겨온 후 일 년 쯤 있다가 천 서방은 어부가 되겠다면서 섬으로 들어가서는 여태껏 소식이 없었다. 그러던 차에 천 서방의 딸 방울이를 뜻밖에 색주가에서 만났으니 놀라지 않을 수가 없었다. 웅보는 방울이에게 묻고 싶은 것이 한두 가지가 아니었다. 부모들이 새끼내를 떠나오기 전에 몽탄으로 시집을 가서 아들 딸 남매를 낳고 잘산다는 소식을 들었는데, 어찌하여 목포 색주가에 빌붙어서 몸을 파는 논다니 신세가 되었으며, 섬으로 들어간 부모의 소식은 알고 있는지 물어보고 싶었던 것이다. 그러나 웅보는 아무 말도 입을 열 수가 없었다. 방울이가 논다니가 된 것은 필시 그만한 사연이 있을 터이고, 섬으로 들어간 천 서방이 그 후로 한 번도 소식이 없는 것은 아직 사는 데에 여유가 없기 때문일 것으로 짐작하고 있었기 때문이다. 그리고 방울이가 논다니가 된 사연을 듣게 되면 되레 마음만 아플 것이라는 생각이 들기도 하였다. 웅보는 방울이가 채워준 술잔에는 손도 대지 않은 채 벌떡 일어섰다.

"자네 왜 이러는가?"

장 서방이 웅보의 바짓가랑이를 붙잡고 물었다.

"먼첨 가봐야겠구만이라우."

"가다니 어째서? 오랜만에 만났넌듸 그냥 헤어진단 말인가?"

"아니구만이라우. 그냥 가봐야 쓰겠당께요."

그러면서 웅보는 방문을 박차고 나와 미투리를 꿰기가 바쁘게 주막을 나갔다. 방울이는 그를 붙잡지도 따라 나오지도 않았다. 장 서방만이 큰 소리로 웅보의 이름을 거듭 외쳐 불렀을 뿐이었다.

주막에서 나온 웅보는 집으로 향하지 않고 선창으로 나갔다. 차가운 바닷바람이라도 좀 쐬어야 기분이 맑아질 것 같았다. 그는 쌀을 일본으로 실어갈 큰 배들이 정박해 있는 선창에 나와 밤바람에 부대끼는 파도소리를 들으며 서성거렸다. 어두운 밤하늘에는 별이 파도소리에 놀란 듯 오들오들 떨고 있었다. 그는 문득 새끼내 쪽의 하늘을 쳐다보았다. 그는 아침에 해가 떠오르는 것을 볼 때마다 새끼내 쪽의 하늘을 쳐다보았다. 해는 언제나 새끼내 쪽 하늘에서 떠오르곤 하였다. 그는 새끼내 시절이 그리웠다. 종의 신세에서 속량이 된 천한 그들이 새끼내에 모여 땅을 일구고 마을을 만들어가던 때가 그리운 것이었다. 이제는 그때 함께 두레살이를 했던 사람들이 모래처럼 흩어져버리고, 목포에는 웅보의 친구 몇 사람만이 남아 있을 뿐이었다. 웅보는 헤어진 그들을 다시 만나 함께 새끼내로 돌아가고 싶었다.

웅보는 밤바다를 향해 선창의 땅바닥에 쪼그리고 앉아서 곰방대에 불을 붙여 뻐끔뻐끔 빨았다. 그날 밤 그는 괜히 울화가 치밀기도 하고 목이 메는 듯한 슬픔에 젖기도 하였다. 색주가의 논다니로 전락한 방울이 때문이었다. 목포로 나온 새끼내 여자들 중에서 논다니 신세가 된 것은 두서너 명이나 되었다. 그러나 방울이가 논다니가 되었다는 것을 생각하면 마치 염통 한가운데에 가시가 박힌 것만큼이나 마음이 아픈 것이었다.

눅눅한 갯바람이 불어왔다. 제법 삽삽하게 느껴졌다. 바람이 불 때마다 어디선가 고리하게 썩는 냄새가 진동했다. 선창 주변에 버려진 허섭스레기며 생선 썩는 냄새가 눅눅한 밤바람을 타고 퍼졌다. 웅보는 그 냄새가 마치 개항장 목포가 썩고 있는 것처럼 생각되었다. 땅과 사람들이 한꺼번에 흐물흐물 썩고 있는 것 같았다. 마음도 몸뚱이도 옴씰하게 썩어 문드러져가고 있는 것처럼 생각되었다.

웅보는 곰방대를 털고 천천히 일어섰다. 그때 선창의 야적장 쪽에서 검은 그림자 둘이 그가 서 있는 쪽으로 뛰어오는 것이 보였다. 뛰어오고 있는 그림자의 손에 작은 자루가 하나씩 들려 있는 것으로 보아 그들은 야적장에서 쌀을 훔쳐 달아나고 있는 쌀 도둑들이 분명했다. 일본으로 쌀을 실어가는 화물선이 목포항에 정박해 있는 동안에는 미곡창이 넘쳤기 때문에 선창에 야적을 해두고 지켰는데, 그럴 때는 늘 쌀 도둑들이 바구미처럼 쌀가마니 주위를 맴돌며 쌀을 훔치곤 했다.

쌀자루를 든 두 명이 그곳에 웅보가 있는 것을 모르고 뛰어오다가 마주치게 되었다. 웅보는 그들에게 달려들어 두 팔로 한 명씩을 붙들었다. 그때 웅보의 오른손에 팔을 붙잡힌 아이가 가마를 찔러 쌀을 빼낼 때 쓰는 대꼬챙이로 그의 어깨를 찔렀다. 웅보는 순간 짧게 비명을 지르기는 했지만 결코 팔을 붙잡은 손을 놓지는 않았다. 그의 오른손에 붙잡힌 아이가 다시 웅보의 어깨를 찌르려고 했을 때, 그는 잽싸게 그 아이를 넘어뜨렸다. 그리고 발로 아이의 팔을 밟고 대꼬챙이를 빼앗았다. 두 아이가 모두 열 살 안팎의 아직 앳된 사내 녀석들이었다. 웅보는 두 아이의 팔을 붙잡아 끌고 야적장 쪽으로 향했다. 야적장을 지키는 경비원에게 넘겨주기 위해서였다.

"아자씨 용서해주씨요. 잘못했구만이라우."

자신들이 야적장 쪽으로 끌려가고 있다는 것을 알고 웅보의 왼손에 잡힌 아이가 우는 목소리로 애원을 했다. 그러나 그의 어깨를 찔렀던 오른손에 잡힌 아이는 용서를 빌지 않고 숨을 씩씩거리고만 있었다. 웅보한테 붙잡힌 것을 분해하고 있는 듯싶었다.

"우리 동생이 굶어죽게 생겼당께라우. 을매나 배가 고픈지 흙을 집어묵고는 죽을 뻔했당께라우. 아자씨 죽을죄를 지었옹께 용서해주시기라우."

왼손에 붙잡힌 아이가 계속 우는 소리를 하였다.

"너는 왜 나를 찌르지 않았느냐?"

웅보는 잠시 걸음을 멈추어 서서 징징거리는 아이를 보며 물었다. 오른손에 붙잡힌 아이보다 약간 키가 작은 그 아이도 쌀가마니를 찌를 때 쓰는 호비칼 같은 대꼬챙이를 가지고 있었으나 그를 찌르지 않았던 것이다.

"한 번도 사람을 찔러보지 못했구만이라우."

그 아이의 대답은 간단했다.

"너는 사람을 찔러봤느냐?"

이번에는 그의 어깨를 찔렀던 아이에게 물었다. 그러나 그 아이는 쩡쩡한 얼굴로 어둠속을 뚫고 웅보를 쳐다볼 뿐 대답을 하지 않았다. 웅보는 어둠속에서도 그 아이의 일그러진 표정을 읽을 수가 있었다.

"한 번만 용서해주씨요. 우리 동생이 굶어죽게 생겨서 죄를 졌당께라우."

키 작은 아이가 다시 매달리는 목소리로 애원을 하였다.

"도둑질을 헌 놈들은 벌을 받아야 한다."

웅보는 단호하게 말하며 붙잡힌 순간부터 말 한마디 없는 큰 아이를 보았다.

"아자씨, 그렇다면 부탁이 있구만이라우."

키 작은 아이가 웅보에게 붙잡힌 팔을 흔들며 여전히 징징 우는 목소리로 말했다.

"부탁?"

"예. 저 혼자만 붙잡아 가시고 내 동생은 놓아주씨요. 우리 동생을 놓아주씨요."

키 작은 아이의 말에 웅보는 키 큰 아이를 보았다. 그리고 키 작은 아이에게 "이 놈이 네 동생이냐?" 하고 물었다.

"그래라우. 집에 동생이 넷이나 더 있구만이라우. 아자씨, 동생이 훔친 쌀을 주어서 동생을 좀 놓아주씨요 잉. 집에 있는 동생들이 이틀째 굶고 있당께라우."

키 작은 아이는 그러면서 다시 웅보의 손을 거칠게 흔들어댔다.

"너 몇 살이냐?"

"열두 살이구만이라우. 동생은 열한 살이고……."

"안 되겠다. 네놈들은 도둑질을 했으니 벌을 받아야 헌다니께!"

웅보는 조금 전부터 그들을 놓아줄 생각을 하면서도 그렇게 으름장을 놓고 있었다.

"이 쌀이 아자씨네 것이오?"

처음부터 쩡쩡한 얼굴로 말 한마디 없던 키 큰 아이가 웅보에게 따지듯 물었다. 묻는 어투가 당당했다. 웅보는 그런 그 아이의 태도에 놀랐다.

"어채피 일본으로 실어갈 쌀이 아닌가요? 일본으로 실어갈 쌀인디, 굶어 죽어가고 있는 조선사람덜이 좀 훔쳐 묵는 것이 그렇게 큰 죄가 되남요? 아자씨는 조선사람이 아닌감요?"

키 큰 아이가 또렷또렷하고도 빠른 말로 다시 따져 물었다.

"이놈 봐라?"

웅보는 그에게 따져 묻고 있는 키 큰 아이의 얼굴이 보고 싶어졌다.

"조선사람들이 굶어 죽어가고 있는듸 왜 일본으로 쌀을 실어간당가요? 어른들은 왜 보고만 있당가요? 조선사람덜은 다 굶어죽어도 암시랑토 않당가요? 아자씨는 어째서 조선 쌀을 일본으로 실어가는 것을 보고만 있소?"

웅보는 갑자기 할 말을 잃어버리고 말았다.

"나를 따라오너라."

웅보는 목소리를 누그러뜨리고 나서 그들을 야적장과는 반대쪽에 있는 주막거리로 끌고 갔다.

그는 그 아이들의 얼굴을 볼 수 있는 불빛 가까이로 갔다. 키 큰 동생의 얼굴을 보고 싶었다. 웅보는 야적장에서 쌀을 훔친 형제를 데리고 미곡창 등짐꾼들이 자주 들르는 거적주막으로 갔다. 거적을 씌워 겨우 비를 피할 수 있게 만든 간이주막이었다. 거적주막에서는 탁배기와 시래기국밥을 팔았다. 웅보는 거적주막으로 그들 형제를 데리고 들어가서 시래기국밥이라도 한 그릇씩 사주고 싶었다.

"쌀자루 안 보이게 하그라 잉."

거적주막에 가까이 이르자 웅보가 그들에게 말했다. 그때까지도 그 아이들은 웅보가 그들을 벌주기 위해 끌고 가는 것으로만 알고, 키 작은 아이는 계속 울먹이며 동생을 돌려보내달라고 매달렸으며, 키 큰 아이는 조금 전 웅보에게 따져 물었던 말을 되풀이하고 있었다.

거적주막에는 손님이 한 사람도 없었다. 왜소한 몸피에 비해 어울리지 않게 양푼처럼 얼굴이 넓은 늙은 주모만이 좌판에 앉아 꾸벅꾸벅 졸고 있었다.

"여기 국밥 둘 말아주씨요. 멸치꽁댕이 좀 많이 넣어주시구랴."

웅보가 두 아이들을 데리고 들어가 좌판에 앉게 한 다음 늙은 주모에게 큰 소리로 말했다.

"자식들이우?"

졸고 있던 주모가 넙데데한 얼굴에 비해 유난히 작은 눈을 버릇처럼 심하게 끔적거리며 물었다.

"예, 우리 자식 놈들이오."

웅보가 그렇게 말하며 웃는 얼굴로 두 아이들을 마주보았을 때에야 아이들은 다소 안심을 한 듯 얼굴의 긴장이 풀렸다. 웅보는 두 아이들의 얼굴을 짯짯이 되작거려 살펴보았다. 얼굴은 발라낸 대추씨 모양으로 살 한 점 붙어 있지 않고 깡말랐으나 이목구비가 뚜렷했다. 특히 키 큰 동생의 눈빛이 날카롭게 빛났다. 가난의 슬픔 대신 오기와 앙칼스러움이 뒤엉킨 눈빛이었다.

"어서들 묵어라."

늙은 주모가 시래기국밥을 내오자 웅보가 아이들에게 숟가락을 쥐어주며 권했다. 웅보는 탁배기 한 잔을 시켜놓고 천천히 입술을 축였다.

"이름이 무엇이냐?"

웅보가 술잔을 비우고 나서 키 작은 형에게 물었다.

"나는 동천이고 동생은 서천이로구만요."

"그래 부모님은 계시냐?"

"작년 여름에 돌림병으로 돌아가셨구만유."

"두 분이 같이?"

"야. 아부지가 먼첨 돌아가시고 한 달 후에…….."

동천이는 말끝을 흐리면서 웅보를 쳐다보았다. 웅보는 그들에게 더 이상 묻고 싶은 용기가 없었다. 지금은 어디서 어떻게 목줄을 지탱하고 사느냐는 말을 묻지 않았다.

동천이와 서천이 형제는 시래기국밥 한 뚝배기를 밥알 하나 남기지 않고 죄 목구멍에 털어 넣고 나서 걸지게 트림을 하였다.

"그만 가자."

웅보는 국밥 값을 셈하고 일어서며 아이들에게 말하고 먼저 거적 주막을 나갔다. 뒤이어 동천이와 서천이도 지싯거리며 따라 나왔다. 키 작은 형은 웅보에게 고마움의 미소를 보냈으나 키 큰 동생 서천이의 얼굴은 여전히 얼음처럼 차갑고 날카롭게 굳어져 있었다. 웅보는 그런 서천이가 걱정이 되었다.

"어서들 가봐라. 느그들 다음에는 도둑질을 해서는 안 된다 잉. 그리고 너 서천이, 절대로 일본사람들 것은 도둑질하지 말거라잉. 그 사람들 것을 도둑질하면 우리를 얕잡아본다. 알았지야? 자 냉큼 가봐라. 그리고 어려운 일이 있거든 미곡창으로 나를 찾아오너라."

웅보는 그렇게 말하고 몸을 돌려세워 유달산 쪽으로 발걸음을 서둘렀다. 그가 스무 남은 걸음 걸었을 때 두 아이들이 그를 향해 뛰어오는 발소리를 가늠할 수가 있었다.

"아자씨, 이거…….."

아이들이 웅보 앞을 막아섰다. 그리고 키 작은 형 동천이가 쌀자루를 웅보 앞에 내밀었다.

"아자씨, 이거 가져가시씨요."

말수가 적은 서천이가 말했다. 서천이의 얼굴은 여전히 찡찡해 있었다. 그것은 불만의 표시라기보다는 삶의 고달픔 때문에 저절로 굳어진 어쩔 수 없는 표정인 듯싶었다.

"이것을 왜 나한테 주느냐?"

"고마와서라우. 드릴 것이라고는 이것뿐이고…….."

웅보는 순간 목구멍에 걸린 가시 때문에 침을 삼키기에 불편할 때처럼 목울대가 훗훗해졌다.

"이놈에 자석들. 냉큼 안 가면 다시 잡어 갈란다!"

웅보는 그들을 향해 벌컥 화를 내고 있었다. 그러나 마음속으로는 쓰렁하게 웃었다. 형제는 웅보가 다시 잡아가겠다는 엄포에 놀라 후드득 어둠속으로 달아나버렸다.

"자석들!"

웅보는 그들이 사라진 어둠속을 바라보며 혼잣말로 중얼거리고 나서 다시 걷기 시작했다. 그제야 조금 전 키 큰 동생 서천이가 대꼬챙이로 찔렀던 오른쪽 어깨가 따끔거려왔다. 옷 속으로 손을 넣어보았더니 끈끈한 피가 닿았다. 그러나 웅보는 어깨의 상처에 대해서 아픔을 느낄 수가 없었다. 그를 아프게 한 것은 서천이의 대꼬챙이에 찔린 어깨가 아니라, 천 서방의 딸 방울이가 색주가의 논다니가 되었다는 것과 그가 선창의 야적장에서 두 아이들을 붙잡았을 때 명태가시처럼 뼛센 서천이가 조선사람들이 굶어 죽어가고 있는데 왜 어른들은 일본으로 쌀을 죄 실어가는 것을 보고만 있느냐고 따져 묻던 말이 삼지창처럼 그의 가슴에 꽂힌 것이었다.

그날 밤 웅보는 집에 돌아가서도 그 아픔을 지울 수가 없어 잠을 못 이루고 뒤척이면서 한숨만 삼켰다.

"시상에 방울이가 논다니가 되었드란마시."

그가 아내 쌀분이에게 방울이의 이야기를 해주자 "아니 방울이가 갈보가 된 것을 이녁이 으찌 아요?" 하고 벌떡 일어나 앉으며 따지듯 묻는 것이었다. 웅보는 장 서방을 따라 주막에 갔다가 우연히 만나게 되었다고 저저이 밝혔다. 그러자 쌀분이는 여전히 앙앙지심(怏怏之心)을 삭이지 못하고는 한다는 소리가 "타고난 화냥기 워디로 갔을랍뎌? 몰만이나 큰 년이 남정네 앞에 엉뎅이 까고 들이댈 때부텀 알아봤당께!" 하면서 옛날 방울이가 게를 삶아먹고 뒷구멍이 막혀 죽을 뻔한 것을 웅보가 대꼬챙이로 게 껍질 부스러기를 꺼내주었던 일을 다시 곱씹는 것이었다. 웅보는 그렇듯 소견머리 좁은 여자를 탓해서 무엇하랴 싶어 입을 다물고 말았다. 그러나 그의 머릿속에서 논다니가 된 방울이와 쌀을 훔친 형제의 모습은 좀처럼 사라지지 않고 뚜렷하게 살아 움직이는 것을 어찌할 수가 없었다. 더욱이 키 큰 동생 서천이가 그에게 따지듯 당당하게 물었던 말들이 마치 그의 머리와 가슴속에 살아 있는 할아버지의 목소리처럼 자꾸만 부스럭거렸다.

그로부터 닷새쯤 지난 어느 날 웅보는 장 서방과 함께 갔던 색주가를 찾아가 보았으나 방울이는 이미 나흘 전에 나가버렸다고 하였다. 일전에 장 서방과 함께 갔을 때 만났던 광대뼈 아낙에게 방울이의 행방을 물었으나 어디로 갔는지 어찌 알겠느냐면서 올빼미 같은 눈으로 그를 흘겨보던 것이었다.

그리고 그로부터 다시 한 달쯤 후에 뜻밖에도 쌀을 훔쳐 달아나다가 웅보한테 붙잡혔던 키 작은 형 동천이라는 아이가 아침에 일찍이 선착장으로 찾아왔다. 동천이는 여전히 핏기 없이 헐쑥한 얼굴에 허기에 지친 모습이었다.

"아자씨, 우리 동생 서천이가라우……."

동천이는 웅보를 만나자 울먹이는 소리로 매달렸다.

"그래 네 동생이 어쨌냐?"

웅보는 암팡지게 생긴 키 큰 동생 서천이가 앓아누운 것으로 짐작하고 그렇게 물었다.

"또 양식이 떨어져서 이틀이나 굶었구만이라우. 어린 동생들이 배가 고프다고 울어쌓자 서천이가 밤에 쌀자루를 들고 나갔당께요. 틀림없이 선착장으로 쌀을 도둑질허로 간 것 같아서 내가 못 가게 붙들었는듸도 듣지 않았구만이라우. 초저녁에 나가서 여태 안 돌아온 것을 보니께 서천이가 틀림없이 경비원들헌테 붙잡힌 것 같당께요."

동천이는 곧 땅바닥에 허물어질 것만 같았다. 그의 말마따나 사흘이나 굶은 탓으로 서 있을 힘도 없어 보였다. 웅보는 우선 동천이한테 먹을 것부터 좀 주어야겠다고 생각하고, 한 달 전에 그들 형제에게 시래기국밥을 사먹였던 거적주막으로 데리고 갔다. 동천이는 국밥을 반쯤 먹고 나더니 숟갈을 놓고 멍청하게 고개를 들고 앉아 있었다.

"더 묵재 왜 그러냐?"

"집에 있는 동생들 땜시 안 넘어가는구만이라우."

웅보가 묻고 동천이가 대답했다.

"네 동생들 묵을 것도 줄텡께 어서 마저 묵어라."

웅보가 반쯤 남은 국밥을 동천이 앞으로 당겨놓고 숟갈을 손에 쥐어주었다. 그제야 동천이는 콧물과 눈물을 함께 훌쩍거리면서 국밥을 떠 넣기 시작했다. 동천이가 훌쩍거리면서 국밥을 먹고 있는 모습을 들여다보고 있는 웅보의 눈에, 사흘씩이나 굶어 기력을 잃고 누워 있을 동천이의 네 동생들이 밟혀왔다.

"집에 가 있거라. 내가 네 동생이 어디에 붙잽혀 있는지 알아보겄응께 서천이 걱정은 말고 그만 집으로 가거라."

동천이에게 국밥을 먹이고 난 웅보는 미곡창 주변에서 하역일의 시작을 알리는 징소리를 기다리고 있는 친구들에게 쌀 두 되 값 요량이나 될까 말까 싶은 돈을 빌려 그의 손에 쥐어주며 말했다. 동천이는 울면서 돈을 받고 돌아섰다.

웅보가 동천이를 돌려보내고, 다음번에 그 아이들을 만나면 한 번 그들의 집에 따라가 보고 그들이 어찌 사는지 살펴봐야겠다는 생각을 하면서 선착장 쪽으로 향했다. 그런데 그가 미곡창 가까이에 이르렀을 때, 야적장 근처에 많은 등짐꾼들이 빙 둘러서서 웅성거리고 있었다. 웅보는 또 어떤 등짐꾼이 십장한테 대들었다가 얻어맞고 있는 것이거니 짐작하면서 지싯지싯 다가가 보았다. 등짐꾼이 십장한테 얻어맞는 것이 아니었다. 등짐꾼들은 거적에 덮여 있는 시체를 바라보고 있었다. 시체는 방금 바다에서 꺼낸 듯 주변에 물이 흥건히 괴어 있었다.

"누가 죽었당가? 물에 빠져 죽은 게여?"

웅보가 동료들의 어깨를 비집고 거적에 덮혀 있는 시체를 보며 물었으나 아무도 대꾸를 해주지 않았다. 시체는 보이지 않았다. 검은 머리의 털과 맨발의 발가락 끝이 삐주름히 거적 아래로 비쳤을 뿐이었다. 웅보는 동료들의 어깨를 비집고 거적에 덮혀 있는 시체를 내려다보다 말고 거적 아래로 삐주름히 내민 작은 엄지발가락에 시선을 멈추었다. 발가락의 크기가 어른이 아닌 것이 분명했다. 순간 웅보의 머릿속에는 한 달 전에 대꼬챙이로 그의 어깻죽지를 찌르고 도망치려 했던, 키 큰 서천이의 얼굴이 펀뜻 스쳤다. 웅보는 서천이의 생각이 떠오르자 등짐꾼들 앞으로 나가 거적을 휙 젖혔다. 순간 웅보는 서천이의 시체 앞에 털썩 주저앉고 말았다. 등짐꾼들의 입에서 외마디 경악의 소리가 튕겨 나왔다. 그것은 거적에 덮여 있던 어리 아이의 골통이 깨져 있었기 때문이었다. 그제야 그들은 그 아이가 바다에 빠져 죽은 것이 아니라는 것을 알았다.

"누가 이런 짓을 했다냐? 세상에 어린것을 골통을 깨 쥑이다니!"

등짐꾼들 가운데서 누구인가 혀끝을 차며 말했다. 웅보는 필시 서천이가 쌀을 훔쳐 달아나다가 경비원이 내려친 몽둥이에 맞아죽었을 것이라고 생각했다. 그리고 서천이가 죽자 경비원들이 시체를 바다에 던져버렸을 것이었다. 언젠가도 야적장의 경비원들이 쌀을 훔쳐 달아나는 청년을 붙잡아 몽둥이찜질을 하여 선창바다에 버려둔 일이 있었다. 그때 그 청년은 온종일 선창의 땅바닥에서 버르적거리고 있다가 밤이 되어서야 그의 가족들에게 업혀갔었다.

하역 일이 시작되는 징소리가 울리자 시체의 주위에 둘러서 있던 등짐꾼들이 모두 그곳을 떠났다. 웅보 한 사람만이 서천이의 시체 옆에 앉아 있었다. 그는 한 달 전 서천이를 붙잡았을 때 "이 쌀이 아자씨 것이오?" 하고 따져 묻던 그의 앙칼지고도 당당한 목소리를 생각해냈다. 그리고 눈꼬리를 빳빳하게 세워 웅보를 찔러보며 "어채피 일본으로 실어갈 쌀이 아닌가요? 일본으로 실어갈 쌀인듸 굶어죽어가고 있는 조선사람덜이 좀 훔쳐 묵었다고 해서 죄가 되남요? 아자씨는 조선사람이 아니오? 조선사람덜이 굶어 죽어가고 있는듸 왜 일본으로 쌀을 실어간당가요? 어른들은 왜 보고만 있당가요?" 하고 따지던 목소리가 아직도 그의 귓전에 맴돌았다. 십장의 호각 소리가 웅보의 등덜미를 잡아채고 있었다. 일을 시작하지 않고 뭘 하고 있느냐고 십장의 호각 소리가 그를 다그친 것이었다. 그러나 웅보는 호각 소리를 듣지 못한 척 서천이의 시체를 거적에 말아서 안고 그곳을 떠났다. 그는 동천이가 동생의 주검을 보기 전에 산에 묻어주고 싶었던 것이다. 그가 서천이의 시체를 안고 유달산 쪽으로 걸어가고 있는데 거적 속에서 죽은 서천이가 "아자씨는 어째서 조선 쌀을 일본으로 실어가는 것을 보고만 있소? 조선사람덜은 다 굶어죽어도 암시랑토 않당가요?" 하고 따지는 목소리가 쩌렁쩌렁 울려오는 듯싶었다.

웅보가 죽은 서천이의 시체를 거적에 말아 안고 유달산으로 올라가고 있는데 어느 틈엔가 염주근이 삽과 괭이를 들고 따라왔다. 웅보는 염주근을 보고 아무 말도 하지 않았다. 염주근이도 잠자코 웅보의 뒤를 따랐을 뿐이었다.

"여기에 묻어줄까?"

웅보가 빨간 붉나무 옆 판판한 곳에 서천이의 시체를 놓으며 말했다. 그는 허리춤에 찔러둔 곰방대를 꺼내 불을 붙여 물고 다글다글 담뱃진 끓는 소리를 내며 연기를 빨아, 윤기가 자르르한 늦가을 햇살 사이로 뿜어 날리며 바다를 내려다보고 있었다. 삼학도가 손에 잡힐 듯 가깝게 떠 있었다.

"저 눔이 나헌테 뭐라고 헌 줄 아는가?"

웅보가 힐끗 염주근을 돌아보며 입을 열었다. 염주근은 잎이 노르스름하게 물든 떡갈나무 옆에 쪼그리고 앉아 있었다.

"아는 아이로구먼?"

"아주 당차고 건방진 놈이었구만. 꼭 내 어렸을 적과 비슷헌 놈이었당께!"

"그 아이가 자네한테 뭐라고 했는듸?"

"글쎄 이놈이 나헌테, 조선사람덜이 굶어 죽어가고 있는듸 왜 일본으로 쌀을 실어가도록 귀경만 허고 있는 게냐고 따지지 않았겄남."

말을 하면서 웅보는 얼핏 거적 속에 말없이 누워 있는 서천이를 보았다. 이제 그의 당당함도 건방진 모습도 다시 볼 수가 없게 되었지만 그의 목소리만은 여전히 귓속에서 쟁쟁거렸다. 어쩌면 서천이의 목소리는 거대한 아우성으로 들리는 듯싶었다. 파도가 그의 목소리를 대신하고 있는 것 같았다.

"딴은 이놈 말이 맞구만 그랴. 웅보 자네는 우리덜이 쌀을 일본 배에 실을 때, 선창에 나와서 송곳 같은 눈으로 우리를 무섭게 찔러보는 사람덜을 못 봤는가?"

"저놈이 나를 가르쳐주었구만."

웅보는 의미 있는 눈빛으로 염주근을 보며 말했다. 염주근도 웅보의 눈빛이 무엇을 말하고 있는지를 헤아릴 수가 있었다.

"그렇구만. 저놈이 우리를 깨우쳐주었구먼 그랴."

염주근이도 웅보와 같은 말을 하였다.

"쌀을 일본으로 단 하루라도 실어가지 않으면 그만치 조선사람들이 덜 굶어죽을지도 모르지 않겠는가! 내 말이 틀렸는가?"

웅보가 염주근을 보며 동의를 구하듯 간절하게 물었다.

"자네 말이 맞네. 그러고 보니께 우리는 여태껏 부끄러운 것을 모르고 살아왔구만. 다른 사람들 생각은 안흐고 우리덜 저저끔의 작은 이익만을 생각허고 살었구만 잉."

염주근도 허리춤에서 곰방대를 꺼내 담배에 불을 붙여 물며 한숨 섞인 목소리로 말했다.

"나는 이놈이 불쌍해 죽겠네. 이놈한테 죄가 있다면 가난헌 탓이제. 굶어죽지 않고 싶은 것도 죄라고 헐 수가 있겠는가? 참말로 나는 이놈이 불쌍해서 죽겠네. 나는 이놈이 나한테 헌 말을 잊을 수가 없단마시. 아매 내 평생 잊지 못헐 것잉만. 그러고 이놈이 굶어죽기 싫어서 일본으로 실어갈 쌀을 쬐금 훔친 죄로 골통이 터져 죽었다는 것도 평생 잊지 않을 것이로구만."

웅보는 그렇게 말하고 바다 끝을 보았다. 한 달 전 희미한 불빛에 비춰보았던 서천이의 모습이 선명하게 떠올랐다. 바다 끝에 떠오른 서천이의 모습 위로 갈매기 한 마리가 낮게 선회하고 있었다. 서천이의 날카로운 눈빛이 햇살처럼 번뜩였다.

"어서 묻어주고 내려가세."

염주근이가 괭이로 땅을 파기 시작하면서 웅보에게 말했다. 그러나 웅보는 오랫동안 연기도 나지 않는 곰방대를 입에 문 채 흙바닥에 퍼질러 앉아서 하염없는 눈으로 바다의 먼 끝만을 바라보았다. 웅보는 염주근이가 서천이의 시체를 묻고 난 후까지도 넋 나간 사람처럼 그렇게 앉아 있기만 하였다.

"자, 그만 내려가세."

염주근이가 연장을 챙겨들고 산을 내려가자고 웅보를 재촉했을 때에야 그는 꿈에서 깨어난 사람처럼 머룩한 눈빛으로 하늘과 산과 바다와 염주근과 서천이의 무덤을 한꺼번에 둘러보는 것이었다.

"어느 틈에 묻었구만."

웅보가 서천이의 무덤 앞으로 다가서며 혼잣말처럼 웅얼거렸다.

"자, 어서 내려가세. 너무 늦었구만."

염주근이 억지로 웅보의 팔을 잡아끌며 산을 내려갔다.

서천이의 시체를 묻어준 뒤, 웅보는 그의 형 동천이가 나타나기를 날마다 기다렸다. 그러나 동천이는 다시 선창에 나타나지 않았다. 웅보는 동천이와 그의 동생들이 걱정되어 그들이 사는 집을 찾아보려고 하였으나 허탕을 쳤다. 가끔 비렁뱅이 아이들의 모습을 보게 될 때마다 가까이 달려가서 얼굴을 들여다보기도 하고 동천이라는 아이를 아느냐고 물어보기도 하였지만 흔적조차도 찾을 길이 없었다. 웅보는 그 아이들이 모두 굶어죽었을지도 모른다는 생각을 하기도 하였다.

서천이가 죽은 후에도 여전히 선창의 야적장에는 쌀가마니들이 산더미처럼 쌓여 있었으며, 웅보와 그의 친구들은 예나 다름없이 미곡창 등짐꾼으로 있으면서 쌀가마니를 일본 배에 싣는 일을 하였다. 쌀을 훔치다가 골통이 터지도록 얻어맞아 짧고도 슬픈 삶을 마감해버린 서천이의 죽음은 누구의 마음속에도 남아 있지 않았다. 아무도 어린 서천이의 죽음에 대해서 기억하려고 하지 않았다. 웅보조차도 어느 사이엔가 서천이의 죽음을 잊고 지냈다. 이따금 서천이가 그에게 따져 물었던 말들이 얼핏얼핏 되살아나곤 하는 것이었으나, 그냥 귓전에서만 맴돌았을 뿐이었다. 선창의 등짐꾼들이 어린 서천이의 죽음을 오래 기억하기에는 그들의 삶이 너무 지쳐 있었던 것이다. 그들은 다른 사람의 죽음을 기억하기보다는 자신이 살아갈 일을 생각하기에도 지쳐 있었다.

그러나 웅보와 염주근은 유달산을 바라볼 때마다, 그들의 손으로 묻어주었던 서천이를 가끔 생각하곤 하였다.

웅보는 죽은 서천이가 생각날 때마다 서천이의 형인 키 작은 동천이를 찾기 위해 선창거리를 더듬곤 하였다. 그리고 방울이의 행방을 알아보려고 색주거리를 기웃거리기도 하였다. 그러나 그는 새끼내 사람들에게 방울이가 논다니가 되었다는 말은 하지 않았다. 왜냐하면 새끼내 사람들은 고향사람들의 비참한 소식을 들을 때마다 그나마 지쳐 허우적거리는 삶을 포기해버리고 싶을 정도로 절망을 느끼기 때문이었다. 그들은 고향사람들의 불행과 슬픔을 자신의 고통으로 느끼고 있었기 때문이었다. 그들은 고향사람들 중에서 누가 잘되었다는 소리만 들어도 쉽게 힘을 냈고, 누가 못되었다는 소문만 들어도 이내 절망을 느끼곤 하였던 것이다. 그러나 고향사람들 중에서 잘되었다는 이야기는 들을 수 없었고, 들려오는 소식들이란 하나같이 못되었다는 말뿐이었다. 용당(龍塘) 건너 해남으로 머슴을 살러 떠난 막둥이의 아내가 바람이 나서 집을 나갔다는 소문이며, 한때 영산포 주막거리에서 칠만이와 한데 어울려 다니던 목자 사나운 봉수가 목포에 나와 도둑질을 하다가 붙잡혀 옥살이를 하고 있다든가, 부르뫼에 살다가 박 초시 보기가 눈꼴 사나와 새끼내로 이사 왔던 또삼의 딸년이 행창이 되었다든가 하는 못된 소식들만 들려왔다. 목포에 나와 개미구멍 속 같은 아살한 속에서 줄타기하듯 아슬아슬하게 살아가고 있는 새끼내 사람들은 고향사람들이 못되었다는 소식을 들을 때마다, 마치 자기 자신들이 그 일을 당하기라도 한 것처럼 한숨 푹푹 내쉬며 속상해하게 마련이었다.

웅보는 새끼내 시절이 그리웠다. 새끼내 사람들이 보고 싶었다. 영산강의 물소리며 강변의 갈밭을 휩쓸며 휘휘휘 이상한 소리를 내는 바람소리도 듣고 싶었다. 들큼한 흙냄새를 다시 맡아보고 싶었으며, 집 앞에 심어둔 오동나무와 대추나무 두 그루며 마을 앞 팽나무가 얼마나 자랐는지 보고 싶었다.

웅보는 새끼내에 정착하기로 결정했을 때 말바우네 주막 옆에 단을 쌓고 신간을 세운 후에, 그 옆에 그의 키만 한 팽나무를 심었었다.

그는 팽나무를 심으면서, 종살이를 하다가 죽은 그의 조상들 영혼이 종이꽃 귀신돈처럼 너울너울 걸려 있을 것만 같은 노루목 늙은 팽나무만큼이나 큰 나무로 자라주기를 빌었던 때를 돌이켜보았다.

9

1898년 시월 목포항. 목포가 개항 된 지도 일 년이 흘렀다. 부산포가 먼저 개항이 되더니 원산포, 제물포에 이어 네 번째로 문이 열린 것이다.

개항지 목포는 하루가 다르게 변해갔다. 개항지 목포로 몰려온 사람들은 영산강변의 농촌에서 과중한 조세에 시달리고 양반, 아전들의 등쌀에 견디다 못해 개명바람을 찾아 나온 무지렁이 농사꾼들이 대부분이었다. 그들은 양반네들 횡포에 시달리느니보다 개항지에서 등짐꾼 노릇을 하며 살아가는 것이 훨씬 마음이 편할 듯싶은 생각에, 훌훌 고향을 떠나온 것이었다.

이들 영산강변의 가난한 농군들 외에 제물포나 부산포에서 개항 바람을 타고 쏠쏠하게 재미를 본 장사꾼들도 목포로 목포로 몰려들었다.

이삿짐을 싣고 들어오는 마바리며 소달구지가 긴 행렬을 이루었다. 마바리나 소달구지에 짐을 싣고 들어오는 사람들은 목포보다 훨씬 오래전에 개항이 된 부산포나 제물포 등지에서 재미를 본 장사꾼

들이 대부분이었다. 양반, 지주들의 등쌀에 못 견뎌 도망쳐오다시피
한 무지렁이 농군들의 이삿짐은 너무 초라했다. 그들은 거의 지게에
보퉁이 하나만 달랑 짊어졌는데도 딸린 식솔들은 줄지어 설 정도로
많았다. 신천지 목포로 찾아온 그들의 꿈은 서로 다를 바가 없었다.

신천지를 찾아온 장사꾼들은 선창 쪽에 짐을 풀었으며, 무지렁이
농군들은 바다에서 떨어진 산 밑에 자리를 잡았다. 다른 개항지에서
장사를 해본 사람들은 한사코 선창 가까이 붙어야 돈을 벌수 있다는
것을 알았지만, 평생 땅이나 파고 살아온 무지렁이 농군들은 어쩐지
바다가 두려웠다. 그들은 바다 가까운 곳보다는 땅이 널찍한 유달산
(儒達山) 안쪽에 자리를 잡는 것이 마음 편했다.

황량하기 이를 데 없는 자갈밭 선창에는 일본인들 점포가 즐비하
게 들어섰으며 군데군데 객줏집도 보였다. 요지는 이미 일본인들이
독차지하였기 때문에 타지에서 들어온 장사꾼들은 갯가 선창거리에
서 약간 떨어진 뒤쪽에 몰려들었다. 선창거리에서 유달산을 바라보
면 오래된 묘지들을 둘러싼 굽은 노송들이 듬성듬성 서있고, 잔솔밭
이 펼쳐진 구릉 사이로 항동(港洞) 고지의 바위들이 창끝처럼 솟아 있
는 것이 보였다.

선창거리 갯가에는 갈대밭이 끝없이 우거졌는데 눅눅한 바닷바람
에 우줄우줄 춤을 추는 모습이 달빛 속에서 파도가 넘실거리는 것 같
았다. 일본사람들은 선창의 갯가에 너울거리는 은회색 갈대꽃을 좋
아했다. 그들은 여러 명씩 짝을 지어 갈대꽃이 갯바람에 춤을 추는 모
습을 구경하기도 했다.

목포대(木浦臺) 동남간 수로에 약간 펀펀한 반도가 뻗치고 그 끄트머리가 바위등걸로 이루어졌는데, 그곳에 배가 정박할 수 있다. 배가 정박할 수 있는 그 지점에 고목이 된 싸리나무가 있어 이곳 사람들은 싸리나무께 혹은 째보선창이라 불렀다.

째보선창에 오사까(大阪) 상선회사의 후천환(後天丸)이 정박해 있다. 이 년 전 목포가 개항될 때 일본영사관 일행들은 이 배를 타고 처음 목포에 닿았다. 그 후부터 후천환은 목포와 일본을 자주 왕래하였다.

일본영사관이 들어선 곳은 만호청(萬戶廳) 구옥사로, 다섯 평 남짓 되는 낡은 판잣집이 오랫동안 방치해두어 기왓장이 깨지고 벽이 허물어진 것을 수리해서 쓰고 있었다. 그 낡은 건물 안에 우편소까지 두었다.

째보선창에 정박해 있는 후천환은 곡식을 싣고 있었다. 후천환은 목포항에 들어와 곡식을 가득 싣고 떠나곤 하였다. 목포항이 개항되자, 영산포에 왜싸전을 낸 오까모도가 남도지방의 쌀을 한꺼번에 사들여 일본으로 실어가기 시작한 것이다. 오까모도는 영산포와 목포에 큰 창고를 지어놓고 본격적으로 남도지방의 쌀을 사들여 가득 채운 후에 후천환을 이용해 일본으로 실어가고 있었다.

새끼내에서 나온 남정들은 모두 오까모도 미곡창의 등짐꾼이 되었다. 그들이 새끼내에 살고 있었을 때는 한때 세곡창의 등짐꾼이 되기도 했었는데, 이제는 일본사람의 미곡창 등짐꾼 노릇을 하고 있는 것이다.

"칠만이가 왔담서?"

오까모도 미곡창 앞에서 빈 몸인 웅보와 마주친 판쇠가 쌀가마니를 등에 업은 채 잠시 걸음을 멈추며 물었다.

"오늘밤에 새끼내 사람덜 죄 모이라드만."

웅보는 십장이 어디 있는지 주위를 두렷거리며 다급하게 말했다.

"무신 일이당가?"

"고향 사람덜 오랜만에 만나서 탁배기나 한 사발씩 마시고 회포나 풀자는 것이재."

판쇠가 땀을 뻘뻘 흘리며 물었고 웅보는 주위를 두리번거리며 다급하게 말했다. 웅보는 서둘러 미곡창으로 들어갔다. 그는 쌀가마니를 등에 업고 후천환으로 향하면서 그에게 이 쌀 한 가마니만 있으면 얼마나 좋을까 생각했다. 그런 생각은 처음이 아니었다. 어쩌면 쌀가마니를 업어 일본 배에 실을 때마다 똑같은 생각을 해왔는지 몰랐다. 요즈막 웅보의 가장 큰 소망은 쌀 한 가마니였다. 쌀 한 가마니만 있으면, 목포로 옮겨온 후로 시난고난 앓아 자리보전을 하고 있는 아버지에게 쌀밥을 해드릴 수가 있기 때문이다.

"칠만이가 술을 산다든가?"

웅보가 쌀가마니 꿈을 꾸며 후천환 쪽으로 다가가고 있는데 판쇠가 어슷하게 두 다리를 벌리고 앞을 막아서며 물었다. 이번에는 판쇠 쪽이 빈 몸이었다.

"그렇다드만. 칠만이 그 사람 고향 사람들한티 술 한 잔 살 만흐지 뭘!"

그러면서 웅보는 판쇠 옆을 비껴갔다.

손칠만이는 새끼내 사람들이 고향을 떠나올 때 얼굴도 비치지 않았었다. 그는 영산포에 남아 있었다. 그때 그는 영산포 오까모도 왜싸전의 점원이었다. 지금은 점원이 아니라 왜싸전과 미곡창 일을 오까모도 대신 맡고 있다. 들려오는 풍설에는 그동안 옴니암니 돈을 모아 영산포에 땅마지기나 샀다고 하였다. 오까모도가 그를 믿고 영산포의 싸전과 미곡창을 맡기고 있는 동안 솔래솔래 돈을 빼냈다고들 하였다.

웅보는 쌀가마니를 배에 부리고 내려오면서 얼핏 서편 하늘을 보았다. 해가 지려면 아직도 두어 뼘 남짓 남아 있었다. 그는 한시라도 빨리 칠만이를 만나보고 싶었다. 칠만이를 만나면 혹시 동생 대불이의 소식을 알게 될지도 몰랐기 때문이다.

대불이는 동학군이 패한 뒤 소식이 끊기고 말았다. 전봉준이 피노리에서 붙잡혀 처형을 당한 후 동학군들은 풍비박산이 되어 뿔뿔이 흩어져버렸는데도, 관군들이 동학잔도들을 잡으려고 눈에 쌍불을 켜고 전라도 구석구석을 이 잡듯 뒤지기 시작한 이후로 대불이의 행방이 묘연해진 것이었다. 그동안 웅보는 동생의 소식을 알아내려고 영산포를 드나드는 소금배며 무곡선의 선원들을 수없이 만났으나 대불이를 보았다는 사람은 아무도 없었다.

누구보다도 대불이 소식을 애타게 기다리는 사람은 그들 부모였다. 어머니는 말할 것도 없으려니와 병석에 눕게 된 아버지가 죽기 전에 대불이를 만나게 해달라고 성화였다. 웅보는 아버지가 동생을 더 사랑한다는 것을 알고 있는지라 어떻게 해서든지 그런 아버지의 소원을 풀어주려고 백방으로 손을 써보았지만 여태껏 생사조차 모르고 있는 터였다.

웅보는 해가 바다 끝으로 뚝 떨어지면서 사위가 깜깜해질 무렵에야 하루의 일과를 끝내고 오까모도 미곡창 앞으로 갔다. 그곳에는 목포로 옮겨온 새끼내 남정들이 하나 둘 모이기 시작했다. 모두들 손칠만이의 연락을 받고 나왔다. 그들은 손칠만이에게서 술대접을 받기보다는 오랜만에 고향소식을 듣고 싶어, 서둘러 이곳으로 나온 것이었다. 그들이 처음으로 만든 고향 새끼내를 떠나온 지도 사 년이나 지났다. 그들이 새끼내에 고향을 일구어 자리를 잡고 살게 된 것이 십 년 세월도 안 된 짧은 기간이었으나, 종의 굴레에서 벗어나 난생 처음으로 가져본 고향인지라 더욱 잊지 못하고 있는 거였다. 그들 새끼내 사람들은 두 사람만 모여도 고향 새끼내 이야기로 꽃을 피웠다. 비록 그곳을 떠나오긴 했어도 그들에게도 고향이 있다는 것이 자랑스럽기까지 하였던 것이다. 그리고 다시 새끼내로 돌아가고 싶은 생각뿐이었다. 그들 중에서 웅보는 누구보다 새끼내로 돌아가고 싶은 마음이 간절하여 거의 밤마다 영산강의 꿈을 꾸다시피 하였다. 그는 꿈속에서도 영산강이 우는 소리를 들을 수가 있었다. 영산강이 우는 소리는 마치 할아버지의 푸념 섞인 노랫가락처럼 애원성으로 들려왔다. 이상하게도 꿈에 할아버지는 새끼내 그의 집에서 살고 있었다. 할아버지는 여전히 이마에 불도장이 찍힌 얼굴로, 새끼내 집에 혼자 살면서 그들이 일구었던 땅에서 농사를 짓고 있는 모습으로 나타나곤 하였다. 그런 꿈을 꿀 때마다 웅보는 그의 할아버지가 새끼내를 지켜주고 있는 것이라고 믿었다.

"칠만이는 어디 있는가?"

오까모도 미곡창 앞 공터에 이른 웅보가 새끼내 남정들을 둘러보며 누구에게랄 것도 없이 건성으로 물었다.

"오까모도를 만나고 쪼금 후에 주막으로 오기루 했구만."

칠만이의 부탁을 받고 새끼내 남정들을 모이게 한 덕칠이가 변명을 했다. 웅보는 칠만이가 뒤늦게야 나타날 것이라는 덕칠이의 변명에 약간 기분이 상했지만 내색은 하지 않았다. 왜놈한테 빌붙어 돈냥이나 손에 쥐었다고 해서 고향사람들한테 위세를 부리려고 하는 것 같은 기분이 들었기 때문이다.

"손칠만인 인제 옛날 칠만이가 아녀!"

판쇠도 배알이 뒤틀리는지 은근히 찍는 소리로 퉁겨댔다.

"새끼내 사람들 중에서 칠만이만한 사람도 없재 잉."

판쇠의 비아냥거리는 말투가 거슬렸는지 덕칠이가 노골적으로 칠만이를 두둔하고 나섰다.

"아먼! 새끼내 사람덜 중에서 칠만이만큼 왜놈 덕 본 사람이 또 누가 있겠남!"

판쇠는 여전히 비아냥거렸다.

"아따 그 왜놈 왜놈 해쌓지 말소. 우리도 시방 오까모도상 덕분에 입에 거무줄 치는 것을 면허지 않는가. 판쇠 자네는 칠만이가 부자가 된 것이 배가 아픈 모양인듸, 심보를 그렇게 쓰면 복이 절로 나가네."

덕칠이가 정면으로 판쇠를 공박하고 나섰다. 그러자 성질 급한 판쇠가 덕칠이의 멱살을 거머잡고 흔들어댔다.

"멋이 어쩌? 요런 왜놈 발구락 사이에 낀 뭣만도 못한 자석아. 내가 머 배가 아퍼? 아니 복이 나가? 요런 보초때기 없는 자석 말허는 것 좀 보소 잉."

판쇠는 오른손으로 덕칠이의 멱살을 댕댕하게 잡아 흔들며 을러 댔다. 그러자 덕칠이도 지지 않고 판쇠의 멱살을 휘어 쥐었다.

"요런 니기미 헐! 참자 참자 허니께 나를 아주 홍애 좆으로 보고 지 랄잉만 잉. 말이야 바로 말해서 칠만이가 너한테 멋을 해꼬지 했다고 말끝마다 토를 달아쌓냐."

이렇듯 판쇠와 덕칠이가 서로 멱살을 잡아 흔들며 으르렁거리자 웅보를 비롯하여 새끼내 남자들이 두 사람을 뜯어말렸다.

"왜들 이러는가. 오랜만에 고향소식 듣자고 만나서 싸울 일인가."

웅보는 그와 친한 판쇠를 붙잡고 말렸다.

잠시 후 그들은 칠만이가 오기로 했다는 막음례네 주막으로 향했 다. 그들은 판쇠가 더러운 술 마시지 않겠다면서 돌아가겠다는 것을 억지로 붙들다시피 하여 함께 주막으로 갔다.

한때 나주 양 진사의 씨받이였던 막음례가 째보선창 어물전 옆에 서 주막을 하고 있었다. 웅보들이 새끼내를 떠나오기 전에, 양 진사에 게서 쫓겨나 목포까지 나온 그녀는 처음 얼마 동안은 선창거리 일본 조계 왜전에서 허드렛일을 해주며 밥줄을 지탱하다가, 일본인 잡화 점 주인의 눈에 들어 외상으로 물건을 받아 파는 방물장수로 나섰다. 그녀는 방물장수 이 년 만에 선창거리 귀퉁이에 오두막 같은 집을 장만하기에 이르렀고 후천환이 드나들면서부터 선창거리에 등짐꾼들이 붐비기 시작하여, 그들을 상대로 주막을 연 것이었다.

웅보가 목포에서 막음례를 만난 것은 그녀가 주막을 연 몇 달 후였다. 웅보는 그녀가 목포에 먼저 와 있다는 것을 알면서도 굳이 찾으려고 하지 않았다. 웅보가 오까모도 미곡창의 등짐꾼이 된 지 닷새째 되는 날 뜻밖에 선창거리에서 그녀를 만났다. 막음례 쪽에서 먼저 웅보를 발견했다. 선창거리에서 쌀가마니를 등에 업고 가는 웅보를 발견한 막음례는 처음에 설마 웅보가 목포에 와 있으리라고는 생각하지도 않았었기에 까무러지듯 놀랐다. 그녀는 참 똑같이 생긴 사람도 다 있구나 하고 그냥 지나쳐버리려고 하였다. 그런데 튼실한 몸피에 약간 얽은 얼굴이며 부리부리한 눈이 영락없는 웅보였다. 막음례는 쌀가마니를 업고 있는 등짐꾼 가까이 다가가서 부끄러움도 없이 앞을 막아서서 얼굴을 들여다보았다. 틀림없는 웅보였다. 그제야 막음례는 끙끙거리며 쌀가마니를 업고 가는 웅보의 어깨를 와락 붙잡았다. 그 바람에 웅보가 비척거렸다. 팔을 붙잡은 여자가 막음례라는 것을 안 웅보는 쌀가마니를 땅에 부리고 말았다.

선창거리에서 뜻밖에 막음례를 만난 웅보는 말문이 막혀 한동안 입을 열지 못하고 어느새 시울이 핑 젖어 있는 그녀의 눈만을 들여다보았을 뿐이었다.

"살어 있었구만 잉."

"내가 죽기는 뭣땀시 죽어. 오늘 같은 날 기다리고 살어야재."

몇 해 만에 다시 만난 그들의 첫마디였다. 뒤이어 웅보는 아이들이 무사한지 물었고 막음례는 웅보 부모와 쌀분이 안부를 물었다.

웅보는 잠시만 기다리라 하고 땅에 부렸던 쌀가마니를 배에 싣고 나서 막음례한테 눈짓을 해 미곡창 뒷모퉁이로 갔다. 막음례의 두 볼이 눈물에 젖어 있었다. 그녀는 아무도 보이지 않은 미곡창 뒷모퉁이에 이르자 추적추적 훌쩍거리기 시작했다.

"설마…… 목포에 올지는 몰랐구만 잉. 나는 그것도 몰르고 내년 봄에나 한 번 새끼내로 찾아가볼까 했구만 잉. 시상에 목포에 와 있는 줄도 몰르고……."

막음례는 훌쩍거리면서 말했다.

"시상에…… 나를 찾어서 목포에 와 있는 줄도 몰르고 잉."

그러면서 막음례는 웅보에게 당장 그녀의 주막으로 가자고 하였다. 웅보는 일이 끝난 후에 찾아가겠다고 하고 막음례를 먼저 보냈다. 그리고 일이 끝나기를 기다렸다가 서둘러 어물전 모퉁이에 있는 그녀의 주막으로 갔다. 오까모도 미곡창에서 막음례네 주막까지는 담배 한 대참도 안 걸리는 가까운 거리였다. 그들은 사 년 동안이나 같은 목포에, 그것도 지척에 살면서도 만나지 못했던 것이었다.

막음례는 웅보를 만난 그날 밤 술손님을 받지 않았다. 그녀는 문밖에 주등을 내걸지 않고, 새 옷으로 갈아입은 후 웅보를 기다렸다. 웅보가 주막으로 찾아들어가자 막음례는 그를 안방으로 안내하였다. 이윽고 그녀는 두 사람 사이에서 태어난 열한 살 난 개똥이에게 인사를 드리라고 하였다. 웅보는 개똥이가 마치 어렸을 적 그의 동생 대불이의 모습과 같아 보였다. 그는 개똥이 절을 받고 나서 손을 잡아주었다. 개똥이의 손은 나이답지 않게 조그마했다. 이놈 손이 작은 것을 보니 간덩이가 크겠구나 하고 말하면서 얼핏 막음례를 보자, 그녀는 눈을 찡긋거리며 웅보 손에 찐득거리는 시선을 퍼붓고 있었다. 웅보도 손이 작았기 때문이다.

웅보는 문득 나주 양 진사 댁의 만석이를 떠올렸다. 그가 새끼내 사람들과 함께 박 초시 집으로 몰려가서 질탕치고 분풀이를 한 죄로 나주 관아에 붙들려가 곤욕을 당하던 중 양 진사 댁 안방마님 유 씨 부인의 도움으로 풀려났을 때, 유 씨 부인 몸종 끝례를 따라 양 진사 댁에 가서 보았던 만석이는 지체 높은 양반집 도령답게 어엿한 모습으로 자라고 있었다. 그때 만석이는 웅보의 등에 올라 이놈 저놈 하면서 말을 몰았고, 이 광경을 본 유 씨 부인이 아들을 크게 꾸짖던 것이었다. 그때 만났던 유 씨 부인의 태도는 전에 없이 부드러웠다. 유 씨 부인은 아들 만석이와 함께 대문 밖까지 나와 배웅을 해주며 몸이 우선해지면 다시 한 번 찾아와줄 것을 당부하지 않았던가. 유 씨 부인은 아들 만석에게 "또 오시라고 인사를 해야지" 하였고, 어린 만석이는 어머니의 말대로 싱긋이 웃어 보이며 "또 오시게" 하면서 손을 흔들어 보이기까지 했었다. 그때, 얼핏 들은 양 진사 댁의 사정은 말이 아니었다. 양 진사는 장성 현감에서 물러나 석 달째 자리보전을 하고 누워 있다가 집을 나간 후 소식이 없다고 했었다.

웅보는 막음례의 뱃속에서 나온 개똥이와 양 진사 댁 안방마님의 몸에서 나온 만석이의 얼굴을 비교해 보았다. 서로 다른 탯줄을 빌어 이 세상에 나왔는데도 한 핏줄이라 생김생김이 비슷한 듯싶었다.

이날 이후 웅보는 미곡창의 일이 끝나는 대로 뒷개에 있는 그의 집으로 가는 길에 잊지 않고 어물전 모퉁이의 막음례 주막에 들르곤 하였다. 어쩌다가 미곡창에서 집으로 곧장 가는 날이 있을라치면 막음례는 다음날 어김없이 선창에 나와 웅보의 얼굴을 보고 가곤 했다. 그 때문에 웅보는 날마다 막음례한테 들렀다가 집으로 갔다. 그는 자신의 그런 행동에 쌀분이한테 미안한 생각을 떨쳐버릴 수가 없었지만, 그의 마음이 한사코 막음례에게로 쏠리는 것을 어찌할 수가 없었다. 물론 쌀분이와 그의 부모는 막음례가 목포에 와 있다는 것을 모르고 있었다.

"오늘 웅보 자네 임도 보고 뽕도 따게 되얏구만 그려."

새끼내 남정들이 어물전 모퉁이를 돌 때, 잠시 전 판쇠와 언쟁을 한 탓으로 기분이 찜부럭해 있던 덕칠이가 웅보의 옆구리를 쿡 찌르면서 놀려댔다. 그러자 웅보와 나란히 걷고 있던 판쇠도 "내가 웅보속 알고 그리 모이기로 했구만" 하면서 웃는 얼굴로 웅보를 보았다. 웅보 친구들은 오래전부터 막음례와 웅보 사이를 알고 있었다. 그때문에 그들은 걸핏하면 웅보를 끌고 막음례네 주막으로 몰려가곤 하였다.

막음례도 웅보 친구들이 자주 찾아오는 것을 반겨주었다. 목포바닥에 피붙이는 고사하고 슬픈 일과 경사스러운 일에 뒤를 보아줄 사람 하나 없는 고단한 처지에, 웅보와 그의 친구들이 자주 찾아와준다는 것은 여간 든든하게 여겨지는 것이 아니었다.

째보선창 막음례네 주막은 언제나 술꾼들로 붐볐다. 선창거리의 장사꾼들과 짐꾼들은 막음례가 혼자 사는 과부임을 알고 은근한 마음을 품고 자주 들락거렸다. 등짐꾼이나 장사치들뿐만 아니라 왜전의 일본남자들까지도 막음례에게 음심을 품고 있는 치들이 하나둘이 아니었다. 그러나 아직 그녀는 목포에 옮겨온 이후로 어떤 남정네와도 정분나는 일이 없었다. 홍수에 남편을 잃고 어렵게 살다가 자식들 굶겨죽이지 않으려고 양 진사 댁 씨받이로 들어가서 땅을 받기로 하고 몸을 팔았고, 양 진사 댁 유 씨 부인의 위압에 그 댁의 비자였던 웅보와 살을 섞어 개똥이를 낳고 쫓겨나오다시피 한 이후로, 딴 남정에게 은근한 눈길 한 번 줘본 일이 없었다. 막음례에게 필요한 것은 남정네가 아니라 돈이었던 것이다. 그리고 그녀의 마음속에 자리 잡은 남정은 웅보 한 사람뿐이었다. 가난 때문에 죽은 남편의 혼을 울리고 씨받이로 몸을 팔았던 그녀로서는 돈을 많이 벌어서 자식들을 호강시키는 것만이 남편의 혼을 위로하고 또 용서받을 수 있다고 믿고 있었다.

웅보 친구들이 주막으로 들어서자 막음례가 술청 밖까지 나와 그들을 반갑게 맞아주었다.

"어서들 오셔요. 안방으루 들어갑시다요."

이날따라 막음례는 한껏 곱게 차려입고 얼굴에 홍조까지 떠올리며 그들을 맞았다. 그녀는 웅보 친구들이 찾아오는 날에는 평소보다 곱게 차려입고 웃음을 잃지 않았다. 웅보 친구들에게 좋게 보이고 싶었기 때문이었다.

"개똥이 놈은 어디 갔능가?"

웅보는 친구들이 모두 안방으로 들어가기를 기다렸다가 막음례에게 물었다. 그는 막음례의 주막에 들를 때마다 먼저 개똥이부터 찾곤 하였다. 그때마다 막음례는 "이녁은 나보담도 우리 개똥이가 더 보고 잡은 모양이군 잉" 하면서 밉지 않게 눈을 흘기곤 하였다.

"개똥이는 제 성들허고 놀로 갔다요."

막음례가 웅보를 향해 한쪽 눈을 찡긋해 보이며 말했다.

"서당에는 안 가고?"

"진작 갔다왔시요."

이때 안방에 먼저 들어간 새끼내 친구들이 큰 소리로 웅보를 불렀다.

잠시 후에 염주근이가 왔다. 막음례네 주막 안방에는 새끼내 친구들이 얼추 다 모였다. 웅보, 덕칠이, 판쇠, 염주근 등 네 명이었다. 그들은 웅보가 종문서를 받고 속량이 된 후에 새끼내에 모여 함께 고향을 일군 친구들이었다.

"칠만이는 왜 이리 늦는당가?"

판쇠가 또 덕칠이를 흘겨보며 퉁겨댔다.

"곧 올걸세. 칠만이가 오기 전에 목이라도 축이는 것이 좋겠재?"

조금 전과는 달리 덕칠이는 판쇠의 말에 냉갈령부리지 않고 웃음으로 받았다. 그러면서 덕칠이는 웅보를 보며 "작은댁 좀 들라 허소" 하고 막음례를 불러달라고 하였다.

"덕칠이 자네가 부르소 그랴."

웅보는 실실 웃고만 있었다.

"이 사람아, 그래도 서방이 불러야재 잉."

잠자코 있던 염주근이가 덕칠의 말을 부추겼다.

웅보는 친구들의 등쌀에 못 이겨 방문 쪽으로 고개를 돌려 두어 번 개똥이 어미를 불렀다. 술청에서 술꾼들 떠드는 소리가 왁자하게 들렀다.

"웅보 자네 우리헌테 솔직허게 말허게."

하루 내 쌀가마니를 업어 나르느라 몸이 고단한지 벽에 등을 기대고 반쯤 누워 있던 염주근이가 밑도 끝도 없이 물었다.

"뭘 말인가?"

웅보는 염주근이가 그에게 무엇을 묻고 있는 것인지 몰라 뚱한 얼굴로 좌중을 둘러보았다.

"자네 한 달이면 몇 날이나 여그서 자는가 말여?"

그제야 웅보는 피식 웃음을 날리며 "이 사람이 벨것을 다 묻는구만 잉" 하고는 다시 큰 소리로 개똥 어미를 불렀다.

"우리한테 이실직고를 허지 않을 시는 자네 집사람에게 죄 일러바칠 거네?"

이번에는 판쇠였다.

"아직은 이 집에서 날을 밝힌 적 없으니 맘 푹 놓게들."

웅보의 그 말은 거짓이 아니었다. 그러나 그의 친구들은 그 말을 믿지 않았다.

"이 사람 못쓰겄구만. 우리덜이 그 말을 믿을 것 같은감?"

"믿거나 말거나 상관허지 않겠네만 내 말은 거짓이 아녀."

염주근의 말을 웅보가 받았다. 웅보는 친구들이 자신의 그 말을 믿지 않는 것도 무리가 아니라고 생각했다. 친구들은 그가 날마다 미곡창의 일이 끝나자마자 막음례네 주막으로 달려가고 있음을 너무 잘 알고 있었기 때문이다. 그러나 웅보는 아직 막음례네 주막에서 잠을 잔 일은 없었던 것이다. 그는 다만 오며가며 막음례가 어찌 사는지 들여다보고, 남자 없이 여자 혼자서 하는 주막이라 행패를 부리는 건달들이나 없는지 지켜봐주면서, 여자 힘으로 하기가 어려운 일들을 조금이라도 도와주는 것뿐이었다. 그는 막음례가 별 탈 없이 새끼들을 잘 키우고 사는 모습을 들여다보는 것만으로 즐겁고 마음 뿌듯했다.

"날 불렀소?"

웅보가 술청에 대고 서너 차례나 막음례를 불러서야 그녀가 손에 행주를 든 채 안방 문을 열고 얼굴을 디밀었다.

"우선 목 좀 축이게 탁배기나 한 사발씩 줘봐."

웅보가 막음례를 향해 마치 주인행세를 하듯 말했다. 그러자 막음례는 곧 술상을 가져오겠다면서 방문을 닫았다.

"웅보 자네, 이 집 주인 다 되았구만."

판쇠가 웅보를 발로 건드리며 말했다. 웅보는 대꾸를 하지 않고 여전히 피식거리고만 있었다. 다시 술청이 시끌시끌해졌다. 술꾼들이 서로 싸우는지 사뭇 고함이 터졌다. 술청이 소란해지는 것 같자 웅보는 한사코 마음이 쓰였다. 못된 술꾼들이 행여 막음례한테 행패를 부리는 것은 아닐까 걱정이 된 것이었다. 웅보는 잠시 후에 막음례가 술상을 들고 들어오는 것을 보고서야 마음을 놓았다.

"술청이 왜 이리도 소란헌가? 무신 일이라도 있는 겨?"

웅보는 술상을 들고 들어온 막음례에게 물었다.

"술이 취해서 안 그요덜. 술장사헌 여자의 속은 다 썩어뿌러서 호랭이도 안 묵을 거요. 허갸 술이 나쁜 거재."

막음례는 술상을 놓으며 푸념처럼 말하면서 웅보를 보았다.

"아짐씨한테 행패를 부리는 놈덜이 있거들랑 나헌티 말만 허쑈. 이 염주근이가 웅보 대신에 작살을 내고 말텡께라우."

염주근이가 막음례 눈앞에 주먹을 쥐어 흔들어 보이며 말했다. 그러자 판쇠가 염주근이를 흘겨보며 "주근이 말 중에 웅보 대신이라는 게 어폐가 있네. 안 그런가, 이 사람덜아?" 하고 염주근의 말에 꼬리를 물었다.

"내 말은 웅보 이 사람이 선찮어서 그런다네."

"선찮다니 뭐가?"

이번에는 주근의 말을 덕칠이가 물고 늘어졌다.

"아짐씨, 웅보 이 사람, 묒이 선찮습디까?"

염주근이가 넉살을 부리며 묻자, 막음례는 얼굴을 붉히며 나가버렸다.

새끼내 친구들이 얼근하게 술기운이 오를 만큼 시간이 지나서야 손칠만이가 왔다. 칠만이도 어디서 술을 마셨는지 얼굴이 불콰해 보였다. 칠만이가 주막의 안방으로 들어서자, 술잔을 기울이거나 웅보를 놀려대고 있던 친구들이 자리에서 일어서며 맞았다. 일어나지 않은 것은 판쇠와 웅보 두 사람뿐이었다. 성질이 왁살스럽고 평소에 칠만이에 대해서 좋은 감정을 가지고 있지 않은 염주근이까지도 일어서며 "오랜만이네. 자네 신수가 훤해졌구만 그랴" 하고 칠만이의 손을 잡고 흔들었다. 동생을 영산포의 싸전 점원으로 칠만이한테 맡기고 있는 덕칠이는 마치 그를 상전 대하듯 하였고, 그 외에 염주근조차도 오까모도를 만난 일은 잘 되었느냐, 오랜만에 만나니 반갑다는 둥 칠만이 듣기 좋은 말로 너스레를 떨었다. 웅보는 그냥 앉은 채 칠만이를 쳐다보며 희미하게 웃었을 뿐이었고, 판쇠는 화가 난 사람처럼 벌컥벌컥 탁배기 잔만 기울였다. 웅보가 자리에서 일어나지 않은 것은 칠만이가 마땅찮기 때문이 아니었다. 칠만이가 대불이의 가까운 친구인지라 그냥 앉은 채로 웃음만을 보낸 것이었다.

칠만이의 모습은 몰라보게 변했다. 지난여름에 만났을 때까지만 해도 머리만 하이칼라를 했을 뿐으로 새끼내 사람들과 똑같이 베잠방이를 입고 있었는데, 지금 그는 머리에 기름을 반지르르하게 발랐으며, 탱크 바지에 양복저고리를 입고 넥타이까지 매어 일본사람과 다를 바 없이 보였던 것이다.

"형님들 오랜만입니다."

손칠만이는 건방지게 고개를 까딱거리며 인사를 하고 나서 웅보 옆에 앉았다.

"하이카라 양복쟁이가 다 되였구만 그랴."

웅보가 옆에 앉은 손칠만이를 쓸어보며, 그러나 부러움도 빈정거림도 아닌 표정으로 말했다. 웅보가 관심을 갖고 있는 것은 손칠만이의 입성이 아니었다. 그가 알고 싶은 것은 다만 동생 대불이의 소식이었다.

"왜놈이 다 되얏구만 머. 칠만이 자네 왜말도 많이 늘었겄재?"

술잔만 기울이고 있던 판쇠가 끝내 찍는 소리를 뱉고 말았다. 그러나 칠만이는 판쇠의 그 말을 조금도 불쾌하게 받아들이지 않은 듯 "참말로 내가 일본사람맹키로 뵈이요? 아무리 일본사람 모양을 낼랴고 해도 어쩐지 어색허당께요. 오까모도 사장 말은 나는 어쩔 수 없는 조선사람이라고 흉을 본다니께요. 그래도 옷 입는 것은 대강 흉내를 낼 수가 있는디, 이노무 말 땜시 일본사람 되기는 폴쎄 틀렸구만이라우. 오까모도 사장님 말은 일본에 가서 몇 년 있다가 나오면 일본말을 그대로 배워올 것이라고 허든디, 봐서 일본에 한 이삼 년 있다 올까 허는구만요" 하면서 손칠만은 수탉이 울 때처럼 목을 길게 빼고 넥타이를 바짝 죄어 매는 것이었다.

"일본에 간다는 말이 참말인 겨?"

덕칠이가 큰 소리로 물었다.

"못 갈 것도 없지요 머. 시방이래도 일본에 가고 싶다고 말만 헌다치면 우리 오까모도 사장님께서 당장에 보내주실 턴디요."

그러면서 칠만이는 큰 소리로 "주모— 여기 좀 와요" 하고 술청에 대고 소리쳤다. 그는 막음례와 웅보의 관계를 모르고 있었기에 그녀를 주모라고 부른 것이었으나 아무도 칠만이에게 그 사실을 밝혀주지 않았다.

"이봐요 주모. 이 술상 치우고 다시 봐와요. 탁배기 말고 아 거 비싼 청주로 가져오슈. 이 손칠만이가 시방 탁배기 마시게 됐어? 그리고 주모, 안주로 닭 서너 마리 잡고, 또 거 멋이냐, 일본사람덜이 좋아하는 아까도미회도 좀 내오구."

칠만이는 거드름을 피우며 막음례에게 반말을 하였다. 칠만이의 말투에 배알이 뒤틀리는지 판쇠가 한마디 퉁겨내려는 것을 웅보가 미리 그의 옆구리를 가볍게 찌르며 눈짓을 하였다.

"자, 오늘밤은 이 손칠만이가 거판지게 한잔 사겠습니다요."

그러면서 손칠만이는 다시 버릇처럼 목을 빳빳하게 세우고는 넥타이를 바짝 죄었다. 손칠만의 거만한 태도에 웅보를 비롯한 친구들은 고개를 돌리며 얼굴을 찡등그렸다. 그들은 손칠만이 자신들을 무시하는 것 같아 속이 느글거렸다. 그들은 지금까지 새끼내 친구들끼리 만나서 탁배기를 된장 안주로 마시면서도 기분이 즐거웠었다.

"그래 일본은 언제 가게 되는감?"

좌중의 분위기를 눈치 챈 덕칠이가 화제를 바꾸었다.

"내가 가고 싶으면 당장 이 달이라도 가는 게지요 머."

"암턴 칠만이 자네는 오까모도 덕을 짭짤하게 보는구먼 그려."

판쇠가 술병에 남은 술을 쥐어짜듯 사발에 털어 마신 후 손가락으로 된장을 찍어 입맛을 다시며 여전히 빈정거리는 투로 말했다.

"아먼요. 오까모도 사장님의 덕을 본 거지요. 지는 부모 덕 대신에 오까모도 사장의 덕을 봤지요. 그 점에서 나는 오까모도 사장님을 우리 부모님보담 더 고맙게 생각허는구만이라우. 우리 부모님이 나한테 해준 것이 머 있남요? 오까모도 사장이야말로 내 평생의 은인이지요. 오까모도 사장님께서도 이런 내 속마음을 알고 계시는 구만이라우. 쫌 전에 만나 뵈었을 때도 나헌티 말씀허시드구만이라우. 그분은 나를 완전히 일본사람으로 맹글아주겠다고 허셨당께요. 그라고 내가 일본사람 행세를 할 때쯤에는 영산포 미곡창과 싸전을 완전히 나헌티 넘겨주시겠다고 했구만이라우."

그때 막음례가 술상을 다시 들여왔기 때문에 칠만이는 이야기를 중단했다. 칠만이는 자신의 이야기를 중단하고 막음례의 얼굴을 홀끔거리더니 "이봐 주모, 이 집에는 술 따라줄 색시도 없어?" 하고 퉁명스럽게 내질렀다. 칠만이의 그 말에 좌중의 눈들이 웅보에게로 쏠렸다.

"미안해서 어쯔끄라우. 손바닥만 한 이런 주막에 색시 둘 처지가 못되야서……."

막음례가 얼굴에 웃음을 잃지 않고 대답하자 "그러면 주모라도 여그 앉어서 술을 따라야재. 꿩 대신 닭이라고, 오늘 밤에 주모가 색시노릇 좀 허재 머. 모처럼 우리 성님덜을 모셨는디 대접이 이래서야 쓰겄는가" 손칠만이는 그러면서 막음례의 손을 잡아끌며 그의 옆에 앉히려고 하였다.

"이 사람 칠만이!"

판쇠가 보다 못해 한마디 하려는 듯 도끼눈을 하고 칠만이를 노려보았다.

"그려 그려. 오늘밤에는 개똥이 어메가 이 동생 옆에 앉어서 색시노릇 쪼깐 허줘부러."

웅보가 판쇠를 향해 눈을 흘기며 막음례한테 말했다. 그 말에 막음례는 알았다는 듯 고개를 끄덕이며 칠만이 옆에 앉았다.

"성님덜 언제 영산포에 한 번 오씨요. 영산포에는 반질반질헌 색시덜이 많당께요. 시방은 옛날 영산포가 아니어라우. 한마디로 몰라보게 비약적인 발전을 했지라우. 모두가 오까모도의 미곡창 덕분이랑께. 그라고 참, 내가 오늘 밤 성님덜을 만나자고 한 것은……."

손칠만이는 좌중의 네 사람 얼굴을 대충 훑어보았다. 덕칠이만이 칠만이의 말에 관심을 보였을 뿐 나머지는 종지만 한 술잔에 병아리 눈물만큼 채워진 청주를 고무래질하듯 거듭 목구멍 속으로 털어 넣고 있었다.

"요본에 오까모도 사장님께서 영산포에 큰 농장을 만들기루 허셨습니다요."

칠만이가 그 말을 했을 때에야 좌중의 시선들이 일제히 한곳으로 쏠렸다.

"농장이라는 게 뭔디?"

판쇠가 삐딱한 어투로 물었다.

"간단히 말해서 오까모도 사장님께서 농토를 사들인다 이그요. 한두 마지기를 사들이는 것이 아니라 영산포 근동의 땅을 몽땅 사겠답니다요. 알고 보니께 우리 오까모도 사장님 말이우, 일본 안에서도 대단한 부자라고 헙디다. 그리고 높은 사람덜과 연줄도 좋다고 그러고 말이우. 오까모도 사장님 말로는 영산포뿐만 아니라 나주 근동의 땅도 사겠다고 했구먼이라우. 그리고…… 참 그리고 또 뭐이냐……."

"가만 가만. 그랑께 뭐이냐, 그 오까모도라는 사람이 영산포 근동의 땅을 몽땅 차지해뿔겄다 이것이여?"

판쇠가 칠만이의 말을 중도에 무지르고 나섰다.

"바로 그겁니다요. 그렇게 되면 박 초시네가 문제가 아닙니다요. 오까모도 사장이 영산포 안통에서는 젤루 큰 부자가 될 거로구만요."

손칠만이는 마치 자신이 땅을 사게 되기라도 한 것처럼 넥타이를 고쳐 맬 때와 같이 목을 세우고 어깨를 흔들며 말했다.

"오까모도가 그 많은 땅을 사서 다 어쩌자는 겐가?"

웅보가 물었다.

"농사를 지어서 수확한 것을 일본으로 실어가겠재."

"주근이 성님 말이 맞는구만요. 직접 농사를 지어서 가져가자는 거지요."

"농사를 직접 짓다니, 왜놈덜이 영산포꺼정 와서 농사를 짓겠다는 게여?"

웅보가 약간 흥분한 목소리로 손칠만이한테 따지듯 물었다.

"아니지요. 일본사람덜이 농사나 짓고 있었어요? 오까모도 사장님은 농토를 사서 소작을 놓겠다고 허시드만요. 그래서 내가 성님덜을 만나자고 헌 것도 실은……."

손칠만은 술잔을 입술에 대었다 떼며 잠시 이야기를 중단했다.

"내가 목포꺼정 성님덜을 일부러 만나로 온 것은……."

"아니 칠만이 자네 우리덜을 만나로 일부로 온 게여?"

덕칠이가 감격이라도 하는 듯한 목소리로 물었다.

"아면요. 성님덜을 만나로 일부로 왔구만이라우. 그러니께, 차시에 새끼내 사람덜 죄다 고향으로 돌아가서 다시 농사를 짓는 것이 좋지 않겠는가 싶어서……."

칠만이는 좌중의 반응을 살피느라 네 사람의 눈빛들을 대충 훑어 보는 듯하였다.

"다시 새끼내로 돌아가서 농사를 짓는 것이? 아니 글먼, 오까모도 가 새끼내 논도 몽땅 샀다는 겐감? 새끼내 우리 논도?"

성질 급한 판쇠가 다급하게 물었다.

"아니구만이라우. 새끼내 성님덜 논이야 죄 궁토가 되뿌렀지 않은 가요."

손칠만의 그 말에 모두 우울하게 고개를 숙였다. 그들은 새끼내의 땅 이야기만 나오면 온몸의 기력이 가라앉으면서 살고 싶은 생각이 없어지곤 하였다. 그러나 그들은 그 땅이 자기네들 소유가 아니라는 생각은 단 한 번도 해보지 않았다. 지금까지 그랬던 것처럼 앞으로도 그 땅은 그들의 육신이며 마음일 것이라고 믿고 있는 것이었다.

"그랑께 칠만이 자네 말은 우리가 다시 왜놈 오까모도의 종이 되 라 이근가?"

판쇠가 칠만이를 질러보며 따지듯 물었다. 판쇠의 그 말에 좌중의 친구들이 고개를 끄덕였다. 다만 덕칠이만이 손칠만의 눈치를 살피 고 있을 뿐이었다.

"판쇠 말이 맞는구만 그랴. 칠만이 말은 우리가 오까모도의 종이 되라는 게로구만 그랴."

염주근이 그렇게 말하고 다른 친구들의 동의를 구하기라도 하려 는 듯 좌중의 친구들을 둘러보았다.

"남의 땅에 농사를 짓는 것이 어찌 종노릇이라고만 생각하는가.

따지고 보면 이 나라에서 자기 땅에 농사를 짓는 농군이 얼마나 되는 가? 우리가 오까모도의 땅에 농사를 짓는 거나 오까모도 미곡창에서 등짐일을 하는 거나 다 마찬가지 아닌가?"

덕칠이가 칠만이의 눈치를 살피며 말했다. 손칠만이는 덕칠이가 말을 할 때 몇 번이고 고개를 끄덕거렸다.

"농사를 짓는 거허고 미곡창 등짐꾼 노릇 허고는 근본적으로 다르네."

잠자코 있던 웅보가 한마디 하였다. 웅보의 말에 여러 친구들이 이구동성으로 "아먼, 그렇고말고" 하고 동의를 표시했다.

손칠만이는 노골적으로 표정을 험하게 일그러뜨리면서도 불만을 말하는 대신 거듭 술잔을 비우고만 있었다.

"성님덜 생각이 그러시다면 허는 수가 없지요 머. 농사를 짓고 싶어 하는 농사꾼들이야 을매든지 많이 있으니께요. 땅이 없어서 걱정이재 농사꾼 없어서 걱정이겠어요? 그나저나 성님덜 나중에 나헌티 서운하다는 말은 마씨요. 오까모도 사장님께서 새끼내 땅도 언젠가는 다 사들이게 될 것인디, 그렇게 되면 새끼내 사람덜 완전히 고향을 잃고 말겄재."

손칠만은 그렇게 말한 후 거듭 술잔을 비웠다.

"칠만이, 과음허는 것 같은디 이제 그만덜 일어나드라고."

방안의 분위기가 이상해지자 덕칠이가 그만 술자리를 파하자고 하였다. 덕칠이 말에 모두들 자리에서 일어섰다. 웅보는 칠만이한테 대불이의 소식을 묻고 싶었지만 어쩐지 분위기가 쓰렁하여 입을 열

수가 없었다.

"먼첨덜 가시우. 나는 오늘밤 여기서 주모허고 잘라요."

손칠만이가 그의 옆에 앉아 있는 막음례를 끌어안으며 말했다. 그 말에 일어섰던 웅보의 친구들이 다시 자리에 앉았다.

"손님, 우리 집은 방이 없어서 주무실 수가 없구만요."

막음례는 한사코 팔을 뻗어 허리춤을 휘감으려는 칠만이의 손을 뜯어내며 좋은 말로 사정하듯 하였다.

"잔소리 말고 냉큼 이부자리 깔으란 말여."

손칠만이는 꽥 소리를 질렀다.

"자, 칠만이 이러지 말고 어서 가세. 다른 객줏집으로 가세. 자네 너무 취했어."

덕칠이가 손칠만이를 부축하여 일으키려고 하였지만 그는 꼼짝도 하지 않았다. 웅보와 다른 친구들은 보고만 있었다. 손칠만이의 행티로 봐서는 당장 밖으로 끌고나가 초주검이 되도록 쥐어박아주고 싶은 심정이었으나, 그가 고향 사람이라는 것 외에도 그의 입김으로 그나마 오까모도의 미곡창에서 등짐꾼 노릇이라도 할 수 있었기 때문에, 차마 손을 대지 못하고 참고만 있으려니 심사가 부글부글 끓어오르는 것이었다.

"성님덜은 어서 가시랑께요."

그러면서 손칠만이는 오른팔로 막음례의 허리춤을 휘감은 채 벽에 등을 기대더니 발을 쭉 뻗어 술상을 밀어버렸다. 술상이 밀리면서 빈 술잔이며 안주 그릇들이 방바닥으로 쏟아졌다. 막음례는 방바닥에 쏟아진 그릇들을 치우려고 하였지만 손칠만이가 놓아주지 않았다.

"이르지 좀 말아요. 어서 이 손 좀 놓아주어요."

막음례는 손칠만의 팔에서 벗어나려고 버둥거리면서 처음으로 손칠만에게 냉정하게 말했다. 친구들은 웅보의 눈치만을 살피고 있었다. 그들은 곧 웅보가 손칠만을 밖으로 끌고나가 태질을 치게 될 장면을 상상하고 있었다. 그러나 웅보는 무던히 참아냈다.

"주모가 내 말 들어주지 않으면 술값을 못주겠구만."

손칠만이는 느질느질 막음례를 희롱하려 들었다.

"술값은 안 내서도 좋으니 냉큼 가서요."

막음례는 손칠만을 힘껏 떼밀면서 말했다.

"술값을 안 받겠다고?"

"그렇다니께요. 그러니 어서 가서요."

"좋아. 자 성님덜 갑시다. 이쁜 색시덜 있는 주막에 가서 거판지게 한잔 더 사겠으니 어서 갑시다."

손칠만이는 큰 소리로 말하며 일어서서 밖으로 나가려고 하였다. 그는 정말로 술값을 치르지 않을 심산인 듯하였다.

"이것 보소 칠만이, 술값을 치러야재."

염주근이가 밖으로 나가려는 손칠만이의 팔을 붙잡으며 타이르듯 말했다.

"형님두 참, 돈 지고 댕기다가 등창이라두 났수? 안 받겠다는 술값을 뭣 땜시 줘요?"

손칠만이는 염주근이가 붙잡은 손을 뿌리쳤다.

"이것 봐, 이 집은 우리 새꺼내 사람덜이 신세를 지고 있는 집일세. 정히 자네가 술값을 내지 않겠다면 우리덜이 추렴을 허겠네."

덕칠이가 다시 손칠만의 팔을 붙잡고 사정을 하였다.

"나는 술값 못 줘요. 이 손칠만이 오기 하나 빼놓으면 팍 쓰러지는 사람이우."

손칠만의 그 말에 하는 수 없이 덕칠이가 술값을 추렴할 양으로 허리춤을 까고 주머니를 꺼내려는데 막음례가 나서며 "오늘은 지가 한 턱 낸 걸루 생각허시구덜 그냥 가셔요" 하면서 덕칠이의 등을 떼밀었다. 이쯤 되자 제아무리 행티가 사납고 술 취한 개망나니 손칠만이라 해도 술값을 셈하지 않을 수가 없었다.

"옜수, 내 성님덜 땜시 술값을 셈하는 거요. 허지만 다음에 오면 꼭 내 품자리에 들어야 허요 잉."

칠만이는 그러면서 술값을 내놓았다. 이렇게 되면 막음례도 술값을 받지 않겠다고 끝까지 버틸 이유가 없는 것이었다.

"다음에 오시면 이쁜 색시 꼭 앵겨드릴 테니 해웃값이나 두둑이 가지고 오셔요."

막음례는 우스갯소리까지 하며 술값을 받았다.

웅보는 그의 친구들과 함께 막음례네 주막을 나섰다. 덕칠이가 먼저 술에 취한 손칠만이를 부축하여 나섰고, 판쇠, 염주근 등은 잠시 막음례네 주막 앞에 서 있었다. 어찌되었건 오랜만에 만나 거나하게 술이 취했는데도 술기가 전혀 없어 보이기에 웅보가 판쇠에게 넌지시 한잔 더 할 생각 없느냐고 물었더니, "목포 선창거리 주막에 있는 술을 다 마셔도 끄떡없겠네만 오늘은 그만하세. 속이 어치크롬 되어 뿌렀는지 새끼내를 떠나온 후로는 아무리 술을 퍼마셔도 취하지 않으니 이것도 병인 모양이구만. 암턴 오늘은 그만 돌아가세" 하며 그만 헤어지자고 하였다. 그러면서 판쇠 먼저 선창거리 끄트머리에 있는 그의 움막으로 돌아갔다.

"웅보 자네는 다시 들어가 보게. 칠만이 땜에 개똥이 어미 속깨나 상했을 것잉만."

염주근이는 한사코 웅보를 막음례네 주막 안으로 떼밀며 말했다.

"나 먼첨 가네."

염주근이 한마디 하고는 빠른 걸음으로 멀어져갔다. 웅보는 친구들이 어둠속에 완연히 묻혀버릴 때까지 막음례네 주막 어귀에 서 있었다. 그가 친구들과 헤어져 주막으로 다시 돌아왔을 때, 막음례는 술청 앞에 나와 있다가 웅보의 모습을 발견하고 몸을 감추었다. 웅보는 그녀를 따라 술청 안으로 들어갔다. 밤이 깊어 술손님 하나 없는 술청은 휑하게 찬바람이 일었다.

"나…… 자고 가도 되는감?"

술청으로 막음례를 따라 들어온 웅보가 한참이나 미적거리다가 뚜벅 입을 열었다.

"고것은 이쪽이 묻고 싶은 말이구만이라우."

막음례는 어지러운 술청을 대강대강 치우면서 고개를 돌린 채 말했다.

"나는 괜찮구먼. 내 걱정은 말어."

"걱정 없는 것은 내 쪽이여라우."

그러면서 두 사람은 마주보고 찐득하게 웃었다. 웅보는 막음례의 그 웃음이 화심처럼 그의 가슴에 확 불을 댕기는 것 같았다.

잠시 후 막음례는 술청을 치우는 둥 마는 둥하고 먼저 안방으로 들어갔다. 웅보도 그녀를 따라 안방으로 들어가려다가 잠시 토마루에 서서 멈칫거렸다. 그는 막음례가 그에게 들어오라는 말을 하기를 기다렸던 것이다. 방문은 열려 있었다. 막음례는 웅보가 토마루에서 서 있는 것에 개의치 않고 방을 치우고만 있었다. 술상을 밖으로 내가고 주섬주섬 걸레질을 할 때까지도 웅보는 그대로 토마루에 서서 그녀가 들어오라는 말을 하기만을 기다렸다.

"얼추 치웠으니 들어오씨요."

막음례가 걸레를 손에 든 채 방에서 나와 토마루에 서 있는 웅보를 향해 나지막하게 말을 해서야 그는 여싯여싯 방으로 들어갔다.

"아이덜은 워디 갔는가?"

"손님덜이 안방을 차지허고 있응께 잠이 온담서 뒷집으로 자로 갔구만이라우."

"개똥이도?"

"갸는 뉘기를 탁했는지 초저녁잠이 겁나게 많어라우."

"나는 초저녁잠이 없는디?"

웅보는 능글능글 웃으며 윗목에 앉았다.

"윗목은 냉돌잉께 아랫목으로 내려앉으시게라우."

"아이 놈덜 뒷집에서 데려오지 않아도 괜찮은겨?"

웅보는 막음례의 말대로 아랫목으로 옮겨 앉으며 넌지시 물었다.

"떠메가도 모르게 떨어져서 자고 있을 텐듸 어치케 데려오겠소."

"아까 그 젊은 놈 땜시 속 좀 상했재?"

웅보는 아이들 이야기 때문에 그녀가 스스러워할 것 같아 말머리를 돌렸다.

"그 총각 솔찬히 잘난 체헙디다. 갸가 옷을 벗어서 왜놈 게다짝에 묻은 개똥을 닦어주고 출세를 했담서라우? 이녁 친구들만 없었더라면 가만 놔두지 않았을 건듸, 참느라고 혼났어라우."

"가만 놔두지 않다니?"

"술값 셈하지 않겠다는 놈을 그냥 놔두겠소? 껍질을 홀랑 벳겨서 내쫓아뿔재. 그만헌 앙칼 없이 어치크롬 이 바닥에서 술장사를 헌다요. 서방도 없이."

막음례의 그 말에 웅보는 그녀도 그동안 사람이 많이 달라졌구나 하고 생각했다. 웅보는 그런 막음례가 든든하기도 하였지만 한편으로는 무엇인가 소중한 것을 잃어버린 것처럼 허전한 생각이 들기도 하였다.

"술 한 잔 더 허실라요?"

막음례가 은근한 눈빛으로 웅보를 보며 물었다. 웅보를 바라보는 그녀의 눈빛이 한결 끈끈하게 타오르고 있었다. 두 사람은 눈빛으로 말을 주고받으며 한동안 마주보고 앉아 있었다.

"잠자리에 취헐라고?"

"아까 마시고 남은 청주가 있구만이라우. 닭똥집도 쬐끔 감춰둔 것이 있고 허니께⋯⋯."

"하면 안주가 좋은께 한 잔만 흐까?"

웅보의 말이 떨어지기가 바쁘게 방에서 나간 막음례는 잠시 후 개다리소반에 술상을 봐들고 들어왔다. 그리고 종지에 청주를 가득 따랐다. 순간 웅보는 문득 막음례와 처음으로 살을 섞던 날 밤이 떠올라 희미하게 웃었다. 그가 양 진사 댁 비자로 있을 때 안방마님의 다그침에 못 이겨 씨받이로 들어와 있는 막음례의 방으로 들어가 겁 없이 술만 퍼마셨던 때의 일이 생각났다. 그날 밤은 아무리 술을 마셔대도 취하지 않았다.

"무신 생각허고 웃소?"

막음례도 그날 밤의 일을 떠올리고 있는지 싱긋이 웃음을 흘리며 물었다.

"우리가 처음 만나던 날 밤이 생각나서 그러는구만. 그날 밤 나는 너무 부끄럽고 무서와서 혼이 났었당께."

"나도 그 생각을 했구만이라우."

"그날 밤은 너무 취해갖고 정신이 없었어. 오늘밤은 정신 똑바로 채려야겠구만."

웅보는 술상을 한쪽으로 치웠다. 그 사이 막음례는 고리짝 위에 올려놓은 연둣빛 새 비단이불을 내렸다.

"먼첨 자리에 드시그라우."

막음례가 윗목 벽에 바짝 다가서서 웅보에게 말하자 웅보는 웃통을 벗고 이불속으로 들어갔다. 그제야 그녀는 기름불을 끄고 치마저

고리를 벗었다. 웅보는 막음례의 옷 벗는 소리가 마치 영산강변의 억새가 강바람에 서걱이는 것 같다고 생각했다.

"그날 밤 이녁은 내 앞에서 서럽게 울었었재. 이녁이 울지만 안했더라면 나는 아매 별당에서 뛰쳐나오고 말았을 것이여. 서럽게 우는 이녁 달래느라 정신이 없었구만."

웅보가 막음례의 옷 벗는 소리를 들으며 말했다.

"그때 나헌테 한 말을 잊지 않았구만."

"내가 뭣이라고 했는듸?"

"죽는 것보담 낫겄지요 잉 그랬당께. 그 말을 듣고 내 속으로 나이는 나 보담도 일곱 살이나 적은 것이 속은 옹골차게 꽉 찼구나 하고 생각했구만."

웅보는 막음례가 나이 이야기를 하자 갑자기 마음이 쓰렁해졌다. 그것은 그녀가 이제 어느덧 젊음을 잃어가고 있다는 것이 안타깝게 생각되었기 때문이었다.

"다음날 아침에 나헌테 뭣이라고 헌 줄 아요?"

"뭣이라고 했는듸?"

"내가 그랬재. 웅보같이 튼튼헌 아들놈 하나 낳고 자프다고. 그랬더니, 곰보딱지 종놈을 낳으면 으쩔 것이냐고. 그래서 내가 그랬재. 곰보딱지 종이면 으떠냐고."

"그런듸 개똥이는 곰보딱지도 종놈도 아니지 않은감."

"큼매 말이요 잉."

그러면서 막음례는 이불속으로 들어와 웅보의 가슴으로 파고들었다. 막음례와 처음 살을 섞었던 날 아침, 그녀의 모습은 노란 달맞이꽃 같다는 생각이 들었었는데 이제는 색깔이 밝아서 멀리서도 눈에 뜨이는 황금색의 큰 원추리꽃 같았다.

"꼭 십일 년 만이구만 잉."

나이가 일곱 살이나 아래인 웅보에게 또박또박 공대말을 하던 막음례가 이불속에서만은 반말을 하였다. 그녀가 십일 년 만이라고 한 것은 두 사람이 품자리를 같이한 지가 그렇게 되었다는 것을 말하고 있음이었다. 그녀는 웅보와 품자리를 함께한 것이 십일 년 만일 뿐만 아니라, 남정네의 품에 안겨본 지가 그렇듯 오랜만인 것이었다. 그동안 그녀는 남정네의 살 냄새에 코를 쥐어 막고 살아왔다.

"그동안 내가 폭삭 늙어부렀재?"

막음례가 온몸으로 웅보를 가늠하여 받아들이며 추연한 목소리로 물었다.

"찌든 것은 내여. 양 진사 댁에서 종문서 받아갖고 나온 것이 마치 전생의 일같이 까마득허당께. 내는 한 백 년쯤 산 거만 같구만."

"나는 한 이백 년 산 것 같어. 허나 이제는 사는 것이 재미가 있당께. 이녁을 다시 만난 뒤부텀 살맛이 절로 나는구만."

"그건 내도 마찬가지여. 내는 이녁한테 총각의 순결을 바쳤지 않는감. 여자만 순결을 바친 남자를 못 잊어허는 것이 아니고 남자도 매한가지여."

"마님은 몇 번이나 만난 겨? 몇 번이나 품자리를 함께한 겨?"

"마님 이야기는 왜 끄내? 내가 이녁을 만난 것도, 마님을 만나 만석

이를 맹글아준 것도 다 내가 종놈으로 태어난 탓이구만. 다 내 운명이
여. 누구 잘못도 아니재."

"우리 개똥이가 이녁의 아들인 것맹키로 결국 만석이도 이녁 자식
이 아닌 감?"

"개똥이는 내 자식이 될 수 있재만, 만석이는 달러."

"달르기는…… 뭣 땜시?"

"만석이 이야기는 흐지를 말더라고 잉."

웅보는 막음례를 힘껏 끌어안았다. 그들은 벌거벗은 채 마주보고
누워 있으면서도 결코 일을 서두르지 않았다. 그들은 이제 부끄러움
도 두려움도 없었다. 막음례는 웅보의 마음을 편안하게 해주었다. 웅
보는 집에 있을 때보다 오히려 편안함을 느꼈다. 웅보는 마음속으로
쌀분이와 막음례를 비교해보았다. 쌀분이가 가시덤불처럼 앙칼진 여
자라면 막음례는 무엇이거나 받아들이는 흙과 같은 여자라고 생각했
다. 그러기에 앙칼이 들어 있는 쌀분이 옆에 있으면 가시에 찔리게 될
것 같은 생각에 마음이 편안하지가 않은 것이었다. 그러나 막음례는
기름진 흙과 같은 것이었다. 흙은 이 세상의 어떤 더러움도 다 받아들
일 줄 안다. 썩은 것, 더러운 것들을 많이 받아들일수록 기름진 흙이
되기 때문이다. 그리고 흙은 단단히 밟아줄수록 좋다. 사람들이 많이
밟아주는 땅일수록 단단해서 물이 괼 수가 있는 것이다. 막음례는 이
세상의 더러움과 온갖 썩은 것들을 많이 받아들였으며, 무참히 짓밟
혀왔기 때문에 이제는 어디에서도 더 이상 쓰러지지 않고 혼자 힘으
로 일어설 수가 있게 된 것이다. 웅보는 그런 막음례가 갑자기 강하고

소중한 여자로 생각되었다. 그는 힘껏 그녀를 끌어안았다. 이제 그들은 더는 참을 수 없을 만큼 농염하게 몸과 마음이 달아올라 있었다.

웅보는 미명이 희번하게 벗겨지기 시작하자 조심스럽게 자리에서 일어났다. 그는 막음례를 깨우지 않으려고 소리 나지 않게 옷을 찾아 입기 시작했다.

"아직은 깜깜허구만 볼써 가실려고?"

잠이 든 줄만 알고 있었는데 막음례가 일어나며 웅보를 와락 끌어안았다.

"아부지 어머니 기침하시기 전에 들어가야재."

웅보는 싫지 않게 막음례를 밀치고 일어섰다. 그가 방문을 열고 토마루로 내려서자 막음례도 자리옷 바람으로 따라 나왔다.

"쬐금 기달리봐."

그러면서 그녀는 술청으로 들어가더니 이내 발이 묶인 닭 한 마리를 들고 나왔다.

"노인네들 고아 주씨요. 같은 목포바닥에 삼시롱 찾아뵙지도 못허고 참말로 죄를 진 마음이랑께. 암말 말고 갖고 가서 노인네들 해드려."

막음례는 한사코 날아가려고 날갯짓을 해대는 닭을 웅보의 손에 쥐어주었다. 웅보는 오른손 범아귀로 닭의 날갯죽지를 거머쥐고 막음례네 집 울타리 밖으로 나갔다.

"조심허씨요 잉."

막음례도 문밖까지 따라 나와 배웅해주었다. 아직은 미명의 마지막 어둠이 두껍게 깔려 있었다. 웅보는 집으로 가기 위해 유달산 쪽으로 발걸음을 옮겼다. 그는 어둠이 짙게 덮인 산자락을 안고 돌았다. 아직은 오가는 행인도 없는 적막하기만 한 꼭두새벽이었다. 새벽길을 걷고 있는 웅보의 머릿속에는 아직도 막음례의 숨소리가 부스럭거리는 듯싶었다. 그리고 바다를 쓸고 올라온 차고 쌀쌀한 새벽바람 속에서도 막음례의 끈끈한 체취가 풍겨오는 것만 같았다. 웅보는 뒷개에 가까워질수록 자꾸만 발걸음이 무거워졌다. 집에서 뜬눈으로 꼬박 밤을 새웠을 쌀분이를 생각하면 좀처럼 발걸음이 떨어지지 않는 것이었다. 웅보는 아직 한 번도 외박을 하지 않았던 터라, 말 한마디 없이 바깥 잠을 자고 들어가자니 차마 발걸음이 떨어지지 않는 것이었다. 그가 뒷개 어귀 참나무 언덕배기에 이르렀을 때는 어느덧 미명이 걷히고 동천이 밝아오고 있었다. 날이 밝아오자 웅보는 더욱 마음이 무거워져 집에 들어갈 용기가 나지 않았다. 그는 얼마 동안 언덕배기 아래에 서 있었다. 주막에서 나와 바닷바람을 쐴 때까지만 해도 막음례 생각뿐이었는데 뒷개 어귀에 당도해서부터는 눈앞에 쌀분이의 모습이 선하게 떠오르는 것이었다. 웅보가 지난날 유 씨 부인의 강요로 막음례와 잠자리를 같이하고 새벽녘에 별당을 나왔을 때, 막음례의 거처인 별당 앞에 서서 웅보가 나오는 것을 지켜보고 서 있던 쌀분이의 모습이 꾸지뽕 가시처럼 날카롭게 그의 머릿속을 찔렀다.

웅보는 뒷개 어귀 참나무 언덕배기에서 마을로 들어가지 못하고 발걸음을 돌리고 말았다. 그러나 돌아서서 걷고 있는 그의 발걸음은 더욱 무거웠다. 발걸음만 무거운 것이 아니고 마음까지 무거워 아무데나 주저앉고 싶을 뿐이었다. 웅보가 다시 새벽이슬을 털며 막음례네 주막 앞에 당도했을 때는 완연히 날이 밝았다. 그는 자신이 막음례네 주막 앞에 서 있는 것을 발견하고 깜짝 놀랐다. 무엇 때문에 다시 막음례네 주막으로 되돌아온 것인지 자신도 그 속마음을 알 수가 없었던 것이다. 술청 안에서 해장술 손님들을 위해 술국을 끓이고 있던 막음례가 주막 앞에 서성거리고 있는 웅보를 발견하고 국자를 든 채 뛰쳐나왔다.

"아니 여태 집에 안 가고 왜 여그 있었남?"

그러면서 막음례는 웅보를 술청 안으로 끌어들였다.

"달구새끼를 여적 보듬고 있는 것 봉께 집에서 오는 길이 아닌 게로구먼요."

막음례는 웅보를 술청 안으로 끌고 들어와 좌판에 앉히며 말했다.

"시상에 집에도 안 들어가고, 이 새벽에 여태껏 밖에 기셨구만 잉."

막음례는 웅보에게 술국과 탁배기 한 사발을 가져다주었다. 그때 한패거리의 뜨내기 장사꾼들이 해장술을 마시기 위해 술청 안으로 들어왔기 때문에 막음례는 손님들을 받으려고 웅보의 좌판에서 일어섰다.

웅보는 술국과 탁배기 한 사발을 비우고 그대로 좌판에 앉아 있었다. 그 사이 막음례는 뜨내기 장사꾼들과 자리를 같이하고 어울렸다. 그녀는 얼핏얼핏 웅보를 돌아다보면서 그대로 앉아 있으라는 눈짓을 던졌다. 얼마 후 뜨내기 장사꾼들이 시끌시끌하게 떠들어대며 술청을 나가자 막음례가 웅보 옆에 앉았다.

"시상에 짠한거. 무신 죄를 졌기에 집에도 못 들어가고 새벽이슬에 젖은 채 주막 앞을 얼쩡거렸으까 잉.”

막음례가 웅보를 놀려대면서 혀를 찼다. 웅보는 어색하게 비식비식 웃었다.

“내 곧 아침밥 채려줄텡께 쬐금만 기달려 잉?”

막음례는 웅보를 어린아이 어르듯 하고는 안채로 들어갔으며 잠시 후에 밥그릇과 반찬을 소반에 받쳐 들고 왔다.

“어서 아침 들고 미곡창에 나가셔야재. 달구새끼는 여그 놔뒀다가 저녁때 집에 가면서 갖고 가시구.”

막음례는 웅보 옆에 앉아서 그가 밥을 먹는 모습을 지켜보고 있었다. 웅보는 밥 한 그릇을 다 비울 때까지 한마디도 입을 열지 않았다. 그는 숭늉으로 입을 헹구고 나서야 “잘 묵었구만. 낸 이 길로 미곡창으로 가봐야겄어” 하고는 서둘러 술청을 나갔다.

10

아침부터 칼바람이 윙윙거렸다. 아직 겨울이 닥치려면 한 달 남짓 더 있어야 하는데도 바람은 차가왔다. 바람이 거칠게 바다를 몸살 나게 흔들어대자 파도까지 숨 가쁘게 으르렁거렸다. 늦가을의 바다는 예측할 수 없을 만큼 변화가 심했다. 파도가 선착장을 때리는 소리가 아우성처럼 들렸다. 웅보는 거친 바닷바람을 온몸으로 받으며 오까모도 미곡창으로 향했다. 새벽에 집으로 돌아갔으나 차마 집안으로 들어서지를 못하고 되돌아 나오고 만 그의 마음에도 파도가 일었다. 간밤 막음례와 품자리를 같이했던 일을 생각하면 온몸이 쩌릿쩌릿할 정도로 달콤한 기분이었으나, 집에 돌아가서 쌀분이한테 바깥 잠을 자게 된 변명을 해야 할 일을 생각하면 머릿속이 뒤숭숭해지는 것이었다.

웅보는 파도치는 듯한 마음을 다독거리면서 발걸음을 재촉하였다. 선창거리에는 벌써 등짐꾼들이 미곡창으로 몰려가기 시작했다. 어물전 쪽에도 많은 사람들이 덤벙거리고 있었다. 등짐꾼들이 하루의 일을 시작할 무렵이면 선창거리는 잠에서 깨어나 조금씩 꿈틀거렸다. 이른 아침부터 사람들이 북적거리는 곳은 동해안통과 남해안통, 본정통, 영사관통 등지였다. 이곳에 상점들과 관공서가 몰려 있기 때문이었다.

당시 목포에는 동해안통, 남해안통, 본정통, 무안통(務安通), 산수통(山水通), 영사관통의 거리가 있었는데, 시가지가 조성된 곳은 개항 이듬해에 해벽의 축조가 이루어지면서 건물이 들어서기 시작한 영사관통과 동해안통, 그리고 목포대의 동쪽과 서쪽 기슭 외에 대사사(大寺寺) 통로를 동에서 북으로 굽어나간 근방과 동원본사(東願本寺) 주위가 고작이었다. 이 중에서 점포가 들어선 곳은 동해안통, 남해안통, 영사관통이었다.

시가를 이루는 평지부는 거의 간사지거나 갈대밭이 아니면 얼마 안 되는 논이었던 것을, 항동의 동남쪽에 제방을 쌓으면서 집이 들어서기 시작한 것이었다. 선창거리 외에 인가로는 목포대 동서쪽 기슭에 초가 스무 남은 채가 있었고 뒷개에 조그마한 마을이 조성되었는데, 뒷개 마을에는 외지사람들이 모여 집을 짓고 살기 시작하면서부터 선창으로 이어진 고갯길이 생겼다. 대안의 용당과 고하도 쪽도 인가라고는 움막 한 채도 없어 황량하기만 했다.

목포는 개항 당시만 해도 기선이 와서 정박하려고 해도 배를 댈 만한 곳이 없었고, 외지사람들이 하룻밤 묵어갈 만한 여각 하나 없는 황량하기만 한 어촌에 불과했다. 이 무렵에는 일본영사관이 만호청의 옛날 옥사를 수리하여 사무를 보기 시작했을 정도였다.

일본 영사관은 중앙에 다섯 평 정도의 판잣집과 좌우에 두 개의 온돌방이 있었는데, 오랫동안 비워두었기 때문에 벽이 떨어지고 기와가 깨어지는 등 흉가처럼 찬바람이 도는 집이었다. 그런 집을 영사관 일행이 목포에 부임해오면서 중앙의 다섯 평 정도의 판잣집을 사무실, 응접실, 식장, 취사장, 침실로 쓰고, 터진 곳을 판자로 막거나 거적으로 덮어 비와 바람을 막았다. 그러나 이 낡은 건물의 지붕 위에는 청죽 끝에 매달아놓은 일장기가 기세 좋게 펄럭였다.

그나마 영사관 경찰서는 제물포에서 옮겨온 조립식 바라크 건물을 사용하고 있었는데, 비가 오는 날에는 집안에서도 우산을 받쳐 들고 사무를 볼 정도였다. 영사관 개설과 함께 목포로 몰려온 일본인들은 한동안 청죽이나 가는 통나무로 임시 움막 같은 집을 지어 기식을 하였고, 큰 바람이 부는 날에는 영사관 건물로 피신을 가기도 하였다.

이처럼 보잘 것 없었던 목포는 외지로부터 사람들이 몰려들고 일본으로부터 큰 배가 내왕하기 시작하자 간사지의 매립공사가 진행되었고, 호안(護岸)을 축조하고 물양장(物陽場)과 소잔교(小棧橋)를 축설하기에 이르렀으며, 매립한 간사지에 건물이 들어서면서부터 시가지의 면모를 갖추게 된 것이었다.

웅보는 조립식 바라크 건물을 지어 새로 옮긴 일본영사관 건물 꼭대기에 펄럭이는 일장기를 바라보며 미곡창으로 갔다. 미곡창에는 벌써 여남은 명이나 되는 등짐꾼들이 나와 있었다. 염주근의 얼굴도 보였다.

"어저께 밤에 집에 들어가지 않았더만."

염주근이가 웅보를 보고 실실 웃으며 말했다. 웅보는 대꾸를 하지 않았다.

"걱정 말그라. 네 여편네가 우리 집에 와서 너를 묻기에 미곡창에서 야경을 허느라고 새벽에야 돌아올 것이라고 했으니께 말여."

염주근은 점심 때 탁배기 한 사발 사주지 않으면 사실대로 일러바치겠다면서 혀를 널름거리며 놀려댔다. 그러나 염주근이 쌀분이한테 발명해주었다고 해서 마음이 개운해진 것은 아니었다. 그는 자신이 쌀분이를 속인 것 때문에 괴로운 것이었다.

오까모도 미곡창은 문이 활짝 열려 있었다. 창고에 가득 들어찼던 미곡을 일본 화물선이 목포항에 오기 전에 다시 창고를 가득 채워야 하는 것이다. 어제까지 등짐꾼들이 한 일은 미곡창 곡식을 일본 화물선에 싣는 것이었는데 오늘부터는 다시 미곡창을 채우는 일을 해야만 하는 것이다.

해가 떠오르기 전부터 미곡을 실은 소달구지며 마바리들이 선창으로 밀려들기 시작했다. 나주, 광산, 함평, 영광, 영암 등지의 미곡은 영산강의 뱃길을 통해 목포로 실려 오지만, 뱃길이 닿지 않는 화순, 보성, 장흥, 강진 등지의 미곡은 육로를 이용하였다.

미곡창 등짐꾼들은 아침나절에 보성에서 실어온 달구지의 미곡들을 창고에 들여 넣느라 눈코 뜰 새도 없이 바빴다. 그들은 점심때가 되어서야 미곡창 양지쪽 담벽에 앉아 쉬면서 도시락을 풀었다. 그들의 도시락은 고작해야 삶은 고구마가 아니면 호박버무리였으며 잡곡밥을 싸오는 사람도 없었다. 웅보는 도시락을 가져오지 않았기에 미곡창 앞에 미적거리고 있었다.

새끼내 친구들이 삶은 고구마라도 나눠먹자면서 웅보를 잡아끌고 있는데 막음례의 아들 개똥이가 조그마한 보자기를 들고 미곡창으로 달려오더니 웅보 앞에 내밀었다.

"울 엄니가 아자씨 갖다 주라고 헙디다요."

개똥이는 보자기를 웅보에게 건네주고는 이쪽에서 말을 붙여볼 여유도 주지 않고 도망치듯 뛰어가 버렸다. 웅보는 도시락 보자기를 들고 선 채 한동안 개똥이의 뒷모습을 바라보았다. 그는 친구들에게로 가서 보자기를 풀어보았다. 고리로 만든 도시락에는 쌀과 잡곡을 섞은 밥과 멸치볶음이며 콩자반 등의 반찬이 막음례의 마음처럼 푸짐하게 가득 들어 있었다.

"참말로 눈 꼴 시어서 못 보겠구만 잉."

"웅보가 부러우면 조강지처 던져뿔고 첩 하나 얻소 그려."

"우리 같은 팔자에 조강지처 수발허기도 어려운듸 측실이라니."

웅보의 친구들은 저마다 한마디씩 농말을 하였다. 그러나 그들은 웅보와 막음례의 처지를 이해하고 있었으므로 악의를 가지고 비뚜로 말하는 친구는 없었다.

"잔소리들 말고 이리 와서 한 숟가락씩 뜨랑께. 이 멸치볶음 맛이 괜찮구만."

웅보는 친구들의 농말이 결코 싫지 않았기에 그도 싱글싱글 웃으면서 도시락을 함께 먹자고 하였다. 웅보의 권에 못 이겨 염주근이와 판쇠가 웅보의 도시락 가까이 앉은걸음으로 다가오다 말고 갑자기 표정이 굳어버렸다. 그것은 미곡창 모퉁이에 웅보의 처 쌀분이가 서서 그들을 바라보고 있었기 때문이었다.

"웅보, 저그…… 저그 좀 보랑께."

염주근이가 웅보의 옆구리를 가볍게 거칠게 쿡 찔렀다. 그때서야 웅보가 쌀분이의 모습을 발견하고 놀라는 얼굴로 일어섰다. 그리고 천천히 미곡창 모퉁이로 다가갔다.

"도시락을 가져왔구만이라우."

쌀분이는 고개를 돌려 한사코 웅보의 눈길을 피하며 도시락보자기를 내밀었다.

"여그꺼정 뭣헐라고…… 나 점심 묵었는디……."

웅보는 말끝을 흐렸다. 그는 점심을 먹었다고 말한 것을 후회하였다.

"글먼 그냥 가져가야겠구만이라우."

그러면서 쌀분이는 얼핏 웅보의 얼굴을 보았다. 잠시 두 사람의 눈길이 엉켰다. 그러나 웅보 쪽에서 먼저 눈길을 돌려버렸다. 웅보 생각에 쌀분이는 간밤의 일을 알고 있는 것만 같았다. 염주근이가 미곡창에 밤일이 있다고 하였다지만 쌀분이는 염주근의 그 발명을 믿지 않는 듯한 눈치였다.

"오늘은 일찍 들어갈게."

웅보는 그렇게 말하고 친구들이 점심을 먹고 있는 양지쪽을 향해 몸을 돌려세웠다.

그날 오후 내 웅보의 마음은 무겁게 가라앉아 있었다. 그는 미곡창의 일을 마치고 친구들과 헤어져 막음례네 주막으로 갔다. 그는 막음례한테 점심을 잘 먹었다면서 도시락 보자기를 전해주고 술청을 나오려고 하는데 한사코 그녀가 붙잡아 좌판에 앉혔다. 막음례는 언제나 그랬던 것처럼 탁배기 한 사발을 권했다. 그리고 그가 잔을 비우고 일어서자 새벽에 그에게 안겨주었던 닭을 다시 건네주었다.

웅보는 막음례가 준 닭의 죽지를 거머쥐고 곧장 뒷개에 있는 집으로 향했다. 그는 날이 어둑해서야 집에 당도하였다. 쌀분이는 부엌에서 밥을 짓는지 보이지 않았고, 마당에서 혼자 가을 남새를 다듬고 있던 딸 오동네가 웅보를 보고는 아부지 하고 소리치며 뜨악하게 바라보았다. 웅보는 오동네한테 닭을 안겨주고 먼저 큰방으로 들어갔다.

"아버님은 좀 어떠신그라우?"

웅보가 방으로 들어서자 아버지의 병수발을 하고 있던 어머니가 일어섰다.

"왜 인제사 오냐. 어저께 밤에 네 아부지 숨넘어가는 줄 알았다."

어머니는 웅보의 손을 잡고 걱정스러운 얼굴로 말했다. 기름불이 희미하게 방안에 출렁였다.

"오늘도 차도가 없으신가요?"

"차도가 다 뭐여. 어저께 밤에는 참말로 돌아가시는 줄만 알았당께. 답답허다고 불을 쓰라고 허시더니 잠이 드신 모양이다."

웅보는 어머니와 함께 아버지의 머리맡에 앉아서 기름불이 희미한 불빛에 억새꽃처럼 하얗게 떠 보이는 아버지의 얼굴을 들여다보았다.

"웅보 왔냐."

아버지가 힘겹게 눈을 뜨고 아들을 올려다보았다.

"나는 잠자는 줄만 알았등만."

"오늘은 좀 어떠세요."

어머니와 웅보가 동시에 입을 열었다.

"바깥이 춥더냐?"

아버지가 힘겹게 가쁜 숨을 몰아쉬며 물었다.

"아직은 괜찮습니다요."

"곧 추와지겄쟈."

"그러겄지요. 한 달쯤 있으면 눈이 오겄지요."

"영산강 물이 곧 얼어붙겄쟈."

"그러겄지요."

"영산강 물이 얼어붙기 전에 꼭 한 번 가보고 싶은듸……."

"어디를요?"

"아까부텀 나주에 한 번 꼭 가보고 싶다고 저러신단다."

어머니가 대신 말해주면서 아버지의 그 말이 가당찮다는 듯 눈을 흘기며 혀를 찼다.

"나주에는 왜요?"

웅보가 어머니에게 물었다.

"진사 어르신 댁에 가보고 싶단다. 그 양반덜이 어찌코롬 사시는지 몰라 죄를 짓고 있는 것 같담시롱 꼭 죽기 전에 그 댁에 가봐야 쓰겄단다."

"웅보야."

아버지가 꺼져가는 목소리로 아들을 불렀다.

"네, 아부님. 왜 그러싱게라우."

"영산강이 얼어붙기 전에, 이 애비 나주에 좀 델다 주라. 이 애비의 마지막 소원이다."

아버지는 차갑고도 끈끈한 손으로 웅보의 손을 더듬어 쥐고 말했다.

"뭄이나 낫어야 나주를 가든지 새끼내를 가든지 헐 것이 아닝그라우."

옆에서 어머니가 퉁명스럽게 내질러버렸다.

"그래요 아부님. 어머님 말씀대로 우선 몸이 나으셔야지요."

"아니다. 내는 시방이 아니면 다시는 나주 땅에 갈 수 없는 거. 그러니 이 애비를 꼭 나주에 좀 델다 주거라 잉."

그러면서 아버지는 다시 눈을 감아버렸다. 웅보 생각에 아버지는 다시 일어나지 못할 것 같았다. 아버지는 얼마 전까지만 해도 대불이가 보고 싶다고 하시더니 이제는 나주 양 진사 댁이 어찌 사는지 죽기 전에 가보고 싶다는 것이었다. 하기야 아버지는 웅보가 새끼내에 터를 잡고 모셔오려고 했을 때도, 그대로 양 진사 댁에 머물러 살기를 원하지 않았던가. 아버지의 상전에 대한 충직한 마음은 예나 지금이나 조금도 달라진 것이 없었다. 어쩌면 아버지의 마음은 지금도 양 진사 댁 종으로 머물러 있는 것인지도 몰랐다. 그렇지 않고서야 속량이 되어 자유롭게 살고 있으면서도 옛날 상전 걱정을 할 수 있겠는가.

"그동안 그 댁 어른한테 죄를 지은 겨. 목포로 훌쩍 도망을 쳐온 후로 아직꺼정 문안인사 한 번 올리지 못했으니 이런 죄인이 또 워디 있는 겨."

아버지는 눈을 감은 채 혼잣말로 중얼거렸다. 웅보는 그런 아버지가 가엾게 생각되었다. 죽어가면서까지 옛날 상전의 보이지 않는 굴레에서 헤어나지 못하고 있는 아버지가 불쌍하게 생각되었다. 아버지는 아직도 분명히 양 진사 댁 종인 것이었다. 이마의 불도장을 자랑스럽게 여겼던 할아버지와는 너무나도 달랐다. 속량이 되어서까지도 종의 굴레에서 벗어나지 못하고 있는 아버지보다는 이마에 찍힌 그 흉한 불도장을 자랑스럽게 생각했던 할아버지가 오히려 자유인으로 생각되어졌다. 어쩌면 할아버지는 종이 아닌 자유인으로 눈을 감았는지도 몰랐다.

웅보는 아버지 방에서 나갔다. 아버지가 답답하기보다는 가엾다는 생각에 목 안이 후끈거렸다. 웅보는 갑자기 할아버지가 그리웠다. 이럴 때 할아버지가 살아계셨더라면 죽으면서까지 옛 상전을 잊지 못하는 아버지를 못난 사람이라고 꾸짖었을 것이었다.

쌀분이는 웅보에게 말이 없었다. 저녁을 먹고 설거지를 끝낸 다음 방으로 들어와서도 어젯밤 집에 돌아오지 않은 이유를 따져 묻지 않았다.

"주근이네 집에 갔었드람서?"

웅보는 오동네를 큰방으로 보낸 다음 넌지시 쌀분이에게 말을 걸어보았다. 그러나 쌀분이는 기름불 옆에 쭈그리고 앉아서 땀땀이 바느질을 하는 데만 정신을 쏟고 있는 척하였다.

"미안혀. 앞으로는 바깥 잠자고 오는 일 없을 게여. 어저께 밤에는 으쩔 수가 없었구만."

웅보가 쌀분이의 손을 잡으며 부드러운 말로 사과를 하였다. 늙어가는 막음례의 손보다 훨씬 거칠어진 쌀분이의 손을 보자 안쓰러운 마음이 더했다.

"오늘은 뭣 땜시 왔당가 잉. 집에는 뭣 땜시 왔어?"

갑자기 쌀분이는 바느질하던 헌옷가지를 아무렇게나 팽개치며 턱 끝을 곧추세우고 앙탈 부리듯 쏘아붙였다. 웅보는 실색하여 할 말을 잃고 말았다.

"아조 늙어 꼬부라질 때꺼정 그년한티서 살재 집에는 뭣허로 왔어?"

순간 웅보의 가슴이 삼지창에 찢기는 듯한 섬뜩한 아픔을 느꼈다. 그것은 아픔이 아니라 두려움이라고 해야 옳았다. 아뿔사, 알고 있구나. 웅보는 탄식을 삼켰다.

"내가 바보 멍텅구리 천치 여편넨지 알었구만 잉. 막음례 그년이 목포에 와 있는 줄 폴쎄 알고 있었당께. 그라고 이녁이 날마다 미곡창 일이 끝나고 그년한테 가서 얼굴 맞대고 노닥거리고 온다는 것도 죄 알고 있었당께. 흥, 내가 바보 천치 멍텅구리간듸?"

쌀분이가 갑자기 큰 소리로 앙탈을 부리는 소리를 어머니가 들었는지 방문이 열리면서 무슨 일이냐고 물어왔다. 그러자 쌀분이가 방문을 지그시 열고 아무것도 아니라고 대답했다.

쌀분이는 앙탈 대신 방바닥에 얼굴을 처박고 소리를 죽이며 흐느껴 울었다. 웅보는 쌀분이가 그렇게 서럽게 우는 것을 아직 본 일이 없었다. 그렇지 않아도 그즈음 쌀분이는 둘째 딸아이를 홍역으로 잃고, 시름에 차 있던 터라, 서럽게 우는 모습이 더욱 애잔해 보였다.

"내는 지난 일은 다 덮어뿔라고 했구만 잉. 지난 일은 나주 양 진사 댁 마당에다 죄 꽁꽁 묻어뿔고 새 마음으로 살아가기로 작정을 했는 듸…… 시상에 원통허고 분통해라. 막음례헌티서 개똥이 낳은 것도 다 과거지사로 묻어뿔고 살라고 했는듸……."

쌀분이는 얼굴을 방바닥에 처박고 엎드린 채 울부짖음을 삼켰다. 그제야 웅보는 간밤에 막음례한테서 자고 온 것을 사무치게 후회하였다.

"내가 쥑일 놈이네. 내가 쥑일 놈이랑께. 이 쥑일 놈이 또 이녁 가심에 못을 박았구만."

그러면서 웅보는 두 손으로 자신의 머리칼을 움켜쥐고 부르르 떨었다.

"믿어주어. 내 다시는 그 주막 앞으로 지내댕기지도 않을 것잉께. 참말이여."

웅보는 진심으로 사과를 하면서 쌀분이의 어깨를 잡았다. 그러자 그녀는 격렬하게 어깨를 흔들어댄 후 똑바로 고개를 들어 무섭게 웅보를 쏘아보았다.

"상관없구만. 이녁이 그년 집에서 살든지 말든지 나는 상관 안허겄구만. 인제부턲은 이녁을 믿지 않을텡께 알아서 맘대로 허시겨."

쌀분이는 좀처럼 마음이 풀리지 않았다.

그 일로 웅보와 쌀분이는 한동안 서로 등을 돌리고 잠을 잤다. 웅보는 약속대로 그날 이후 막음례네 주막에 들르지 않았다. 막음례는 그가 얼굴을 나타내지 않자 날마다 미곡창에 나와 먼발치로나마 웅보를 바라보고 돌아가곤 하였다.

웅보와 쌀분이가 잠자리에서 얼굴을 맞대고 눕게 된 것은 서로 등을 돌리고 억지 잠을 청한지 열흘째 되는 날 밤에야 이루어졌다. 웅보가 우격다짐으로 그녀를 닦달하지 않았던들 그들 내외의 등 돌리기는 훨씬 오래 계속되었을 것이었다.

"지발 앞으로는 막음례 주막에 뽀짝거리지 마시요 잉. 또 한 번만 그년 집에 뽀짝거렸다가는 부모님 뫼시고 새끼내로 가뿔라요 잉. 개똥이를 못 잊어 그런다면 우리 그 아그 데려다가 우리가 키웁시다요, 어채피 개똥이는 이녁 자식 아니요?"

웅보가 쌀분이와 우격다짐으로 일을 추리고 난 다음에야 그녀는 웅보의 가슴으로 파고들며 울음 섞인 목소리로 말했다.

"내가 다시 그 주막엘 가면 이녁 속에서 나온 사람이네. 두 번 다시 그런 걱정은 말드라고 잉."

웅보도 다시는 막음례네 주막에 얼굴을 내밀지 않기로 단단히 결심을 한 바 있었다. 막음례가 불쌍하게 생각되었지만 할 수 없는 일이었다.

웅보 아버지 장쇠의 병세는 날이 갈수록 더 위중해졌다. 웅보가 어렵게 약값을 마련하여 의원을 모셔와 진맥을 부탁하였으나, 의원의 말로는 가망이 없다면서 고개를 저으며 돌아가 버렸다. 웅보가 보기에도 회복할 기미가 전혀 없는 듯싶었다. 그러면서도 장쇠는 나주에 데려다 주지 않는다고 성화였다. 장쇠는 아침저녁으로 웅보를 큰방으로 불러들여 영산강이 얼어붙기 전에 나주에 데려다 달라고 졸라댔다.

"내년 봄에 모시고 갈 테니 기다리셔요."

웅보가 그렇게 아버지의 마음을 다독거릴라치면 "이놈, 불효막심한 놈 같으니라고. 이 애비가 내년 봄꺼정 살지 못헐 것이라는 것을 알고도 그런 거짓말을 허는 겨? 아이고, 우리 대불이놈만 있으면 이 애비의 소원을 폴쎄 들어주었을 것인듸……" 하면서 섭섭해 하는 것이었다.

하는 수 없이 웅보는 아버지를 나주까지 모셔가기로 작정을 하였다. 웅보의 결심을 어머니와 쌀분이에게 말했더니 펄쩍 뛰었다.

"그러다가 느그 아부지 객사시킬라고 그러냐?"

어머니는 아버지를 나주까지 모셔갈 수 없다고 완강히 반대했다.

"객사시키느니 집에서 치상치는 것이 훨씬 낫다."

어머니는 웅보에게 부모 객사시키는 불효자가 되지 말라고 당부했다. 그러나 웅보는 아버지의 마지막 소원을 풀어주고 싶었던 것이다. 그는 영산포의 미곡창으로 미곡을 실으러 들어가는 배편까지 알아보았다. 사흘 후에 미곡창 배가 떠난다고 하였다. 웅보는 오까모도 밑에서 창고관리의 일을 보고 있는 나주 출신 최 주사한테 사정을 이야기하여 아버지와 함께 영산포까지 배를 탈 수 있도록 허락을 얻은 한편 사흘 동안의 말미도 얻어냈다.

집에 와서 사흘 후에 아버지를 모시고 나주로 떠나기로 했다는 말을 하자, 아버지는 오랜만에 병석에서 일어나 얼굴을 씻었고, 어머니와 쌀분이는 아버지와 함께 가겠다고 매달렸다.

사흘 후 웅보는 아버지를 업고 째보선창으로 나갔다. 한사코 말렸는데도 어머니와 쌀분이가 배를 타는 모습이라도 보고 싶다면서 선창까지 따라 나왔다. 어머니는 선창까지 따라 나오면서 눈물을 그치지 않았다.

"느그 시아부지 얼굴 다시는 못 보게 될 것만 같구나."

웅보 어머니가 훌쩍거리면서 며느리에게 말했다. 쌀분이도 자꾸만 그런 생각이 들었다.

웅보가 아버지를 업고 배에 오를 때 얼핏 선창가 쪽을 돌아다보았더니 물양장 모퉁이에 막음례가 개똥이와 함께 서서 이쪽을 보고 있는 모습이 한눈에 들어왔다. 그녀는 쌀분이의 눈에 띄지 않으려고 멀찍이 몸을 사리고 웅보를 바라보고 있는 것이었다.

"오동네야, 늬 할아부지 잘 봐두거라. 인제 다시는 못 보게 될지도 모르닝께."

웅보 어머니는 병든 남편을 실은 배가 떠나려 하자 손녀의 얼굴에 질퍽한 볼을 비비며 말했다.

웅보는 아버지를 그들 내외가 덮던 이불로 둘러싼 후 바람을 피해 이물 쪽에 앉아 손을 흔드는 가족들을 보았다. 막음례도 손을 흔들고 있었다.

영암만의 갯바람이 칼날처럼 살을 도려내는 듯하였다. 웅보는 아버지를 선실로 모시려고 하였으나 찬바람에 정신이 맑아진다면서 그냥 선상에 있고 싶어 하자, 눈만 남기고 아버지의 온몸을 이불로 싸맸다.

째보선창을 출발한 미곡선은 나불도(羅佛島)를 지나 무안 일로(一老)와 영암 서호(西湖)가 마주보고 있는 해협을 빠져나가 남해만에 이르렀다. 영산강물이 바닷물과 합류하는 남해만은 끝이 보이지 않을 만큼 넓어 망망대해에 떠 있는 듯한 느낌이었다. 남해만을 지날 때 바람은 한결 드세어졌다. 웅보는 아버지가 걱정이 되어 이불로 싸맨 몸을 꼭 붙들고 앉아 있었다.

"오지게 좋다. 오랜만에 바람을 쏘잉께 참 좋구나."

아버지는 애써 기침을 참으면서 말했다.

"아부님, 바람이 너무 차가웅께 선실로 들어갑시다요."

"아니다. 보고 싶은 거이 너무 많은듸 왜 선실 안에 들어가 있겄냐."

아버지는 가쁜 숨을 몰아쉬면서도 고집을 부렸다.

배는 바다처럼 넓은 남해만을 지나 영산강의 하구에 해당되는 명산(明山)에 이르러 소금을 실었다. 명산에서부터는 굽이굽이 영산강을 거슬러 올라가야만 했다. 명산 건너편은 나주 땅이었으나 배가 영산포에 당도하려면 아직도 한나절은 더 올라가야만 했다. 사공들은 잠시 배가 소금을 싣는 동안 명산에 내려 점심을 먹었다. 웅보는 그냥 배 위에서 아버지를 붙안고 앉아 있었다. 그는 아버지가 아무것도 입에 넣지 않는다는 것을 알면서도, 배를 탈 때 쌀분이가 건네준 도시락 보자기를 풀고 아버지를 위해 특별히 움쌀을 얹어서 지은 쌀밥덩이에 깨소금을 발라 권했다. 아버지는 고개를 저었다.

"양 진사 어른…… 안방마님…….되련님 모두 평안하시는가 모르겄구나."

아버지는 고개를 저으면서도 양 진사 댁 걱정뿐이었다.

"영산포에 가면 대불이 소식도 알 수 있게 될지 모르겄네요."

웅보는 아버지가 옛날 상전 걱정을 하는 것이 마뜩찮아 대불이의 이야기를 꺼냈다. 기실 그가 아버지를 모시고 영산포에 가기로 작정한 것은 아버지의 소원을 풀어주기 위한 뜻도 있었지만 이 기회에 대불이의 소식을 알아보려는 계산도 있었던 것이다.

배가 명산에 잠시 쉬어 소금을 실은 후에 다시 출항을 서두를 때는 어느덧 해가 정수리 위에서 서쪽으로 두어 뼘이나 기울고 있었다. 이대로 간다면 날이 어두워서야 영산포에 닿게 될 것 같았다.

배가 다시 출발할 무렵 웅보 아버지는 눈을 감고 있었다. 웅보는 아버지의 숨소리가 강의 하구를 드밀고 올라오는 강바람처럼 거칠어지고 있음을 알았다.

"아부님, 추우싱그라우?"

웅보가 아버지를 가볍게 흔들자 "아니다. 암시랑토 않다" 하고 가래 끓는 목소리로 희미하게 대답했을 뿐이었다.

웅보는 아버지가 걱정되었다. 그는 티 하나 없이 맑은 하늘을 올려
다보았다. 그리고 마음속으로 빌었다. 천지신명이시여, 우리 아버님
께서 마지막으로 나주 산천을 보실 수 있도록 보살펴주시옵소서. 우
리 아버님께서 당신이 종으로 태어나셨던 나주땅을 밟을 수 있게 하
여주시옵소서. 그리고 영산강 용왕님이시여, 우리 아버님께서 이 뱃
길을 따라 다시 돌아갈 수 있게 보살펴주옵소서. 그리고 할아버지의
혼령이시여, 당신의 손자 웅보가 다시 영산강을 따라 할아버지의 땅
으로, 당신의 아드님을 뫼시고 갈 수 있게 도와주소서. 웅보는 천지신
명과 영산강 용왕님, 그리고 할아버지의 혼령에게 간절한 마음으로
빌었다.

명산을 출발한 미곡선은 몽탄을 거쳐, 곡천(曲川)의 휘움한 물굽이
를 돌아 북상하였다. 곡천에서 운산(雲山)까지의 강물은 곧게 흘렀으
며, 운산을 조금 지나면서부터 물줄기는 동쪽으로 어슷하게 뻗어 오
르고 있었다. 웅보는 그가 양 진사 댁에서 나와 새끼내에 처음 터를
잡았을 때, 고기잡이를 위해 영산강 물길을 따라 몽탄까지 몇 차례 오
르내려본 적이 있었기 때문에 물길이 그리 생소하지만은 않았다.

웅보 아버지는 명산에서부터 줄곧 눈을 감은 채 이불속으로 고개를
깊숙이 꿍겨박고 앉아서 말이 없었다. 마음이 다급해진 웅보는 아버지
를 붙안은 채 이따금 아버지의 손목에 엄지를 대고 진맥을 해보았다.
아버지의 맥은 점점 약해지는 듯싶었다. 그는 뱃사람들에게 아버지가
위독하니 뱃길을 서둘러달라고 부탁을 하고 싶었으나, 그 사람들이 웅

보의 사정을 들어줄 것 같지가 않은지라 속만 태울 따름이었다.

배가 신곡(新曲)의 큰 물굽이를 감고 돌자 함평에서 흘러들어오는 고막천이 나타났다. 그곳에서 다시 동쪽으로 조금 거슬러 올라가면 나주 신걸산에서 흘러 다시를 경유하여 영산강과 합류하는 죽산천(竹山川)과 마주치게 되며, 죽산에서 물줄기를 따라 한 바퀴 돌면 신흥(新興)에 이른다. 배가 신흥에 이르자 날이 어둡기 시작했다. 신흥에서 영산포까지는 멀지 않은 거리였으나, 미곡선이 워낙 느린지라 두어 시각은 걸릴 듯싶었다. 그때까지도 웅보 아버지는 눈을 뜨지 않았다. 웅보는 잠시 졸고 있었다. 혼자만 점심을 먹기도 그렇고 해서 물 한 모금 마시지 않고 배를 곯았더니 기운이 빠지면서 졸음이 쏟아진 것이다.

웅보가 거친 바람 소리에 놀라 얼핏 잠에서 깨었을 때는 사위가 완전히 어둠 속에 잠겨 있었다. 아직 영산포에 당도하려면 멀었느냐고 물어보고 싶었으나 선상에는 뱃사람들의 모습이 보이지 않았다. 선실 안이 시끌시끌한 것으로 보아 그들은 또 투전판을 벌인 모양이었다. 웅보는 어둠속에서 아버지의 얼굴을 들여다보았다. 표정을 붙잡을 수가 없었다. 그는 이불속으로 손을 넣어 아버지의 손목을 쥐고 엄지를 대보았다. 맥이 뛰지 않았다.

"아부님. 아부님."

웅보는 아버지를 흔들었다. 그러고는 귀를 아버지의 가슴팍에 대보았다. 아버지는 숨을 쉬지 않았다. 웅보는 온몸이 얼음덩어리처럼 차갑게 굳어지는 것 같았다.

"아부님! 아부님! 나주 땅에 다 왔어요. 다 와서 숨을 거두시면 어쩔 것이오. 어서 눈을 뜨씨요!"

웅보는 울부짖고 있었다. 선실에서는 노랫소리가 들려왔다.

"아부님 언능 눈을 뜨시랑께 그러시네 잉. 영산포 불빛이 안 보이요?"

웅보는 크렁하게 젖은 눈으로 영산포 선창의 불빛을 바라보며 거칠게 아버지를 흔들었다.

웅보는 선창에서 희미하게 비쳐오는 불빛이 마치 아버지의 마지막 혼령처럼 느껴져, 오래도록 그 불빛을 바라보았다. 그는 숨을 거두어버린 아버지의 시신을 꼭 붙들어 안았다. 선원들이 배를 선창에 댈 준비를 하기 위해 선상으로 올라왔을 때, 그는 아버지의 죽음을 말하지 않았다. 그는 아무에게도 아버지의 죽음을 알리고 싶지 않았다.

웅보는 그들이 새끼내를 떠나던 날 마지막까지 그곳에 남겠다고 하던 아버지의 모습을 떠올렸다. 아버지는 끝까지 새끼내에 남아 있겠다고 했었다. 웅보가 아버지께서 떠나지 않으면 그도 새끼내에 남아 있다가 관아에 잡혀가서 죽든지 살든지 하겠다고 해서야, 들로 나가서 그들이 피땀 흘려 일군 논의 네 귀퉁이에 말목을 박아놓고 와서는 떠나겠다고 했던 아버지였다. 그리고 나서도 차마 새끼내의 땅이 잊히지 않는지, 바우 아범한테 물꼬 좀 잘 봐달라고 부탁을 하던 것이었다. 아버지는 새끼내를 떠나기 전에 웅보를 붙들고는 바우 아범한테 물꼬 부탁은 해놓았으나 초벌 만들이 호미질은 누가 할 것이며, 피사리는 어찌할 것이냐면서 걱정을 늘어놓았었다.

목포로 이사를 한 후에도 비가 좀 지나치다 싶게 내리면 물꼬 걱정으로 잠을 이루지 못하였고 김을 맬 시기에는 논에 김맬 걱정, 추수 때는 추수 걱정으로 잠시도 새끼내 논을 잊지 못하던 아버지였다. 그런 아버지가 정든 땅을 바라보고 밟아보기도 전에 눈을 감아버린 것이었다. 웅보는 아버지를 붙들고 통곡이라도 하고 싶었다.

배가 영산포 선창에 닿자 웅보는 죽은 아버지를 이불로 말아서 등에 업고 천천히 하선을 하였다. 그는 뱃사람들한테 고맙다는 말도 잊은 채 배에서 내려 선창거리 후미진 뒷길로 접어들었다. 그는 되도록이면 사람들과 불빛을 피했다. 오까모도 왜싸전을 피해 미곡창 뒤쪽으로 돌아 둑길로 접어들었다. 웅보는 자신도 모르게 새끼내 쪽으로 가고 있는 것이었다.

"아부지 새끼내에 왔구만이라우. 여그가 새끼내로구만요. 새끼내 흙냄새 좀 맡아보씨요. 영산강 물냄새가 꼭 수국꽃 향기 같구만이라우. 목포 선창 갯비린내가 싫다고 하시등만, 영산강 물비린내가 얼매나 좋아요?"

웅보는 죽은 아버지를 업고 영산강 둑길을 걸어 새끼내로 가면서 말했다. 그는 아버지의 시신을 업고 서서, 그들이 목포로 떠나던 날 불을 질러버렸던 새끼내 마을 쪽을 바라보았다. 희미하게 불빛 하나가 출렁거렸다. 나이가 너무 많아 떠나지 못하고 눌러 있기로 했던 바우 아범의 집에 불이 켜져 있었던 것이다. 웅보는 걸음을 빨리했다. 새끼내 마을에 불빛이 출렁이고 있는 것을 보자 옛날 마을사람들이 모두 그를 기다리고 있는 듯한 착각에 사로잡혔다. 마을사람들이 왁자지껄 떠들어대는 소리가 바람에 실려 들려오는 것만 같았다. 아버지가 오동네를 업고 후여후여 새를 쫓는 소리도 들려오고 있는 듯싶었다. 아이들이 밥을 달라고 보채며 우는 소리, 다급한 목소리로 아이들을 부르는 어머니들의 소리, 소 울음, 개 짖는 소리, 닭 울음소리가 시끌벅적 강바람과 함께 버무려져 어둠 속으로 녹아드는 듯하였다.

웅보는 걸음을 빨리했다. 마음이 다급해진 탓이었다. 그는 새끼내 마을사람들을 빨리 만나보고 싶었다. 그동안 어디서 무엇을 하고 살았느냐며 밤새도록 기름불을 밝혀놓고 이야기를 하고 싶었다. 그는 큰 소리로 아버지를 외쳐 부르고 싶어졌다.

웅보는 십일 년 전 쌀분이, 대불이 등 세 식구가, 그들의 어머니가 양 진사 댁 노마님을 따라 나주로 오기 전에 살았었다는 진포리에 못 미쳐 잠시 쉬어가기로 했었던 말바우네 주막 터에 이르렀다. 그는 잠시 아버지를 내려놓고 주위를 살폈다. 주막은 터만 남아 있었다. 그가 세운 신간도 보였고, 그 옆에 심어둔 팽나무도 살아 있었다. 그는 말바우네 주막의 대장간에 방을 들이고 쌀분이와 오랜만에 신방을 차렸던 일을 떠올려보았다. 대불이와 함께 야행을 친 후로 대풍창에 걸린 말바우 어미는 잠시 구진나루 뒷산 움집에 숨어살다가 자취를 감춰버린 후로는 소식이 없었다.

"아부님, 우리 집으로 갑시다요."

웅보는 다시 아버지 시신을 업고 목포로 떠날 때 불태워버렸던 옛날 그의 집터로 올라갔다. 어둠의 어느 구석에선가 식구들이 뛰쳐나올 것만 같았다. 그는 오동네를 얻었을 때 심어놓았던 오동나무를 보고 그곳이 그들의 집터라는 것을 알았다.

"집에 다 왔구만이라우."

웅보는 집터의 큰방 위치를 어림하고 그곳에 아버지의 시신을 뉘었다. 그리고 어둠에 갇힌 집터를 한 바퀴 휘돌아보았다. 살아 있는 것은 오동나무와 대추나무뿐이었다. 오동나무가 서 있는 곳에서 개산 쪽으로 이십여 보쯤 떨어져 바우 아범의 집이 있었다. 그곳에서 불빛 하나가 그들의 삶처럼 희미하게 새어나와 모두 떠나버리고 없는 새끼내 마을을 안타깝게 비춰주고 있었다. 웅보는 아버지의 시신을 집터에 뉘어놓은 채 바우 아범네 집으로 갔다.

웅보가 거듭 헛기침을 하면서 기척을 해서야 사람은 보이지 않고 방문만 지그시 열렸다. 그리고 한참 후에야 불빛 사이로 푸수수한 늙은이의 얼굴이 나타났다. 웅보는 처음에 그 노인이 바우 아범이라는 것을 알아차리지 못하였다. 가까이 다가가서 얼굴을 들여다본 후에야 바우 아범을 알아보고 "저 웅봅니다요. 옛날 새끼내에 살았던 장웅보 모르시겠습니까?" 하면서 방문 가까이로 다가갔다. 그제야 바우 아범은 다급하게 할멈을 외쳐 부르며 문턱을 힘겹게 넘어 토마루로 내려섰다.

"웅보라고, 자네가 장쇠 아들 웅보여?"

바우 아범은 웅보의 손을 잡아 흔들었다. 잠시 후에는 바우 아범의 부인 방골할미까지 토마루로 내려와 웅보를 반갑게 맞았다.

"두 분이서 여적지 새끼내에 살고 계시는구만요."

"우리 두 늙은이 갈 디가 있어야재. 그리고 자네 아부지 장쇠 부탁도 있고 말이여."

웅보는 아버지가 바우 아범에게 부탁한 것이 어떤 것인가 알고 있었기에 더 묻지 않았다.

"자, 밤이 차운듸 냉큼 들어가세."

두 노인이 한사코 웅보의 손을 잡아끌었다.

"아부님도 오셨구만이라우."

"장쇠가 왔어?"

그러면서 바우 아범은 사월 초아흐레의 부풀기 시작하는 달에서 비치는 한 가닥 달빛이 걸린 사립짝 밖을 내다보더니 "장쇠, 냉큼 들어오지 않고 뭘하고 있는가?" 하고 반가움이 울음으로 변하는 목소리로 울부짖듯 소리쳤다.

"아니구만요. 아부님은 옛날 우리 집터에 계시는구만요."

"오동나무만 남은 그 집터에서 뭘혀? 어서 모셔오소."

"아부님은 돌아가셨어요."

"무신 소려?"

"새끼내에 오시다가 배에서 그만 숨을 거두셨구만이라우."

웅보는 침착하게 말했다. 웅보 자신이 생각해보아도 침착한 목소리였다. 그는 바우 아범에게 아버지가 미곡선을 타게 된 경위며 해가 질 무렵에 한마디 유언도 없이 숨을 거두게 된 정황을 대충 이야기했다. 웅보의 이야기를 들은 바우 아범은 몇 번이고 웅보 아버지의 이름을 외쳐 불렀으며, 그의 부인 방골할미는 웅보 어머니의 택호인 진포리댁을 불러댔다.

"오늘밤에 아부님을 새끼내에 모셔야겠구만요."

"이 밤중에?"

웅보의 말에 바우 아범이 반문했다.

"밤이슬을 맞힐 수는 없지 않습니까?"

"그러지 말고 우리집으로 모셔오세. 우리집에 모셨다가 날이 밝은
후에 치상을 해야재."

"그럴 수는 없구만요. 객사하신 분을 집안으로 모실 수는 없지요."

"그런 소리 말소. 우리 내외도 곧 자네 아부님을 뒤따라갈 사람덜
인듸 무신 소려?"

"아닙니다. 오늘밤에 모셔야겠습니다. 우리 집터 오동나무 밑으로
모실랍니다."

웅보는 삽과 괭이를 부탁하였다.

"관도 없이?"

바우 아범은 웅보의 고집을 꺾을 수 없다는 것을 알고 관을 걱정했다.

"시방 어디서 관을 구하겠습니까요."

"그렇다면 대발이라도 엮어야재. 대발을 엮을 만한 대쪽을 찾아보
겠네."

바우 아범이 대발을 엮을 동안에 웅보는 오동나무 밑에 토광을 파
기로 하고 괭이와 삽을 들고 아버지의 시신을 뉘어놓은 집터로 갔다.

"마침 달이라도 떠서 다행이네."

먼저 죽은 아버지의 얼굴이라도 봐야겠다면서 웅보를 따라 나선
바우 아범이 달빛을 밟으며 말했다. 웅보도 그렇게 생각하고 있었다.
그는 문득 할아버지의 장례를 치르던 때를 떠올렸다. 그날은 온통 하

늘이 무너지기라도 할 것처럼 눈이 내렸었다. 아버지를 땅에 묻는 날은 눈 대신 달빛이라도 비춰주어 다행이라고 생각했다.

"이 사람 장쇠. 쬐금만 더 참았으면 나를 볼 수 있었을 것잉만. 지지리도 못나고 얀정머리 없는 사람아. 그새를 못 참고 매정허게 눈을 감어뿌러? 내가 장쇠 자네를 을매나 기다렸다고. 자네 부탁 받고 해마다 자네 논에 물꼬 봐줬등만 고맙단 말 한마디 없이 매정흐게 혼자만 먼첨 눈을 감어뿌러? 에끼 이 무정헌 사람아."

바우 아범은 달빛 한 가닥이 걸쳐 있는 아버지의 얼굴을 들여다보며 푸념처럼 말했다.

웅보는 바우 아범이 대발을 엮기 위해 그의 집으로 돌아간 후에 토광을 파기 시작했다. 그는 토광을 파면서 이럴 때 판쇠가 있었으면 아버지의 혼령을 위로하기 위해 상여소리라도 해줄 수 있었을 터인데 하고 생각했다.

웅보가 바우 아범의 도움을 받아 아버지의 시신을 땅에 묻고 자그맣고 봉송하게 봉분까지 만들었을 때는 새벽이 다 되어서였다. 웅보는 방골할미가 지어온 젯밥을 아버지께 올린 후 바우 아범의 집으로 내려왔다.

"뗏장은 내가 얹음세."

묘를 쓰고 내려오면서 바우 아범이 말했다.

웅보는 잠시 바우 아범의 집에 들렀다가 날이 밝기 전에 강을 건너 구진포에 있는 난초를 만날 요량이었다. 난초를 만나서 대불이의 소식을 알아보고 싶었기 때문이다.

웅보는 바우 아범을 통해 그간의 궁금했던 일들을 대충 들었다. 먼저 그가 알고 싶었던 것은 혹시 그간이라도 대불이가 새끼내에 들렀었는가 하는 것이었는데, 아버지의 묘를 쓰면서 들은 바로는 대불이가 그곳에 찾아온 일이 없었다고 하여, 난초를 만나보기로 작정을 한 것이었다. 바우 아범의 이야기로, 새끼내 사람들의 농토는 궁토로 묶인 채 박 초시가 감독을 하고 있다고 하였다. 한때 세상이 무서워 허장(虛葬)을 치르기까지 했던 박 초시는 이제 보란 듯이 영산포 안통을 휘저으며 살고 있다는 것이었다.

"새끼내 농토는 부르뫼나 개태 사람덜이 박 초시한테 소작을 얻어 짓고 있구만. 그래도 나는 자네 아부지 부탁 땜시 날마다 물꼬를 봐왔다네. 나는 언젠가는 그 땅이 자네 것이 될 것으로 믿고 있는 겨."

그러면서 바우 아범은 웅보를 따라 새끼내 사람들이 모여 사는 목포로 가고 싶다고 하였다.

웅보는 날이 밝기 전에 바우 아범의 집을 나와 나루터로 향했다. 그는 사람들의 눈을 피해 둑길을 탔다. 영산포 선창거리에 당도했을 때는 동이 터왔기 때문에 그는 고개를 푹 숙이고 나루터로 곧장 올라갔다. 얼핏 보기에 영산포 선창거리는 옛날보다 훨씬 번창해진 듯싶었다. 오까모도 왜싸전 근방에 점포들이 즐비했고, 객줏집들도 많아진 것 같았다. 선창에는 소금배며 고깃배, 미곡선들이 여러 척 정박해 있었으며, 이슬아침부터 곡식을 실은 마바리들이 밀려들기 시작했다. 미곡창고 옆에 소금전도 두 집이나 더 늘었고, 마방 앞에는 날이 밝기를 기다려 떠날 준비를 서두르는 소달구지며 마바리들이 부산하게 수선을 떨었다. 웅보는 때보네 주막과 대추나무집 주막 앞을 지나다 말고 문득 지난날의 일들이 떠올라 잠시 걸음을 멈추어 섰다. 그때, 오까모도 왜싸전 앞에 손칠만의 모습이 보여, 웅보는 도망치듯 선창거리를 빠져나갔다.

웅보는 해가 떠오른 후에야 난초가 있는 구진포 주막 앞에 당도했다. 그는 해장술 손님을 가장하여 술청으로 들어서서 탁배기를 시켰다. 새끼내를 떠나기 전 눈이 서글서글하고 인중 한가운데 콩알만 한 점이 찍힌 주모가 아직껏 주인 노릇을 하고 있는 것을 보자 난초도 그대로 남아 있을 것만 같은 예감이 들었다.

난초가 술청에 나타난 것은 웅보가 탁배기 한 사발을 시켜놓고 술에는 입도 대지 않은 채 술국만 두 그릇째를 둘러 마신 후였다. 그는 아버지를 땅에 묻고 술을 마실 수 없음에 술국으로 배를 채우고 말끄러미 탁배기만을 들여다보고 있던 차, "웅보 오빠" 하는 낯익은 목소리에 번쩍 고개를 들었더니, 그 앞에 어른이 다 된 모습을 한 난초가 놀랍고도 반가운 얼굴로 서 있는 게 아닌가.

"웅보 오빠 으짠 일이우?"

난초는 금세 시울이 펑 젖은 눈으로 웅보를 짯짯이 되작거려 보고 있었다.

"나 시방 새끼내에 좀 댕겨오는 길이다."

웅보는 난초에게 아버지의 죽음을 말하지 않았다.

"새끼내는 왜유? 무신 일이 있었남유?"

"아니다. 아무 일도 없었다."

난초는 웅보의 맞은편에 앉았다. 잠시 두 사람 사이에 말이 끊겼다. 웅보는 난초가 그의 입에서 대불이 이야기가 흘러나오기만을 기다리고 있다는 것을 짐작하고, 난초 역시 대불이의 소식을 알지 못하는 것을 헤아렸다. 그것은 난초의 생각이나 다를 바가 없었다.

　"지내기는 어쩌냐?"

　한참 후에 웅보가 먼저 입을 열었다.

　"그럭저럭 지낼만 해유."

　난초는 그러면서 목포 식구들의 안부를 물었다.

　"나허고 목포로 내려가자. 여기 혼자 있지 말고 우리허고 같이 살자."

　그것은 웅보의 진심이었다. 짙은 누른색에 약간 붉은 빛깔이 섞인 치자 물을 들여 만든 저고리에 야청색 치마를 받쳐 입고 댕기를 치렁치렁 엉덩이까지 늘어뜨린 난초의 모습은 이제 한 떨기 탐스러운 해당화처럼 활짝 피어 있었다. 웅보는 그런 난초를 주막거리에 놓아두기가 안타까운 것이었다.

　"어채피 지는 혼자 몸이 아니든가유. 그냥 여그 있을라요."

　웅보는 난초의 그 말이 대불이를 원망하여 퉁겨대는 소리라는 것을 알아차렸다. 웅보는 눈여겨 난초의 모습을 되작거려 살펴보았다.

　"너 시방 몇 살이냐?"

　웅보의 물음에 난초는 싱긋이 웃더니 "스물이어라우" 하면서 고개를 숙였다. 웅보는 난초의 나이가 벌써 그렇게 된 줄을 모르고 있었다.

　"그렇게 되었어? 그렇다니 더욱 여그 있어서는 안 되겠다. 나랑 목포로 내려가자."

"지 걱정은 마서유. 대불이 오라버니 친구분들께서 지를 잘 돌봐주시는구만유."

"대불이 친구들이?"

"그래라우. 방석코라는 분 있잖여유."

"그래 그 사람이 어디서 뭣하고 있는데?"

"영산포에 있구먼유. 영산포 안통에서는 아무도 방석코라는 분의 힘을 당해내지 못한다고들 흐디유."

"그 사람한테서 대불이 소식 좀 들었냐?"

"워디가유."

난초는 천천히 고개를 흔들었을 뿐이다.

"죽지는 않았을 것이다. 그놈은 쉬 죽을 놈이 아니닝께."

그 말을 마지막으로 웅보는 좌판에서 일어섰다. 난초가 산모퉁이까지 따라 나왔다.

"언제라도 목포로 내려오고 싶으면 오까모도 미곡창으로 찾아오 그라."

난초는 눈물바람을 하였다. 웅보는 과년한 난초를 구진포 주막에 남겨두고 가기가 차마 안되어 마음이 무거웠다. 난초는 아직도 대불이를 기다리고 있음이 분명한 듯싶었다.

웅보는 나주 쪽으로 발길을 돌렸다. 나주는 정말 가고 싶지 않았으나, 아버지의 뜻을 대신 헤아리기 위해 얼핏 양 진사 댁의 문안만 살피고 돌아갈 요량이었다. 구진포에서 나주까지는 반나절 길도 못되었다. 구진포 주막에서 한동안 미적거리고 나서야 길을 떠났는데도 정오가 못되어 나주 남문을 지났다. 노루목 가까이에 이르렀을 때 맨 처음 그의 눈에 들어온 것은 마을 앞의 늙은 팽나무였다. 웅보는 지난 날 양 진사 댁에서 도망치려다가 붙잡혀 이 나무에 묶여 있었던 일이 생각났다. 그 팽나무 가지에는 예나 다름없이 까마귀들이 떼 지어 앉아서 낭자하게 울어대고 있었다.

웅보는 옮겨놓기 싫은 발을 억지로 양 진사 댁 쪽으로 떼었다. 양 진사 댁에 가까울수록 자신도 모르게 뿌질뿌질 울화가 뻗질러 올랐다. 그러면서 아버지를 밤중에 새끼내에 묻고 온 슬픔이 새삼스럽게 오장을 휘저어놓는 듯하였다. 그는 한동안 양 진사 댁 대문 앞에서 서성거렸다. 밖에서 보기에도 가세가 기울고 있다는 것이 느껴졌다. 갑오년 옥에서 풀려나오던 길에 들렀을 때보다 훨씬 쇠락해가고 있는 듯하였다. 소설(小雪)이 가깝도록 담에 이엉을 얹지 않았고 행랑채 지붕을 이지 않은 것만으로도 양 진사 댁 가세를 짐작할 수 있을 것 같았다.

웅보가 양 진사 댁 대문 밖에 서성이고 있다가 유 씨 부인 몸종 끝례를 만난 것은 정오가 훨씬 지나서였다. 처음에 끝례는 웅보를 알아보지 못하였고 웅보 역시 끝례를 첫눈에 알아보지 못하였다. 어쩌면 웅보가 그녀의 얼굴을 짯짯이 들여다볼 수가 없었기 때문인지도 모를 일이었다. 끝례 쪽에서 웅보를 먼저 알아보고 놀랐다.

"아아니?"

그녀의 놀라움은 웅보를 알아보았다는 표시이기도 하였다.

"맞어요. 나 웅보요."

웅보는 끝례한테 말을 올렸다. 그는 끝례를 행랑채 모퉁이, 잎이 떨어져 앙상하게 햇빛을 받고 있는 감나무 아래로 끌었다.

"나 시방…… 마님께 인사 올릴 짬이 없어 그냥 가야 쓰겄는듸…… 집안이 평안하신가 해서…….."

웅보는 자신도 모르게 말을 얼버무리고 있었다.

"시방 워디서 사신당가유? 새끼내를 떠나 워디로 가셨남유?"

끝례는 웅보가 묻는 말에는 대답을 하지 않고 그렇게 물었다.

"새끼내를 떴재. 그런듸 바깥마님께서는 강녕하신감?"

"바깥마님 시상 뜨신지가 언젠듸유. 올 여름에 삼년상을 마쳤는 듸유."

"세상을 뜨시다니?"

"여그서 이러지 말고 안으로 들어가입시다. 안 그려도 안방마님께 서 쌀분이네 소식이 궁금허다고 늘 말씀허십디다유."

웅보는 양 진사 어른이 세상을 떴다는 말을 듣고도 그냥 돌아선다 는 것이 꺼림칙하여 끝례가 이끄는 대로 대문 안으로 들어섰다.

끝례가 안채에 웅보가 왔음을 전하러 들어간 사이, 그는 옛날에 그 들 식구들이 살았던 행랑채를 둘러보았다. 행랑채의 방들은 그동안 아무도 사용하지 않은 채 비워두어 벽의 흙이 떨어지고 심살이 너덜 거리는데다가, 곰팡이 냄새가 진동하였으며 바닥에는 쥐똥이 수북하 게 쌓여 있었다. 웅보는 마치 그들의 무덤을 보는 것처럼 기분이 쓰렁 해졌다.

잠시 후 웅보가 끝례를 따라 안채로 들어가자, 웅보가 왔다는 소식을 들은 유 씨 부인이 마루까지 나와 있었다.

"그간 강녕하셨습니까요. 그동안 찾아 뵙지 못하여 송구합니다
요. 더욱이 진사 어르신께서 세상을 뜨셨다는데, 문상도 못하여 큰 죄
를 짓게 되었구만요."

웅보는 섬돌 아래 굴신하여 인사닦음을 하였다. 그는 배례를 하고
나서 얼핏 마님을 올려다보았는데, 자분치가 희끗하게 변해가고 눈
꼬리에 잔주름이 생긴 것으로 보아 갑오년 때보다 훨씬 쇠미한 것을
헤아릴 수가 있었다.

유 씨 부인은 웅보에게 잠시 안방으로 들라 하고 먼저 방문을 열고
안으로 들어갔다. 웅보가 이내 안방으로 들지 않고 잠시 미적거리자,
유 씨 부인이 어서 들어오지 않고 뭘 하는 게냐고 재우쳤다. 웅보는
조심스럽게 안방으로 들어가 윗목에 허리를 꺾고 앉았다. 유 씨 부인
은 그에게 이것저것 저저이 캐어물었다. 웅보는 유 씨 부인이 묻는 대
로 그가 살아가는 형편을 소상히 말하면서도 아버지의 죽음에 대해
서는 입을 열지 않았다.

"그래 언제까지 목포에서 살 텐가?"

유 씨 부인이 이슬 머금은 새벽 안개처럼 촉촉이 젖은 눈길로 웅보
를 보며 반말로 올려 물었다.

"새끼내 농토가 궁토로 들어가 버려서요. 그렇지만 언젠가는 그
땅을 찾아 돌아와야겠지요만 당분간은……."

웅보는 유 씨 부인의 눈길을 피하며 말했다.

"땅 때문이라면 도짓논을 좀 떼어주면…… 다시 돌아올 수가 있겠

는가?”

“마음을 써주시는 것은 고마우나, 소인 놈이 피땀 흘려 장만했던 새끼내 땅을 다시 찾아야겠지요. 갑오년 때 헐 수 없이 야행을 쳤습죠만 조금 잠잠해지면 다시 돌아와서 소인 놈의 땅을 찾겠습니다요.”

웅보는 분명히 자신의 뜻을 말하고 일어섰다.

“오랜만에 먼 걸음을 하였으니 하룻밤 쉬어가게.”

웅보가 일어서자 유 씨 부인이 말했다.

“미곡창 등짐꾼 일자리를 어렵게 얻게 되었구만요. 그나마 일자리를 잃으면 우린 굶어죽습니다요. 이 길로 떠나겠구만요.”

“아니네. 조금 있으면 우리 만석이가 서당에서 돌아올 터이니 잠시만이라도 지체했다가 보고 떠나게나.”

유 씨 부인은 안개 같은 눈길로 웅보를 붙잡아 앉히려고 하였다.

그러나 웅보는 다시 앉지 않았다. 그는 말없이 유 씨 부인을 향해 굴신하고 방에서 나가려고 하였다.

“잠시만…… 잠시만 거기 있게.”

웅보가 밖으로 나가려고 하자 유 씨 부인이 다급하게 그를 불러 세웠다. 웅보는 하는 수 없이 허리를 굽힌 채 잠시 문 옆에 서 있었다.

잠시 후 유 씨 부인이 장롱의 서랍을 열고 무엇인가를 찾아 주섬주섬 보자기에 싸고 있었다.

“이것을 가지고 가게나.”

유 씨 부인이 진홍색 보자기에 싼 것을 웅보 쪽으로 밀쳐놓으며 말했다.

"무엇이옵니까?"

"어쩐지 자네한테 빚을 지고 있는 것만 같아 늘 마음이 무거웠다네."

"무신 말씀이시온지 소인 놈은 잘 모르겠습니다요."

"암턴 이것을 가져가게. 이것을 처분하면 땅마지기나 마련하게 될 것일세. 자 어서."

"그것이 뭔지는 모르겠으나 소인 놈은 받지 않을 것입니다. 소인 놈 아직 근력이 튼튼하여 어디에 살거나 식솔 굶기지는 않을 것입니다요. 마님께오서 소인 놈한테 빚을 지시다니 당치도 않은 말씀입니다. 그간 소인 놈이 마님의 신세를 얼마나 많이 졌는듸 그런 섭한 말씀을 하십니까요. 마음을 써주신 것만 해도 눈물이 나올 지경입니다."

웅보는 말을 끝내자 방문을 열었다. 그때 유 씨 부인이 그를 다시 불러 세웠다.

"제발 나를 위해서 가져가주게."

유 씨 부인이 매달리는 듯한 목소리로 사정을 하였다. 잠시 웅보는 몸을 돌려 유 씨 부인을 내려다보았다. 두 사람의 눈길이 명주실처럼 가느다랗게 엉켰다.

"가져가주게. 그래야 내 맘이 편할 것 같네. 그렇게라도 하지 않으면 나는 병이 생길 것만 같다네. 내 그동안 자네한테 빚을 갚으려고 무던히 찾았다네."

웅보는 한사코 진홍빛 보자기를 가져가라고 매달리듯 말하는 유 씨 부인의 속마음을 알 길이 없었다. 그렇지만 그는 그런 유 씨 부인 말을 거절할 수 없을 것 같은 생각이 들었다. 그것을 가져가지 않는다면 병이 날 것이라는 유 씨 부인 말이 명치끝에 걸린 듯했기 때문이다.

"그러고…… 어디서 살든지 소식이나 끊지 말게. 새끼내에 다시 돌아오게 되면 알려주고. 만석이 아버지 돌아가시고 나니 내나 만석이나 너무 고단해서 그런다네."

그러면서 유 씨 부인은 진홍빛 보자기를 웅보의 손에 쥐어주고 먼저 방에서 나가버렸다. 웅보는 하는 수 없이 보자기를 들고 밖으로 나왔다. 유 씨 부인은 뒤 한 번 돌아보지 않고 별당 모퉁이로 돌아가 버렸다. 웅보는 그길로 양 진사 댁을 나왔다. 대문을 나와 늙은 팽나무 앞을 지나다가 중치막의 학동과 마주쳤다. 중치막 자락을 펄럭이며 책을 옆구리에 끼고 바쁜 걸음으로 양 진사 댁 쪽으로 걸어가던 학동은 웅보를 지나쳐 몇 걸음 걷다 말고 휙 뒤를 돌아보았다. 웅보는 처음부터 그 학동이 만석이라는 것을 알고 잠시 걸음을 멈추고 그의 뒷모습을 바라보고 있던 참이었다. 두 사람의 눈길이 마주치자 웅보 쪽에서 먼저 몸을 돌려세워버렸다.

"이보게나. 거기 서 있는 자네."

웅보가 몸을 돌려세운 순간 만석이가 큰 소리로 그를 불렀다. 만석이도 웅보를 알아본 모양이었다. 그러나 웅보는 다시 뒤를 돌아보지 않고 서둘러 걸음을 옮겼다. 그는 만석이가 계속 자신을 부르고 있는 소리를 듣고도 걸음을 멈추지 않고 도망치듯 팽나무 앞을 지나쳤다. 웅보는 잠시도 지난날들의 기억 속에 머물러 있고 싶지가 않았던 것이다. 그는 설사 만석이가 자신을 향해 아버지라고 외쳐 부른다 해도 그곳에서 걸음을 멈추고 싶지가 않았다.

타오르는 강... 제4부 끝